哈代 文集

Desperate Remedies

长篇小说

枉费心机

刘春芳 译

人民文学出版社

托马斯·哈代 (1840-1928)

　　英国诗人、小说家。他是横跨两个世纪的作家，早期和中期的创作以小说为主，继承和发扬了维多利亚时代的文学传统，晚年以其出色的诗歌开拓了英国20世纪的文学。哈代一生共发表了近20部长篇小说，其中最著名的当推《德伯家的苔丝》、《无名的裘德》、《还乡》和《卡斯特桥市长》，诗8集，共918首，此外，还有许多以"威塞克斯故事"为总名的中短篇小说，以及长篇史诗剧《列王》。

《枉费心机》（原译《非常手段》）是哈代创作出版的第一部小说，描写了英国小镇人民的生活，尤其是妇女面对悲惨命运的无奈和苦痛。作家通过对情节的精密构思和对人物的生动刻画，以及对环境、心理活动和各种细节的细致描写，向我们展示了一幅英国十九世纪小镇生活里各阶层众生相的繁复画卷。

图书在版编目（CIP）数据

枉费心机／（英）哈代（Hardy, T.）著；刘春芳译. —北京：人民文学出版社，2016

（哈代文集）

ISBN 978-7-02-011469-6

Ⅰ．①枉… Ⅱ．①哈…②刘… Ⅲ．①长篇小说—英国—近代 Ⅳ．①I561.44

中国版本图书馆 CIP 数据核字（2016）第 045630 号

责任编辑　马爱农
装帧设计　陶　雷
责任印制　徐　冉

出版发行　**人民文学出版社**
社　　址　北京市朝内大街 166 号
邮政编码　100705
网　　址　http://www.rw-cn.com

印　　刷　河北新华第一印刷有限责任公司
经　　销　全国新华书店等

字　　数　349 千字
开　　本　880 毫米×1230 毫米　1/32
印　　张　14　插页 2
印　　数　3001—6000
版　　次　2018 年 6 月北京第 1 版
印　　次　2019 年 6 月第 2 次印刷

书　　号　978-7-02-011469-6
定　　价　58.00 元

如有印装质量问题，请与本社图书销售中心调换。电话：010-65233595

目　录

总　序

常言:人生能有几回搏?

一个人,在生命的途程做了几次精彩的拼搏,那必定是伟人。

距今一百六十三至七十五年间,在大西洋北部那座地理位置偏远的小岛英格兰的西南海疆,就有过这样一个人。一个乡村手艺人的儿子和孙子,一个以建筑行学徒为谋生起点的少年,一辈子在生命之途寻求、探索,始终按捺不住心头怦然躁动的创作欲火,先以诗歌敲击文学之门而不得入,继以小说——再试,终于打开通途;于是他奋笔急进,经历近三十度寒暑,建造出一座座赏心景点,曲径深处,他却又戛然转向,重振凤志,迈向坦荡荡诗歌之路,奋进不停,直至最后一息。在他生命的尽头,他曾欣然直面公众,仿佛在说:"看,这就是托马斯·哈代!"

在作为人类文明一个重要组成部分的文学领域之内,哈代属于大家之列,他以自己创作体裁之众多、题材之广泛、思想之深远、艺术之高妙而拥有不没的历史地位。由于他本身是以小说家出道,也由于他主要是以《德伯家的苔丝》《还乡》《三怪客》等长、短篇小说而引荐给中国读者,长期以来,在中国,哈代就是小说家哈代;而小说家哈代,就是写《德伯家的苔丝》《还乡》《三怪客》等几部小说的哈代。近二十余年,研究哈代、翻译哈代、出版哈代的同好同行大有增长,哈代,作为十四部长篇小说、近五十帧中短篇小说、近千首短诗、一部巨制史诗剧和一部幕面诗剧作家的全貌,才在我们面前逐步展现。

小说——晶体的众多棱面

正如中国读者最熟悉哈代的《德伯家的苔丝》《三怪客》等三五种小说一样，即使在哈代本国或与其同种、同语的一些国家和地区，从哈代生前，直至身后四五十年间，阅读、研究哈代小说的重点，主要也只在《德伯家的苔丝》(1891)、《无名的裘德》(1896)、《还乡》(1878)、《卡斯特桥市长》(1886)、《远离尘嚣》(1874)、《林居人》(1887)、《绿林荫下》(1872)等七部长篇，也就是哈代为自己的小说分类时所说的"性格与环境的小说"；其余七部，即哈代所称"罗曼斯与幻想作品"的《一双湛蓝的秋波》(又译《一双蓝眼睛》，1873)、《司号长》(1880)、《塔中恋人》(1882)、《意中人》(1898)和"精于结构的小说"《枉费心机》(又译《非常手段》，1871)、《贝妲的婚事》(1876)、《冷淡女子》(1881)以及他的中短篇，多被视为哈代的"次要作品"，其中有些甚至被列为"游戏之作"或谓"怪异之作"。二十世纪后半期，特别是在哈代逝世五十年前后，随着时日前进，接受与研究方法和视野大为拓展，对哈代生平的相关资料又已得出具有重大意义的发现，哈代身后的形象也日趋多样。在欧美普通读者印象中，哈代首先是写地方色彩的小说家，欧美和我国三十年代的批评家称他为自然派；马克思主义的批评家将他归入批判现实主义作家之列；女权主义批评家特别关注哈代身为男性作家对女性人物性格、心理、行为和命运深切的兴趣和同情；精神分析派从哈代的小说中发掘出大量心理构成和潜意识因子；也有些学者坚持认为哈代完全属于维多利亚时代，或从哲学、社会学角度探讨哈代的不可知论、唯意志论、悲观主义以及环境—动物保护主义……种种方面做研究，这不仅说明早期人们焦注的"性格与环境的小说"经受住了时间的检验，而且他那些久被视为另类的作品，也被换了时代眼光的人们所理解、领悟和发现，小说家哈代也愈益崭露他那晶体般多层面、多棱角的全貌。

哈代将他的小说按前述三类划分并见诸文字，是在他的威塞克斯版《小说与诗歌集总序》中，发表于一九一二年。其时，哈代已封笔小说创作，分类，是他对自己这一门类小说样式创作的一种回顾和总结；但也正如他在该序言中所说："不能设想，在每一部作品的每一页上，都可以一清二楚地辨认出这些区别。完全可能发生混淆不清和可此可彼的情况，这是不可避免的。"原因很简单：文学艺术创作的成果，不是科学技术生产的产品。哈代只在完成全部小说创作后回溯反思自己的创作过程中才做此分类，而不是预先设定自己创作成果的类别，这也恰与文学艺术创作的普遍规律相符。哈代对自己小说的这三种界定，这也有明确的解说，其中最易于顾名思义的，自然是"罗曼斯与幻想作品"，那应是属于浪漫主义之作。我们从用词上看，哈代只称它为 Romances and Fantasies，而不是像对第一类 Novels of Character and Enviroment 和第三类 Novels of Ingenuity，称之为 Novels of Romance and Fantasy，虽然只是小小的一字之差，却也可悟出语义有别，暗示着这类作品中带有轻松之作、游戏之作的性质，特别是其中的一些中短篇，诸如《贵妇群像》等等。对于哈代小说的第三类，按作家本人的解释，应是"其兴趣主要在于情节本身"，"它们含有实验性质"。显然，这是按其实验性的创作方式所做的分类，而不是按其内容划分，因此也似乎不宜译作"阴谋与爱情"的小说。

哈代小说的第一类，**性格与环境的小说**，如前所述，是哈代小说的重头，代表了作家创作思想、艺术和风格的最高成就，迄今仍是读书评论界最为关注的部分。"性格"和"环境"已是含有文艺和科学双重意义的名词，在当今媒体和口头出现率颇高，它们的产生和发展，却是源远流长。性格，通常指人处世为人所表现出来的精神素质特征，属于人性的范畴，在文学上，更是直接指代人物。作品中，关于人物性格的表达与剖析，至少可以追溯到千年前的古希腊时代。十六世纪的文艺复兴,冲破中世纪封建、宗教的蒙昧,人文精神大大彰显,随之也带来人性的复兴,文学艺术作品对性格的表现,也达到空前的成就,从莎士比亚的戏剧,可见一斑。十七世纪,英国更出现了"性格特写"一类作品,以托马斯·欧弗伯利(1581—1613)为代表,尤可见文学家对人性中此一重要部分的特别关注。这类作品,也给英国十八世纪和十九世纪写实小说的性格刻画开凿了先河。

环境——人所赖以生存的环境,包含自然的和社会的两个方面,本来也是人类文明史上一个古老的命题,十九世纪哲学和自然科学,特别是达尔文和赫胥黎的生物学新论,则将对它的研究推升到一个更加理性、科学的地步。哈代小说创作大致起止于这个世纪的末叶,这也正是《物种起源》(1859)和《天演论》(成书出版于一八九三年,但此前早以讲座形式问世)等伟大生物学著作问世的年代,哈代身为求知若渴的小说家,研习并接受了他们的学说,将这种时代的新知融入了他的创作思想。他的性格与环境的小说,重点就在探讨人与环境的关系——磨合与冲突。他的人物,总是在这种强烈的动感中显现艺术特性,也总是在这种磨合与冲突中完成自己的命运。哈代在他自己的文学论文和前述序言中曾明确表示,自己是"真实坦率"地"反映人生、暴露人生、批判人生"的作家,那么,表现人与环境的磨合与冲突以及在此过程中命运的完成,就是区别哈代与其他写实小说家最主要的特色。

哈代小说中的环境,也包含了自然的和社会的两个方面,而从总体看,归根结底,还是表现人与社会环境之间的关系,后期作品如《德伯家的苔丝》《无名的裘德》《卡斯特桥市长》,在表现人与社会环境冲突方面所承载的震撼力,也是向来少有。只有较前期的作品,如《远离尘嚣》《还乡》《林居人》当中,自然环境才成为小说中也是相当重要的组成部分;但是其中表现人与环境关系时,又多是自然与社会环境交互作用。不论是在表现人与自然还是与社会冲突、磨合等关系当中,这些性格与环境的小说往往表现的是人的卑弱与无奈,虽几曾挣扎、对峙,最终不得不悲怆地屈服甚至湮灭。这也反映了从哈代自身经历和时代哲学中获得的理念,带有世纪末的宿命的悲剧色彩。

哈代小说的创作道路,也正如其人生的道路,充满坎坷、崎岖、回旋和奋争。身为出身下层、无资历、无财产、无举荐提携的刚刚出道的青年建筑师,他早年的诗作被拒之于诗坛阶下;他的第一部小说,也是真正属于哈代风格的社会讽刺小说《穷汉与淑女》又遭出版商漠视而流产。在这种文学事业出师不利的情势下,他才不得已而改弦更张,创作了《枉费心机》这部以阴谋、爱情、凶杀、侦破为内容的通俗情节小说,成为他首部问世的处女作。这部作品固然情节紧张,结构精巧,富有悬念,人物刻画、景色描写等方面也都已初现哈代的水准,而且也确定了哈代小说创作社会批判性的主流趋势,但是此后哈代并没有沿着这条通俗小说的道路继续前行。从第二部小说《绿林荫下》开始,在他近三十年的小说创作生涯中,他始终坚持着严肃的、社会批判小说的主道。他创作那三种不同类别的小说,也总是穿插进行,这更说明他不囿于单一创作方面,而是在不断摸索、实验中力求艺术创新。不过,无论哈代是运用写实、浪漫还是其它创新手法,地方色彩确实还是哈代小说一个贯串始终的特色,这也正是至今读书评论界喜欢称他为写地方色彩小说家的原因。

哈代**地方色彩**所表现的"地方",是指以他故乡多塞特郡及其周边的哈代故乡为中心的英格兰西南部一带地区,北起泰晤士河,南至英吉利海峡,东以温莎至海灵岛一线为界,西达康沃尔海岸止,恰正相当于英格兰中古威塞克斯王国的版图,因此哈代在小说中称这里为威塞克斯,并以这里为地理背景和人文背景,最后还以"威塞克斯小说"标明他的地方色彩的具体特征。这一带本属英格兰偏僻的牧区,在哈代的时代,还少受工业化所带来的自然与人文环境的污染，至今也仍保存了山清水秀、空气明净、民风淳朴的风貌；但是哈代不是仅仅表现自然美的风景画家和民俗画家，他没有忽略作为偏僻落后地区，这里愚昧保守、因循苟且的种种痼疾。在创作中，他表现出的是爱恨交织、褒贬并施的乡情。这说明，哈代也不是抱残守缺的狭隘地方主义者，他的社会批判性，主要也是在这一地区范围之内完成的。

哈代小说中大大小小的人物，绝大多数都是他那威塞克斯土生土长的土著，但是，在机器开进田间，普及教育扩展到乡镇的情势下，他们的平静已经打破，一些人随旧时代而被淘汰，一些人——特别是其中的俊杰之士，起而迎接时代的挑战，追求和创造自己的发展和幸福，只不过他（她）们的起步点尚嫌太低（特别是那些来自下层社会的青年男女），新旧两种时代潮流的冲击令他们浮沉升落难以自持，往往酝酿、上演悲剧。哈代小说中的人物——性格，是带有"威塞克斯"地方特色的，但也正如他自己所说："在威塞克斯也有十分丰富的人类本性，足够一个人用于文学"；而且"虽然表面看来，这些人的思想感情都带有地方色彩，而实际上却是四海皆然。"从这层意义上说，哈代更不是狭隘的、猎奇的地方色彩小说家，他是寓世界于地方，通过地方，表现世界。这更加说明，哈代绝非狭隘的地方主义作家。

依哈代的身世和气质来说，他成为写乡土文学的作家本是顺理成章之事。他自幼生长在多切斯特近郊的偏僻乡村，住所紧邻荒凉的"大荒原"，也就是爱敦荒原的原型；本人又生性淳朴慈善、亲近自然，一生中除早年有五年时间在伦敦寻求发展，大部分时间都是在他的故乡一带乡镇度过，因此在他从事小说创作的过程中，始终能够不断从故乡的泥土中汲取营养。

不过，哈代虽然长期生活在远离尘嚣的乡间，但他绝非孤陋寡闻的乡曲腐儒，伴随着他那紧凑多彩的创作生活，他终生都在研习、探索、游历并参与社交，从故乡之外的广大世界吸取新知并用于创作,他是以哲人的胸怀,预言家的眼光观照人生,并在自己的小说中注入了事实证明本应属于二十世纪的意识。他的小说中,常常出现现代或现代人(modern)一词,就是裘德、淑、游苔莎、苔丝、安玑·克莱等或多或少具有时代先进思想的一代二十世纪现代人的雏形。哈代通过这些人物的超前思想言行,他们的想望追求,自觉地呼唤着新世纪的到来,但在当时毕竟和之者寡,甚至招来物议和非难,时至今日,这些小说已经出版超过一个世纪,我们在阅读时却能生种种现实之感。而哈代小说中这种思想的超前性,也是决定他身为跨时代作家的重要因素。

诗歌——才情的尽兴抒发

文学作品形式的分类,韵文与散文,犹可说也;如果论及小说、诗歌、剧本等等,其实从来并无明显界限。中外古今很多文学大师,都是说部、诗部、戏部等等的双栖或多栖人物。有些人单一写小说,但他们的小说中包含了诗意、剧情;有些单一写诗,但他们的长篇叙事诗也可视作韵文体小说,在这两方面,哈代都是最具说服力的作家之一。

他少年时代就立志为诗人。他当时的习作,也是从诗歌开始。只是因为时之不利,他才改择小说之路起步文坛,因此我们能从他每一部作品,不论是写实的、浪漫的,还是情节的,体味到他那诗的激情与意境,因此在他从小说的战场上挂甲休歇,重整诗旗的时候,更似驾轻就熟,如鱼得水;另方面,因为哈代又是天才的小说家,他在自己二十余年小说创作的实践中,无疑也有这种自我发现,因此,在他从小说转营诗歌的初期,小说创作意犹未尽,从他那些短篇幅的叙事诗中,我们仍可发现他那些小说创作的思想风貌。因此我们可以说,哈代总是这样诗中有文,文中有诗,诗与文浑然天成。至今各国哈代学的同行们仍常作争论,诗人哈代与小说家哈代究竟孰高孰低，似乎并无必需。

他的第一部诗集名《威塞克斯诗集》，出版于一八九八年，是在最后一部长篇小说《意中人》（又译《挚爱者》）成书出版后一年。从此，历经又三十余年，至一九二八年逝世，在与史诗剧《列王》创作出版并进期间，他又出版了《昔今诗集》（1901）、《时光的笑柄》（1909）、《境遇的嘲讽》（又译《命运的讽刺》，1914）、《瞬间幻影》（又译《瞬间一瞥》，1917）、《晚近与早年抒情诗》（又译《早年与晚期抒情诗》，1922）、《人世杂览》（1925）、《冬日之言》（1928，逝后），总共八部，加上日后陆续收集发现的二三十首逸诗，总共约千首。公众接受他的诗作，并非盲从于他那小说家的盛誉，而是这些诗作内在的品质。哈代将这些诗作的第一部送交出版人时更特加说明：如果预估这些诗上市不火，作者可以自费承担其风险——以其当时已稳立文坛，成为虽有争议但确名闻遐迩的小说家身份，却仍像他早年呈《枉费心机》试涉文坛时一样谨慎、谦和，亦足可见这位文学大师的君子之风！

上述哈代诗集的这些中文译名，其实大多是一些缩写版。如译全名，很多都有后缀或前缀的一串文字，诸如《威塞克斯诗集及其他》《境遇的嘲讽，抒情诗和幻想曲》《瞬间幻影及杂诗》《人世杂览、退思、歌曲及小调》《各种调门与节拍的冬日之言》，如此等等，由此即可见哈代各部诗集中，都有不同内容、不同形式作品辑录。这些诗集虽然出版时序明晰，但是其中写作时序，却杂错纷然，而且很多写于早年的诗，经长久尘封，出版前多有修改，再加上哈代诗个人性极强，涉及隐私，发表时往往是真事隐去，因此，像他的小说那样，按通常采用的依时序着手编排研习，确属不易。其实，依作品内容和形式给哈代诗分类，也不顺畅，因为一方面，诗也如小说一样，都并非科技产品；另方面，哈代诗内容形式丰富多彩，各类诗中的不同诗组常呈杂错、重叠，界限划分难以明晰确定。仅从哈代自编自辑各部诗集目录，我们可以大致看出，他对自己的诗,有些是按题材或谓内容分类,如爱情诗、战争诗、杂诗等;有些是按写作时间分类,如昔今之诗、一九一二至一九一三年诗;有些是依诗歌采用的样式分类,如抒情诗、叙事诗、歌谣体诗等。为方便解说,我们仅从叙事诗、抒情诗、战争诗、感悟哲理诗等方面略说一二。

在哈代的第一部诗集《威塞克斯诗集》中,**叙事诗**占有很大比重,在随后几部诗集中收集的早岁诗作,也多有此类。从性质上说,叙事诗本来就是浓缩的韵文体小说,哈代这类诗,更是如此。其中有些篇幅稍长,有景物描写,有情节叙述,有人物对话,表达的是一个完整的故事;如《贵妇人的故事》《替身》等。有些恰与他小说的内容呼应,如《苔丝的哀歌》《植松人——玛蒂幻想曲》(玛蒂是小说《林中人》中的次女主人公);或者就是他小说中的插曲,如《军士之歌》(用于《司号长》)、《生客之歌》(用于《三怪客》)。这些诗除具有通常叙事诗的特质之外,又有哈代叙事诗别具的特点,就是借事抒情,通篇可以完全只用平常表意的中性词,但在娓娓道来之中,却传达出强烈的爱恨情仇。

哈代的**抒情诗**,包括爱情诗、悼亡诗、友情诗以及亲情诗。这些诗虽归做一类,却又各具风格。大体说,他的悼亡诗、亲情诗和友情诗更接近传统上的同类诗作,只是在表达上,更显得善于抓住现实中的细微事物构成意境。一九一二年其前妻爱玛逝世后他写的大量悼亡诗,以及《威塞克斯高地》《最后的手势——悼念威廉·巴恩斯》等友情诗即是。但是他那些纯写男女情爱的诗,却明显地反传统:少有浪漫、激情和对美好幸福的憧憬,而多现实、低沉和对阴暗冷峻的直面,如《灰调》(或译《灰暗的色调》)、《她之死及身后》、《怀念费娜》以及《常春藤老婆》等等。在这类诗与哈代本人感情生活的悲欢遭际之间,大有蛛丝马迹可循,也比小说中更直露、更充分地表达了哈代那种超前的、现代人的阴郁、无奈以及玩世不恭或愤世嫉俗。这类诗固然是非常个人化的抒情,然而它们抒发的那种浓烈、强化的情感却又具有十分通常普遍的性质，令人并不感到陌生；而对历经沧桑的人，则更易生肺腑之感。这也正是哈代这位五十八岁方出道的诗人不同凡响之处。

在《昔今诗集》《瞬间幻影》《威塞克斯诗集》等集中，都有标题或不标题的组诗或独立的**战争诗**。这类诗从内容说，基本主调有二：其一，反战——这是哈代身为人道主义者、环境保护的先驱者终生不贰的立场，也就是坚决反对涂炭生灵、破坏自然和人类文明的不义战争。《昔今诗集》中的战争组诗，直接针对英帝国入侵南非的"布尔战争"，显而易见是这类诗的典型。但是，对于愤然而起以暴抗暴的战争，他则表现了明确的关注、支持和热烈的颂扬以至参与——这就是哈代战争诗的基本主调之二。《瞬间幻影》中的《战争与爱国主义组诗》发表于第一次世界大战期间，是一组艺术性极强而又具有强烈爱国情绪和昂扬斗志的战歌。《威塞克斯诗集》中追忆、缅怀历史上英国反拿破仑战争的百余行叙事诗《警报》和史诗剧《列王》，也属于贯串这种爱国情结的作品。另有一些与战争相关的诗，诸如《他杀的那个人》《海峡炮声》《一九二四年圣诞节》等，可见哈代这位跨世纪的时代见证人，对战争这一大规模杀伤性、毁灭性、非理性暴行的日趋否定和厌恶以及他身处第一次大战硝烟甫散之际，又听到为另一次大战磨刀霍霍之声时，那种痛心疾首的悲愤。

哈代诗中另有一类，这里姑且称之为**感兴诗**。所谓感兴，是指诗人日常对于或触目所及，或回首偶忆某人某物某事或某种内心活动有所感悟而生发的诗作，包括诗人对人生、对命运、对自然、对宇宙、对自我的臆想和哲理性的认识。诸如哈代第一部出版的诗集中那首著名的《运数》（又译《偶然》），写于二十六岁，是青年哈代对自我和人生命运的思考；《大自然的询问》，是诗人对宇宙的思考，也可谓英国的《天问》；《昔今诗集》中《健忘的上帝》是对基督教中万物主宰上帝的质疑，它们所表达的基本思绪，是怀疑、否定、不知所之的无可奈何。这种思绪，与哈代小说所表达，一脉相承，上通古人，下贯二十世纪以来的现代人，至今仍能引发我们强烈的震撼和共鸣。

又有一些哈代写于中老年的诗，如《暮色苍茫听画眉》（又译《黑暗中的画眉》）、《身后》是哈代对自我人生的感悟或总结。也像他的《运数》等诗一样，哈代善于运用人们平素熟悉的普通事与物做比喻、隐喻，构成一种鲜明的意象，表达一种强烈的哲理性思绪，类似中国古代的讽喻诗。那首著名的《两强相遇》（又译《会合》），副题"写于泰坦尼克号失事"，也与早年的《运数》《健忘的上帝》等遥相应和，但已更进一层，不仅从个人主观立场出发诘问大自然和质疑上帝，而且更客观，也更宏观、更全面地诘问和质疑宇宙，表达了一种对人类与自然和宇宙关系深切而又冷峻的观照，富有叔本华式的唯意志论色彩。这在他的史诗剧《列王》中，更有具体、强烈的表现。从这类诗，我们可以看出，哈代是以意象发言的哲人。再读他那些讽刺诗，我们更会发现，他又是以意象表情达意的讽刺家。

讽喻装配了锋芒，就成了讽刺。哈代的讽刺性，犹如他的哲理讽喻性，在他的小说中，早就频崭峥嵘，而他讽刺的客体，也不是局促于一人一物的凡庸之属，而是同样深蕴哲理，只不过由于锋芒锐利而更加透辟淋漓，更易发人猛醒，诸如《时光的笑柄》和《境遇的嘲讽》等集中的讽刺诗，均属此类，其中那首《啊，是你在我坟上刨土》（又译《咳，是不是你在我坟上刨？》），对世态炎凉的讥讽，虽不敢妄称绝后，也可谓英国讽刺诗的空前之笔。

哈代的诗，有些模仿民歌，有些试用古老的十四行诗体，但从总体看，也像他的小说，是不拘一格，不断创新。身为建筑师出身的诗人，他用语俭约，言之凿凿，仿佛文字就是砖石，行文就是踏踏实实地用砖石一块块地堆砌房舍；他在安排诗段、摆布诗行时，也像写小说时讲究并创新结构一样，也常别做新样，以娱观瞻。我们仅以他那首杰出的悼亡诗《石上倩影》和《两强相遇》为例，早有评论者发现：前者，三段，共二十四行，各段诗行起止错落有致，从视觉上说，颇似欧洲和英国古典建筑的造型；后者，十一段，每段三行，各段相应诗行均有相同的起止位置和相等的音节，每个诗段形成一艘船形，和诗的主题一致，在阅读时，首先从视觉上，就引起一种特殊效果，这与一百年后我们这个新千年之交的一些创新诗作，也不无相似之处。

纵览哈代的全部诗歌创作生涯，也可见他是一位天生赋有诗人气质和才能的人。从少年时代起，他就在不知不觉中默默试笔写诗，迄今发现他写作最早的一首诗，题名《居所》，写于大约十七岁。他的八部诗集，虽都是五十八岁以后结集出版，但从各篇的写作年代可见，他是在求学、谋生和小说创作的四十年漫漫人生长途中，始终在试笔和积累诗作。早年，遭漠视而转为小说创作，中年以后，小说创作出版渐入佳境，在遭争议中取得稳定的社会承认后，他也从未放弃诗歌这一自己酷爱的文学形式。所以，如果说哈代的小说写作含有权宜的、功利的目的，他的诗歌写作，则更为发自天然，更少功利之心。大多数文学圈内人士，可能自幼都涂抹过所谓诗的长短句，其中一些人，一路顺风，少年成名；另一些，改弦更张，另谋它途，老大后甚至与诗绝缘，因此给人一种印象：诗是青少年人之事。像哈代这样，连续发表小说佳作二十余年，在其生活的当日，已令人瞩目，却又戛然转轨，奋而找回自己的诗歌之路，以近花甲之年，却像毛头小子一样从头推出一部部诗作，而且仍然表现出才思泉涌的态势，细顾古今中外文学史上，这样的文学家，曾有几何？如果哈代不是生就的诗人之才，不是骨血里具有世情俗物腐蚀不尽、剥离不开的诗气诗魂，这种晚年起步的诗歌事业，怎能成为现实？反而观之，哈代写诗，始于十余岁，一直坚持至八十有二，其"诗寿"竟达近七十年，也可谓长矣！正是这种长期磨炼而成的道行，造就了哈代那种深沉、醇厚、老到、隽永的诗品，绝非平常猛浪、虚浮的少年诗作所堪比附。

史诗剧——诗文创作之集大成者

英国文学史上，历来不乏文学（广义的）与戏剧双栖的作家。文艺复兴以来，早有莎士比亚、本·江森（又译琼生）、约翰·弥尔顿、亨利·菲尔丁，到哈代的十九世纪，专写小说的前辈狄更斯晚年自编自演由自己的小说改编的朗诵、说书脚本，也是一种戏剧参与；稍晚于哈代的王尔德，也是多栖的重要作家。哈代由于天赋多种文学艺术才能，且具有强烈的挑战精神，再加上自早年深受古希腊和英国戏剧的哺育，晚年参与戏剧写作，自然也不是勉力而为。他的小说创作事业结束不久，他即亲自改编自己的作品，如《德伯家的苔丝》《还乡》《三怪客》等，先在自己家乡多切斯特上演，自然不在话下；他的小说在他生前以至今日，也不断为专业戏剧作家改编，搬上舞台、银幕和荧屏，这也只说明他的小说在情节构思、语言对话等方面富有戏剧因素；而他本人在创作出版洋洋长短篇小说和诗歌的同时，又推出了长、短两种戏剧作品，史诗剧《列王》和《康沃尔王后著名的悲剧》，则也是他全部创作不可忽略的一个有机构成。

《康沃尔王后著名的悲剧》是一部幕面剧。这是英国一种古老的诗体（韵文体）民间戏剧形式，题材多为古代英雄故事，从小说《还乡》第二卷四、五、六节对此种剧上演断断续续的描述，即可见其一斑。《康沃尔王后著名的悲剧》故事情节，选自欧洲古老的民间传说，是英格兰康沃尔的王后伊秀特、国王马克、国王之侄骑士垂斯川以及爱尔兰公主伊秀特之间的四角恋爱悲剧。在哈代之前，德国大音乐家瓦格纳曾编剧、作曲创作了三幕歌剧《垂斯坦与伊棱德》，于一八六五年首次公演于慕尼黑，是作曲家晚年的作品。哈代自幼具有音乐天赋，一生喜爱音乐，一九〇六年在伦敦欣赏过瓦格纳的几次音乐会后,曾在自传中记下他特别喜爱瓦格纳晚期的音乐作品,他的这出幕面剧,恐怕也不会不从这位音乐大师处获得灵感。

《康沃尔王后著名的悲剧》出版于一九二二年,四年后哈代与世长辞,作者先前曾见到它在多切斯特由非专业剧团演出。全剧不分幕,共十四场,另附序幕和尾声,由民间传说中家喻户晓的术士莫林以精灵的形象出现,充当"致词人",为剧情增添了神秘气氛。整个戏剧进行当中四个主要人物的爱情、龃龉、误杀、殉情,则充满阴错阳差的失误和偶然的巧合,弥漫着宿命的悲剧色彩——这也与他的小说和诗歌中的一种情调恰相吻合。这部剧作也曾由专业戏剧家搬上舞台和屏幕,但在哈代浩繁的诗文作品中,只能算是小品一帧。恰巧,也是与他的第一部通俗小说遥相对称。

当今的哈代普通读者对待《列王》,显然远不如对他的小说和诗歌那样热切、关注,但是从它的第一部出版至今的百余年中,它始终在陆续以节选或改编的形式被人移植上舞台。

按这部皇皇巨制扉页标题下的作者说明,即可对其性质略知大概:

> 对抗拿破仑战争的一部史诗剧
>
> 三部,十九幕
>
> 一百三十场暨
>
> 情节所跨越的时间约十年

哈代从青少年时代起就从故乡亲人口中听到有关刚刚过去不久的这场战争的一些故事,稍长又开始有意识地收集、积累有关的素材,孕育、构想自己的主题。十九世纪九十年代停笔小说创作,与编辑、创作、出版诗歌同步,他开始动笔起草这部巨作,三部陆续成书出版于一九〇四年、一九〇六年和一九〇八年。剧中时间跨度为一八〇五至一八一五年,从拿破仑乘在欧陆战场所向披靡的威势向英国宣战开始,到在特拉法加和奥斯特里茨海陆两个战场一负一胜,随后渐趋由盛而衰,最后节节败溃。第一部突出法英两国政治军事的对垒;第二部主写拿破仑与英、德、奥地利、俄、西班牙的政治交锋和军事行动,以及拿破仑在军事渐渐失利后为政治目的而休妻,并与奥地利皇室联姻;第三部写拿破仑困陷俄罗斯腹地几近全军覆没,在欧洲各国节节败退,直至滑铁卢决战后彻底崩溃。作为史诗,哈代以高视角、全景观的大制作,面对十九世纪初欧洲近代史上这场空前的大震荡、大灾难,通篇响彻人道、正义的主旋律。

哈代不是史家,也没有对这一历史阶段的整个进程全面负责,而只是撷取这一历史过程中一连串关键性的要事和细节加以艺术的敷陈、演义和剖析,所涉及的人物、事件及细节,都是以最接近历史真实的文献记录为据——这是哈代长期查找资料、研读典籍、寻访古迹和遗民以至尚存的英国参加滑铁卢战役老兵的收获,而不是凭作家一时心血来潮,信笔戏说,这是哈代学术地(academic)对待历史题材的方法,也正是哈代从事文学创作时学者式(scholarly)态度之一斑。

哈代身为文学巨擘,拥有较通常文学家更丰厚的资质:首先,他是精于结构,善于刻画,天赋诗情和同样驾驭散文与韵文的全才和高手,这是他能小说、诗歌、戏剧并举的先决条件;其次,他性格内向深沉,乐于思索探究而又视野开阔,具有悲天悯人的心地,这又为从事具有哲学意味创作所必不可少;再次,他从不自我满足,勇于艺术创新和擅做自我挑战。另外,岁寿绵长、体魄康健也给了他在漫长一生不断选择和转换创作方向、充分展示个人艺术才能和宇宙人生见解更多的机会。人至晚年,作为小说家他早已功成名就,作为诗人也充分实现了发自少年时代的宿愿;但是,作为一个见证世事沧桑、遍尝生活苦乐的老人,一个博览经史、饱经内省的哲人,他那些对宇宙人生独特而又超前的见解,虽在他的小说和诗歌中屡屡表露,但终似嫌意犹未尽,采用一种长篇巨制的形式,尽兴表达自己复杂的宇宙观和人生观,则成为势在必行。

按文学体裁分类,哈代将《列王》称之为剧,但以它这样的高视角、全景观、多幕场、多人物,其实并不适用于传统的戏剧舞台和导演手法。哈代自己对这点并非无所知觉。他在这部剧作的前言中早有交代:他当初的创作意图,并非为舞台演出提供脚本,而只是供人案头阅读时在心里演出。把握哈代的此一创作意图,恰可以更好地欣赏这部巨作的精要与魅力。

他将剧作的场景人物分为上下两界,下界是人间凡尘,上界,借用古希腊戏剧的格式,是超然人世的另一个境界;不过哈代是以一个"意志"(will)代替"众神的主宰",其下有岁月精灵、怜悯精灵、传谣精灵、凶险精灵、地球之魂、书记天使等虚无缥缈的人物和它们的合唱队。下界则是以拿破仑为主角的欧洲参战国双方的帝王将相、后妃命妇、各路将领、军士和市民、军人妻子、情妇、流浪汉、娼妓等等五花八门的苍生,以至战马、战场上的狗、兔、田鼠、蜗牛、蝴蝶等小小有生之物的芸芸众生。全剧所用语言,主要有无韵诗、格律诗以及散文。正如哈代小说中包含诸多诗歌、戏剧成分,诗歌中包含诸多小说、戏剧成分,他的戏剧中,也包含诸多小说、诗歌成分;但是在主题上,比起哈代诗的重于个人情感抒发和小说的重于个人命运阐述,这部剧作则更重于在重大历史政治事件,兼及个人命运——拿破仑以及奈尔森、约瑟芬和玛丽·路易丝两个皇后等具代表性个人命运的演绎,而且也恰正应和哈代创作当时,即第一次世界大战前的时代主旋律;同时也表达了英国人哈代的爱国立场。因此,这部本来仅供案头阅读时在心中演出的剧作,也曾在第一次世界大战期间为配合时事而部分地登上舞台。

在哈代的诗歌小说中,特别是那类哲理性的感兴诗中,明显地表达了作家本人那种颇受叔本华唯意志论哲学思想影响的宇宙观,而在这部高视角、全景观的史诗剧中,这种宇宙观则表达得更为淋漓尽致。他借用古希腊戏剧合唱队的形式将上界的主角意志和众精灵具体化、拟人化,贯串全剧的始终,操纵着下界帝王后妃、将相命妇、士兵平民以至鸟兽昆虫等芸芸众生的行为、思想和命运,给历史上叱咤一时,至今为之聚讼纷纭的乱世枭雄拿破仑及其相关人物,以哈代式的诠释。我们所说的"哈代式",其实际意义就是:茫茫宇宙之中,沧海一粟的地球之上,区区个体之人,本来十分渺小,就人类自己看来,不论伟大渺小、贵贱高低,总受意志支配,个人则往往表现得无能为力,无可奈何。这就是哈代站在二十世纪之初唱出的并不轻快的报春之曲。像这样以历史上的拿破仑战争为题材,状写宇宙尘世包罗万象的景物,预示二十世纪现代人的思路,正是哈代文学创作总体风格的主要之点。

作为戏剧,《列王》的艺术特点,也与哈代的小说、诗歌同出一辙。在传统意义和标准上,《列王》不能算是典型的剧作,但是它也具备了优秀戏剧作品的众多特质,诸如紧张动人的场面冲突、精细点睛的人物心理、机智俏皮的对白独白,其中特拉法加海战、奥斯特里茨战役、滑铁卢战役等场景、拿破仑和他的两个皇后、奈尔森等各国将士以及普通百姓有关战争的对话,都因此而给人留下深刻印象。因此,从总体艺术效果来说,它是和哈代的小说、诗歌处于同一的平台上,它是集哈代散文、韵文艺术的之大成的作品。不过迄至今日,在我国除三十年代中有过杜衡的一种难得但不十分理想的《列王》中译本之外,尚未见它的新译。

哈代以其小说、诗歌、戏剧作品的数量和它们所显现的思想艺术的品位而被称为文学全才和大师,自然当之无愧。但是,正如他在小说《贝妲的婚事》和《意中人》的自序,以及借《无名的裘德》女主人公淑·布莱德赫之口所一再表示,他出版的作品和创作的小说人物,早出了五十年,他的小说《德伯家的苔丝》《无名的裘德》《意中人》等屡遭出版龃龉的情况，恰在这一层意义上得到了最好的解释。然而即使在他晚年已享誉海内外，荣获来自著名大学阿伯丁、剑桥、牛津、布列斯特等的荣誉学位和国家功勋勋章、多切斯特荣誉市民称号，并荣任英国作家协会主席，但他的诗歌与诗剧在实质上也尚未获得读书评论界的充分理解和赏识。是时代的步步前进和文明的点点丰富，才使他在一代代的后来读者和学者中拥有了不断增多的知音——这正是真正的文学大师特有的幸运。在哈代一九二八年逝世后不久的三十年代、逝世五十周年前后的七八十年代以及他诞生一百五十周年的九十年代前后，都曾出现过研究、接受哈代的高潮，再版他的作品，出版研究他的新作，将哈代学步步推向更深、更广的层次，对哈代全部作品，包括小说中的次要作品，诗歌和戏剧以及哈代生平的研究，已都不断出现新突破。至今，哈代的图书、音像等作品，始终在公共图书馆、书店和家庭私人收藏中占有相当显著的席位，以雅俗共享的方式阅读、研究、交流哈代学的组织托马斯·哈代学会（T. Hardy Society）和主要在网上联络的托马斯·哈代协会（T. Hardy Association）已经拥有英国、欧洲、美洲、澳洲、亚洲、非洲等世界范围的覆盖面，哈代的作品，已译成五十种以上文字在世界各地流通。哈代，作为文学家，是英国和西欧文明发展到特定时期的产物，也是世界文化宝库中一份永远的珍藏。

我国接受哈代，始自二十世纪三十年代对哈代的翻译和引荐，《德伯家的苔丝》《还乡》和他的《三怪客》等小说以及抗日战争胜利后出版的中译本《无名的裘德》《卡斯特桥市长》等，数十年流行不没。八十年代以后，又添上了小说、诗歌新译，中国学者研究哈代的论文和专著，也陆续出版，并与世界建立起沟通渠道。哈代的创作和生平，对中国读者以至现当代文学创作者，也已有过不小的影响。本文集所录各部诗文，仅及或不足哈代全部创作（自传、笔记、书信等文献类除外)之半,毕竟尚难领略哈代这位文学巨人之全貌,确信今后会有更丰厚的哈代文集、全集问世,方不辜负这位宽厚、仁爱的文学家对我们的慷慨遗赠和读者对他的厚爱与厚望。

张　玲

二〇〇三年一月十四日定稿于北京双榆斋

前　言

　　托马斯·哈代(1840—1928)是一位享有世界声誉的英国作家和诗人。他以家乡多塞特郡(小说中的威塞克斯)为背景,创作了一系列史诗般的风格独特、魅力独具的乡土小说。他的一些作品,如《德伯家的苔丝》《无名的裘德》《还乡》等,已被译成多种语言,在世界各地广为流传。在我国,对哈代作品的介绍始于二十年代。几十年来,对哈代的研究取得了很多成果。但是哈代的第一部小说《枉费心机》至今未见中文译本(恕笔者孤陋寡闻),不能不说是哈代作品研究与欣赏的一大遗憾。

　　在一些比较全面地介绍哈代的书籍和文章中,这部小说屡被提及。然而对书名的翻译不尽相同,笔者见过的有"计出无奈""孤注一掷""非常手段"等。此次翻译采用"枉费心机"亦非首次使用,译者觉得这个译名能从更加全面的角度诠释小说的内容。小说描写了塞西利亚的爱情遭遇。塞西利亚是一位建筑师的女儿,容貌美丽,善良纯朴。她与建筑师斯普林罗夫相爱。她的父亲在一次事故中丧生,她只好当了女地主阿尔克利芙小姐的侍女。阿尔克利芙小姐恰好是她父亲以前的情人,并且至今还爱着她的父亲,她在知道塞西利亚的身世之后,便想方设法促使塞西利亚同自己的私生子曼斯顿结婚。为了这个目的,她不惜用离间计拆散深深相爱的塞西利亚和斯普林罗夫。曼斯顿性情乖僻,品质恶劣。他已有妻子,但仍不择手段,要得到塞西利亚。塞西利亚本不爱曼斯顿,只因哥哥病情日重却无钱医治才允婚。就在婚礼当晚,塞西利亚却被她哥哥和斯普林罗夫追回,因为他们发现曼斯顿的前妻可能尚活在人世。几经周折，人们终于查明真相。原来曼斯顿已将他的前妻杀死，后怕事情败露又找来一个貌似前妻的人做替身。他后来因谋杀罪入狱，自杀身亡。阿尔克利芙小姐受到刺激，中风死去，财产全部留给塞西利亚。最后，塞西利亚和斯普林罗夫终结百年之好。哈代从一八六九年开始写这部小说，一八七一年发表，时年三十一岁。当时他已在故乡多塞特郡和伦敦的建筑行从业十余年。小说中的男主人公、青年建筑师爱德华·斯普林罗夫就有哈代本人的影子。

这部小说情节曲折复杂、充满悬念。读者能明显看出哈代深受侦探小说家柯林斯的影响。哈代后来为自己的小说分类时，就将这部小说归于精于结构的小说。从小说本身，我们的确可以看出，哈代在构思情节方面确实智力超群。这部小说的每一章和每一节的标题，都是以年度、季度、月份或日期，甚至是用小时表示。这一点可谓匠心独具，使整部小说顺序清晰，也使故事的发展张弛有度，显示了哈代在运用时间方面的能力。同时，我们也不难看出，出身建筑设计师、绘图员的哈代思想缜密严谨，这使他具有较高的安排篇章结构的才能。

这部作品是哈代的第一部小说。为了能使小说引起轰动，刺激读者的好奇心，哈代精心设计了一些类似哥特小说的神秘、恐怖的场景。总体看来，这部作品与哈代后来的代表作如《还乡》《德伯家的苔丝》《无名的裘德》等存在着明显的差异。哈代是在第一部小说遭到拒绝，在梅瑞狄斯的指点下开始创作这部小说的。一方面由于他一心一意想抓住读者，另一方面他的小说创作也处在摸索阶段，所以在一些方面自然显得不太成熟和完美。比如情节过于神秘，人物的描述不够深刻，以及在叙述故事的过程中夹杂许多议论等等。但总的来看，这部小说可以说是哈代的奠基之作。在主题、人物、技巧方面，为哈代进一步的小说创作奠定了基础。

首先，哈代奠定了自己作品的乡村主题。虽然在这部小说中，哈代尚未采用他后来的作品中常见的"威塞克斯"这一历史地理名称,但是故事的主要背景却是他的故乡多塞特西北一带的乡村,其实也就是哈代的"威塞克斯"的中心。故事发生地"响水山庄",以新旧两座庄园主宅第为主要场景。马车夫在接塞西利亚到山庄的途中,把那一地区山川景物特有的风貌一路展现出来。随着故事的发展,我们还跟塞西利亚去体验了热闹欢快的榨苹果汁的场面;经历了山雨欲来的风声雷声;跟随阿尔克利芙小姐游历了碧水、绿树的如画美景;甚至领略了佃农家欢乐的圣诞之夜。哈代以语言为颜料,以故事为载体,绘制出具有浓烈地方风情的山水画。哈代后来还把这部小说第一章开始时的一个地名改为"基督寺"。这是《无名的裘德》——哈代的最后一部作品——的中心舞台。这样,哈代把他的作品联接成了一个有机的整体,再一次像建筑师一样规划了他的所有小说。

其次,在人物描写上,哈代也在这部小说中初露锋芒。他笔下的人物形象鲜明,性格凸显。女主人公塞西利亚绝不是毫无思想的美人胚子,而是秀外慧中,心地善良,感情丰富。与斯普林罗夫划船时,她主动要求不立刻回去,而是划到远一些的地方。她能正视自己的感情,并且主动争取。在人生的迷宫中,她能坚定地遵循自己的原则,正视生活的坎坷,大胆地以女仆的身份去谋生,驳斥她哥哥的虚伪观点。后来由于阿尔克利芙小姐的离间,她对斯普林罗夫产生了误解。但她并没有在曼斯顿的攻势下屈服,只是为了哥哥的病,才甘愿嫁给自己不爱的人,而自己内心则忍受着巨大的痛苦,以至在婚礼上她像"一尊雕像"。这不禁让人想起苔丝宁愿剪掉自己的眉毛,去做最苦最累的活儿,也要维护自己的尊严,后来又为了全家人的生存,委身于她所厌恶的阿历克。当然,塞西利亚还做不到像苔丝那样,看到自己追求的幸福被毁得体无完肤,而在绝望中做出惊人之举——杀死仇人,去争取哪怕是瞬间的幸福。与苔丝相比,塞西利亚确显苍白,但这部小说毕竟显示了哈代的创作手法及创作方向,对我们全面了解哈代的作品提供了很好的资料。哈代的最后一部小说《无名的裘德》中的女主人公显然继承了这些在塞西利亚身上初露端倪的性格。淑大胆地蔑视陈规旧俗,与裘德住在一起,一起养育儿女。虽则最后她失败了,但这种反抗精神却是非常强烈的。我们可以由此追寻哈代的创作痕迹。

另外,曼斯顿也不是一个单纯的坏人。他生长在非正常的环境中,形成了独特的个性。虽然他工于心计,专横阴险,但他又很有男性魅力,同时具备很高的艺术鉴赏力,并有强烈的好胜心及占有欲。所以他并不是一个简单的杀人犯。阿尔克利芙小姐也由于特殊的经历造就了特殊的性格。哈代后来的作品中的坏人很多也是具有复杂内涵的。

在情节上,哈代从这部小说起就奠定了独有的特色。尤其是他对偶然事件的处理,或者说对巧合的独特安排,在这部小说里已初见锋芒。阿尔克利芙小姐的父亲不早不晚,偏偏死在塞西利亚到响水山庄的第一夜;尤妮斯从曼斯顿处出来的时间分毫不差,恰好听到了塞西利亚和她哥哥的谈话;曼斯顿的前妻"死而复生"的消息,也是不前不后,恰在曼斯顿与塞西利亚举行完婚礼之后传来。像这样许多的巧合改变了人物的命运,也使得故事戏剧性地向前发展。这样的巧合在哈代的作品中随处可见。《一双蓝蓝的眼睛》中埃尔弗丽德和斯蒂芬冲动地私奔时恰好碰到了杰思韦太太;《还乡》中的母亲来时尤苔莎没有开门,恰巧让她在路上丢了性命;《德伯家的苔丝》中的苔丝恰好把信塞进安吉尔的地毯下,使苔丝蒙受冤屈;《无名的裘德》中裘德把淑安排到费劳孙那里工作,本想接近她,却无意中做了别人的大媒。哈代以巧合来安排情节的方法使一些人颇有微辞,觉得这样的描写突出了命运的无常,而忽视了问题的社会性。但我们也应看到这种手法的另一面。缜密紧凑而又富有戏剧性的情节恰恰是吸引读者的磁石,它紧紧扣住读者的心弦，把作者对人生的思考，对人性的感悟，对社会的观点蕴含其中，使人在手不释卷的同时颇受教益。

总之，这部小说所体现的浪漫的想象力，对人物微妙心理的描写，利用巧合和偶然事件来构思情节的能力，以及对田园风光、农村景物的敏锐感受，都给读者留下了深刻的印象。作为发表的第一部小说，《枉费心机》还预示了哈代创作的发展方向。它不是作者的成名作，却是他的奠基之作。它是哈代在文学道路上的最初尝试，是他全部小说创作中不可分割的一部分，它同他的其他小说构成一个有机的整体。研究哈代的小说不读《枉费心机》，就像欣赏一部没有序曲的伟大史诗。所以，不论从欣赏角度，还是从研究价值，向中国读者介绍这部作品都是必要的，也是重要的。希望通过我们的努力把英国文学中的这块瑰宝奉献给广大文学爱好者，也为促进对哈代的研究贡献微薄之力。

刘春芳

二〇〇二年三月

第一章　三十年的变迁

1. 一八三五年十二月至一八三六年一月

在这期间,围绕塞西利亚·格雷和爱德华·斯普林罗夫及其他相关人士发生了一连串不平凡的故事,其中一些颇值得记述。在这些漫长持久、纷繁复杂的种种事件中,有着直接影响的第一件事就是圣诞节的拜访。

在上面提到的一八三五年,年轻的建筑师阿姆勃洛斯·格雷到伦敦去与一位在布鲁姆斯的朋友共度圣诞节。那时,他刚刚在基督寺①以北一个名叫郝克桥的中部城镇开始了他的职业生涯。他跟他的朋友亨特威同一年考进剑桥大学,并且是一同毕业,而后亨特威去担任神职工作。

格雷相貌英俊,性格温柔而坦率。他有很好的思想素质:对日常琐事充满诙谐幽默;对自然万物充满诗情画意;对抽象事物又充满诗人般的想象。总的来说,他三才兼备的思想修养广为人称颂。

他不太留意人世间的烦恼与丑恶。对大多数人来说,发现一位新朋友的恶行只不过是一次额外的经验,而对格雷来说却永远令他难以置信。

---

① 基督寺,这个地名是哈代在一八九六年出版时加上的,基督寺是哈代最后一部小说《无名的裘德》的中心舞台。作者大概是想把他的第一部作品与最后一部作品在一定形式上联接起来。——原注

在伦敦时，他结识了一位名叫布赖德雷的退役海军军官。这位军官同他的妻子和女儿住在德克利大街，离鲁塞尔广场不远。他们的家境并不富裕，可这位军官的太太却是出身世家，在家族史上与王室里一些名门显贵有着千丝万缕的联系。

他们的女儿正值妙龄。在格雷看来，她简直是他所见过的最美丽、最高贵的人儿。她名叫塞西利亚，约十八九岁。事实上，她在相貌与那些天生丽质的乡下姑娘并无差异。但有一点不同，这就是她行为得体，举止文雅，而乡下姑娘则缺乏这种修养。一点点过人之处，一旦招人注目，就常被看做是全部的优点。在他眼里，她简直完美无瑕——从本质上就远远超过了那些乡下姑娘。格雷对塞西利亚一见钟情。格雷这段恋情本来应该带来幸福，然而由于他太鲁莽，使这种幸福成了水中之花。

他到达伦敦的第一个星期，经过自我推荐，与塞西利亚和她的父母接触过两三次。由于偶然的机会，再加上恋人的心计，使他们俩在接下来的一个星期内总能相聚在一起。她的父母也喜欢格雷。因为他们家族的同辈人都有较高的社会地位，他们平时孤亲少友，很少有社会交往，因此格雷的每次造访都受到热情的款待。他对塞西利亚的热爱不只是强烈，而且近乎一种难以言状的狂热。塞西利亚对他的殷勤虽未明确表示鼓励，却也巧妙地默许他向她步步靠近。因为没有钱来支撑门第，她的父母似乎对高贵的出身失去了信心。他们对这对年轻人的眉目传情，进而渐渐坠入爱河，实际上不是很赞同，但也只好以平静的心态观察，任其自由发展了。

格雷充满激情的梦想终于在一段令人悲伤、难以表述的生活插曲中破灭了。经过三个星期的甜蜜接触之后，他走到了这份感情的尽头——一种精神上的迦萨①，而后便跌进了感情的荒漠。

---

① 迦萨，典出《旧约·士师记》第 16 章，力士参孙在被妻子大利拉出卖后，非利士人将他捉住，剃去他的双眼，把他带到迦萨。——原注

到了次年一月的第二个星期,这位年轻的建筑师不得不离开这座城镇了。

格雷在与他心上人交往的整个过程中,发现她的爱情观与众不同。格雷出现时她也像一般的情人那样感到快乐;但自始至终,她一直都在压抑着自己的情感,对使他们走到一起的这种缘分的真正实质佯作不知,对这种缘分的内涵以及惟一合情合理的发展结果视而不见;她甚至害怕他把问题挑明。现在的状况足以使她满足,而不需要积累什么希望。在她看来,就算爱情本身就意味着结束,她也要把它当作开始来享受。

塞西利亚的逃避成了他们爱情发展中的一种障碍,但最终却起了催化剂的作用。他不能再拖延下去了。那是一个黄昏,他把她带到楼梯平台上的一间小花房里,那里茂密的树丛长年翠绿欲滴。在几盏昏暗的灯光映照下,树叶显得更加清新和美丽。于是,他向她表达了像树叶一样清新、美丽的爱慕之情:

"我爱你——我的宝贝,嫁给我吧!"

听完他的话,她似乎刚刚被唤醒。"啊——我们现在必须分开了!"她颤抖地说,语气中含着痛苦。"我会给你写信的。"她放开他的手,一溜烟地跑开了。

格雷像发了疯一样回到家里,彻夜未眠,注意等待第二天早上的消息。次日他收到一张便条,那一刻,有谁能比他更加痛苦和忧虑呢? 便条上写着:

再见,永远地再见了。我承认我爱你,但有些事把我们永久地分开了。原谅我吧,我本来早就该把这事告诉你。你的爱是那样甜蜜。永远忘了我吧。

就在同一天,好像要给这痛苦的感情做一个了断似的,塞西利亚和她的父母按照约定,到一个西部小镇去看望一位亲戚。格雷捎信或写信恳求她解释事情的原委,但她都没有回答,只恳求他别再追求她。最令格雷感到迷惑不解的是,他从她父母的来信中发现,他们对塞西利亚这种突然决绝的做法同样感到烦恼和痛苦。但有一件事很清楚:他们知道她的理由。虽然他们觉得这理由并不正确,但他们并不想透露给他。

一星期后格雷离开了他的朋友亨特威,也永远离开了他为之伤痛的"爱情"。格雷不断地写信给他的朋友,询问塞西利亚的情况,他的朋友也不断地写信答复他。但是一个相思之人的敏锐聪慧,一经他朋友之口,便让人觉得索然无味了。亨特威是什么事也说不明白。他来信说,他觉得在格雷遇见她两三年前,塞西利亚就和她的表兄有过一段风流韵事。她的表兄是步兵的一位军官,后来离开英国去了印度。翌年夏天,年轻的姑娘也因为身体虚弱,跟随父母到欧洲大陆去旅行。这样,他们的关系就突然中断了。亨特威最后又说,形势使格雷的深情变得更加渺茫。由于某位亲属的突然辞世,塞西利亚的母亲意外地继承了一大笔遗产和英格兰西部的一大片庄园。他们从布鲁姆斯伯雷的小房子里搬迁出来。而且,看起来他们和那个地区的老朋友们都断了来往。

格雷便肯定地认为他的塞西利亚已经忘记了他,忘记了他的爱。但他却无法把她忘怀。

2. 从一八四三年到一八六一年

八年过去了,阿姆勃洛斯·格雷既孤独又伤心。他没有亲戚,认识人不少却没有真正的朋友。后来他碰到一个与塞西利亚性格迥异的姑娘,相当有钱而且天资聪颖。格雷失去塞西利亚后,绝不会再会一往情深地钟情于另一个女人了。对所有的人来说,世上一切美好的事物,越难寻觅的,就显得越发珍贵。但是对某些人来说,完全无法寻觅的是那种使瞬间爱情成为永远的特殊事件。

第二位姑娘和格雷结婚了。众所周知,他自始至终没有像一位丈夫那样爱过自己的妻子。但是，很少有人知道，他为失去第一个挚爱的偶像徒劳地郁郁寡欢。他抱怨命运的不幸，无法从这种失落的心境中解脱出来。

不能和理想的伴侣白首偕老，使他感到苦闷难当。长期受到感情上的压抑，他的脾气变得愈来愈坏。因此，他生来温柔、愉快的性格，渐渐不再和顺。一些熟人把这看做是命运使然。他年轻时那种动人的、乐观自信的、易于接受新思想的性格，逐渐变成了一种忧郁，一种神经过敏。希望如浮萍，前景难勾画，他饱受着难以言喻的忧伤。在这种生活状况下，最初他只是随心所欲地得过且过，到后来简直是虚度年华，浪费生命。他以牺牲一切美好的前景为代价，极虔诚地付清了他所招致的每项心灵债务。随着岁月流转，这种状况一直在继续。他缺乏足够的精神力量来改变这种既定的生活习惯，直到有一天灾难降临。

一八六一年，他的妻子撒手人寰，剩下他孑然一身，带着一双儿女。儿子叫欧文，刚满十七岁，辍学在家，而后被引荐到父亲的事务所学习建筑。女儿比欧文小一岁。

她的教名是塞西利亚。取这个名字的隐情，自然是再明白不过了。

3. 一八六三年十月十二日

我们略去两年时间，是为了记述一下与这些人有关的一个重要事件。地点依然是在格雷的故乡郝克桥镇，时间是十月的一个星期一下午。

那天阳光明媚，秋高气爽。但是这座古老的城镇却显得毫无生机、一片沉闷。首先因为那时是一天二十四小时中最沉闷的时刻。早上幽长的树影和清新的景象刚刚消失，日薄西山的那种柔美和温馨还未到来。阳光恣意地照耀着。其次，每周的这个时候，在一个古老乡村的山墙下经常进行一些闪耀着浪漫火花的活动。可这时候,浪漫气息似乎已荡然无存。还有,这城镇刻意摆出一副媚态来,向成群的游客展示当地人不同凡响的吟诵天赋。一个古老而偏僻的城镇硬要乔装得年轻活泼,是再无聊不过的了。

在这方面,小城镇就像小孩子,他们最热衷于在观众面前不自觉地表演一些本地的奇风异俗。一旦有人注意到他们,他们就有意地做一些滑稽的姿态,学一些拙劣的模仿,只图逗人捧腹一笑。而这种搔首弄姿反倒使他们失却了本来的可爱之处。

在小镇的三条主要街道的交叉口处,有一座低矮的教堂。教堂上面,一口饱经风霜的钟显示着当前的时间是两点半。教堂的对面是市政厅。市政厅内正准备开始一场关于莎士比亚作品读后感的座谈会。市政厅的门大敞着。已经聚集在大厅的人们盯着每一位新来的人,默默地打量着他们的穿衣打扮,猜测着他们的牙齿和头发是不是真的,揣度着他们的私人财产。在这些后来的人中,走来一位姿色出众的年轻姑娘,她像一朵艳丽的罂粟花盛开在棕灰色的麦埂地里。她身穿雅洁的深色上衣,淡紫色的长裙,帽子上系着灰色的长带,镶着同色的花边,手套的颜色与服饰非常谐调。她轻快地走过房间侧面的通道,向四周望了望,然后坐在指定给她的座位上。

这位年轻的姑娘是塞西利亚·格雷。当时她大约十八岁。她从一进门到坐下听台上朗诵,就成了几位邻座人注意的中心。

她的身材柔美匀称,几乎近于完美。她的面容虽不及身材那样出色,却也极富魅力。可是,这些美丽之处与她的优雅举止相比,却又显得微不足道。她的举止楚楚动人,袅娜多姿,迷人之极。

的确,举止的美妙是她的过人之处。大到身躯的活动,小至秀目微开,手指轻弯,抑或樱唇微启,都散发出无限的魅力。至于她头部的姿态,似动非动,仪态万方,灵敏精巧得宛如磁针一样。她的这种轻盈灵活的风韵,不是靠严格的训练或观察模仿获得的,而是未经任何指导和雕琢，随着年龄的增长自然而然形成的。童年时，路上的小石头或小木棍常常会把她的同伴绊倒，而她却摆动一下，转两个圈，便能保持住平衡，安然直立。她十二三岁参加男女生混合的圣诞晚会，那些自以为长大成人的男孩子因为她年龄小而看不起她。可后来她轻盈而飘逸的舞姿完全掩盖了她的稚嫩，使那些洋洋自得的男孩子丢掉偏见，再不敢小瞧这位带着孩子气的人物，都希望与她共舞。在后来的几年中，女性的本能使她把这种外表的最为光彩动人之处发展到完美的程度，人们觉得她的一颦一笑都无可挑剔。

她的一头米黄色卷发轻柔地披在肩头，在灯光下轻柔地闪烁。发卷弯曲的阴暗部分颜色偏深，像栗子的颜色。一双蔚蓝色的大眼睛，虽说比普通的蓝宝石颜色稍暗，却也熠熠生辉。她的双眸温柔多情，晶莹剔透，流露出忠诚和善良的信念。这种目光和宝石那种虽光华闪耀、却呆板僵直的光芒迥然不同。

但是，要想更深入细致地了解她的性格却并不容易。事实上任何迷人的姑娘都像个谜。要了解她们就像在漆黑的夜晚仅凭一盏灯笼就想看清风景如画的地貌一样不易，或就像用管乐器演奏一首弦乐曲一样令人费解。不管怎样，从上面一系列冒昧的描绘中，可以相信，在勾勒她外貌的所有令人心仪的词语中，下面这些文字尤其令人赞叹——

喜忧参半时，她蛾眉微蹙，目光幽幽闪亮，而后又微笑起来（她的眼睛真像嘴唇一样会笑），并在转瞬之间就能清晰表达出"是"与"否"之间的各种不同表情。

窃窃私语时，她微露惊愕，根据悄悄话的隐秘程度，兴奋地碰碰听者的胳臂、身体或脖颈。

而当她忐忑不安地注视一个博得她好感的人时，她便会突然停止嬉笑，眼神飘然移出窗外。

纵然一位姑娘确实美丽动人，时间总会让人渐渐淡忘，可为什么塞西利亚在这次平平常常的集会上的一颦一笑却没被时间湮没？多年之后，那些人们，包括她自己，都记忆犹新，每个细节似乎都历历在目。这只是因为她毫无觉察地站在了她"人生之路"的急转弯上。这样一来，讨论会的真正含义人们倒不记得了。这是她最后一次无忧无虑地享受生活，而后她便陷入了她本一无所知的生活的迷宫中。在接下来的两年多的时间里，她继续沿着迷宫中的曲径，探索迷惘的人生。

塞西利亚所在的这座市政厅是用灰色的石头建成的。站在屋子里，透过每一扇窗，都可以看到毗邻街道的房顶和烟囱，也能看到对面教堂尖顶的上半部分。那时候，监管这座教堂修缮工程的建筑师是格雷小姐的父亲，整个工程正接近尾声。

塞西利亚的位置正好可以看到教堂的塔尖。她漫不经心地抬眼望去，饶有兴致地发现了什么，于是她便一心一意地注视那儿的高空作业的景象。映着碧蓝的天空，围绕锥形的塔尖，架起了一个施工架。架上站着五个人，其中四人穿着白色工作服，颜色和身旁竖起的石头塔尖一样。另一个人却在空中穿着普通的深色套装。

那四个穿白衣服的人其中三个是石匠，一个是小工。第五个人则是建筑师格雷先生。看上去他一直在指导着施工，在施工架非常狭窄的通道上，他尽量向后靠，站得很稳。

对于坐在市政厅的这位观察者来说，这幅景象奇特而荡人心弦。那宛若一幅缩影画，镶嵌在深色的窗框里。画中事物的柔和，与窗框的阴暗形成鲜明的对比。

塔尖约有一百二十英尺高。在上面干活，五个人似乎完全脱离了一般人的生活范围和生活体验。他们看上去比鸽子大不了多少，这使得他们微小的举动带着一种轻柔，一种精灵般的沉静。他们的举止给地面上的人最深的印象就是对目标的全神贯注，而对下面纷乱的世界漠不关心，甚至根本没意识到它的存在。他们的眼神从不离开施工架。

不过有一个人转过身来了，那就是格雷先生。而后他又纹丝不动地站着，注视着别人施工。他扬起脸看着刚刚抬起的一块石头，好像陷入了沉思。

　　"他怎么那样站着？"年轻姑娘终于感到担心和不安。她想起古塔兰托姆人①也是在这样一个下午，从大戏院注视着罗马人开进他们的港湾，推翻了他们的国家。

　　她开始不安起来。她紧紧盯着那幅背衬着碧空的画面，自言自语地说，"他下来吧！在那上面稍一走神都太危险了。"

　　她一个人默默自语的时候，她父亲犹犹豫豫地抓住了施工架的一根竿子，想试试它的强度，接着他又松开手，往后退了一步。在退步的时候，他脚下一滑，前后左右摇摆了两下，刹那间便坠入空中，掉了下去，在姑娘的视线中消失了。他的女儿一阵痉挛，痛苦不堪地站了起来。她张着嘴，喘息着，却说不出话来。人们走到她的身边，搞不清发生了什么事。大家转过头看着可怜的姑娘，脸上流露出探询与惊恐的神色。不一会儿，她便颓然昏倒在地上。

　　塞西利亚苏醒后的第一个印象就是她哥哥和另一位上了岁数的人把她从一辆特别的运输车上抬下来，穿过人行道，走到她自家房屋前的台阶前。刚才发生的事件转瞬间又浮现在脑海中。他们把她抬进屋。几分钟前，也是通过这扇门，他们抬进了一个更令人伤心的担架。一进门，塞西利亚的目光不经意间掠过西南部的天空，无意中看到白色的阳光透过深灰的云层，射出利剑一样的光芒。情感总是与当时的景象交融在一起，也不管它们之间有多么本质的差别——就像化学制剂会在树枝上结晶，也会在电线上结晶一样。从那时以后，没有任何内心的痛苦能像那束利箭般的阳

---

①　塔兰托姆人，塔兰托姆是意大利南部的一个海港。塔兰托姆人为保护家园，抵御罗马人南侵，曾与罗马人订下协定。在协定中罗马人承诺不将战舰开进奥特兰托海湾。然而，事实上他们还是违反了协定，双方于公元前二八二年开战。——原注

光一样,更生动逼真地把塞西利亚带到市政厅窗外的那一幕。

4.十月十九日

当死亡降临到一个家庭时,总会引起一种哀伤和恐慌的气氛。哀伤是由死亡本身引起的,而恐慌则来自我们煞费苦心地刻意制造的乌云。

葬礼过后,欧文·格雷的情绪很低沉,但行动却很果断。他坐在父亲的写字台前,拿出一大堆乱七八糟的资料翻阅。平时翻阅这些东西就让人感到厌烦和难受,在这种极端痛苦的情形下,更是如此。一捆用细线绑起来的薄白纸乱糟糟地和一些沿黑边装订好的纸混杂在一起,还有些蓝色的大纸则用粗劣的红带捆成圆筒。

这一大堆信件、账单,还有其他文件都得细细地整理一下。通过整理,欧文发现了一些以前他毫不知情的细节——

首先,他父亲的工资非常少,总共还不到他们开销的一半。他本来可以依靠他自己和妻子的财产达到收支平衡。可是,他父亲不明智地把钱借贷给一些寡廉鲜耻的人。这些人利用了他父亲的直率与坦诚,于是他们的财产也就如石沉大海,一去不回了。

其次,他的父亲意识到了自己所犯的错误,便极力想通过做投机买卖把钱赚回来。下面就是一个最明显的实例。去年秋天普利茅斯有一艘意大利的双桅货船,遇险驶入了海湾。在别人的怂恿下,他父亲把所有的闲置资金全部投资在这艘货船的安全航行上。这笔投资的利润是相当可观的,但也存在着巨大的风险。实际上,这艘船的安全航行一点儿保证都没有。像他父亲这种对做投机生意一窍不通的人,这种买卖必然使他遭受最大的不幸和厄运。结果,船沉入了大海,随之而去的便是格雷先生的投资。

第三,这些失败使他背上了沉重的债务,而他又不知怎样偿还。所以他去世后,他在银行账户上仅剩的那几英镑也不过是名义上的罢了。

第四，两年前他妻子的辞世使他强烈地意识到自己有多么鲁莽和盲目，同时也唤起了他对子女的责任感。于是他决心在工作中靠不懈的热情和努力，而不是靠投机和侥幸来恢复他失去的财产，至少也应该是失去财产的一部分。

欧文审阅资料时，塞西利亚经常走到她哥哥身旁，悲伤地说："可怜的爸爸，由于时间不够，他没能实现他良好的意愿，是不是，欧文？他没有要求我们原谅他的过去，但我们要理解他。我永远也忘不了那次令人心碎的打击，就是那次打击让他一生充满了不幸。一切都跟他的忧伤有关，跟他对事务的倦怠有关。这些我们常常能看出来。"

"我还记得他曾对我说过的话，"她哥哥转过身来说道，"那天我跟他一直坐到深夜。他说：'欧文，不要盲目地去爱。凡是坠入情网，都是盲目的。不过你若是有清醒的头脑，再加点儿小心，恋爱也是可以的。希望你有清醒的头脑，可我没有。'爸爸还说：'努力学会克制的艺术。'我会这样的，塞西利亚。"

"妈妈也曾说过，一个美丽的女人毁了爸爸。因为在失去她的时候，他还不知道怎么样忘记她。我一直想知道她现在在哪里，欧文。他告诉我们不要去追究她的任何事情。爸爸从来没有告诉过我们她的名字，对不对？"

"我相信，这是她的要求。不要管她了，反正她又不是我们的母亲。"

那段曾让阿姆勃洛斯·格雷心碎的情缘，在小伙子听来并不在意，而在姑娘心中却掀起了波澜。

5. 从十月十九日至七月九日

阿姆勃洛斯·格雷想重新积聚财产的美好愿望刚刚付诸实

践,他就猝然辞世,他的愿望也永远成为了泡影。

葬礼的哀乐刚停,许多从前没有听说过,也没有想到过的沉重的账单就接踵而来,使欧文明白他到底背负着多少债务,接着就是逼账。其中有一份账单已呈送到大法官法庭,要求以房地产抵债,法院已经予以受理。

欧文一直在思索:"我们将来会怎样呢?"

在最悲痛的时候,我们心中常常怀着一种难以遏制的企盼,不断地憧憬着:我们有与众不同的命运,所以尽管我们的性情和经历与其他芸芸众生并无太大差异,但一定会有一个不平凡的未来等待着我们。

因此,对欧文和塞西利亚来说,他们的未来最终将会怎样,看起来是最深不可测的谜;而在那些对他们的境遇了如指掌的人看来,这个问题是再简单不过了——"跟那些有着相同遭遇的人一样"。

而后欧文同他妹妹商量了一下,决定该如何踏上他们的未来之路。有一个月的时间,他们都期待着回信,并且几乎是无望地探讨着这样或那样的计划。突然出现的希望就像彩虹,明明看见了,伸手一摸却是一团水雾。同时,一些令人生厌的闲言碎语,也打着好意关怀的幌子,整日在他们周围传来传去。毋庸置疑的事实是,他们是一位空想家的孩子。那位空想家让手里的每一文钱都不明不白地溜走了,最终欠下了邻居们一堆债务。他的女儿已经长大成人却没有职业。他的儿子虽有职业但也干不出什么名堂来,而且最终可能会一无所有。所有这些事都在情理之中,总不能因为怕伤害他们的感情而秘而不宣。事实上,无论他们走到哪儿,总能听到一些风言风语。他们的几个熟人见到他们也匆匆走开。那些拥有单独温酒火炉的人①,还有那些飞黄腾达的店主,总要在空闲

---

① 温酒火炉,在一八三二年的选举修正法案实施之前,在英格兰的一些地区,只有那些能自己温酒的人,也就是说,拥有一个单独做饭的火炉来证明自己是房主的人,才有资格选举。——原注

时间往门口一站,把脚尖伸出门槛,油腻腻的围裙耷拉在脚面上,开始跟便道上的几个朋友闲谈起来。他们的目光短浅,让他们的孩子们听起来觉得欧文兄妹前途一片黯淡。这些人的孩子们(他们戴着滑稽的领带夹,抽着令人发笑的烟袋)盯着塞西利亚时,他们目光中的严峻并未因过去曾对她的温存和尊敬而减弱。

值得一提的是,倘若每个人都孤立地思考和行动,我们就不会那么在意人们怎么看待我们,即使他们发现了我们的意图、出身、目的等方面的不可告人的秘密也不可怕。我们最害怕的是人们互相交换对我们的看法。就算有上百个熟人知道了我们的家丑,可他们彼此隔绝,不相往来,也不会让人感到紧张和不安。真正让我们焦虑的,是有几个人把它当作谈资——尽管这些谈论仅限于几个委托人。

郝克桥镇的人们都在观望,并且私下议论。对于兴旺发达的人来说,这些议论所造成的伤害或许微乎其微。可不幸的是,欧文兄妹新近陷入贫困,受伤的肌肤尚未痊愈。这使他们担心是否能找到出路,保护自己。欧文的父亲那种在感情上易受外界事物影响的倾向,体现在他身上却是高傲和耿直。再加上一点不计后果的盲目,使他形成了一种主观偏激的性格。他认为人性非善即恶,而不是善与恶的结合体。由于带有这些观点,他对一些意见不是憎恶,便是敬重。他本能地设法逃避那些只有多愁善感的人才能忍受的冷漠的阴霾。他能够坚忍而无怨地承受离别、疾病、流放、艰辛以及饥渴的痛苦。不过他的孤傲也令人感到过于尖刻。

欧文继承了父业,想挣点钱。他尝试了九个月。但由于没有经验,屡次尝试都毫无收获。他终于坚定不移地下了决心。他们兄妹可以悄悄离开英格兰这方土地,从熟人的眼中、流言蜚语中、尖刻的批评中消失,也从那些不饶人的债主眼中消失——债主们的晦气也不是他给带来的。他可以逃离可怕的贫穷给他带来的刺痛,他可以在一个遥远的地方找份工作,重操旧业,做个无名的、卑微的制图员。

欧文像战前磨刀霍霍一样，反复思考他的就职能力。过去，因为他一直没有职业，他已故父亲从事的建筑行业也不景气，而且，他作为自己父亲的学徒工，没有来自金钱方面的直接和无法摆脱的压力（好像一个手艺人让儿子做学徒工的情况一样），所以他在建筑艺术与科学的进展方面实在是微不足道。还有，欧文是个无所事事的年轻人，因为他还不成熟，不懂得勤奋。如果他到了懂得勤奋的年龄，即使没有外界的压力和鞭策，他也会在基本常识的驱使下激励自己去努力发奋。所以在两年的学徒期结束后，他在建筑规划、图样、区域划分、详细规格等方面获取的知识，还不如一位和他有同等能力的年轻人花六个月时间所学到的东西多。要是他身在忙碌的伦敦学徒工大军中，情形就会大不一样了。

不管怎样，他还能熟练掌握一项工作，这项工作正是一个远方城镇某位先生所需要的。他可以和他签订契约。在这方面，欧文进行了一番查询，对此人有了一些了解。这是一位叫做格拉菲尔德的先生，他在布迪茅斯·雷吉斯有业务。布迪茅斯·雷吉斯是一个海港城镇，坐落在英格兰南部的海滨胜地。

几经犹豫，格雷大着胆子给那位先生写了封信，询问了一些必要的问题，也简单地提及了父亲的去世，并说明他的学徒期只完成了一半。他还说如果能立即付工钱的话，他愿意在那儿完成剩余的两年，在报酬很低的情况下，履行契约上所规定的全部条款。

格拉菲尔德先生回信说，他并不缺少格雷所说的要完成剩余学徒期的学徒工。但他又补充了一点，说他的事务所倒需要一位年轻人，时间不会太长，大约是两个月左右。工作是描图，或者照应类似的辅助工作。如果格雷先生愿意接受这个低级职位，来干这些活，并同意按周拿薪，那他就有机会学习一些这个行业的工作细则。对于欧文来说，那点薪水是少得可怜的。

"这是一个开始。尤其是，那是一个安身之地，是一个远离笼罩在我们头上的乌云的地方。我要去的。"欧文说。

塞西利亚的择业范围要比欧文狭窄得多。她对将来的打算非常简单,而且早已心中有数。靠着她母亲的一份私人财产,她获得了一个有利条件,或者说是惟一的有利条件,那就是她受到过良好的教育。她的计划就是依据这个有利条件而制定的。她一旦住进她哥哥在布迪茅斯的住所,就要先征得一位在阿德布里克汉姆的律师的同意,为她的经历和品格作证,而后刊登一条做家庭教师的求职启事。当时这位律师正在为她父亲的事务斡旋,很清楚她的身世。

一天大清早,他们兄妹便离开了故乡。身后几乎没有留下任何足迹。

镇里的人都觉得他们走这一步并不明智,都为他们感到遗憾。"太不明智了!他们是土生土长的郝克桥人。在这儿他们会挣到不少钱的,肯定会的!"

但是什么是真正意义上的"明智"?"明智"就是指牢牢抓住以实现幸福快乐为目的的任何手段。

然而,不管一个人追求的是不是普通目的——即生活的富足,"明智"这个词通常只用于形容达到这种普通目的所采用的手段。

第二章　两个星期里的事件

1. 七月九日

他们出发的那天是漫长酷暑中最热的一天。火车行驶在广袤的大地上，一望无际的山川景色像烛光般微微颤动。不远处，静静的羊群懒洋洋地靠在树下，看上去呈一片浅蓝色。炽热的阳光里，苜蓿地中暗红色的花儿变成了青灰色。细心的主人都把他们的货车和马车赶到了树阴下面。接雨水的桶裂开了缝，汲井水的桶放进井里，以避免遭到同样的命运。总的看来，在这个地区，水对于在这里劳作和休闲的农民来说比啤酒和苹果汁还珍贵。

望着一些凡物俗景，有一些人总带出孩子般的神情。这就证明他们依然具有可爱的天性，依然能从经历的旧事中体验出新感觉。这也表明这些人的性格中饱含着无限的生机，透露出健康的气息。在这样酷热的天气中，有这样雅兴的人可谓寥寥无几。欧文兄妹却兴致勃勃，塞西利亚尤其兴奋。海浪般起伏的禾田映入眼帘。然后是一片碎石遍野、黄土茫茫的景色，尖尖的、陡峭的小山矗立其中。他们又看到一片已经枯竭的沼泽地。从前，这里是波光荡漾的池塘，现在却只有池水留下的一圈圈光滑的沙环，数不清的裂纹像是一张密网遍布其中。随后一片冷杉林又进入视野。树林在一片整齐的草地边戛然而止。草地上有一些肥硕高大、颜色厚重的母牛，宽大的背部像屋脊一样又平又直。它们或静静地站着，或懒洋洋地吃草。隐约可见的大海又吸引了他们的视线。

而后,他们几乎目不转睛地望着大海,直到列车在布迪茅斯·雷吉斯停了下来。

"整个城市都在注意着我们。"整整一天格雷都这样想。他去拜访了格拉菲尔德先生,格雷已经提前把他来这里的消息告诉了他,可是他发现格拉菲尔德先生却忘记了。

不管怎样,欧文和这位绅士——一位强壮、机敏,留着花白胡子的六十岁的自由民达成了协议。按照协议,欧文从下星期开始在他的事务所工作。

当天,塞西利亚起草发送了一份求职广告。内容如下:

一位年轻女士欲觅一个家庭教师或陪伴人的职务。她能胜任英语、法语和音乐等诸方面的教学工作,并具有可靠的担保人。

地址:布迪茅斯邮局 C·G.

2. 七月十一日

他们到达布迪茅斯后的第一个星期一,欧文·格雷便到格拉菲尔德事务所开始工作。他的妹妹第一次被单独留在住所里。

虽说去年秋天发生的事件使人忧伤,但这一整天,她心里却洋溢着一种异乎寻常的快乐。对于一个未出过远门的人来说,环境的改变,加上那种再不用别人照管的自由感觉,倒又使她燃起了一种热情、年轻的心灵火花。这颗心灵早已做好准备,要抓住任何一次能使它重新焕发光彩的机会。突如其来的悲痛只能一时阻塞幸福之路,而随着岁月流逝,悲痛并不能减少人们对幸福的企盼。也就是说,一时的悲伤不能带走人们追求快乐的能力。

她对那则广告的期待越来越强烈。她的想象力极为丰富,一个翘首企盼着她的富裕家庭清晰地出现在她的脑海中,进而她又描绘出了每一位家庭成员的形象,他们可能具有的特点、美德和恶习。她就这样耽于想象，这倒使她暂时忘却了她将要跟哥哥分开的想法。

傍晚，她一边这样遐想一边等待哥哥回来。此时，她的目光停在了自己的左手上。她注视着左手第四个手指。这个无名指是豆蔻年华的少女们恋爱的象征。对于这个手指的沉思冥想，常常（就算不是一贯如此）伴随着一系列浪漫的联想。虽然她关心的依然是她的未来，但她的想法已经完全进入一个浪漫而缥缈的世界了。她靠在椅子上，握着吸引她注意的无名指，用手指尖把它轻轻抬起来，久久凝望它那光滑而修长的样子。

她若有所思地轻声道："我想知道，他会是谁，会是什么样子呢？"

"如果他是位潇洒倜傥的绅士，他会这样：用他的手指尖轻轻地抬起我的手指，伴着心的狂跳，至少他的唇也会轻轻颤抖，然后如此轻柔地把戒指戴在我的手指上，甚至于我几乎都感觉不到，但他一直幸福地注视着我的眼睛。

"他若是位勇敢帅气的士兵，我希望他骄傲地转过身来，拿着戒指，把它看得跟女王陛下的王冠一样珍贵，而后迫不及待地把它戴在我的手指上。他会目不转睛地做这件事，就好像在战场上面对敌人一样（不过实际上，他确实非常喜爱我），而且他和我一样，都会羞得满脸绯红。

"如果他是个水手，他会这样：抬起我的手指和戒指，像一位主妇一样精心装点那枚戒指；像水手那样，唇边嘴角挂着无限的温柔。他吻那枚戒指，可能会表现出天真的神情，好像我们都是孩子，正玩着一种闲散的游戏，而不是在众目睽睽之下，被很多人羡慕地赞叹：'啊，他们现在可真幸福！'

"如果他是位非常穷的人——但他情操高尚，深情款款，但却很穷……"此时，欧文上楼的急促脚步声打断了她的遐想。她内心责怪着自己，甚至生起自己的气来。面对当前这样绝望的境地，她怎能还让自己的思想在这种问题上飘游得那么远。她站起身来去迎他，并忙着泡茶。塞西利亚非常想知道欧文在格拉菲尔德先生那儿干得怎么样，于是她马上就开口发问。他们还没来得及坐下来吃饭，她就像所有的妹妹一样，盘问起哥哥来。

"嗨，欧文，今天干得怎么样？是什么样的工作——你觉得你会喜欢格拉菲尔德先生吗？"

"噢！会的。但是，今天他不在，只有主管制图员跟我在一起。"

年轻的女人们有一种在男子身上并不明显的习惯。这就是，她们会随时对某个人产生兴趣，并对那个人的生活作出戏剧性的联想。塞西利亚的兴趣也由格拉菲尔德先生那儿转到了这个主管制图员身上。

"他是一个怎么样的人？"

"他看起来的确是个很不错的人。当然我还不敢特别肯定。但是我觉得他是个值得敬重的人。他身上没有一点愚顽之气。他没有进过公立学校，可他读过很多书，对书籍和艺术有很高的鉴赏力。事实上，他的知识并不像那些专业人士那样单一。"

"你对这位建筑师夸奖得太过了。一般来说，在所有的专业人士中，建筑师是最具专业性的了。"

"可能是吧。我觉得他是个性格相当忧郁的人。"

"你们这位主管成家了吗？"过了一会儿，她一边倒茶，一边轻轻地问道。

"成家！没有。"

"嗨，欧文，我怎么会知道他成没成家呢？"

"噢，当然没有，他还没结婚。碰巧他在事务所里谈论女人。我听到他说想要个什么样的太太。"

"他想要个什么样的太太呢？"她问道，表面上露出并不在意的神情。

"嗯,他说她必须具有少女的天真朴实。然而,他不喜欢跟一点都不细腻敏感的姑娘打交道,这倒很有趣。是的,她必须要细腻敏感,还应有女子应有的聪慧。'如果一个姑娘面对一只公麻雀凝视的目光都会脸红,我想我就会喜欢她的。'他说,'这样会让我再次回到她的身边,并且跑前跑后地保护她。不过,我想我会接受命运的安排。'他还说,'不管她是什么样的,感谢上帝不会让她更糟糕吧!如果上帝能暗示一下天意的话,那应该是一个有着快乐童年,却在长大后饱尝不幸的姑娘。'"

"他是这样说的吗?他一定是个善于思考的人。"

"没错。"

3.七月十二日至十五日

众所周知,人的思想是易变的,没有哪一种想法是一成不变、永远重要的。任何一种重要的思想都会让一些其他偶然的杂乱想法压缩到分子那么大;任何一点小小的念头却会扩展,直到占据了整个头脑。那时候塞西利亚的脑子里空荡荡的,于是年轻建筑师的形象便充满了她的脑海。第二个晚上,她又开始重复同样的话题。

"他叫斯普林罗夫,"欧文回答她,"是个不折不扣的艺术家,看来出身相当低微,只是通过自己的努力才到了今天这个位置。我觉得他是个农夫的儿子,或是类似这种人的后代。"

"噢,我觉得这没什么不好。"

"没什么不好?我们往下坡走的时候,总会不断地碰到有人爬上来。"但不管怎么样,欧文总觉得这是斯普林罗夫的不足之处。

"他现在肯定年龄不小了。"

"噢,不,他大约二十六岁,不会再大了。"

"啊，我知道了……他长得怎么样，欧文？"

"我很难说出他确切的长相，要说清楚总是很难。"

"他的个子矮小吗？我觉得对于大多数男人，我们都可以说他们矮小。"

"我想该说他是中等个。但我只看见他坐在办公室里，自然对他的体形和身材拿不准。"

"你若看准了多好呀。"

"或许你行，可是我不行。"

"你当然不行，你总是这么让人生气。欧文，我今天在街上看见一个人，我觉得就是他——不过我也不知道怎么会是他。他的头发是浅棕色的，鼻子扁扁的，圆盘大脸。他还有一个特别的习惯，当他看东西的时候，眼睛就眯成一条缝了。"

"噢，不，那不是他，根本不是，塞西利亚。"

"一点也不像吗？"

"一点也不像。他的头发是深色的，鼻梁高高的，牙齿齐齐的，脸上带出聪慧的样子。我只能想起这些了。"

"啊，这就是了，欧文。你已经说出了他的样子。但我并不觉得他长得令人喜爱，或者……"

"英俊？"

"我并不是指这个，但是你既然想到了，那么，他英俊吗？"

"相当英俊。"

"他整体看上去很有吸引力吗？"

"是的——噢，不，不，我忘了。不是的，他的马甲很邋遢，还有领结，还有头发。"

"真是讨厌……这都怪他自己，可怜的人。"

"他是个不折不扣的书虫——除了在学校学的那些简单的诗歌外，他还熟悉莎士比亚，甚至了解每个不起眼脚注的含义。真的，他算的上是个小诗人。"

"真是太棒了！我从前还没认识过诗人。"

"你现在也不认识他呢！"欧文淡淡地说。

她的双颊变得绯红。"我当然不认识。这我知道。"

"你登的广告有消息了吗?"欧文问道。

"噢,没有,"她说。那被她遗忘的,曾经一整天写在她脸上的失望又凝结在眉头。

又一天过去了。到了星期四的时候,她并没有主动询问便对那位主管制图员了解得更多了。斯普林罗夫和格雷已经成了好朋友,他主动给格雷看了他写的一些诗,有些是伤感的,有些是幽默的。这些诗偶尔会发表在一本杂志的诗人之角。欧文把这些诗拿给塞西利亚看,塞西利亚立刻就认真地读了起来,她觉得这些诗很美。

"哎呀——斯普林罗夫可真是聪明。"欧文简练地说。

"当然啦——真的,我觉得他很聪明,"塞西利亚说着,非常激动地从诗稿上抬起头来,"写了这么多美丽的诗!"

"你说什么哪,塞西利亚? 嗨,我不是指那些诗,我根本就没读过,我是说小伙子在谈论恋爱时所说的话。"

"你能告诉我吗?"

"他说,真正的爱人激动万分地发现与一位美人儿私订终身,就像黑夜中抓住了什么东西。但他不知道那是一只蝙蝠呢,还是一只鸟。当他冷静下来,就会把它拿到光线下看个究竟。他想看看她是否年龄相当。但是不管年龄相当与否,他都会认为她是一个宝贝。过段时间后,他便会考虑她对他来说,是不是般配呢?不管般配与否,他都称她是他的,而且必须维持这种关系。再过一段时间,他又问自己,她的性格、头发和眼睛,是不是我想拥有的那种呢?假如不是我想拥有的,我是否就下定决心斩断这份情缘呢?当他发现这一切都是个错误的时候,争执便开始了……"

"他们结婚了吗? 生活幸福吗?"

"谁?噢,那假想的一对。我想他说——嗨,他说什么,我真的给忘了。"

"你就是傻在这儿!"年轻的小姐沮丧地说。

"是的。"

"但他真是个讽刺专家啊——我想我现在对他不感兴趣了。"

"这你可错了。他不是个好讽刺人的人。我相信他是个感情冲动的小伙子。恋爱的时候,他会为他的冲动付出代价。"

星期四的谈话就这样结束了。但是塞西利亚私下里又把那些诗读了一遍。

星期五,他哥哥说,斯普林罗夫告诉他,他打算两周后离开格拉菲尔德事务所,到伦敦去另谋高就。

一种难言的忧伤刺穿了塞西利亚的心。她想,为什么她会对这样一个消息感到忧伤呢?为什么她会关心一个从未谋面的人呢?在她遭受了沉重的打击,真真切切地陷入烦恼之后,什么时候她的心情才会快活起来,回到从前,就好像一切烦恼都没发生过一样呢?她无法回答这些问题,但她知道一件事,那就是对于欧文带来的消息,她感到悲伤。

4. 七月二十一日

一个星期四的早晨,镇上那个声音低柔的传令员在布迪茅斯的大街小巷宣布,当地要举行一次乘汽艇到路尔温德的观光活动,出发时间是当天的六点整。那天天气晴朗,欧文和塞西利亚还是头一次有这样的机会,便和其他人一起去了。

他们到了海湾后,从海滨起伏的小山上往内陆走了大约一个小时。这时,塞西利亚突然想起再往内陆走上两三英里会有一座很迷人的中世纪古迹。由于做过一些考古工作,欧文对它的特点比较熟悉。现在他意识到他距离古迹这样近,就想去证实一下他业已论证的相关理论。他算了算,觉得他有足够的时间去那儿,而且能够在小艇离岸前赶回来。他在小山上和塞西利亚分手后,便径直往山下走去,接着又爬上了一个开遍石南花的山谷。

塞西利亚就站在欧文离去的山顶上,一边等他回来,一边细心地欣赏着身边的景色。她前方的南面,一望无际的英吉利海峡静静地展开。朵朵云影淡淡地飘落在海面,海水便呈现出比头上天空更凝重的蓝色。前面的水面上点缀着几只船帆各异的小船。船帆的颜色从雪白到棕红,各不相同,五颜六色的船帆在落日余辉的照耀下显得分外多姿多彩。不一会儿,远远地从小艇上传来铃声,提醒乘客该上船了,跟着是一首竖琴和小提琴演奏的快活的曲子。优美的乐曲从船上缓缓扬起,与拍岸的涛声遥相呼应。浪尖过后,浅滩显露出来,接着波涛也缓缓散去,冲上遍布鹅卵石的沙丘。

她转过脸来,面向陆地,极目远望,看是否有欧文回来的迹象。但是,她只看到美不胜收、宁静如画的景色。顺着这个方向放眼望去,宽阔的山坳闪耀着夕阳的余辉。亮丽的紫色的石南花也被染上了一层淡淡的橘红色。石南花正在盛开,鲜艳欲滴,花谢之后那种难看的棕色,现在一丝一毫也没有。夕阳里,鲜花的颜色显得分外浓重,仿佛已游离于地表之外,飘浮在红光四溢的空中。山脊与岩石之间的小峡谷使整个盆地轮廓丰富多彩,丝毫不影响它绵延起伏的风貌。在这些峡谷中,她注意到一丛丛又高又密的蕨树。树高大约有五六英尺的样子,树叶绿油油的,清新亮丽。树丛像一条宽宽的丝带,幽深的小径蜿蜒其中,又恰似深深山谷旁的小溪,曲曲折折直至山脚,随即融进青青草地。蕨树丛中摇曳着棵棵蜀葵,花色暗粉,比任何阴影下的粉色都要浓重。一些小小的、圆圆的洼地像酒窝一般点缀其中。到处都是圆圆的水塘,不过,现在已经干涸,上面几乎爬满了茂密的灯心草。

船上的最后一遍铃声又敲响了。塞西利亚刚才思绪恍惚,忘却了自己,也忘却了她在找什么。她心急如焚,怕万一欧文被落下。她抓起手帕的四个角，把当地特有的贝壳、植物，还有化石标本包起来，往沙滩上走去。她融入了从各处有趣的景点聚拢来的人群。有的来自小客栈；有的来自农舍；有的来自还没有在内陆跑多远的出租马车。他们采用最原始的办法上船——登上装有两个轮子的狭窄的跳板。女士们则抓着一条绳子。塞西利亚在最后徘徊，不愿意跟上去。她一会儿看看小船，一会儿又看看后面的山谷。她的拖延惹恼了雅各伯船长。这位船长是混血血统，矮胖而健壮。发动机已经起动，水映火光，汽笛鸣响，水手们非常急切地催促乘客上船。他大声嚷道："喂，小姐，对不起，我得告诉你，船就要开了。你还在找谁呢，小姐？"

"我哥哥——他往内陆去了，没走多远，很快就回来了。请你等他一下行吗——就一会儿？"

"说实在的，恐怕不行，小姐。"塞西利亚看着船上这位圆脸的胖汉，眼神中清楚地流露出她心中的意愿。船长也是同样，内心活动也表现在眼睛里。由于他做了这样的回绝，他的虚荣心本能地想证明自己并不像她想的一样缺少人情味。在这种思想的诱惑下，他愿意做点牺牲，付出一些小小的代价，做些职责以外的事。他一直不愿开船，直到船上的乘客开始嘀咕起来。

"哎，不用担心，"塞西利亚果断地说，"你们走吧，我要等他。"

"呃，把你留在这儿不合适，"船长说，"我真希望你别再等了。"

"他肯定是去火车站了。"另一位乘客说。

"不——他来了！"塞西利亚一边说，一边注视着那个若隐若现的人影，看到他正在急匆匆地走下遍布石南花的山野和海岸之间的一条山谷。

"他五分钟之内到不了这儿，"一个乘客说，"人们应该对自己的行为负责，而且要抓紧时间。事实上，如果……"

"您看，先生，"船长说，口中带着歉意，"那是她哥哥。她就一个人，只等一会儿就行了，现在已经看见他了。想想如果您是这位年轻姑娘，也像这位姑娘一样有个哥哥，一天晚上，您也像她似的站在这空旷无人的海岸上，您也会让我们等的，是不是，先生？我想您会的。"

在谈话期间，那个急匆匆朝这儿赶路的人走进了一片洼地，近处突起的山崖遮住了上山的小路，他便消失在人们的视线中了。大约有二三十码距离时，人们又听到了他踏在硬石板上清脆的脚步声。这时候他仍然在山崖的后面。为了节省时间，塞西利亚想先登上跳板。

"让我帮你一把，小姐。"雅各伯船长说。

"不，请别碰我。"她一边说一边小心翼翼地登上去。一只脚先往前滑二、三英寸，然后一只脚再挪上来，就这样交替着向前走。她全神贯注于她的动作。她的嘴紧紧地抿着，眼睛紧紧地盯着跳板，手抓着绳子，脑子里只想着那块木板的落脚处真是窄得让人讨厌。此时，后面的脚步声使木板较低的一端有些晃动，跟着迅速的一跳，走来的人便到了她的身后。

"噢，欧文，你回来了，我真高兴。"她说着，但并没有回头，"别，别晃跳板，也别碰我，千万不要……哇，我上来了。这么长时间你去哪儿了？"她继续说着，声音并不高。一上船她就转过身看他。

她的脚已稳稳地登上了甲板，目光抬起来，不用再小心翼翼地盯着自己的双脚了。她打量着这位新来的人——陌生的裤子，陌生的马甲，陌生的脸。不是她哥哥，而是个陌生人。

跳板撤掉了，船桨开始滑动，接着又停下，退回来，忙乱地拍打着水面。而后猛地转过来，小船驶进了深深的水中。

有一两个人打着招呼："你好，斯普林罗夫先生。"而后他们再看看塞西利亚如何承受这样的失望。她的耳朵听到这位主管制图员的名字时，也看到他径直朝她走过来，跟她说话。

"格雷小姐,对吧。"他边说边摘了摘帽子。

"是的。"塞西利亚说。她双颊发红,尽量不露出曾私下打听过他的羞愧的样子来。

"我是斯普林罗夫。大约一个小时前,我走出考夫斯门城堡后,很快便碰到了你哥哥,他正往那儿去。他走错了路,又因为他的腿或是脚受了伤,走起来有点瘸,所以正打算往回走,不去看古迹了。我建议他该去看看,因为他离那儿很近了。看过之后,他可以不回到船上来,而直接到安格尔伯雷车站去——这样走近一点。在那儿他能赶上末班火车,直接回家。我该告诉你他的情况,好让你别太担心。"

"你看他瘸得厉害吗?"

"啊,不厉害。只是因为走的路太长了。他依然可以走回家去的。"

知道了欧文的情况,塞西利亚松了一口气。她可以稍稍地打量一下给她捎信的这个人——爱德华·斯普林罗夫了。这时他摘掉了帽子,想凉快一下。他比他哥哥要高些,他的脸庞和头的上半部分长得很标致,洋溢着男子汉的英气。可是,他的拱形的眉毛,弯曲得有些太柔和,对于一个男子汉来说,过于精巧了。然而平心而论,他的体形和外貌的特点使人相信,虽说这些特点不能证明这个心理内向的人在世上会有多少惊天动地之举,但那些有伟大成就的人们却都不具备他这样良好的外貌。他的前额有一条细长的皱纹,不然前额会更加平滑,而从他的眉梢眼角流露出的健康朝气,表明那条皱纹是过早地爬上了他的额头。

尽管他还没到头脑精明、心理成熟的年龄——能够跟高尚思想的最后一个弱点告别,并且着手置办房产、开始投资,但是他已到了一个年轻生命的新时期。在这个时期中,经历了充满希望的新生与令人失望的死亡之后,他已经开始积累阅历,而且开始有了初步的成效。他的眼神似乎在说,"我已经想出了我们正在经历的这些情况的结局。"有些时候他又流露出一种心不在焉的神情：
"我们好像从前就经历过这种时刻了。"

他穿着一件很随意的灰色外套，一条翻卷起来的黑色方巾作领饰。方巾的结系得乱糟糟的，而且还歪着，褶缝里落进了一些白色的灰尘。

"真对不起，让你失望了。"他继续说着，瞅了瞅她的面庞。他们的目光相遇了，而且交融在一起。他们凝视的目光超过了良好教养所允许的时间的两倍。他们彼此都用一种清澈的、聪颖锐利的眼光注视着对方。一种难以言喻的感觉油然而生，使他们由衷地感到特别亲切。他们虽尚未牵过手，也未互致敬意，但是，有一种比数字证明更有力的东西使他们相信："一条纽带开始将你我连在一起了。"

两张脸孔都不自觉地表明他们近来都在琢磨对方。欧文像对塞西利亚描述这位年轻的建筑师一样，也口无遮拦地对建筑师讲述过塞西利亚的情况。

他们开始交谈起来。谈论的只是一些最琐碎、最平常的话题，然而双方都感兴趣。接着竖琴和小提琴乐队开始演奏一支欢快的曲子。甲板也已清理好，人们准备跳舞。

在这过程中，太阳渐渐从地平线上落下，月亮在船尾冉冉升起。海面非常平静，人们可以清晰地听到船桨后面数不清的水泡在水中破裂的轻柔的哗哗声。不跳舞的乘客，包括塞西利亚和斯普林罗夫，都陷入了深深的沉默中。由于跳舞使甲板不断晃动，他们要么靠在桨轮的箱子上，要么站得远远的，注视着船桨掀起的波浪。随着波浪的起伏，船桨在涌起的浪花中微微地轻轻滑动。

他们到达布迪茅斯港的时候，夜幕早已降临。白色、红色或绿色的灯光点缀着海港。斑驳的涟漪渐渐散去，像金色的尘埃忽明忽暗。对面的小径在月光下微微闪烁，一直伸向天际。

"我到车站去，看看火车到站的准确时间。"他们一上岸，斯普林罗夫便急切地说。

她对他表示了深深的感谢。

"也许我们能一起去。"他犹豫地提议说。她看上去拿不定主意，他便推说要给她指路，执意相陪。

到了车站，他们发现，从那个月的第一天起，格雷选择回家的那趟火车已经不再在安格尔伯雷车站停了。

"真对不起，我把路给他指错了。"斯普林罗夫说。

"呃，我并不着急。"塞西利亚回答。

"嗨，肯定没关系的。他会睡在那儿，然后坐早晨第一班火车回来。但是，你怎么办呢？就一个人？"

"这一点我很放心，女房东很友好。现在我必须回去了。晚安，斯普林罗夫先生。"

"我把你送到门口吧？"他口气中带着请求。

"不用了，谢谢。我们住得不远。"

他望着她，像一位侍者恭候着她改变主意，但是她主意已定。

"别——忘了我。"他低声说。她没有回答。

"让我时常能见到你吧。"他说。

"可能你永远不会了——我要走了。"她带着眷恋的口吻回答道。然后她转身走进十字街，跑进门，上楼去了。

一开始并不是必不可少的东西，突然消失后，却常常让人有一种深深的失落感。对这位小姐，斯普林罗夫品尝到了这种失落感。更让人难过的是，在这样一次令人喜悦并且激情洋溢的邂逅之后，她似乎暗示他们永远不会再见了。这位年轻人轻轻地跟着她，站在她的房子对面，看见她举着一支蜡烛，走进了楼上的房间。一会儿，她走到窗前拉下了窗帘，他的视线便被遮住了。凝望着她消失的身影，爱德华感到了一种无望的失落。这跟逻辑家们推测的，传说中亚当第一次看见太阳落山时的感觉一样。像他那样没有经验的人，也会认为太阳永远不会回来了。

他一直等到她的身影两次走过窗前。这时他知道不可能再看到那迷人的身姿了。于是他离开这条街，穿过港口大桥，到了河对岸，走进他孤独的小屋里。他走着的时候，不知为什么便隐隐约约想起两句诗：

　　　　有一种希望太和绝望相似，
　　　　慎重也不忍加以窒息。①

---

　　①　这两句引自英国浪漫诗人雪莱（1792—1822）的诗作《致——》。

第三章　八天里的事件

1. 从七月二十二日到二十七日

但是事情并不像看上去那么简单。塞西利亚对斯普林罗夫的爱慕之情也在她的内心深处暗暗萌生。第一次爱情经历的迷人感觉，不是继承或替代以往心中的其他情感，而是扎下全新的根基，正如日落西山后我们凝视着淡蓝的天空，看到在茫茫的夜空中悄然出现的第一颗新星。

她重复了上百遍他分别时说的话，"不要忘记我"。她觉得这句话的涵义可能很平常，然而她还是禁不住细细品味，从各个角度审视它，并赋予它爱情和忠贞的涵义——表面上看，她考虑这样的涵义只是像欣赏寓言故事一样，借此打发时间；而在她内心深处的孤独时刻，她又承认他的话可能含有更深的意味。因此在他离开她后的几个小时里，理智与幻想便像小猫咪与鸽子嬉戏一样，开始只是欢快而平和地挑逗，可是到了关键时刻，猫却显露出残酷与执拗的本性。

现在来看看推动故事发展的更为实际的因素。实在是巧得很，就在这件事发生后的第二天早上，又发生了一件事。这件事本身虽微不足道，却把这个故事中相关人物的过去与未来联系起来，因此显得相当重要。

吃早餐的时候，塞西利亚又见到了那位邮差，但他没有送来她所期待的广告回音。就在这时候，欧文进来了。

"嗨!"他边说边吻了她。"你肯定没有着急,对吧。斯普林罗夫告诉你我做什么去了,你也发现那儿没有火车,对不对?"

"是的,我都知道。但是你怎么瘸了?"

"不知道,没什么,现在已经没事了……塞西利亚,我希望你喜欢斯普林罗夫。你知道,他是个不错的小伙子。"

"我知道,我觉得他不错,只是——"

"好像是天助人愿似的,我竟然会在那儿碰见他,不是吗?我到了车站,了解到我不能乘火车回家时,我的脚却好像好多了。我开始步行回家,沿着一条铁路线旁的山路走了大约五英里。后来我突然觉得,要是我因为步行而加重这只脚的伤势,那我今天可就什么事也做不了啦。因此,我想找个地方投宿。附近没有村庄和客栈,最后我找到了一所庄园的看门人,在有一条小道穿过铁路线的地方,他领我进去了。"

他们继续吃着早饭,欧文打了个呵欠。

"昨天晚上恐怕你在那个庄园的门房里没睡好,是不是,欧文?"他妹妹问道。

"说实话,我的确没睡好。我住的地方非常闷热,非常狭窄。门房那么小,守门人只有把他自己的床让给了我。啊,还有,塞西,我要告诉你一件跟这个人有关的非常奇怪的事。——天啊,我差点把它忘了!现在我就告诉你。正如我刚才说的,他只有把他自己的床让给了我,我不想让人觉得我太挑剔,而且他非常热情,热情得让人觉得奇怪,我就同意睡在他床上了。他自己在我身边的地板上简单地铺了张草席就睡下了。我很累,但怎么也睡不着。我想我要是不来这儿投宿就好了。不能入睡的一个原因是,前半夜运货的火车一直在我旁边咔嚓咔嚓地响;更糟的是,看门人睡觉时不停地说梦话,还不时地往这儿或那儿伸胳膊伸腿,打到床架的支柱上,床就颤起来。我觉得在那儿特别不舒服,根本就没法入睡,最后我就叫醒了他,问他刚才做什么梦,于是他请我原谅他打扰了我。但是那天晚上我无意间说出的一个名字让他想起以前拜访过的另外一个陌生人。那个人也偶然地提到了同一个名字，而且一些奇怪事件和那次见面有关。那件事发生在好几年前，但是我说的话让他想了起来，让他觉得恍如昨日。'是哪个名字？'我问他。'塞西利亚。'他说。'是什么事？'我接着问。他就告诉我，他年轻的时候在伦敦，借了一些钱，再加上他的积蓄，就在汉默斯密斯开了一家小客栈。一天晚上，大约是小客栈开张两个月之后，附近的闲人们都跑到西敏寺去了，因为国会大厦着火了。

"他的小客栈里除了他连个人影儿都没有，于是他就开始收拾顾客们在匆忙中丢下的烟斗和酒杯。后来有一个大约十七八岁的年轻小姐走了进来，问是不是有一个女人在等她——简·泰勒小姐。他说没有，然后问那位小姐是不是在这儿等一会儿，并领她到里边一个小雅间去。有一个玻璃隔板把那间屋子同吧台隔开，好让店主能看到坐在那儿的客人是否需要什么东西。那位姑娘局促不安和忧郁的举止使店主感到好奇，不停地透过隔板看她。她看上去对她的生活感到厌倦。她坐在那里，双手捂住脸，很明显这间房子不适合她的心境。后来，年龄大些的女人进来了。她称呼那先来的姑娘泰勒小姐。店主清清楚楚地听到了她们之间的谈话——

"'为什么你不把他带来？'

"'他病了，看样子活不过今天晚上了。'

"听了年长女人带来的这个消息，年轻小姐立刻晕倒在地板上，显然是由于这个消息引起的。店主跑进去把她扶起来。还好，他们尽了一切努力，没有费太长时间就使她恢复了知觉。可接着他却感到很震惊。'她是谁？'店主对年长女人说。'我认识她。'年长女人回答，语气中蕴含着深远的意思。年长女人和年轻的小姐看上去有某种联系，但彼此并不熟悉。

"那时候年轻小姐渐渐苏醒过来了。店主突然想到（他显然是一个过于好奇的人）在她这种半清醒半昏迷的状态下，他可能了解到她的一些真实情况。他俯下身去，嘴巴贴近她耳朵，突然问道：'你叫什么名字？''就是在那种半昏迷状态下让一个女人放松警惕可也不是件简单的事。但是我做到了。'看门人说。当他问她的姓名时，她立即回答：'塞西利亚'——然后突然停住口。"

"和我的名字一样！"塞西利亚说。

"是——你的名字。呃，当时看门人想，这名字可能和简一样，是她临时编造出来的，好让他们无法追查她；可我觉得这无意中说的话是真的，而且她马上又加了一句，'噢，我说什么了？'接着又完全失去了知觉——这次是因为恐惧，年长女人当时对她另一个名字的真实性产生怀疑，她的这种疑虑比店主强烈得多。很明显她主要的目的是迷惑那个年长女人。看门人从那个上年纪的女人不经意说出的话中，还了解到跟这次一样的会面已经有过几次了，而且，这位随从或同伴从未怀疑过她会谎称自己名叫简·泰勒小姐。

"她醒过来了，在那儿休息了一小时。她首先把她的伙伴打发走（这又是一件奇怪的事），而后离开了酒店。接着把身上所有的钱都给了店主，让他对这些情况缄口不言。按他的说法，他以后再也没有见过她。我一遍又一遍地问他：'你后来没有发现什么特别的事情吗？''一点儿也没有。'他说。哼！事情已经发生这么多年了。他竟然再也没有听到什么！'不管怎么说，你知道她姓什么了吧？'我问。'哎呀，哎呀，这是我的秘密！'他继续说。'要不是出了这样的事，我也不会流落到这个地方。作为一个酒店老板，我是个失败者，你知道。'我揣测了一下看门人的情况，一定有人让他做这种职务并替他还清了债务，作为让他缄口的筹码。但我也说不准。'啊，对了！'他说，长长地出了一口气，'直到今天晚上这个时候，我才听到有人再提起这个名字，我眼前立即出现了那位年轻小姐晕倒时的样子。'然后他就不再讲话，睡着了。一定是讲故事使他备感轻松，就像《古舟子咏》①的老水手一样。他后半夜一动也没动，也没再出声。哎，这不是个离奇的故事吗？"

"是的，确实是，"塞西利亚轻轻地说，"非常，非常奇怪。"

"她怎么会说出你这样一个最不平常的名字呢？"欧文继续说，"那个人显然是很可信的，因为他没有充足的动机来编造这样一个故事，而且他也不可能做到。"

塞西利亚全神贯注地注视着哥哥。"你没有发现跟这事有联系的其他事情吗？"

"什么？"他问道。

"你记不记得可怜的爸爸曾经无意中说过——塞西利亚是他在布鲁姆斯伯利时第一个心上人的名字，后来她神秘地弃他而去了？我有一种直觉，那是同一个女人。"

"噢，不——不像吧。"她哥哥说。

"怎么不像，欧文？在英格兰就没有其他女人叫这个名字。爸爸说过这件事发生在哪一年？"

"一八三五年。"

"那么国会大厦是什么时候起火的？等等，我来告诉你。"她在仅有的几本书中寻找记载事件日期的目录，结果在一本旧的历史课本中找到了。

"国会大厦是一八三四年六月十六日晚上烧毁的。"

"在她和爸爸认识前约一年零三个月。"欧文说道。

他们沉默了。"要是爸爸还活着的话，这个故事对他该有多么大的吸引力呀！"过了一会儿，塞西利亚说，"而且我们这样离奇地知道了这件事。要是刻意寻找她的秘密的话，我们可能寻遍半个地球，也不会找到什么线索。如果我们真怀有某种动机，要找出

---

① 《古舟子咏》(1798)，英国浪漫主义诗人柯尔律治(1772—1834)的作品，诗中写一个老水手的一段经历。全诗充满神秘莫测的气氛。——原注

比爸爸告诉我们的这个悲伤故事更复杂的内幕,我们就应该到布鲁姆斯伯利去。不过我们别指望去那儿,我们离那儿有二百英里呢。而且,在那儿有什么消息等着我们,那个秘密可能会是什么呢,欧文?"

"天知道。我们通过这种方式听到了一些关于她的消息(如果她是同一个女人的话),只不过是种巧合罢了——如果我们有朋友的话,可以把这个家庭故事讲给他们听。但是对于这件事我们永远不可能知道得更多了——在这点上就相信命运吧。"

塞西利亚坐在那儿默默地思考着。

"今天早上没有你广告的回音吧,塞西利亚?"

"没有。"

"我一进来就从你表情上看出来了。"

"真想不到连一个回音都没有。"她伤心地说,"这里肯定会有人需要家庭教师吧?"

"是的。但是那些需要家庭教师并且支付得起这笔费用的,大部分都靠朋友的推荐来找,而那些需要家庭教师而又付不起钱的,就用他们的穷亲戚。"

"那我该怎么办?"

"没关系,继续跟我住在一起。别为这点困难烦恼,整天都不开心。我能养活你,塞西,尽管过得简朴一些。一周二十五先令确实不多,但是很多手工艺人挣得也不会再多了。我们就像那些为别人打工的人一样节俭地过日子吧……我们飘泊到这里,就得过这种贫穷艰辛的生活。"他沮丧地加了一句,"但这总比在郝克桥镇整日担心受怕,觉得整个世界都为你脸红更好过一些。"

"我不会再回那儿去的。"她说。

"我也不。呃,我一点也不后悔咱们走过的路。我们从世俗中逃避出来是正确的。"他的语气中含有一些无奈,使人难以相信他说的是真话。"另外,"他继续说,"对我来说,处境会很快好转的。我希望我在这儿的工作是长期的,而不会只有两个月。肯定会更长些,但一切我都没把握。"

"我希望我能找到点事做,我必须找到。"她信心十足地说,"你想想,格拉菲尔德先生说过,过了十月初他们就不再需要你了。这是很可能的事。而我全靠你过这个冬天,那我们该怎么办呢?"

他们考虑了很多种能让一位年轻小姐体面谋生的方案——在想象中差不多都是简便易行的,但到了想再试着登广告时就都放弃了。他们这次登广告要求的条件更低了。塞西利亚对自己的冒失行为感到很苦恼,她不应该向外界把她这样一个毫无经验的人说成是一名合格的家庭教师。她还想象,她这种傲慢正是没有女士要雇用她的一个原因。她的新广告更谦逊地刊登如下:

寻求幼儿教师或陪伴职务——一个年轻人想得到一个适合或高于她以上能力的工作,工资适中,善于针线活。——地址:布迪茅斯·雷吉斯十字大街 3 号 G.

晚上他们去寄信,然后在广场上散了会步。不久他们碰到了斯普林罗夫,同他说了几句话就走开了。欧文注意到他妹妹的脸变得绯红。很奇怪,几分钟后他们又和斯普林罗夫碰面了。

这次他们三个人一起走了一会儿。爱德华表面上是和欧文说话,而他全部的思想都集中在隔得稍远的那位姑娘对他说话的反应上。他的眼睛几乎总是盯在她身上。姑娘也听得很认真,眼睛却一直盯着地面。据说男人用眼睛恋爱,女人用耳朵恋爱。

欧文自己和他只不过是点头之交,而斯普林罗夫又缺乏大多数同龄人的自信,因此现在他该对他的朋友道晚安了,或者提些有趣的新鲜事作为他继续靠近塞西利亚的理由。他有一个新的想法——建议划船穿过水湾,他们都同意了。他们到了码头,登上一艘停泊着的被喷涂得花里花哨的木船,转舵划走了。塞西利亚坐在船尾掌舵。

那天傍晚他们划了船。到了第二天傍晚，他们感到又有划船的必要了。接下来，一个傍晚接一个傍晚，他们都在划船。划船的时候，塞西利亚总是坐在船尾，手中抓住舵柄的绳子。她身材的曲线随着小船起伏，天真地前后摇摆，和小船弯弯的船身完美地融合在一起，似乎构成了一个有机的整体。

欧文很想试试他用桨划独木舟的技巧，爱德华不喜欢独木舟，结果是欧文一个人去划独木舟了。见到欧文已登上独木舟，斯普林罗夫就提议用双桨划着船跟在他后面。那时海岸边游人如织，水也有点上涨，而且船上没有舵，斯普林罗夫考虑到自己没有足够的能力完成最后的划行，就要求塞西利亚和他在一起并像以前那样掌舵。她走进船内，他们沿着她哥哥的水迹划行。这样他们在水上度过了第五个夜晚。

从此，这对心心相印的情人更加期望亲密交往和单独相处。

2. 七月二十九日

斯普林罗夫在格拉菲尔德事务所任职的最后一天，塞西利亚感到非常忧伤。尤其是在他去往伦敦之前，从布迪茅斯探望他父亲归来之前的最后一天晚上，塞西利亚更加忐忑不安，愁肠满怀。

按照建筑师的要求，格雷已去测绘二十里以外的一块土地，来回得用一天时间，要到深夜才能回来。哥哥不在的整个上午，塞西利亚就去跟女房东做伴。她们一起吃饭，一起闲谈。到中午时分，她就开始对这样打发时间感到不安和凄凉。整个下午她孤独地坐着，茫然地注视着窗外，似乎在等待，又不知在等谁；似乎在希望，又不知在希望什么。五点半了——这是斯普林罗夫下班的时间。两分钟后，他走过去了。

她又独自一人忍受了半小时的孤独，就再也忍不住了。她曾经希望——同时也有些害怕——爱德华会找到这样或那样的理由前来拜访，但是看来他没找到。她匆匆忙忙地穿好衣服就出去了。这时偶然相遇的一场笑剧又上演了。在大街的第一个拐弯处，爱德华与她不期而遇，就像《雕像与半身像》①中的弗里林纳德公爵一样——

> 四目凝望情依依，
>
> 如梦过去云烟里，
>
> 春水初皱新生始。

　　"我们划船好吗？"他冲动地说。

　　这一切开始时是多么的快乐！在能真正称得上是伊甸园般的恋爱中，惟一的狂喜就是在猜疑散尽之后，而反思尚未开始之前弥漫在整个心灵中的情感。那时候正是初恋的时刻，心中的情爱还难以言明，还没来得及考虑这场恋爱意味着什么，没有开始思考今后会出现什么样的困难。那时，在男子看来，那姑娘在他心目中像是画中人，朦朦胧胧，曙光般的清新，晨曦般的温柔。而且，时至当时，她总穿着一条裙子，在他眼中，那裙子也透出她的个性。她有一种与众不同的站姿，她有着明亮特别的眼神，说着温柔款款的话语。那时，在女子方面，她娇艳羞怯，谨言慎行，深怕自己有一丝一毫的被误解或被低估。

　　"我们划船好吧？"他更加温柔地说了一遍。他见到她对第一次邀请未作回答，而是不安地看着地面，然后把目光似有若无地转向他的面孔，接着脸上泛起阵阵红晕，不时地流露出一种在情感方面很常见的迷茫表情。

　　以前欧文总跟她在一起，但现在有一种惯性的力量，她带着阿

---

① 《雕像与半身像》，罗伯特·布朗宁（1812—1889）在诗集《男人和女人》（1855）中的一首诗。——原注

卡狄亚①女人的纯真,觉得在任何情况下,到水中划划船是很正常的事情。他们谁也没有说话,一起走下了台阶。他小心地扶她上船,坐好。小船无声地划出沙滩,离岸而去。

他们就这样面对面地坐在一只外形优雅的黄色小船中。他的目光经常凝视着她深邃的眼眸。船很小,每划一桨,他的双手就向前伸出,然后向后拽动,这样他的手就不断地靠近她。于是她便开始激动地想象着是否他会伸出胳臂来抱住她。她的这种感觉变得如此强烈,致使在一些关键时刻她不敢再冒险与他的目光相碰,只好转过头去遥望着远方的地平线。不久她这样歪着头看得累了,不得不回到刚才自然的姿势。就在这个时候,他一下又一下地往前倾过来,热情地注视着她的目光。女孩的窘迫产生了一种不自觉地冲动,使得她把掌握舵柄的绳子猛地一拉,船头转了个大弯。他们赶紧使船头在朝海岸的方向停下来。

在她侧目斜视的时候,他的目光一直盯在她的身上,可现在却不再看她。他感到了小船行驶的方向不对。

"嗨!你把船转了个大弯,格雷小姐。"他转回头说,"看看我们的船的水迹——一个大大的半圆,而前面尽是一行弯弯曲曲的水迹。"

她仔细地看了看,"是我的错还是你的错?"她问,"我想是我的吧?"

"我只能说这是你的错。"

她一下子放开了绳子,对这个回答她感到一阵轻微的恼怒和不安。

"你怎么放开绳子了?"

"我做得这样糟。"

---

① 阿卡狄亚,希腊的一个地区,那里的居民过着田园牧歌式的简单、纯朴的生活。——原注

"噢,不是。你朝岸上转的这个弯很有水平,你想回去吗?"

"是的,如果你愿意的话。"

"当然行。好,我马上转弯。"

"我怕人们会纳闷我们怎么沿着这样奇怪的方向划,都是因为我驾驶技术太糟。"

"别管别人怎么想,"他顿了顿,"在这种事上,你肯定不会真的那么没主见,那么介意别人的想法吧。"

他对她说的这番话几乎可以说是过于坚决和严厉了。但是,她不介意,在她的生活中,这几乎是第一次她有了种被迫听从意中人意见的美滋滋的感觉,虽说这只是一件微不足道的小事。欧文在体力上并不软弱,也更讲求实际,但他不会有这样的头脑和主见去回答一个女人的问题。她静静地、坦率地回答,就像她刚才说反话时那样坦率。

"我不介意。"

"我把舵柄卸下来,这样你回去时除了拿着你的阳伞,便不用做什么事了。"他一边说着,一边站起来去卸舵柄。在他的双手向船尾伸去的时候,他必须得紧紧靠着她,以防把船弄翻。他温暖的呼吸爱抚似地吹向并掠过她的脸庞,可他看上去却只专心于他手头的工作。当他坐回去的时候,她看上去因某件事感到内疚。他从她脸上发现了这件事,那就是:由于他的接触,她体验到了一种快乐。但他却没有为之所动。他回头看了看,抓住了双桨,他们便朝海岸的方向笔直快速地驶去。

塞西利亚明白他从她脸上看出了她内心掠过的感受,但他却无动于衷,继续像以前一样一心一意划船,她内心深处充满痛苦。一开始她就没想让他把她的话直接理解为回家去,同时也不想让他知道她的秘密。更加使她难以忍受的是,她看出来他知道了她的秘密,却依然不为所动。

她现在感觉到的只有痛苦。他们会登上岸,他会对她说晚安,明天就去伦敦,然后她就会感到永远失去他的痛苦。她不敢想象是什么样的一种现实。同时,他的脑海也掠过了同样的想法。

那时候他们距离岸边只有十码了,而后只有五码了。他现在只是在等待一条平稳的水路把船划进去。美丽的姑娘这样思寻着:甜蜜的,甜蜜的爱情一定不会这样无情地被斩断。她能应付这种情况——女士们都能——她终于道出了自己的心事。

"你很想上岸吗?斯普林罗夫先生?"她一边说着,一边微微地用她那紫罗兰色的眼睛热切地注视着他。

"我?一点也不想。"他说。对她的询问他感到有点惊讶,但他轻轻地眨了眨眼睛掩饰住了这种情感,"可是,你不是想吗?"

"我想我们既然已经出来了,而且夜晚又这么美好,"她轻轻地,甜甜地说,"如果你不介意,我想再划得远一点儿。我会尽力把舵掌得比以前稳一些,这样你可以感到更轻松点,我会很努力的。"

现在轮到他的脸泄露心事了。他的表情仿佛在说"我们彼此理解了——啊,我们真的彼此理解了,亲爱的。"他调转船头,又一次把船划进了海湾。

"现在你想让船划向哪儿就划向哪儿吧。"他压低声音说,"别管路线直不直——想去哪儿就去哪儿!"

"去克莱斯顿海边,好吗?"她一边说,一边指着从布迪茅斯海滨游乐场往北的那一片广阔的海滨。

"克莱斯顿海边,好的。"他回答道,双手拿着船桨。她娇美灵巧地拿起绳子,小船转向塞西利亚的左侧,向着远方驶去。

很长一段时间,在小船上,除了有节奏的船桨击打水面和他们划动桨架的声音以外,什么也听不见。最后斯普林罗夫开口道:

"我明天必须走了。"他试探地说。

"嗯。"她轻声细语地回答。

"我到伦敦去,一定努力在专业上有所提高。"

"嗯。"她又说,仍然带有那种若有所思的轻柔口气。

"但我提高不了。"

"为什么不能?建筑业是一项令人着迷的职业。人们说建筑师的工作是熟能生巧。"

"是啊。但是从一种手艺中所获得物质利益并不取决于你是否熟练地掌握它。我过去曾经认为物质利益和对手工艺掌握的熟练程度紧密相连,但这不是真的。那些变得富有的人完全不需要像艺术家们一样掌握手艺。"

"那他们需要什么呢?"

"一种活力。事实上具备这种活力而且酷爱艺术的人却寥寥无几,这种活力就是迫不及待地结交朋友,一门心思地利用朋友。掌握了一些基本的谈话资料以后,他们便把全副精力集中在外出用餐的艺术上。我这样说,是不是看起来像个容易成功的人呢?"

"你看起来倒很像一个容易犯错误的人。"

"什么意思?"

"你对这种潜在的情感想得太多,当前这种情绪在那种不得志的人中很普遍,他们认为,飞黄腾达的人是傻瓜,而所有贫困潦倒的人都是天才。"

"作为一个年轻的姑娘,你的说法太深刻了。"他慢慢地说,"从你的话中我可以想象你的阅历很丰富。"

她没有在意这种看法。"一定要争取成功。"她说,带着一种深深关切的口气,目光停在他的身上。

她的话这样恳切,斯普林罗夫的脸不禁微微一红,然后陷入深思,"那么,我应该像监察官加图①一样,为了附和时尚就做那些我本来蔑视的事啦。"他最后说,"呃,我把我的这些感受都说了,你

---

① 监察官加图(公元前 234—公元前 149),古罗马政治家、作家,曾任执政官、监察官等职,因反对当时流行的奢华作风而著名。——原注

对我的所作所为有什么看法吗？过去我很喜欢诗歌，不断地读诗，后来就自己写诗了。假若世上真的有什么事情会毁掉一个男人，使他不能获得有用的职业，不能满足于生意与业务上的成功的话，那就是写诗的习惯。写那些无病呻吟、毫无价值的伤感诗歌。”

“你现在还写诗吗？”她问。

“没写。按照常规，与诗为伴的浪漫时光正在消失。对我这样的人来说，写诗是经历的一个过程，就像修剪胡子，或深感自己大材小用，或抱怨世上没有什么值得让人活下去的过程一样。”

“这就是普通人和真正的诗人之间的区别。普通人曾经幻想过，然后通过治疗，去掉了幻想。而诗人一生都在不停地幻想。”

“好了，你说的这番让人难以接受的评论包含的真理够多了。不过，这跟我没什么关系了，因为我不再‘为冷漠的缪斯苦思冥想’①，但是……”他停顿了一下，好像尽力思考他的选择有多么正确。

塞西利亚的思绪却飘到了那句诗后面的诗行上。那首诗的意境跟当时的情景惊人的和谐，使她觉得他在和她“调情”，于是脸上流露出一种尴尬沉思的神色。

斯普林罗夫猜到了她的内心想法。为了回应她的想法，他只简单地说了声“是的”。而后他们又陷入了沉默。

“我若早知道一位阿玛里丽②正姗姗走来，我就不会做离开的打算了。”他接着说。

“调情”这个词具有一层“轻浮”的含义，让塞西利亚难以忍受。因为一个女人惟一的希望就是别人认真对待她的情感，尽管

---

① “为冷漠的缪斯苦思冥想”，语出约翰·弥尔顿（1608—1674）的长诗《利西达斯》（1637）的第六十六行，缪斯为希腊神话中诗与美的女神。——原注

② 阿玛里丽，英国诗人弥尔顿的诗歌《利西达斯》第六十八行。阿玛里丽是古希腊诗人忒奥克里托斯（公元前310？—公元前250？）、古罗马诗人维吉尔（公元前70—公元前19）和奥维德（公元前43—公元17）给牧羊女起的名字。——原注

最忠贞的情人也总是隐隐地觉得他正在失去往日的尊严,消耗他的光阴。

"但是你不想在你的专业上更进一步吗? 再试一次吧,真的,再试一次,"她低声说道,"我打算再试一次。我已经登了广告,想找点事做。"

"我当然会的。"他说,打着热情的手势,微笑着,"但是我们一定记得克里斯多弗·雷恩①自己的名声也倚靠布丁街的那场大火。我的成功好像来得太慢。我常常想,在我开始享受人生的时候,我也该与世长辞了。不管怎样,我要试试,不是为名声,而是为过一种比较舒适、宁静的生活。"

对于中产阶级来说,有一个可悲的事实,那就是他们通过研究诗歌和艺术,自身有了追求最高尚、最纯洁的夫妻之爱的能力。但同时,这又相应地局限了他们亲身体验这种生活的可能性——正是学习本身占用了他们的精力,使得他们没有充足的条件拥有美好的婚姻。一个能挣到一份可观收入的人没有时间去学习怎样严肃认真地去爱,而学会怎样去爱的人又没有时间得到富足的生活。

"即使你没有完全得到相应的财富,"她认真地说,"也不要烦恼。真正伟大的人从来不是平庸的,他们或者名声赫赫,或者默默无闻。"

"默默无闻,"他说,"只是因为他们充满同情心,不排挤他人,名声赫赫则只是因为他们收买人心,排斥异己。"

"是的,恐怕我的话也只是听起来悦耳,其实也让人泄气。可能我不是很对——"

"那完全要看'真正伟大'的含义。但总的来说,一个人要想成功,就必须坚持到底——不要让自己过于羡慕别人花园里的花。

---

① 克里斯多弗·雷恩(1632—1723),负责重建于一六六六年伦敦大火中烧毁的圣·保罗大教堂和其它五十二座城中教堂。——原注

不过恐怕我就是这个样子。"他不再说话,眼睛望着远方。

以足够的毅力执着地追求一项事业,这是成功的保证,但是只有胸怀宽广、志存高远的人才能做到,而且在他们身上同时也存在着一种力量。这种力量似乎很普通,但是爆发出来却会产生不同凡响的能量。这就是说他们心中确信,尽管别人选择的路看上去比自己的更加灿烂辉煌,但是那里的痛苦和泪水也一样多。只是由于它们太遥远而看不到罢了。

这时他们划到了林斯沃思海岸对面。那儿的悬崖岩层分明,与海湾那边的岩层形成鲜明的对比。水底和水面布满了鹅卵石,而不是沙子和沙砾。海水在鹅卵石中无声地涌来涌去,却没有掀起高高的海浪。四周万籁俱寂,微风已息,海面平静如镜,没有一丝涟漪。随着海水每次或东或西的起伏,潜水鸟的阴影从镜子般的海面上折射出紫色和蓝色的光辉。他们可以看到二十英尺深的海底,那里岩石起伏,各种水草丛生茂盛,一些果肉状的小生物点缀其中,闪烁着银色的光泽,直射入他们的眼中。

她终于抬眼看着他,想知道她这番鼓励的话对他产生的影响。他把双桨放在船的两侧,任它们在水中任意漂荡。船停了下来。地球上的一切好像都在沉思中休息,似乎都在等着听他表白些什么。就在那一时刻,他看起来就要道出一直在心中信守的誓愿。他离开了船中部的座位,轻轻地挤到她的身旁,在船尾那个窄小的座位上坐下来。

她的呼吸变得更加急促而热烈。他把她的右手放在自己的右手中,她没有拒绝。他把他的左手搭在她的颈后,绕过脖颈,触到了她的左颊,她也没有躲闪。他轻轻地拥着她,把她的脸庞和嘴唇拢向了自己的脸庞和嘴唇。就在这个关键时刻,他心中涌起一种莫名其妙的念头,抑或一种魔力,使他猝然而止。似乎这件事对他来说跟对她一样难为情。他胆怯地小声说:"可以吗?"

她尽力地想说"不",可这个字已完全失去了它清晰的音调和含义,很难让人听得清楚。或者用另一种说法,就是这个"不"字很接近肯定的回答,好像受了"是"这个音的影响。这是一个如此轻柔的"不",大约持续了十五秒钟。那个尾音发得清晰可闻,好像春天里鸽子在求偶时发出的咕咕低喁。她感到她已经依照她的心意成功地发出了这种词的声音,然而同时她还是轻轻地颤抖起来,因为她不知道他会怎样回应它。但是让她疑虑的时间是这样短暂,好像还不如脉搏跳动半次的时间长,他就拥紧她,轻轻吻她。接着他又一次长时间地吻她。

这是他们体会到的最快乐的时刻。心中的"渴望之花"正在盛开,胸中的"爱情之光"正在闪亮,这些在他们脸上完全流露出来,他们的心几乎不相信他们的唇已紧紧相接。

"我爱你,你也爱我,塞西利亚!"他低语呢喃。

她没有否认,一切看起来都这样美好。周围的小山、草原,遥远的城镇,邻近的海岸,就连他们身边起伏的海水都发出轻柔温和的声音。亲吻,长长的亲吻,是"千万种声音共同传达出来的一种快乐",而且彼此都那么和谐美好。

但是他的思绪又飞回到一种令人不快的想法上去,这种想法和一两分钟前他表达的誓愿有关。"为了得到你,我会做我职业的奴隶,塞西利亚,为了接近你——我不敢要求你属于我,我会做最卑微的诚实的工作。我会做的——任何事都行。但是我没有把一切都告诉你。我告诉你的不仅是这些。你不知道我还有事没告诉你。既然你能爱我,那么原谅我好吗?"她很惊讶地看到他在问这个问题时脸都白了。

"不——不要说话,"他说,"我对你隐瞒了一些事,这使我现在非常不安。我没有权利爱你,但是我爱了。有件事不允许。"

"什么?"她失声叫道。

"是的,有件事不允许我——直到那个吻——是的,直到那个吻的到来。现在什么事也无法阻止我了。无论如何,我们希望……而且必须把我们的相爱告诉你哥哥。最亲爱的,我跟他在车站见面的时候,你最好进屋去,我会向他解释一切。"

塞西利亚的幸福感觉有如昙花一现。噢,要是她早知道是这样的结局,她就不会让他逾越熟人的界线——永远不会,永远不会!

"你怎么不解释给我呢?"她无力地督促着。疑虑——纳闷——令人担忧的揣测占据了她的心。

"现在不。你没必要这样惊慌。"他温柔地说,"我保持沉默的惟一原因,是恐怕以我现在所知道的,只能告诉你一个不真实的故事,也可能根本就没什么要告诉你的。我真不应该匆匆地向你提及这样的事。原谅我——亲爱的,原谅我。"她的心就要爆炸了,她没法回答他。他回到他的位置上,拿起了双桨。

他们现在又驶向远方的海滨。坐落在沿岸的房屋在西边发亮的天空映衬下好像一条深灰色的条带。太阳已经下山了,一两颗星星开始悄然闪现。他们离岸边更近了。爱德华一边划桨,一边无精打采地看着她丝巾上的红色条纹。由于暮色逐渐降临,红色的条纹看起来像黑色的一样。她遥望着城镇海堤上的长长灯光。现在这些灯光看起来成了小小的黄点,似乎是海面上摇曳的火光,把根深深地扎入了海底。过了一会儿,他们到达登陆台阶。他像以前一样扶起了她的手,发觉她的手和身边的海水一样冰冷。一直到了她的门口,他才将她的手松开。他的保证并没有消除她举止里透出来的紧张不安。他看出她的目光里含着无声的责备,好像一只被捕获的麻雀。她进了门,他便走开,独自坐在了海边公共散步场上的一把椅子上。

在这样一种绝望沉重心情的笼罩下,她感到已无法走进她孤独的房间中去。当斯普林罗夫走出了她的视线以后,她又转回身,走到拐角处,正好看到他坐下。于是她就心事重重地悄悄沿着人行道跟在他后面。当她在他身边默默沉思的时候,她忘记了她本身就像一尊忧郁的大理石雕像。她不经意听到了从身后一座豪华住宅里面传来钢琴及唱歌的声音。灯光从开着的窗户里流泻出来，与刚刚从前方海湾上空新升起的一轮金黄色的月光交融在一起。这时爱德华开始来回踱步。塞西利亚害怕他会看到她，便匆匆朝家走去。在她走出他的视线以前，她又看了他最后一眼。他没有答应写信，也没有要求她这样做。悲哉！哀哉！她苍白的脸上只写着无名的恐惧，也流露出一种渺茫的希望。

欧文回来后，在小起居室里没找到她。他提着一盏灯悄悄地上楼，走进了她的卧室。他发现她躺在床罩上，没有摘帽子，也没有脱外衣就睡着了。在盛开的爱情之花的巨大压力下，她一进屋就猛然跌躺在自己的床上。长长的、低垂的睫毛下，湿湿的泪痕依稀可见。

> 爱情是苦涩的快乐，激情的忧伤；
> 爱情是活着的死亡，死亡中的生命。[1]

"塞西利亚！"他一边轻声唤她，一边吻她。她一下子惊醒了。还没有完全清醒，便惊叫起来。"他走了！"她说。

"他把什么都告诉我了。"格雷温和地说，"他明天一大早就走。他可真不像话，把你从我身边夺走，可你对我只字不提你们的感情发展，也真令人伤心。"

"我们控制不住。"她说，接着跳起来，"欧文，他把一切都告诉你了？"

"你们相爱的从头到尾发展的过程。"他简短地说。

爱德华本还要说些什么，但他没说。她还不能判定他有罪，但是她却戴上了脚镣，她需要与之奋斗。假若他真欺骗她，她每迈一步，脚掌就会感到剧烈的刺痛。

---

[1] 选自托马斯·沃森的诗集《多情的恋爱世纪》（1582）中第十八首十四行诗。——原注

"欧文，"她继续郑重地说，"对我来说，他是谁？什么都不是。我必须要去掉这个弱点——相信我，我会的。有件事更要紧，必须驱走这种软弱。现在我要踏踏实实地找活干。不管怎么样，我得谋生。我打算再登一次求职广告。"

"广告是没有用的。"

"这次会有用的。"她的口气如此乐观，他看起来有些吃惊。她从桌子上拿来一张纸给她看。"看看我要干什么，"她悲伤地说，几乎可以说是饱含着痛苦。这是她做的第三次尝试——

> 欲求侍女工作，无经验，年龄十八岁——布迪茅斯十字大街 3 号 G。

欧文——要面子的欧文——看上去异常震惊。他又以一种难以名状的声音，颤抖着读了两个字：

"侍女！"

"是的，侍女。这是一种诚实的职业。"塞西利亚勇敢地说。

"可你，塞西利亚？"

"是的，我——我又是谁呢？"

"你永远不会成为一个侍女——永远不会，我敢肯定。"

"不管怎么样，我应该试着去做。"

"这样丢人，不光彩——"

"胡说什么！我坚持认为这没什么可丢人的。"她说，语气相当强烈，"你知道得很清楚——"

"呃，只要你愿意，你一定能做的。"他打断她的话，"但是为什么还要加上'无经验'呢？"

"因为我就是没经验。"

"别在乎这个——把'无经验'删去。我们很穷，塞西利亚，不是吗？"沉默了一会儿他又嘟囔着说，"看起来，我在这儿工作两个月的期限也快到了。"

"我们能够忍受贫穷，"她说，"只要他们给我们活干……是的，我们渴望把给予我们的诅咒当作一种祝福。即使这种祝福被拒绝，我们也不怕。无论如何，要振作起来，欧文。不要想得太多。"

　　给绝望的男人作一个公正的评价，就是让他们好好记住，在这些重要时刻，妇女们有更加充满希望的忍耐力——那是无价的，甜美的，天使一般的。具备这种忍耐力的主要原因是她们的视野不够开阔，看不到惨淡的前景，而不是因为她们拥有强烈的希望来减轻绝望的压力。

第四章 一天里的事件

1.八月四日,至四点钟

下一周初,塞西利亚寄托在广告上的最后一线希望有了回音。塞西利亚似乎一直以为这个回音定会来自数百里之外的某个地方——伦敦、苏格兰、爱尔兰或欧洲大陆,这符合她一直采用的求职广告的做法。但是回音却来自离她的住所很近的地方——一个二十英里以内的乡下宅院。回信是这样的:

> 阿尔克利芙小姐欲觅一位年轻姑娘作侍女。该侍女的职责不重。阿尔克利芙小姐将于星期四回到布迪茅斯。届时,如果 G 小姐尚未找到工作,阿尔克利芙小姐愿与她于当日四点钟在海滨的贝尔维迪旅馆见面。此函无需回复。
>
> 响水山庄
>
> 一八六四年八月三日

快到见面的时间了,塞西利亚戴上一顶端庄大方的帽子,穿上一件黑色的丝绸外罩,朝旅馆走去。美好的憧憬,海风吹来的新鲜空气,明朗的、一望无垠的景色,使她的双颊泛上了异常娇美的粉红色。她的脚步曾因过去的烦恼和对爱德华的思虑变得迟缓,现在却恢复了往日的轻快和敏捷。

她走进前厅,朝酒吧的窗子走去。

"阿尔克利芙小姐在这儿吗?"她问一位站在前台的衣着华丽

的酒吧女。那位酒吧女正在和一位站在台后的女店主说话，女店主饰金戴银，珠光宝气。

"不，她没在。"酒吧女回答，态度不很客气。相形之下，塞西利亚显得有些过于朴素。

"阿尔克利芙小姐一会儿就来。"女店主对塞西利亚看不到的另一个人说。听口气好像她几天前就已知道塞西利亚要找阿尔克利芙小姐的事情了。"把她的房间准备好——快些！"从快捷地发命令到欣然领命，塞西利亚觉得阿尔克利芙小姐一定是个相当重要的人物。

"你是要在这儿同阿尔克利芙小姐会面吗？"那个女店主问。

"是的。"

"年轻人最好等一等。"女店主最后说。凭一个收惯钱的人的直觉，她正确无误地猜到，塞西利亚不会给这里带来任何收益。

塞西利亚被带到一间奇怪的房间里。房间在整个建筑的阴面，是二层走廊尽头的一组套房中的一间，看上去似乎是在需要的时候既可作卧室又可作休息室。四周墙壁、窗帘、地毯以及家具的罩单，差不多都是蓝色的。东北天空的冷冷光线射进屋内，也落在窗外铺着崭新石板的宽阔的屋顶上，使屋子更增添了一层明显的浅淡色彩。那屋顶是透过小窗可以看到的惟一的东西。但是，门的下方和这一套房的隔壁房间相通，从那边透进来一缕极微的红色光线，这缕微弱的光线却使两个房间显出强烈的差异。隔壁房间的阳光相当充足。这缕光是这个地方可以看到的惟一令人愉悦的事物。

人们在等待的时候常常沉湎于一些非常稚气的想法和举动。生活就像是战场，在这个战场上构筑了一条坚固的防线——这条防线就是这次会晤。塞西利亚的眼神漫不经心地盯着那条光线，由此把隔壁的房间想象成美妙的天堂。这缕光线让她想到在这个罪恶的世界中那件众所周知的"善事"。①

当她正注视着在这一缕光线的照射中飘浮的微尘的时候,听到了一辆马车在房子的对面停下来,接着是贵妇走过走廊时裙摆磨擦地板的窸窣声,她走进了塞西利亚隔壁的房间。

就像划火柴时闪过的一缕磷光,那道金色的光线一点一点地消失了。地板上传来轻轻的脚步声,接着停了下来。而后又听到双脚不耐烦地轻踏地板的声音。一个贵妇的声音在说:"这儿一个人也没有吗?"语气很是傲慢。

"不,夫人。在隔壁呢。我这就去叫她过来。"侍女说道。

"去吧——噢,你不用进来了,我去叫她。"

塞西利亚站起来,走到中间那扇透过一缕光线的门前,侍女正从那儿退出去。她刚把手放在门把上,门把就在手中转开了。门是从另一边被拉开的。

2. 四点钟

下午的阳光直直地照射着。部分光线透过深红的窗帘折射进来,由于墙上深红的植绒墙纸和深红的地毯的反射而显得更加强烈。四周鲜艳的光焰中出现了一个贵妇的身影。她站在塞西利亚前面,靠得很近,手中正握着门把手。出现在姑娘面前的陌生人由于幽暗的蓝色的衬托,再加上塞西利亚与生俱来的丰富的想象力,显得很有生气,看上去好像是站在火光中的一个高挑的黑色身影。这个女人不胖不瘦,身材非常匀称。

塞西利亚不由得用手遮住眼睛,往后退了一步,这样才第一次在门扇油漆镶板上反射回来的柔和光线下看清阿尔克利芙小姐的身形

---

① 语出莎士比亚(1564—1616)《威尼斯商人》第五幕第一场,鲍西娅语:"一支小小的蜡烛,它的光照得多么远! 一件善事也像这支蜡烛一样,在这罪恶的世界上发出广大的光辉。"

和面容。她不是很年轻。虽已人近中年，却是仪容庄重，风韵犹存。

"呃，"贵妇说，"这边来。"塞西利来随她走到窗子的壁凹处。

在橘红色的光线里走着，两个女人各自炫耀着自己的优势，同时每个人脸上都流露出被对方的容貌所打动的神色。塞西利亚的脸上泛起了红晕，使她更增添了一个青春少女从未有过的娇艳和美丽的魅力。年长的贵妇脸上的青春已逝，取而代之的那种表情，与其说是严厉，不如说是严酷，她同时也显示出其庄严高贵的神采，给她那曾经艳丽，如今渐衰的脸庞增添了一份活力。

她看上去还不到三十五岁，可是她实际上或许比这个年龄大十多岁。她的双目清澈而沉稳，鼻梁高高的，优雅而美丽，还有圆圆的、略微突起的下巴，就像雕塑中的恺撒一样。嘴唇透着一种傲气，但又善于传情达意。她脸庞的下部轮廓显得很严肃，使她整个面部表情凛然透出一股男子的英气。女子的娇柔之态只有在前额和眉头的卷发上明快地流泻出来。她身穿一件褐色的丝绸外衣，披着一件绣着网眼花边的披肩，戴着一顶网眼女帽，帽子上插着几枝蓝色的矢车菊。

"是你登广告想找个做女侍的工作，地址是十字街，G 小姐，对吗？"

"是的，夫人。我是格雷小姐。"

"对。我听过你的名字——我的管家莫里斯太太提到过你，并且把你的广告拿给我看。"

这个消息令人费解。但是她没有时间多想。

"上一次你住在哪儿？"阿尔克利芙小姐继续问。

"我以前从未做过侍女，我在家住。"

"从未出来过？我一见到你也觉得你太像个小女孩，不会有什么经验。但是你为什么那么自信地登广告呢？这让人产生误解。"

"真对不起。最初我写了'无经验'。但是我哥哥说对着全世界大声宣布你的弱点是很蠢的，他让我把它删掉。"

"不过我想你的母亲知道该怎样做。"

"我没有母亲,夫人。"

"那你的爸爸呢?"

"我没有爸爸。"

"这样啊,"她说道,语气更加柔和,"你的姐妹、姑母,或是堂兄弟呢?"

"他们根本不会考虑这个问题。"

"我想你没有问问他们吧?"

"没有。"

"那你应该问问他们呀,为什么没问呢?"

"因为这些亲戚我一个也没有。"

阿尔克利芙面露惊讶之色。"不管怎么说这都怪你,孩子。"她说道,口气中带有一种淡淡的和蔼,"不过,恐怕你不适合我,我习惯找个年龄大一点的人。你知道,我想找一位有经验的姑娘。她要熟悉办公室里的一切日常事务。"她正想再加一句"尽管我喜欢你的容貌。"但是这句话对于她面前这位气质高雅的女孩子来说是一种冒犯。于是她改口说:"尽管我很喜欢你。"

"对不起,让您误解了,夫人。"塞西利亚说。

阿尔克利芙站在那儿出神,没有回答。

"再见。"塞西利亚继续说。

"再见,格雷小姐——我希望你会成功。"

塞西利亚朝门口走去,这个动作恰巧是她最优美的动作之一。它是那样的恰到好处:大方得体而又不失优美,流畅迷人又毫不轻佻弄姿。

在她转身的一瞬间,她又回头看了看阿尔克利芙小姐,脸上微微露出些不满。那些记得格乐兹油画《女孩头像》①的人,就会了

---

① 格乐兹(1725—1805),法国风俗画和肖像画家。——原注

解塞西利亚这一回眸中那不以为然的神态。这不是渔主回首告诉渔夫们怎样巧设诱饵,以增加年内平均捕获量的神态。这优雅的回眸一瞥能紧紧抓住情感细腻的观望者的感情。它把目光留下,却带走了情感。

阿尔克利芙小姐对这转身回眸的迷人效果可不是个新手。当塞西利亚把门关上时,她依然不动声色地站了一会儿,听着那姑娘远去的脚步。她自言自语道:"真是值得费心开导开导她了,那么在我这样一个雍容华贵的人身旁,就会有一个人像这样来回走动,以这样的眼神看我。我敢断定她的手指放在人的头上、脖子上时会特别轻柔……她是个多么傻乎乎、羞答答的年轻姑娘,就这样突然走掉了!"她摇响了铃。

"让刚刚离开的那位年轻姑娘再回来。"她对侍从说,"要快!不然她就走掉了。"

塞西利亚刚走到前厅,正想着她若当时把她的身世说一说,阿尔克利芙小姐或许就会接纳她的。然而她特别不愿意把她的身世讲给外人听。当她被召唤回来的时候,她一点不感到惊讶。有一种说不清的感觉告诉她,她与阿尔克利芙小姐还会再见面的。

"我想你当然是有担保人的吧?"塞西利亚进屋时,贵妇问道。

"是的。索恩先生。他是德布里克汉的一位律师。"

"你的针线活儿很不错?"

"我觉得是。"

"那么我认为无论如何我得给索恩先生写封信。"阿尔克利芙小姐微笑着说,"整个手续都不是很规范,这是必须承认的。但是我现在的侍女下星期一就要离开了,我已经见过的那五个人看起来对我都不合适,……好吧,我会给索恩先生写信的,如果他的回复令人满意,你就会收到我的回信。你最好也应该做好下星期一就来的准备。"

阿尔克利芙小姐又一次看着塞西利亚走出房间后,要来了纸和笔,好像就要与索恩先生联系了。她犹豫不决地把弄着那支笔,"假如索恩先生的回函有令人不悦的言辞,即使这些言辞只是对那个姑娘片面的评价,而不是出于全面的了解,我也不得不放弃她。那时我就会后悔没有不顾别人的看法而给她一次尝试的机会了。她自己所说的一切是十分可靠的——是的,我能从她的脸上看出来。我喜欢她那张脸庞。"

阿尔克利芙小姐放下笔,没有给索恩先生写信,就离开了旅馆。

第五章　一天里的事件

1. 八月八日早晨和下午

在下星期一早晨送信的时间,塞西利亚焦急地等待着邮递员,离他到来的时间越来越近了,她坚信她所期望的信件会到来,就好像她确信邮递员一定会到来一样。过了一会儿,他的身影出现在眼前,他给塞西利亚带来了两封信。

一封信来自阿尔克利芙小姐。信中简单说明了她希望塞西利亚来试一试,她还希望塞西利亚能在星期一晚上到响水山庄来。

另一封信是爱德华·斯普林罗夫写的。他告诉她,她是他生命中的光明与欢乐,她的存在要比他自身的存在珍贵得多。在遇到她之前,他从来不知道什么是爱。的确,他曾经间或对其他姑娘产生过稍纵即逝的爱恋,但是与那些姑娘在一起的时候,他对她们的爱意也都是肤浅易逝的。他爱她的现在,也爱她的过去和未来。假若她是个活泼可爱的孩子,他爱她;假若她是个懂事明理的姑娘,他爱她;假若她陷入困境,他还爱她。他对她的爱中有一种朴实无华的友谊,没有这种质朴的友谊,所有的爱都不会长久。

他还说了一些令人丧气的话。他说无法左右的机缘和命运(说来话长,目前无法让她了解),在某种程度上成了他梦想的绊脚石。他与她分别的那一刻,这种感觉比现在还要强烈。这也是他那次鲁莽行为的原因,为此他乞求她原谅。现在他看到了能使他解脱出来的一个体面的方法,这种想法促使他写这封信。同时,他能否怀有这样的希望:就是如果他按照她的鼓励去努力工作,得到一个她认为值得分享的地位,他可不可以在将来某个明媚的日子拥有她?

这封珍贵的、可爱的信哟!她把信叠了起来。看来情书对于女孩子来说要比对男孩子重要得多。在信中斯普林罗夫不自觉地显得很聪明。一个具有这种才智的男人才会把自己描绘成一个年轻姑娘心中的英雄,使那个姑娘在对他不甚了解的情况下爱上他。在塞西利亚心目中,斯普林罗夫要比他真实的形象高大许多。

整整一天她在房子里欢快、兴奋地跳来跳去。她一边收拾着行李,一边想着怎样给那个温情脉脉的问题一个适宜的回答。她的爱意情不自禁地迸发出来,就像预言家的预言一样无法阻挡。

下午,欧文跟她一起到火车站,把她送上开往卡里福德路的火车,那是离响水山庄最近的车站。

半小时后她下了火车,到了站台上。她没有看到有人来接她,只有一辆小马车停在外面。两分钟后她看见一个身穿亮丽制服的忧郁的男人从附近的一个小客栈朝她跑来。他就是被派来接她的侍从。摆脱悲伤有两种方式,一种是做别的事来忘掉它;另一种便是借酒浇愁。这位马车夫就是借酒浇愁。

他告诉她大约半小时后,一辆小货车会把她的行李取走。接着,他扶她上了马车,驾车远去。

爱德华的那封信被她悄悄藏在胸前。这封信给她勇气,让她摆脱了因这份新工作而产生的不安和胆怯,使她充满自信,身心轻松。而这点正是她对周围事物进行仔细观察所不可缺少的。时值夏末,炎热的天气下那种浓重、深暗而又令人乏味的阴影已渐渐变成淡淡的青蓝色。人们已经能够或多或少感到这种变化,感到秋风乍起的凉意。他们沿着大路快速行驶了大约一英里的路程,就到了卡里福德村外。接着他车头一转,穿过山庄的大门。门前沉重石墩上有两只青铜雕成的大鸟。他们进了园子,又沿着一条林荫道迂回前进。林荫道上栽种着郁郁葱葱、枝叶低垂的欧椴树。这些树并不是整齐地排列在道路两侧,而是非常不规则地生长着,有时候使道路暴露在天空下,有时候则把路面完全遮住,使它几乎处于黑暗之中。最低的树枝离草地都有六英尺高,那是牛群能够轻咬树枝的最高点。

"是那幢房子吗?"塞西利亚满怀期待地说。她从枝叶掩映间看到了灰色房子的山墙,接着又看不到了。

"不是,那是以前的庄园主宅第——更确切地说,是旧庄园遗留下来的。阿尔克利芙家族以前曾出租过那房子,但更多的时候还是空着的。现在它被分成三所住宅。讲究的人是不愿住在那儿的。"

"为什么呢?"

"嗨,那房子既不漂亮又不方便。你看,很大一部分都给拆掉了,剩下的房子连暂时居住都不合适。那儿也太阴暗了,像大多数建在低凹处的房子一样,地势太低,对健康没好处。"

"人们讲一些关于那房子的恐怖故事吗?"

"没有,一个也没有。"

"噢,真遗憾。"

"是啊,我也这么说。这所房子真是适合编造一些有趣的鬼故事,让人听了头发根都竖起来,这样也会使教区的人更虔诚。可能有一天会编出这么个故事,补上这个遗憾。但是现在却是连一词一句都没有。尽管这样,我还是不愿住在那儿。事实上我不能,啊,不,我不能。"

"你为什么不能呢?"

"因为那些声音。"

"什么声音?"

"一种是瀑布的声音。那声音那么近,你在那幢房子的每一间屋子都能听见,也不管是白天还是晚上,不管你舒服还是难受。

这足够把任何人逼疯。这会儿,你听听。"

他停住马车,空中除了一些轻微的平常的声音之外,还传来一种经久不变的、平稳如一的流水从高处下落的声音。由于林荫路旁浓密的树叶,使人看不到水是从哪儿流下来的。

"这种永不停止的流水声有些可怕,对不对,小姐?"

"你这么一说,好像真有些吓人。你说有两种声音,那另一种可怕声音是什么呢?"

"抽水机的声音。离旧宅院近得很。它把水送到山上,还有那个大宅院那儿。我们马上就能听到……好,现在再听听!"

从低低的林地的同一方向,现在能听到曲轴刺耳的嘎吱声,半分钟重复一次,中间就是水倾泻出来的声音。嘎吱嘎吱,哗啦哗啦,接着又是嘎吱嘎吱,就这样持续不断。

"喏,就算有办法在别的声音中活下来的人,也会给这些声音毁掉。你觉得是不是,小姐?这台机器不管白天黑夜,春夏秋冬,就这样不停地运转着,几乎就没人给它加过油或检查过。嘀,到了夜里它就折磨人的神经,尤其是你感觉不太舒服的时候,但是我们在大宅院那儿却不常听到它。"

"这声音的确让人难受,那轮子该加点油了。阿尔克利芙小姐对这些事情有兴趣吗?"

"嗨,几乎没有,你知道,她的父亲不再像从前一样照管这类事情了,以前这抽水机是他的一大爱好,但是现在他老了,也很少到那儿去了。"

"她家有多少人?"

"只有她爸爸和她自己。那老先生已经是七十岁的人了。"

"我以前以为阿尔克利芙小姐是这财产的惟一女主人呢,而且只是自己住在这儿。"

"不是,小——"车夫总是这样突然停住话头,因为在他就要不自觉地把她称作小姐的时候,他又马上意识到他不过是跟新到的侍女说话。

"不过,恐怕她很快就要做女主人了。"他继续说道,那神情就好像在说一个普通人都不信的预言,"可怜的老人最近身体衰弱得很快。"接着车夫长长地吐了一口气。

"你为什么这么悲哀地长叹呢?"

"嗨!他一去,我们这些老仆人的平静生活也就随之而去了。我估计整幢房子都得翻腾个底朝天。"

"你的意思是她会结婚吗?"

"结婚——她才不会。我希望她会结婚,不,她内心跟鲁滨孙一样孤僻。不过,除亲戚外,她还是有许多熟人的。教区长兰汉姆先生——他跟她有姻亲关系,可她对兰汉姆先生非常疏远。人们说她要是保持单身的话,那兰汉姆先生就几乎不可能会有后代可以继承这份产业。去他的,她不在乎。她是个与众不同的女人——非常与众不同。"

"除了这一点还有什么?"

"你很快就会知道的,小姐,前一年她就换了七个侍女了,我向你保证,把她们从车站接来再送回去都是我一个人的活,实际上上帝一定是粗枝大叶的主儿,否则他绝不会允许这种傲慢专横的行为发生的。"

"她们一来她就把她们辞退了吗?"

"根本不是——她从来不辞退她们——是她们自己走的。听我说,是这样的,她的脾气很急躁,无缘无故地跟她们大发脾气。第二天早上她们就来跟她说她们要走。她觉得抱歉,也希望她们留下,但是她像卢西弗①一样高傲,这种高傲使她说不出'留下吧',于是她们就走了。事实就是这样,你跟她谈起某人的时候,如果你说'喔,真是可怜!'她就说,'哼,的确可怜!'如果你说'哼,

---

① 卢西弗,反抗上帝的天使长,被赶出天庭。——原注

的确可怜！'，她马上就会说'喔，真是可怜！'她也许会把膳长送上绞架，也许又会让酒政①官复原职。就算魔鬼也知道是人命关天哪，可只有她觉得无所谓。"

塞西利亚陷入沉默，她害怕她会再一次成为她哥哥的负担。

"不过，你的机遇可不会错，"车夫继续说，"因为我觉得她特别喜欢你。我从来没见过她派一辆小马车去接人的。从前总是用单马双轮的轻便马车。但是这一次她说：'罗伯特，驾着小马车去吧。'口气很特别，像个贵妇人一样……你瞧，这辆小马车现在也真是够破旧的了。"他又加了一句，一边还看了看马车，好像是怕塞西利亚骄傲得过了头。

"希望今天晚上你帮她梳妆打扮时会使她满意。"

"为什么今天晚上？"

"五点钟有个宴会，今天是她父亲的生日。在这种场合下她特别注意自己的外表。看看，这就是那房子，这地方多少有些生气，是不是，小姐？"

他们刚刚从欧椴树丛中钻出来，开始上坡。那更高一点的地方便是被称作响水山庄的庄园。那些工房之类的屋子渐渐消失在后面的树丛当中。

2. 晚　上

整幢房子都是由整齐的灰色方石建成，规则而又牢固，秉承的是在十八世纪末盛行的简洁的古典主义风格。因为那时候被称为设计师的模仿者们已经厌倦了罗马建筑中那些稀奇古怪的各种变化。主要建筑呈方形，就像草图上设计的一个方形广场。每个侧

---

① 膳长和酒政，典出《旧约·创世记》第 40 章，约瑟分别为膳长和酒政解梦。——原注

面的中间凸出来,上面装饰着三角形山头。从较低一侧的每个角落开始,都有一排更低的建筑,到了尽头,这些建筑物又折进来,形成了一个很宽阔的空间。在这个空间里,回声异常地清晰。这些建筑物的后面依然是一些长满常春藤的冰窖、洗衣房和马棚,整个附属建筑群被茂密的灌木丛和大树遮掩着。

右侧的树叶间有足够的空隙,使塞西利亚能够看到更远处的布局和草坪的正面。显然,这一地区的自然特色和地貌特征决定了庄园的基本方位。虽然并未有特殊之处,但整体上来看,却是最令人满意的。一个宽阔、优雅的斜坡从墙下的台阶一直延伸到下面波平如镜的湖边,整个坡度宽阔,优雅适度。静静的湖面上有十几只天鹅,还有一艘月牙形的绿色小船在悠闲地游弋。湖中心有一座形状不规则的、长满林木的岛屿。再放眼望去,湖的对岸是姿态万千的种植园和草坪。前面的苍苍古木将后面伸展开去的如画美景半遮半掩,更有一种柔和含蓄之美。

她正在放眼遥望这里的景色,目光却被屋角遮挡了。不一会儿他们就到了侧门。塞西利亚下了马车。一个上了年纪的女人接待了她,那女人不停地微笑着,倒也和蔼可亲,她自称是莫里斯夫人,那儿的女管家。

“格雷女士①,是吧?”她说。

“我还没有——噢,对,对,我们都是女士。”塞西利亚笑着说,但有些牵强。对她的称呼让她觉得一丝不快,似乎是第一次给她烙上了一块轻轻的伤疤,让她觉得受了污辱。此时,她想起欧文的预言。

莫里斯太太领塞西利亚到了一间舒适的客厅,叫做大厅。茶已经泡好,塞西利亚坐下来。一有机会她就看看莫里斯夫人,带着极大的兴趣和好奇。

---

① 原文为 Mrs,是对已婚或未婚妇女的礼貌称谓。——原注

如果可能的话,她想从莫里斯太太身上发现点什么,想搞清楚为什么她知道她,并且推荐她。但是,她什么也没看出来,至少是在那个时候。莫里斯夫人永远在动,站起来,在口袋里摸索什么,走到柜子那儿,离开房间两分钟,又急急忙忙跑回来。

　　"原谅我,格雷女士。"她说,"但是今天是老爷的生日,这一天总会有很多人来赴宴的,尽管老爷年事已高。不过,没人会在这儿过夜,阿尔克利芙小姐总是不允许庄园里有房客住下来。她是个虽有许多熟人,却没有密友的贵妇,这尽管让我们很清闲,却让那些年轻的侍女们没精打采的。"然后莫里斯夫人又继续左一言右一语地说着这所住宅的规矩和管理。

　　"哎,你真的用过茶了吗? 不再来一点了吗? 对了,你什么也没吃,我肯定……哎呀,真是的,没有别的侍女在这给你领领路,可真是不方便。可是她上星期六走了,昨天一天,还有今天上午,阿尔克利芙小姐就临时让我做侍女的活,真是可怜,我又老又笨。她还没有来呢,我想她一来,第一件事就是要见你,格雷女士……我想说如果你真的用过了茶,我就带你到楼上去,让你看看那些衣橱,阿尔克利芙小姐今天晚上的服装还没准备呢。"

　　她带塞西利亚上楼,把她的房间指给她看,又带她进了阿尔克利芙小姐的梳妆室。梳妆室在第二层,她在那儿告诉塞西利亚各种各样的用具和服装都放在什么地方,然后就走了。临走时对她说离化妆的时间还有一个小时。塞西利亚把莫里斯太太说今晚要用的那些东西都摆在了隔壁房间的床上。然后回到那间指定给她用的小房子里。

　　她在开着的窗子旁坐下来,斜靠着窗槛,好像是另一位烦恼的仙女。① 她兴味索然地看着窗外草坪上一丛丛争奇斗艳的鲜花。

----

① 烦恼的仙女,英国诗人 D. G. 罗塞蒂(1828—1882)的一首诗中的人物。——原注

时值夏末,鲜花正开得灿烂夺目,但是一直让她感到愉悦的快活心境却很快在平淡无味的现实压力下消失了踪影。鲜红鲜红的天竺葵开得甚是绚丽,淡绿色和淡红色的马鞭草和深红色的大丽花点缀其中,还有蒲包花成熟后的甜美芳香在风中飘荡,后面是一群温顺的雪白的绵羊,正在靠近篱笆另一面的园子里吃草。但所有这些对她来说在很大程度上都是视而不见的。她正在觉得什么事都没有意义,想着她可能会死在一所济贫院里,可这又有什么关系?她刚刚做过的那些工作多么琐屑、平凡。她的命运决定于一个女人的奇怪念头。她要压抑住自己的所有个性,她还要放弃自己独特的趣味来为这个陌生的家庭效力。所有这一切都让她难过,让她伤心。她几乎渴望去寻求某种自由的户外工作,睡在树下或者茅屋中,所知道的惟一的敌人就是冬天寒冷的天气,就像牧羊人和看牛人一样,或像鸟兽一样——对了,就像她看到的在窗下的那些羊。她满怀同情地看了它们一会儿,想象着那些羊吃着这些丰美的草该是多么欢喜。

"是的,就像那些羊。"她大声说,接着她惊讶于自己这种瞬间的忘情,面色变得绯红。

这群羊大约是九十或一百只小母羊,羊毛像枕垫一样蓬松柔软,像牛乳一样洁白。这时候她才看到,在每只羊的左臀上都有两个清楚的红色的起首字母:"E.S."

"E.S."这两个字使塞西利亚脑中闪过一个念头,虽只是一闪而过,却永远留在她的记忆中——她想到的是她情人的名字,爱德华·斯普林罗夫。

"啊,如果真的是——"她忽然想起什么,停住了话头。与此同时,阿尔克利芙小姐的马车出现在车道上。但是,这时阿尔克利芙小姐已经不是她注意的对象了。她要搞清楚这些羊到底是谁的。无论如何都得弄个明白,解除她的疑惑。她飞快地下了楼,找到莫里斯太太。

"园子里那些羊是谁的？莫里斯太太。"

"农夫斯普林罗夫的。"

"是哪一个斯普林罗夫?"她又急促地问道。

"怎么,你肯定知道,你的朋友,农夫斯普林罗夫。他是做苹果汁的,三贩客栈就是他开的,是他那天来找我的时候向我推荐你的么。"

塞西利亚非常激动,但是她的直觉警告她绝不能泄露她爱情的秘密。"啊,是的,"她说,"当然。"在这个短短的时间里,她的脑海闪过下列想法——

"爱德华·斯普林罗夫是爱德华的父亲,他的名字也叫爱德华。

"爱德华知道我想登广告找活干。

"他读了《泰晤士报》,看到了我的广告。因为上面附着我的地址。

"他觉得我在这儿再好不过了,他只要回家就能见到我。

"他告诉他的父亲说我可以被推荐作侍女,因为他认识我的哥哥和我本人。

"他的父亲告诉了莫里斯太太,莫里斯太太告诉了阿尔克利芙小姐。"

使她来到这里的一连串事件已经很明白了。这件事并非出于偶然,都是爱德华的安排。

铃声响了。塞西利亚没有注意到,仍然继续出神地想着。

"这是阿尔克利芙小姐的铃声。"莫里斯太太说。

"我想是的。"年轻的姑娘若无其事地说。

"喂,这就是说你得马上到她那儿去。"女管家继续说,语气甚为诧异。

塞西利亚感到一阵发热,夹杂着对莫里斯太太这个提示突然产生的愤怒。但是严峻的紧迫感战胜了桀骜不驯的自主性。理智使她清醒地认识到这一点，于是绯红的脸色恢复了正常，她匆匆地说——

"是的，是的，当然，她一拉铃我就得赶快过去，不管我愿意不愿意。"

可是，尽管这又勾起她对生活中这个新的职位的痛苦感受，塞西利亚离开这所房间时的心情还是和十分钟前大不相同，她已不再那么忧郁悲观，现在这个地方对她来说像个家了，她不再介意琐碎乏味的工作。因为很明显爱德华就不介意，而且这儿就是爱德华的家乡。在去阿尔克利芙小姐梳妆室的路上，她抽了个空，匆匆忙忙地从一个侧门溜出去，看了一会儿羊群。羊是无意识的，可是它们身上却有让人备感亲切的字母。她走上前去想摸摸其中一只，但使她恼火的是，羊群都以怀疑的眼光盯着她走近，然后一窝蜂地跑下山去。这时候，塞西利亚怕有人看到她这孩子气的举动，就赶紧溜进屋里，上了楼梯。她走过的时候，瞥见衣服上镶着银扣子的男仆们像闪电一样穿过走廊。

随意看一眼阿尔克利芙小姐的梳妆室，会给人留下这样的印象——用它做什么都可以，就是不适合女性梳妆打扮。收拾得整齐有序的时候，房间里看不到一件适于化妆的用品。甚至连必不可少的镜子及其他附属用具都被放在一个宽敞的壁龛里，从门口是看不见的。壁龛上有个叫做梳妆窗的窗子来提供光线。

漱洗盆的形状像一尊大的橡木雕像，上面刻着怪异的文艺复兴时期的装饰。梳妆台看上去像是介于高高的圣台和小型立式钢琴间的某种东西，台面点缀得也非常美丽，装饰风格同属半古典式的。但其外形却是不同寻常的。那是由一位来自邻城的心灵手巧的细木装饰工匠，在阿尔克利芙小姐的亲自监督下，经过几个月辛辛苦苦的精雕细琢才完成的。木材来自阿尔克利芙小姐在杂物间找到的两三个旧柜子。地板上的三分之二都铺着地毯，剩余的部分镶着深浅相间的木板。

阿尔克利芙小姐站在大窗子前面,离梳妆的那个壁龛挺远。她点了点头,和蔼地说:"你来了我很高兴。我敢说我们会相处得很好。"

她没有戴帽子。塞西利亚觉得她不如上一次好看。她那种高贵的美丽让人觉得冷漠,缺乏温情。更糟糕的是,塞西利亚发现,阿尔克利芙小姐也像富人们通常的那样,很容易忘记其侍从的特点。她似乎完全忘记了塞西利亚一点经验也没有。她习惯性地,不假思索地把整个梳妆工作交给了她的侍女,还没精打采地打了个哈欠。

开始一切都很顺利。阿尔克利芙小姐脱去裙子,接着是长袜子和黑靴子,然后穿上丝制长袜和白鞋。而后阿尔克利芙小姐去洗手洗脸。塞西利亚歇了口气。如果这第一个晚上她能平安度过,那就一切都好了。她觉得不走运的是刚一踏进门槛就让她为生日晚宴做准备,这是对她能力的一次至关重要的考验。但她只有好好干了。

阿尔克利芙小姐这时穿上了一件白色的礼服,懒洋洋地坐在一把安乐椅上,把椅子推到镜子前。女性的直觉和她自己的体会使塞西利亚明白下一步该做什么。她把阿尔克利芙小姐的头发散在肩头,开始梳理起来。这一切都是那么自然,让人满意。

阿尔克利芙小姐眼睛盯着地板,静静地想着什么。有几分钟塞西利亚就静静地给她梳妆。最后她的思绪好像又回到了正在做的事情上来。她抬起眼睛去看镜子。

"哎呀,你到底要在我头上做什么?"她大声叫道,眼睛睁得大大的。说这话的时候,她感到塞西利亚放在她脖颈上的小手在颤抖。"可能你喜欢另一种发型,夫人。"侍女说。

"不,不,就是这个发型。但是你必须在我头发上多加些装饰。或者我去买一些首饰,可是已经绝对不可能了。"

"我就这样梳自己的头发。"塞西利亚天真地说,语调甜美婉转,在适当的情况下,能让最尖刻的人转嗔为喜。但是这时候阿尔克利芙小姐的火气正盛。阿尔克利芙小姐感觉到塞西利亚的手在颤抖,知道她的暴怒产生了这样的结果,心里觉得颇为得意和满足。

"你的,见鬼!你的头发!好吧,继续梳吧。"她觉得塞西利亚的头发很美,比镜中她的头发要美许多许多,这又给她的冲天怒火找到了借口。不过,她记起了自己的身份,较为平静地说,"对了,格雷——顺便问一下,其他佣人怎么称呼你?"

"格雷女士。"侍女答道。

"告诉他们不要这样荒唐——尽管这样叫很符合习俗。但是你还太年轻。"

这样谈着话,塞西利亚顺利地给她梳好了头发,开始准备把花朵和钻石插在了她的额头,塞西利亚很有品味地摆弄着,摆成在她看来是最美的样子。

"这样不行。"阿尔克利芙小姐严厉地说。

"为什么?"

"我看起来太年轻了——像个花哨的老布娃娃!"

"会是这样吗,夫人?"

"不,我看起来像个怪物——十足的怪物。"

"这样呢,行不行?"

"天哪,别再这样烦我了!"她紧紧地闭上了嘴。

她一旦认定那天晚上她的发型会很糟糕,那么无论塞西利亚怎样绞尽脑汁地打扮都不会再让她高兴起来。在后面的梳妆过程中,她一直压抑着自己的火气,嘴闭得紧紧的,全身的肌肉都是僵硬的。最后,她抓起她的手套,拿上手绢和扇子,默默无语地悄悄走出房间,就像根本没有意识到她身后还有另外一个女人。

阿尔克利芙小姐这种压抑的怒火会在脱衣睡觉时发泄出来,这种担忧让塞西利亚整个晚上都如坐针毡。她试着读书,但读不进去,她试着缝纫,也做不下去。她努力去静静思考,但是思维却无法连贯。她轻声低诉着:"如果这样开始,那结尾该会怎样啊!"她对自己匆匆决定以放弃美好过去的那种和谐安宁为代价,来寻求自己的独立,产生了许多许多的忧虑。

3. 午　夜

时钟敲打十二点时,阿尔克利芙正式的家宴结束,来宾们都回去了。阿尔克利芙小姐的铃声猛地大声响起。

听到铃声,塞西利亚惊跳起来。那时候她已困意袭身,睡意蒙眬。她一直都郁闷无聊地坐在椅子上,数着时间,等着铃声,她全神贯注地等着,感觉到时光的流逝已成为一种实实在在的运动——一种不亚于物质的运动——时间就在这种焦虑不安的心脏的跳动中一分一秒地过去。她急忙跑到梳妆室,看到阿尔克利芙小姐坐在梳妆台前,镜子两侧都点着灯。阿尔克利芙小姐仪态非常安详恬静,透出一种女王般的高贵气质。塞西利亚想到要破坏这样一种庄重威严的妆饰,心里便感到极大的压力。

阿尔克利芙小姐所戴的珠宝装饰被静静地摘了下来——一些是她自己没精打采摘下来的,一些是塞西利亚摘下来的。接着就是她的外衣,裙子脱下来后,塞西利亚就拿着它进了旁边的卧室。她想把裙子挂在衣橱里,但是转念一想,她不应该让阿尔克利芙小姐等的时间过长,于是就顺手把裙子扔在了最近的地方——也就是床上,然后她像小猫一样无声无息地回到梳妆室,在屋子的中间她停下了。

阿尔克利芙小姐没看到她,显然她没想到她会这么快回来。在塞西利亚离开的这一会儿时间里,阿尔克利芙小姐拿掉了镶着布鲁塞尔花边的假胸饰。胸饰高高地系在脖颈上,是作为一个半透明的护肩罩衣与晚礼服一起穿着的。待脱下之后她就披上了睡衣。她的右手伸到了脖子那儿，好像在费劲地系紧睡衣。

塞西利亚又看了一眼，这次完全看清了阿尔克利芙小姐在做什么。她不是在系睡衣，睡衣只是随便地套在她身上，阿尔克利芙小姐是专心地把一件小东西举到眼前，正在细细地看。突然，她发现塞西利亚就站在后面，她没有自然地继续看下去或停下来，而是匆匆忙忙地停了下来。塞西利亚听到了弹簧轻微的吧嗒声。阿尔克利芙小姐的手挪开了，开始把睡裙穿好。

阿尔克利芙小姐匆忙遮住肩膀可能是出于羞怯，但这几乎不大可能。因为她的性情并非如此，而且她一生中都习惯于和侍女生活在一起。况且，塞西利亚如此年轻，年长的阿尔克利芙小姐显然只把她当成个孩子或玩物。这件事太微不足道，不值得去琢磨。不过就整个事情看来，阿尔克利芙小姐把脖颈遮掩起来一定有其实实在在的理由。

塞西利亚打扰了阿尔克利芙小姐，感到有些胆怯。她想往后退，离开这里。可就在这时阿尔克利芙小姐转过头来，看出她想走，便叫她呆在这儿，看着她的眼睛，似乎想解释什么。塞西利亚感到刚才的举动肯定包含着一个小秘密。阿尔克利芙小姐的眼神从她身上移开，塞西利亚过去拿起晨衣，又转回来把它拿到阿尔克利芙小姐那儿。那时候阿尔克利芙小姐正把睡衣脱了一半，想再好好穿上。阿尔克利芙坐在那儿，依然背对着塞西利亚。

她的脖颈又一次裸露出来。尽管塞西利亚不能直接看到它，却能通过镜子的反射看见，她颈部的肌肤光滑白嫩，与喉部、胸部的曲线融为一体，柔美无比，一定会让艺术家们爱慕不已。在镜子两侧的灯光的照射下光艳照人。

阿尔克利芙小姐刚才做了什么，现在就再明白不过了。一个精美小巧的金盒挂在她胸部的中央，就好似珍珠之海之中的一个小岛，上面镶嵌着精致的饰物，闪耀着蓝色、红色和白色的光泽。无疑刚才阿尔克利芙小姐就是看着这个出神。而且，她并没有把它同其他饰物一起摘掉，而是打算在夜里也戴着它。这点和女性的习惯不太相符。最初阿尔克利芙小姐不愿让新来的侍女看到，可是现在进一步想想，她似乎已不在乎她是否看见。

"我的晨衣。"她一边说一边轻轻地系着睡衣。

塞西利亚拿着晨衣走过来，阿尔克利芙小姐没有回头，而是从镜中用审视的目光盯着她。

"你看到了我脖子上戴的东西了，对不对？"她对着镜中的塞西利亚说。

"是的，夫人，我看到了。"塞西利亚也对着镜中的阿尔克利芙小姐回答。

阿尔克利芙小姐又看了看镜中的塞西利亚，好像就要解释什么，她又斟酌了一下，然后轻声道："几乎没有哪个侍女发现我总戴着它，我总是保守这个秘密——并不是因为它关系重大。但是对你，我并不介意，而且好像还想告诉你，你赢得了我的信任，使我想向你吐露秘密……"

她停下来，握住塞西利亚的手，另一只手则举起小金盒，拨动弹簧，露出里面的一张小画像。

"这张脸孔很英俊，是不是？"她凄楚的低语，甚至有些羞怯。

"是的。"

但是塞西利亚一看到那张画像，浑身就像触了电一样。她心中猝然明白了什么。这种想法太令人震惊，几乎令人难以相信。画像上的那张面孔正是她的父亲——尽管比她熟悉的那张面孔要更年轻，更有活力——但那确实是她的父亲。

难道这就是他曾经疯狂地爱过，而且从未忘怀过的女人？难道这就是在看门人的故事中出现的那个女人？就是在没有完全清醒之前答应了塞西利亚这个名字的女人？肯定是的。如果是的话，那么过去那段浪漫的、鲜为人知的罗曼史就露出了端倪。而在这之前，她还只是凭空想象呢。那时因为这故事太离奇，而且她所知有限,她的想象也的的确确受到了制约。

阿尔克利芙小姐的眼神和思绪都一心一意地在那个画像上,她没有注意到塞西利亚的震动与惊讶。她继续说着,语调低缓,专注。

"是的,我失去了他。"她停下来,想了想,又继续说,"我失去他是因为对我的过去过于诚实。不过好像命该如此,这是最好的结局——对这些事情,今天晚上我想得比平时都多。那是因为你的姓。尽管拼写不一样,发音却是一样的。"

肯定只有莫里斯太太,抑或农夫斯普林罗夫对阿尔克利芙小姐拼写过她的姓。她猜想如果爱德华是推荐人的话,那么农夫斯普林罗夫应该把她的姓拼写正确。如果是这样,那么阿尔克利芙小姐的话就变得令人费解了。

女人们总是向人吐露秘密,而后又为之后悔。感情的一时冲动让阿尔克利芙小姐做出这种情不自禁的坦白。尽管这件事是无足轻重的,但是她的话一经出口,这种冲动便立即消失了。于是,讲述那段生活在她的内心掀起的波澜又以另一种形式发泄出来——那是由一件微不足道的小事引起的。

塞西利亚把阿尔克利芙小姐的头发放下来之后,用一种阿尔克利芙小姐还不习惯的方法给她梳理,阿尔克利芙小姐突然发起怒来。塞西利亚轻轻地触摸,便把她压在心头的悔意激发出来,就好像她是一个电瓶一样。

"你是怎么摆弄我的头发的!"她大声嚷道。

一阵沉默。

"我跟你讲了一些一般从不对侍女讲的事情。当然,我在这间屋子里说的话绝不能在外面提起。"她语气强硬而乖戾地说道。

"不会的,夫人。"塞西利亚说。她对有着浪漫往事的女人竟然这么不友善而感到气愤和恼怒。

"我到底为什么会向你讲起我的过去呢?"她继续说。

塞西利亚没有回答。

阿尔克利芙小姐很是生自己的气,这桩无意的小事就可导致秘密一点一点地透露出去,渐渐地会尽人皆知。但是现在覆水难收,所以尽管塞西利亚的回答可人心意,但她必须要发泄出来。她又想到塞西利亚缺乏经验这件事。于是她像一个吹毛求疵的评论家一样,发现诗人的情感表达无从指责,便批评起他的韵律来。

"我以前从来没有这样鬼使神差地雇用一个女佣,从来没有!"她等着塞西利亚劝慰一下,可是没有。阿尔克利芙小姐又继续抱怨说:"还没问够三个问题就决定雇用了,甚至没有做一次查询。一切都是因为她有姣好的容貌——面容端庄,身材匀称!这原是一个愚人的诡计,现在我得到报应了,绝妙的报应——被人这样的欺骗了。"

"我没有骗你。"塞西利亚说。不幸的是,这句话此时说出来很不得体,无异于火上浇油。这正是怒火中烧的阿尔克利芙小姐所期望的。

"你骗了。"她气哼哼地说。

"我告诉过你,我不能保证一开始就对一切规矩都清清楚楚。"

"你就这样跟我对着干?我是说你没有说真话。"

塞西利亚的嘴唇颤抖着:"对这些评价我会回答,如果,如果——"

"如果什么?"

"如果那是一位贵妇说的话。"

"你这个无礼的丫头——你说什么?马上离开这房间!我告诉你!"

"我也告诉你,如果有人对一位淑女这样讲话,那这个人自己就称不上是贵妇。"

"对一位淑女讲话?一个贵妇的侍女这样说话,真荒唐!"

"别叫我贵妇的侍女,没人是我的女主人,我不要!"

"天啊!"

"我不会来这儿——不会的,如果我知道是这样,我不会来的!"

"什么?"

"如果我知道你是这样一个脾气暴躁,有失公允的女人!"

"真是无法无天!"①

阿尔克利芙小姐大声说道——

"一个女人!我是个女人!我要让你知道我是个女人的样子。"说着她抬起手,好像要打塞西利亚,这使塞西利亚更加坚决地反抗起来。

"你敢碰我!"塞西利亚嚷道,"你要敢打我,夫人!我不怕你——你这样是要干什么?"

阿尔克利芙小姐对自己这出乎意料的举动感到尴尬,对自己有失贵妇风度的冲动及说的那些话感到羞愧。她坐回到椅子上:"我并不想打你——回到你的房间去——我求你回到你的房间去。"她声音低哑地重复道。

塞西利亚面色发红,呼吸急促。她拿起她的蜡烛架走到桌子那儿去点蜡。当她走近时,缕缕烛光清晰地照射在她的脸上。平时看来,她看上去长得更像她母亲,而不是她父亲。可是现在,在她把烛芯倾斜过来,放到另一束烛光中,把蜡烛点燃的时候,烛光里她严肃、无畏、愤怒的表情都清清楚楚带着她父亲的特征。阿尔克利芙小姐第一次见到她感情激动,这种情绪自然就相伴着那种表情。这回轮到阿尔克利芙小姐吃惊了。她从刚刚的严辞责骂中突然转变为琐碎的好奇。这一点常常使妇女们的吵嘴显得荒唐可笑。阿尔克利芙小姐说的话就是个例子,就连她的自尊心也没有

---

① 选自英国诗人威廉·科林斯(1721—1759)的诗歌《音乐颂》。——原注

能够阻止她现在感受到的强烈的愿望,那就是要把出现在脑海中的这一疑团搞个水落石出。

"你的姓就是按一般拼法拼写的,GREY,是不是?"她说,装出一种满不在乎的样子。

"不是。"塞西利亚说,她一只脚稳稳地站着,眼睛依然看着烛光。

"噢,真的吗?姓是按你箱子上的写法拼的,我亲眼看到了。"

阿尔克利芙小姐为什么搞错,这个谜现在解开了。"噢?是吗?"塞西利亚说,"啊,我记得那是杰克逊夫人,我们在布迪茅斯的女房东贴上去的,我们的姓的拼法是 GRAYE。"

"你爸爸是做什么生意的?"

塞西利亚觉得再试图隐瞒事实已没有用了。"他不是生意人。"她说,"他是个建筑师。"

"真奇怪你是建筑师的女儿。"

"这并没有冒犯你吧,我想。"

"噢,没有。"

"你为什么说'真奇怪'呢?"

"不要问这个了。在许多年前的一个圣诞节,他曾经到过布鲁姆斯伯利的德克利街吗?——可是你不会知道这个的。"

"我听他说起过亨特威先生,是伦敦那个地区某处的助理牧师。他是在布鲁姆斯伯利去世的,是爸爸的老校友。"

"你的教名是什么?"

"塞西利亚。"

"啊!这是真的?你认识我给你看的那个人?是的,我知道你认识。"阿尔克利芙小姐停下来,木然地闭上嘴,有点慌乱。

"你还需要我吗?"塞西利亚说,手里拿着蜡烛,站在那静静地看着阿尔克利芙小姐的脸。

"嗯——不,不需要了。"阿尔克利芙小姐结结巴巴地说。

"如果你允许，我明天一早离开这里。"

"啊。"阿尔克利芙小姐对她的话并未在意。

"我知道你不会在我滞留的这短短的时间里再打扰我了吧？"

说着这些话，没等阿尔克利芙小姐回答，她就离开了房间。阿尔克利芙小姐从一开始就对她的姓名甚为好奇，这时才终于明白她是谁。

房子里的其他人都睡了，塞西利亚往她的房间走去，裙摆蹭到隔墙窸窣作响，她左手的一扇门开了，莫里斯太太伸出头来。

"我一直在等你，还没有睡。"她说，"这是你到这儿的头一夜，怕你会觉得有些事摸不着头脑。和阿尔克利芙小姐相处得怎样？"

"很不错——尽管没有我希望的那么好。"

"她责骂你了吗？"

"说了几句。"

"她是个很古怪的贵妇人——我们总得想办法和她相处，她心地不坏，但是她自我封闭，让人受不了，我们这些人跟她在一起许多年了，却对她本人了解很少。"

"阿尔克利芙小姐家一直都很富有吗？"塞西利亚说。

"啊，不是。财产，还有他们的名字，都来自她母亲的叔叔。她母亲家是老阿尔克利芙家族的后代。她妈妈跟一个叫布莱德雷的人结婚——那时候他一文不名——因为这个她的亲戚们跟她断绝了关系。但是很奇怪，这个家族的另一支人却一个一个地去世了——一共三个人。于是阿尔克利芙小姐的舅公就把他的全部财产，还有这座庄园，都留给了布莱德雷上尉和他的妻子——也就是阿尔克利芙小姐的父亲母亲——条件是他们同时要接纳下这个古老的姓氏。这些在《地方志》里都有记载。人们经常这么做的。"

"噢，我们明白了。谢谢你，好了，我要走了，晚安。"

第六章　十二小时里的事件

1. 八月九日凌晨一点到二点

塞西利亚一进自己的卧室，便一头扑到床上，思绪纷乱，无从理清。她脑子里只有一点是清晰的，那就是，尽管今天她解开了她父辈的疑团，但这是她作为一个侍女的第一天，也是最后一天。就是忍饥挨饿，她也不会再去做这样一种忍辱蒙羞的工作。"哎，欧文对这一切比我更清楚。"她想着，叹了口气，内心仅存的一点自负也被击碎了。

她跳起身来，开始收拾东西，准备一早就离开这里。她忧伤地想着下一步自己到底能做什么，泪水从面颊滚落下来。一切都准备好后，她开始脱衣服。这时，她的思绪不禁飘远，她开始凝神思考刚刚发生的这些出人意料的事情。揽镜自照，端详镜中自己美丽动人的面容和胸部，欣赏自己那未经雕琢的迷人之处。她给阿尔克利芙小姐这样一个坏脾气的迟暮美人梳妆，不料却招致责骂，惹来一身的烦恼和不快。这时候，对年轻的姑娘来说，对镜自赏也许只是很自然的举动。

但是，她即刻便抑制住自己的软弱，因为她满心同情地想起在这位孤单的贵妇人过去的岁月里一定充满许多难言的苦楚。她虽然过着富有而高贵的生活，但是这些苦楚却让她拒人千里，郁郁寡欢。这些塞西利亚都看在眼里。于是这个年轻女孩又连连称奇，就像她以前深以为怪一样。际遇的奇妙安排竟使她自己与这世界上这样一个女人发生联系，这个女人的经历如此传奇式地与自己交织在一起。她几乎开始希望她不必离开，不必把这孤寂的人依然留给孤寂。

　　黑暗中，塞西利亚躺在床上，阿尔克利芙小姐的影子比以前更加频繁地出现在她的脑海里，挥之不去。她睡不着，开始凝神想象这位气度高贵典雅的贵妇——她母亲的情敌——过去可能拥有的那些风光岁月。在对过去岁月的连绵浮想中，在所有幻想的后面，她仿佛看到了那位年轻姑娘或多或少对表哥暗送秋波，可这感情之花未曾绽放便夭折了，抑或是由于其他原因而草草收场。接下来就是阿尔克利芙小姐与另一个女人在汉默斯密斯小客栈和其他地方秘密会面：她用了一个普普通通的化名，她在听到某个令人心痛的消息后晕倒了，而那个年长的女人对这个神秘的同伴却知之甚少。后来，又过了一年多，塞西利亚父亲便结识了他这第一个情人，内心的激情被唤醒，他信誓旦旦，忠贞不渝，沉浸在没有理智的痴迷之中，而她却默默地接受这份爱，欣喜之中带着不安。接着是他在常青树丛中向她求婚，而她的态度却完全改变，似乎是痛下决心才做出这样的决定，而究竟是什么原因，她自己和她的父母却守口如瓶。接着这位姑娘的生活便陷入一片黑暗，她从此消失得无影无踪。直至在响水山庄重新露面时，她已年近五十，依然孑然一身，依然姿容美丽，只是变得孤单寂寞，内心酸楚，外表倨傲。塞西利亚猜想她父亲的形象依然珍藏在阿尔克利芙小姐的心中，给她温暖。塞西利亚也庆幸自己没有说出她知道父亲这段罗曼史的许多细节，尤其是最主要的一点：即阿尔克利芙小姐莫名其妙地抛弃了他。如果说出去的话，就会使自己与这座庄园女主人的关系变得更加尴尬，对谁也没有好处。

　　就这样遥想过去，推测现在，她焦躁不安，辗转反侧。最后，当她竭力想使自己入睡的时候，听到钟敲过两点。又过了一会儿，她恍惚听到房间外面走廊上有轻轻的沙沙声。

她首先的反应就是把头埋进被单里,接着又掀开被单,用胳膊肘支撑起身体,在黑暗中睁大眼睛,嘴巴微微张开,全神贯注地倾听着。但此时,那声音已经停止了。

接着声音又起,并且到了她的门口,轻轻触动着窗棂。接着又是一阵沉寂,塞西利亚动了动,床上发出了轻微的窸窣声。

她还没来得及想一想,就听到了轻轻的敲门声。塞西利亚喘了口气,显然外面的人一心想知道她睡着没有,而她弄出的响声让外面的人更确信她没有睡着。塞西利亚的身体状况发生着急剧的变化;刚才是吓得浑身直冒冷汗,而现在是浑身发热,双颊通红,因为她的门并没有锁。

通过锁眼,清晰地传来一个女人低低的声音:"塞西利亚!"

这幢房子里只有一个人知道她的教名,那就是阿尔克利芙小姐。塞西利亚下了床,走到门口,轻声问道:"有事吗?"

"让我进去吧,亲爱的。"

年轻的姑娘犹豫了,她要在理智与情感之间做出选择。现在她们之间已不再是女主人和侍女的关系了,而仅仅是女人和女人的关系而已。是的,必须让她进来,可怜的女人。

她立刻点燃一支蜡烛,打开门,举起烛火,抬眼望去,阿尔克利芙小姐穿着睡衣站在外面。

"现在你看,真的是我自己。吹灭蜡烛吧。"来者说,"我想在这儿跟你在一起,塞西,我本来是想请你到我的床上去,但是这儿更暖和一些。不过你记住,你是这间房子的主人,我在这儿没有任何权利,如果你不喜欢,你可以让我离开。让我离开吗?"

"噢,不。如果你不想离开,就尽管呆在这儿。"塞西大度地说。

她们刚刚躺到床上,阿尔克利芙小姐就摆脱了最后一点拘束,一把抱住塞西利亚,轻轻把她搂进怀里。

"现在吻我吧。"她说,"你简直像是我自己,我自己的孩子。"

总的来说,塞西利亚对这种态度的转变很是心慌意乱。而且,不管心慌意乱与否,她的热情也不像阿尔克利芙小姐那样强烈,不管怎么努力,她一时也无法把自己的感情表达出来。

"来,吻我。"阿尔克利芙小姐又说道。

塞西利亚极轻地吻了她一下,轻得就像一个破裂的气泡一样无声无息。

"再认真些,来。"

她又吻了一下,但并不比上一个真诚多少。

"我不值得你更有感情地吻我,是吧,"阿尔克利芙小姐说,语气中带着强烈的悲伤和苦涩,"你认为我是个脾气很坏的女人,精神有些不正常。嗯,可能我是这样。不过,我内心的痛苦是你想象不到的,你做梦也想象不到。我很孤独。我需要像你这样纯洁女孩子的同情,所以我情不自禁地喜爱你——你的名字和我的一样——是不是很奇怪?"

塞西利亚想说并不奇怪,可她并没说出来。

"现在,你不觉得我必须爱你吗?"另一个继续说。

"是的。"塞西利亚心不在焉地说。她依然在想,对欧文和自己父亲负责,与对现在拥抱着自己的这个女人负责,这二者哪个更重要。如果是前者,就需要对自己知道父亲那场不幸恋爱一事保持缄默;如果是后者,那么就似乎应该说出这个秘密。有办法了。她可以等待,等到阿尔克利芙小姐提起与自己父亲的相识及相爱的时候,就把自己所知道的告诉她。这样就不算不守信用。

"你为什么不能像我吻你那样吻我呢? 到底为什么?"她像母亲一样充满慈爱地吻着塞西利亚的唇,好像是长期压抑的强烈感情突然爆发。渴望去关爱他人同时也渴望得到被他人关爱。

"你觉得我今天晚上的行为很糟糕是吗,孩子? 我也不知道我怎么那么傻,竟这样和你说话,我觉得我真是个十足的傻瓜。噢,你多大了?"

"十八。"

"十八！……嗨，你怎么不问我多大了？"

"因为我不想知道。"

"不想也没关系，我四十六岁了，我愿意告诉你，这使我感到高兴，也许你觉得无所谓，二十年来我没有说出过我的真实年龄。"

"为什么不说呢？"

"我一次又一次地被人欺骗，最后我都厌倦了——厌倦，厌倦——我渴望回到从前的我——单纯坦率，纯洁无邪，像你一样，可这再也不可能了。不过我想所有的新朋友，即使关系再密切，也不会理解我的想法，你也是一样。喂，你怎么不和我说话呀，孩子？你做过祷告了吗？"

"是的——不！我今天晚上忘了。"

"我想你是每天晚上都祷告，是吧！"

"是的。"

"为什么要祷告呢？"

"因为我一直这么做，要是不做就觉得很奇怪了，你呢？"

"我？像我这样一个邪恶的上了岁数的罪人！不，我从不做祷告。许多年来我一直认为这些都是骗人的假话——这么长时间以来一直这么想，都已经非常厌倦了，我应该高兴想想它的另一面。不过，根据上流社会的道德标准，我定期向教会组织及其他类似的组织捐赠。好了，你祷告吧，亲爱的——你既然想起来就做吧。我很想听一听，好吗？"

"好像很难——"

"这样对我来说就像回到了往日的时光——那时候我还年轻，离上帝很近，比我现在近多了，祷告吧，可爱的孩子。"

塞西利亚有些不好意思，因为她想到了可能产生的局面。既然她已爱上了爱德华·斯普林罗夫，她每天晚上向上帝祷告时就把他的名字和她哥哥欧文的名字一起说,她希望能保守她爱他的这个秘密。尤其是要对阿尔克利芙小姐这样一个女人保守秘密。然而她的良心和她对爱情的忠诚使她片刻也不能去想把他可爱的名字略去不提。这样的话,就可能会因为她这种没有价值的羞怯,而使她以前为他的成功所做的祈祷全都失去效力。她暗想,这样的话,她就太残忍了,对他也是极端不公平的。在任何世俗的场合,她也许会根据情况采取一点策略,破例把他的名字略去一次,但祈祷太庄严了,不能这样轻率地对待。

"我宁愿不祷告了。"一开始她这样嘟囔着,接着她又猛地想到放弃祷告完全是另一种形式的懦弱,和祷告而不提爱德华的名字一样不应该,这样会把她可怜的爱德华交到撒旦手中。"是的,我要祷告,你也可以听。"她坚定地补充道。

她脸朝枕头,声音轻柔地重复了她从孩提时代便在这样场合使用的简单的语言。她毫不犹豫地提到了欧文的名字,但是该提另一个人的名字的时候,少女的羞涩却比对宗教的信仰还要强烈。尽管动机是非常善良美好的,但当提到爱德华的名字时,她还是有些结结巴巴,不禁把声音压到了最低。

"谢谢你,最亲爱的。"阿尔克利芙小姐说,"我也祷告过了,我真心地相信。我觉得你是个好女孩。"接着便是她预料中的问题。

"保佑欧文,还有谁?你刚刚说的?"

现在已经无法隐瞒了,只好说出来。"欧文和爱德华。"塞西利亚说。

"欧文和爱德华是谁?"

"欧文是我哥哥,夫人。"女孩结结巴巴地说。

"噢,我记得,谁是爱德华?"

一阵沉默。

"也是你哥哥?"阿尔克利芙小姐又问。

"不是。"

阿尔克利芙小姐想了一会儿。"你不想告诉我爱德华是谁吗?"最后她意味深长地说道。

　　"我并不介意告诉你,只是……"

　　"我想是你不想说,对吗?"

　　"是的。"

　　阿尔克利芙小姐换了个话题。"你恋爱过吗?"她突然问道。

　　塞西利亚听到这话有些惊讶,因为对方的语气这么快就从柔和过渡到严厉、气愤和失望。

　　"是的——我想我恋爱过——一次。"她嘟囔道。

　　"啊哈! 你被男人吻过吗?"

　　没有回答。

　　"喂,有过吗?"阿尔克利芙小姐很急切地问道。

　　"别逼我讲——我不能——真的,我不想说,夫人!"

　　阿尔克利芙小姐把胳膊从塞西利亚的脖子上拿下来。"你也像其他的女孩子一样了。"她说,语气中带着嫉妒和沮丧,也有一丝阴郁。"毕竟,你不像我想象中的那么纯洁无邪,不像,不像。"接着她又极快地改变了口气,"塞西利亚,试着爱我比爱他更多一些——一定要这样做。我对你的爱比任何男人都要真诚,爱我吧,塞西,一定,不要让任何男人挡在我们中间。噢,那样我受不了!"说着,她又一次紧紧搂住塞西利亚的脖子。

　　"既然已经开始了,我就必须爱他。"塞西利亚回答。

　　"必须——是的——必须,"阿尔克利芙小姐满含责备地说,"是的,女人们都是一样的,我以为终于找到了一个天真无邪的姑娘,一个从未被男人的嘴唇玷污过的姑娘,一个还不清楚什么是虚伪的世事的姑娘,一个从未因为世事的狡诈而失去了甜美与纯真的姑娘。你找找看,看能不能找到一个姑娘,她的嘴唇还没有被这个或那个男人吻过,她的耳朵还没有被这个或那个男人灌满甜言蜜语。不要去上流社会那些公认的声名狼藉的地方去找——到乡村去找找看——再离开乡村到学校找找看——你几乎找不到一个心灵还没被某个'他'占有,一个还没有被折磨得心灰意冷的姑娘。要是男人们知道最新鲜净洁的女人实质上也已经陈腐不堪该多好!他们认为从女人那里赢得的所谓'初恋',十个中有九个都只是装载着破碎情感的旧船,又安上新帆而再次启用罢了。噢,塞西利亚,难道说你也会像其他人一样吗?"

"不,不,不!"塞西利亚急切地说,她因为自己惹得这位性格暴躁的贵妇人而大发雷霆感到很害怕,"他只吻过我一下——我是说,两次。"

"如果他愿意,他可能已吻过你一千次了。不管他是什么人,这一点是毫无疑问的。你也像我一样不纯洁——我们都一样。我——一个老傻瓜,还深情地吻你的唇,好像那是蜜一样,因为我以为还没有充满占有欲的情人发现这个地方。刚才你在我眼里还好像是初春的草坪,新鲜亮丽,现在却像一条布满尘埃的土路。"

"噢,不,不!"除非是在特殊情况下,塞西利亚一般是不会轻易淌眼泪的。但是现在她却很想哭。她希望阿尔克利芙小姐能回到她自己的房间去,不要再打扰她所珍爱的梦想。阿尔克利芙小姐这种强烈而迫切的爱慕之情在某种意义上可以给人以抚慰。不过,它并不是塞西利亚的天性所需要的。尽管这种感情是宽容大度的,却似乎有些太任性,太过分,让人难以忍受。

"对了,"阿尔克利芙小姐继续问道,"他是谁?"

塞西利亚下定决心,坚决不说他的名字。她非常害怕阿尔克利芙小姐再一次发起火来,又劈头盖脸地奚落她一番。

"你不想说吗?我这么喜欢你,你还是不肯说?"

"也许我改天会告诉你。"

"你来这里之前,大约一两个星期吧,在布迪茅斯时,你戴过一顶有白羽毛的帽子,对吗?"

"是的。"

“那我在远处看见了你和你的情人。他和你一起在海湾划船，还有你哥哥。”

“是的。”

“然后是没有你哥哥——呸！得啦，得啦，别让这颗小小的心儿累死。咚咚，咚咚，床都颤了，你这个小傻瓜。我不是说你单独跟他在一起有什么坏处，我只是从广场上看到你，和其他人一样。我常常单独到布迪茅斯去。他身材很不错。现在告诉我，他是谁呀？”

“我，我不想说，夫人，我真的不能！”

“不想说——很好，那就别说。你可真傻，想这样把他的名字和形象珍藏起来。真的，在你之前，他曾爱过许多人。不管他是谁，你相信这一点，在一连串像你这样的姑娘当中，你也不过是昙花一现。你也会像其他姑娘一样，只拥有极其短暂的幸福时光。”

“这不是真的，不是真的，不是真的！”塞西利亚痛苦地喊道，“他从没有爱过别人，我知道——我肯定他没有。”

阿尔克利芙小姐嫉妒异常，她继续说——

“他看到了一张美丽的脸孔，就觉得他永远都不会忘记了。可是过上几个星期，这种感情就会消失殆尽。他就会奇怪他怎么会对某个人如此牵挂，简直是荒唐。”

“不，不，他不会——他要是这么想的话会怎么做——快，告诉我——告诉我！”

“你现在太激动了，你咚咚的心跳搞得我很紧张。你这么慌乱，我不会告诉你的。”

“告诉我，一定要告诉我——噢，这让我很痛苦！但是，告诉我——快告诉我！”

“哎呀，现在你我的形势逆转了，亲爱的！”她继续说，语气中半是同情，半是嘲弄——

爱以热情颠弄你，

像狂风暴雨颠弄飞鸦，

　　理智将会讪笑你，

　　像那冬季太阳的光华。①

　　"他下一步会做什么？——他下一步会这样：反复考虑一下他所听说过的女人的浪漫冲动，还有当女人们倾心去爱并为心中的英雄甘愿放弃一切的时候，男人们是多么容易让她们忍受煎熬。也可能他是真心实意地爱你——我是说，像男人能做到的那样真心实意——而且你也给他以爱情回报，但你们的爱情仍然可能是行不通的，毫无希望的，你们仍然可能会被永远地分开。随着一年年沉闷乏味的岁月流逝而去，你也会青春不在，花容憔悴——明亮的眼睛会变暗淡——你还可能死得过早——你对他一生忠诚，直到最后一息，你也相信他对你忠诚，直到你死去。可是他，却会在远离你最后的安息地的某个欢乐而喧闹的地方，跟某位时髦女郎结婚。他并没有把你彻底遗忘，只是很长时间不再思念你——他会谈起你——他会说：'啊，小塞西利亚常常是这样梳头发——可怜的，天真而轻信的小东西。那是一场令人愉快但毫无意义的梦——我的梦中是那个眼睛明亮，心地纯朴的傻姑娘，那时我也是个傻乎乎的小伙子。'接着他就会谈起所有你那些小小的快乐和烦恼，还有你独特的做事方式。他说的时候，会转过脸给他的妻子一个温柔的微笑。"

　　"这不是真的，他不能，他不，不能这，这么残酷——是你对我太残忍了，是你，是你！"终于，塞西利亚被逼得再也无所顾忌。她的判断力和她的机敏使她看到了她的感情多么虚幻——她明白允许这种感情出现是多么的脆弱和愚蠢。尽管如此，她还是无法控制它们：她被折磨得太痛苦了。她只有十八岁，经过整整一天的辛苦劳作，她的疲惫，她的激动已经让她完全无法自制，让她筋疲力

---

　　① 选自雪莱（1792—1822）的诗《一盏明灯破碎》的第四节。

尽。对她的想象力的这种近乎暴虐的摧残让她无所适从，左右摇摆，就像风中一棵青嫩的灯心草。她痛哭起来。

"现在想想我有多么爱你，"塞西利亚平静一些后，阿尔克利芙小姐又接着说："我永远不会像男人一样因为其他人而忘记你——永远不会。我会像母亲一样对你。你现在能不能答应我永远跟我待在一起，永远被照料着，永远不被抛弃。"

"我不能，无论如何我都不会再做任何人的侍女了。"

"不，不，不，你当然不会是一个侍女。你是我的伴侣，我会再找一个侍女。"

伴侣——这可是个新想法。这位性情古怪的女人要求她留下显然是发自内心的，塞西利亚无法抗拒。但是她不敢相信这一时的冲动。

"我想我会留下来，但是不要让我在今晚给你最后的答复。"

"那就别再想了，把你的长发好好围到我的脖子上，好好地吻我一次，我就不再那样说你的情人了。毕竟，有些小伙子并不像其他人那样感情变化无常。就算他是最善变的，也有他让人欣慰的地方。感情反复无常的男人的爱比忠心不二的男人的爱要强烈十倍——我是说，当他爱着你的时候。"

为了避免更多谈话的折磨，塞西利亚这样做了。她依照吩咐，把她又长又密的卷发散在阿尔克利芙小姐的肩头。两个人不再交谈，准备入睡。阿尔克利芙小姐似乎心满意足，心境平和。她身边的年轻姑娘似乎给了她保护，让她不再惧怕许多年来一直威胁着她的危险。她很快就静静地睡着了。

2. 凌晨二点至五点

塞西利亚却截然不同。陌生的地方、陌生的环境使她难以入眠。她心情纷乱，神疲意倦。她把身子从她的伙伴怀里抽出来，翻了个身，看着百叶窗，尽量使自己思绪纷乱的大脑平静下来。她注意到逐渐升起的月亮爬上窗子。这是一轮下弦月。这轮月光会愈来愈弱，不出几天就会消失的。

这幅景象使她再次想起在这同一轮月光下所发生的事情。那是月圆之前，她跟爱德华度过的那个令人心醉神迷的夜晚，那个亲吻，那短暂的幸福时光——少女翩翩的想象使她不觉美化了当时的情况——而在现实的世界里，总是难免有几桩伤心事。

但是那天夜里却传来越来越清晰的声音，她渐渐听到一种奇怪而阴郁的汩汩水声。

她听出来了。那是瀑布流淌的声音隐约传来。微风将水声从遥远的瀑布那里吹送到这里，由于深夜万籁俱寂，这声音依然清晰可辨。马夫那忧郁的描述更使这声音显得悲凉凄清。她开始想着在这个时刻，在清冷阴森的月光下，在摇曳的树丛中，瀑布将是个什么样子。源头一定是黑魆魆的，水流从深暗阴冷的山洞泻入山谷。倾泻的过程中飞溅起雪白的泡沫，黑与白相映衬，像一块镶有白边的柩布，到处都渗透着悲凉。

她就这样充满兴致地倾听着各种声音，竖起耳朵去捕捉着那大大扰乱她内心安宁的最微弱的响声。很快她听到了第二种声音。

第二种声音与第一种截然不同——开始听上去像是断断续续的哨声，但再细听却并非如此，那是嘎吱嘎吱的响声，是金属发出的嘎吱声。声音不时地传来，像是一张犁，或是一辆生锈的手推车，或者至少是轮子之类的东西。是的，是轮子——是那幢古宅的灌木丛中的水车轮子，正是马车夫说过的会把他逼疯的水轮声。

她决心不再去想这些令人沮丧的事情。但是她既然已注意到这种声音，就不可能对它充耳不闻。她不由自主地给响声计时，不安地期待着每分钟传来一次的嘎吱声。这样又不由得想象那发出声音的机房里到底是什么样子。机房一定没有窗户，但门上有裂缝,月光从裂缝间流泻进来,纤细之极,可怕之极,像骷髅一般。光线突兀地落在湿漉漉的生锈的曲柄和链条上,发着幽光的轮子不停地转着,就像在黑暗的地牢里辛苦劳作的饥饿的囚徒。水车下面不是地板,而是汩汩作响的流水,在黑暗中只闻其声,不见其形。这些水沿着黑乎乎的管道,缓缓地流向自己睡觉的地方。

她一阵发抖。她现在决心睡觉了。不会再有什么可听可想的了——她这样焦躁不安地想来想去,真是太可怕了。然而在她就要入睡的那一刻,一个念头又涌入她的脑海——也许还会有另一种声音出现——只是也许而已。这个念头还没有完全在她脑海中掠过,就听到了第三种声音。

第三种声音是一种非常轻柔的咯咯或是嘎嘎声——极为怪异反常——然而,她从前听到过这种声音——到底什么时候,却记不起来了。更让人不安的是,声音似乎离她很近——或者就在窗外,在地板下,抑或是在天花板上。声音紧跟着她的猜测而出现,这样的巧合强烈地刺激了她已经很兴奋的神经,使她一下从床上跳起来。与此同时,附近某个房间的一条小狗,可能是听到了同样的声音,发出一声低低的哀鸣。院中的看门狗,听到同伴的叫声,便开始清晰响亮地长嚎起来。这凄厉的嚎叫声马上得到远处狗棚中群狗的响应,于是一大群狗嚎叫起来,声音忽高忽低,甚是哀伤。

对于心慌意乱的塞西利亚来说,此刻惟一合乎逻辑的想法便是:开始哀鸣的那只小狗一定比自己更清楚地听到了前两种声音,却对它们充耳不闻,但它却注意到了第三种声音。看来第三种声音的确非同寻常。

它不像水声,不像风声,也不像欧夜鹰的叫声,不像钟声,不像老鼠的叫声,也不像人的鼾声。

塞西利亚钻进被子里面,紧紧搂住阿尔克利芙小姐,好像是在寻求保护。塞西利亚发现阿尔克利芙小姐刚才还是平静温暖的身体竟然渗出了汗水。塞西利亚这么一碰,阿尔克利芙小姐低吟一声,醒了过来。

她马上醒悟过来。"啊,好可怕的一个梦!"她急促地低声叫道,这回是她把塞西利亚揽入怀中。"你一碰我才醒了,太可怕了。时间,长着翅膀,带着水漏和大镰刀,离我愈来愈近,愈来愈近——龇牙咧嘴,冷嘲热讽。然后抓住了我,抓住了我的生命……但我不能告诉你,我不能再想,我受不了。狗叫得真吓人! 人们说这意味着死亡。"

阿尔克利芙小姐醒来就足以让塞西利亚驱散那些纷乱无章的幻想。夜的孤寂曾让这些想法在她脑海中萦绕盘旋,久驱不散。她不再想第三种声音了。仔细想一想,那声音也似乎很容易解释。大房子的周围总会飘荡着各种各样奇怪的声音。她羞于把她的恐惧告诉阿尔克利芙小姐。

就这样她们沉默了五分钟。

"你睡着了吗?"阿尔克利芙小姐问道。

"没有。"塞西利亚轻声说,声音拖得很长。

"那些狗叫得真吓人,是不是?"

"是的。是这个房子里的一只小狗先叫的。"

"噢,是的,是托西。它睡在我父亲卧室外的草垫上。一个神经兮兮的小东西。"

大约有半个小时,两个人都没有说话,四下里一片寂静。楼梯上的钟打了三点。

"你睡着了吗,阿尔克利芙小姐?"塞西利亚轻声问道。

"没有。"阿尔克利芙小姐说,"睡不着觉真让人难受,是不是?"

"是的。"塞西利亚回答,像个温顺的孩子。

又过了一个小时,钟敲了四点,阿尔克利芙小姐依然醒着。

"塞西利亚。"她柔声叫道。

塞西利亚没有回答,她睡得正香。

第一缕淡淡的晨曦已清晰可辨。阿尔克利芙小姐起床披上自己的晨衣,轻轻地下了楼,回到她自己的房间。

"我终究没有告诉她我是谁,也没有弄清阿姆勃洛斯过去的情况。"她低声自语道,"但是,她的恋爱使一切都改变了。"

3. 七点半至十点钟

塞西利亚醒了,心情宁静,精神振作,继续留在响水山庄的念头占据了她的心。

看到阿尔克利芙小姐已走,她便穿好衣服,坐在窗前给爱德华写回信。然后又给欧文写信,告诉他自己已到响水山庄。昨晚阿尔克利芙小姐描绘的那一幅幅令人忧郁、心碎的图景,以及之后深夜里感受到的恐怖,此时都已变得淡如烟云。她对自己容易激动的性情感到很可笑。

不过给爱德华写信是最大的安慰。她写信的时候,每句款款情话能带给爱德华的快乐都洋溢在她的脸上。她觉得她是多么愿意分担他的烦恼——多么愿意和他一起忍受贫穷——她多么想知道他的烦恼。她知道一切都会清楚的。

在约好的时间,她到了阿尔克利芙小姐的房间。虽然心里很是矛盾,但她还是想着要表现得高高兴兴的,尽管并没有人要求她这样做。不过也惟有如此,才能让她不觉得难以忍受。

阿尔克利芙小姐已经下了床。早晨的阳光明亮而夺目,使得这位中年贵妇对她的侍女的态度大为改变。白昼恢复了塞西利亚的判断力,同样也使阿尔克利芙小姐恢复了理智。她已经得到塞西利亚这个友善的小伙伴,可以为她读书,陪她聊天,在她心血来潮时投其所好。尽管一些切实、合理的理由都不容她对此后悔,但她内心深处还是有些恼火。她恼火自己竟然没有摆脱女人固有的软弱,一时感情用事,轻易向人袒露了心事。此时,这位贵妇静静地、仪态高贵地坐在梳妆台前,对塞西利亚的到来视而不见,甚至对她的问候也置若罔闻。几乎没有人想得到,这就是数小时前要求塞西利亚来吻她的那个热情如火的女人。

想一想在一个人身上是多么经常地表现出截然相反的两种态度,在我们身上也是如此。这种现象既让人痛苦,又在情在理。我们在闪耀的烛光或其他火光中度过一个夜晚,烛光在我们脸上摇曳。次日清晨起来,绚烂的火光不再,面前只有几只弯曲的风笛,以及蒙了烟灰的琴弦。昨夜令人心醉神迷的欢闹画面似乎一点也想不起来了。

没有烛光,情感便枯竭了一半。那些热情洋溢,轻率表白的信件大概十有八九是在夜里九点或十点之后写的,而且是在白天到来之前,心里还没有对它们感到反感之前寄出的。早晨起床时,没有什么东西再吸引我们的目光,只有梳妆时那种冷冰冰的指责仍然存在。

这两个女人冷静下来之后,占据她们脑海的最重要的事,不是后来那段时间的虚幻的空想,而是早些时候她们在谈话中提到的确凿的实际问题。阿尔克利芙小姐告诉塞西利亚,如果她不愿意,就不必帮她梳妆。之后,她突然说:

"我知道那年轻人的名字。"她目光犀利地望着塞西利亚,"他叫爱德华·斯普林罗夫,我佃户的儿子。"

阿尔克利芙小姐提到这个名字时,只把它当成一件无足轻重的事,但对塞西利亚来说它就是整个世界。因此,一听到这个名字,年轻的姑娘立刻满脸变得通红,这使阿尔克利芙小姐明白,她终于猜对了。

"啊——是他,对不对,"她继续说,"哼,我想搞清楚是有原因的。他的例子表明我对男人的看法还是不无道理的。尽管我只是泛泛而谈,并没有想到是他。"这一点千真万确。

"你是什么意思?"塞西利亚问道,显然有些吃惊。

"什么意思？哎唷，整个世界都知道他订了婚，准备结婚了。婚礼很快就要举行。"她这番话说得直截了当而又不无轻蔑，好像在家族尊严的驱使下，她想为昨晚的软弱极力挽回一些自尊。

但是塞西利亚听了她这番不经意的话后，脸上却流露出伤心欲绝、无以复加的绝望表情。见到这种情形，清晨起来后一直冷若冰霜的阿尔克利芙小姐也不禁为之动容。塞西利亚深深地坐进椅子里，双手捂住脸。

"别那么傻了。"阿尔克利芙小姐说，"嗨，想开点吧。真是不幸，我刚才说的确是事实。但我相信他们的婚约是可以解除的。"

"噢，不，不会。"

"傻话。他还是个孩子的时候，我就很喜欢他，现在仍然喜欢他。我会帮助你俘虏到他，把他拎到你身边。我已经克服了昨晚那种想法——想让你永远不离开我的荒唐的感情——当然，那种想法是行不通的。好了，我说了要帮助你，这就足够了。他已对他的第一选择感到厌倦，现在已离家一段时间了。外界力量压不垮的爱情，却会因为爱侣自身的一些平平常常的癖性而凋零，事情总是如此……好吧，你就照你的意愿，继续做完你正在做的事，不要为这种无聊的事犯傻了。"

"谁——他跟谁订婚了？"塞西利亚问道，但她只是嘴唇在动，并没发出声音。阿尔克利芙小姐没有回答。这又有什么关系，塞西利亚想。另一个女人——这对她就足够了。此时，她的好奇心已经麻木了。

塞西利亚集中精神去为阿尔克利芙小姐梳妆。但却几乎不知从何下手。阿尔克利芙小姐接着说：

"你太容易到手了。要是我，得让他或别的什么人毫无保留地说出来，才肯让他快活地吻我的脸。而你却属于那种一见钟情的人，对第一个碰到的，对你说早安的一无是处的家伙便急不可待地倾心相许。首先，你不应该这么快就爱上他；其次呢，即使你不假思索地爱上他了，也该深藏不露。否则会满足了他的虚荣心。他会想：'啊，那姑娘已经爱上我了。'"

快点梳妆好，快去告诉莫里斯太太她不吃早餐了，然后就把自己关在自己的卧室里——这是塞西利亚此时惟一的念头。莫里斯太太正在一个为她准备的小屋里等她——茶已倒好，抹着黄油的面包已经切成了薄如蝉翼的薄片，鸡蛋也已备好。好心的女管家跟她到了她的房间，托盘上端着一杯茶和一片抹了黄油的面包。她笑容可掬地坚持让她吃下去。

对于伤心的人来说，别人无忧无虑的快乐都像是无情无义的轻薄。"不，谢谢你，莫里斯太太。"她说着，并没有开门。尽管这样有些无礼，可她不能忍受让一个快乐的人看到她当时的表情。

立刻就分手——这是受了伤的年轻人的冲动之举，尽管缓一缓再分手效果会更好。塞西利亚走到她那本吸墨簿前，拿出那封精心写成的长信。信里满是热情洋溢的话语和婉转温柔的表白。信封用一个小印章整洁地封好，印章上写着"真诚"作为箴言。她把这封信撕成碎片，扔到壁炉里。注视着碎片上她曾经煞费苦心地写下的话语，看到它们支离破碎，不再有任何意义——又想到他的眼睛再也不会看到它，永远不会有人知道她曾经多么深情款款地书写。这些想法让她心如刀绞。

当一个人心意已绝时，总会为付诸东流的感情自怨自怜。

他所有那些模棱两可的话的含义，他的突然向她示爱，他最初的克制，以及他后来那种不顾一切的讲话方式，这一切一切现在都水落石出了。那一定是他的良心正处于最后的踌躇和犹豫不决之中，对自己的背信不忠和三心二意还不能完全麻木不仁。现在他去了伦敦。正如阿尔克利芙小姐所说，她将会在他的记忆中消失。而现在女孩子却在他家的教区中，所见所闻都不断使她想起他来。昨天在她眼里还那么有意义，那么美好的景色，现在却像曲终人散的宴会大厅——一切都烟消云散了，除了她自己。

阿尔克利芙小姐已经千方百计套出了她的秘密，她还会继续不断地嘲弄她对他的轻信。这一切都让她无法忍受，她要离开这儿。

她下了楼，发现阿尔克利芙小姐已经到餐厅去了，而阿尔克利芙上尉由于越来越年迈体弱，起得比以前更晚，还没有来用餐。塞西利亚走了进去。阿尔克利芙小姐正看着窗外，一缕白色的烟雾从远处飘过——表明一列火车正奔驰而过。塞西利亚一进屋，她就转过脸来，面带探询之色。

"我现在必须告诉你。"塞西利亚说，语音发颤。

"噢？什么？"阿尔克利芙小姐说。

"我不打算跟你在一起。我必须走——到非常遥远的地方。我真的很抱歉，但我真的不能呆下去了。"

"唔——还有什么？"阿尔克利芙小姐不慌不忙地瞟了她一眼，略带指责，"你为那个一无是处的斯普林罗夫伤透了心。我知道你多心痛。就像哈莱姆评论朱丽叶①一样——你原来还具备的一点点理智也被这场恋爱搅得一片恍惚。记住，你的话我不会当真。"

"真的，让我走吧。"

阿尔克利芙小姐握着她这位新宠的手，严肃地说："如果你真的决定要走，而我还要阻拦你，当然有些荒唐。但是你现在脑子里乱作一团，不宜做出任何决定。所以你说什么我都不想听。喂，塞西，跟我来，我们让这座火山喷发出来，让它的激情自己燃尽，然后再看看怎样做更好些！"她把塞西利亚带到自己的绣房，打开一个抽屉，拿出来一卷亚麻布。

"这是我那天开始绣的，我希望你能绣完。"

---

① 亨利·哈莱姆（1777—1859），丁尼生的朋友阿瑟·哈莱姆的父亲。他在《十五、十六、十七世纪欧洲文学简介》中这样评论朱丽叶："朱丽叶完全沉醉在爱与被爱中，她或许仅有的一点理智都丧失了。"——原注

然后她率先上楼进了塞西利亚的房间。"好了。"她说,"现在坐在这里,继续绣吧。记住一件事——两个小时内不准找任何借口离开,除非我派人来叫你——我坚持这样做是为你好,亲爱的。你要去绣,集中心思,不要呆呆地望着窗外——绣的时候呢,把整件事都认真考虑考虑,冷静一些。不要让这场愚蠢的爱阻碍你像深谙人情世故的女人那样思考。如果在两个小时后,你依然说必须离开我,那你就走吧。我也不会再说什么了。好吧,坐下,答应我,照我说的,待两个小时。"

对心灰意冷的人来说,强制仿佛是一种解脱。况且塞西利亚又总是那么温驯,她答应了,然后坐了下来。阿尔克利芙小姐给她关上门,走开了。她绣了一会儿,就停下想一想,掉几滴眼泪,回想一下他们的海誓山盟,然后再绣一会儿。终于,她沉湎于遐想,忘记了时间。

4. 上午十点至十二点

大约过了一刻钟,她的思绪又从过去飘回到现在,因为她听到楼下一些异常的声音。她打开门听了听。

她听到人们在走廊匆匆走过的脚步声,开门关门声,马厩里的踢跶声。她走到另一间卧室,从那儿可以看到马厩。她走过去正是时候,恰好看到那天到车站接她的那个人骑在一匹黑马上,沿着马车道,全速疾驰而去。

另一个人向村子的方向驰去。

不管发生了什么事,她作为一个外来人,一个侍女,似乎无须去过问或介入,除非有人要她这样做。何况,阿尔克利芙小姐还曾经严肃地叮嘱过她。于是她又坐下来,决心不让这些无聊的好奇心影响她所做的事。

从她的窗子可以俯瞰前院。她看到的第二件事就是一个牧师走来,进了大门。

一切又都安静下来,过了很长时间,第一个离开的人骑着同一匹马回来了。他现在满头大汗,骑马小跑着跟在一辆马车后面。马车上坐着一位年长的绅士,赶车的是一个穿着号衣的小伙子。他们进了房子之后,一切又恢复如初。

整个房子里的人——主人,女管家,侍从——看来都完全忘记了塞西利亚的存在。她有些后悔刚刚发誓不要多管闲事。

半个小时后,年长的绅士又坐着马车离去了。两三个送信人也离开大宅,朝不同的方向飞奔。穿着长亚麻罩衣的庄稼人开始在房子对面的路上徘徊,有的斜靠在树上,漫不经心地望着窗子和烟囱。

有人敲塞西利亚的屋门。她打开门,门外站着一个年轻的女仆。

"阿尔克利芙小姐想见你。"塞西利亚匆忙下楼。

阿尔克利芙小姐站在壁炉前的地毯上,胳膊支在壁炉台架上,手按着太阳穴,双眼盯着地面,神态异常安静,但脸色非常苍白。

"塞西利亚,"她轻声道,"过来。"

塞西利亚轻轻走近她。

"发生了一件很严重的事情。"她又说。跟着停下来,嘴唇不住地颤抖着。

"什么?"塞西利亚说。

"我的父亲,今天上午他们发现他已经在床上去世了。"

"去世了!"年轻的姑娘应声道,好像这个消息不可能是真的,好像如此重大的一件事不可能就这么轻而易举地说了出来。

塞西利亚忙问:"他们知道在什么时候吗?"

"医生说肯定是在今天凌晨两点到三点之间。"

"那么我听到他了!"

"听到他?"

“听到他去世！”

“你听到他去世？你听到什么了？”

“我听到我母亲去世时发出的那种声音。我当时没能确定——但是我听出来了。跟着狗便叫起来，你说起过。我当时觉得没必要把我先前听到的声音告诉你。”她显得极度痛苦。

“告诉我也没用的，”阿尔克利芙小姐说，“那时候他已经不行了。”她又继续说道，“在这个关键时候把你派到这儿来，免得我一个人孤孤单单的，这难道不是天意吗？”这话既是说给塞西利亚听，也是说给自己听的。

在这以前，阿尔克利芙小姐已经忘了她为什么让塞西利亚一个人呆在自己屋里。塞西利亚自己也不记得了。直到这一刻，两个人才想起这件事来。

“你还想走吗？”阿尔克利芙小姐不无忧虑地问。

“我现在不想走了。”塞西利亚在阿尔克利芙小姐问她的同时这样说道。她正在凝神想着，阿尔克利芙小姐承受的丧亲之痛与她自己是何等相似啊。这显然是再一次告诫自己不要因为任何微不足道的烦恼而抛弃这个与自己的生活紧密相连的女人。

阿尔克利芙小姐几乎像一个情人那样挽住她。她若有所思地说：“我们越来越相似了。现在我也是个无父无母的孤儿，像你一样。”她脑海中还掠过了她们之间的其他联系，但她没有说出来。

“你爱你的父亲，塞西利亚，你为他哭过吗？”

“是的，哭过，可怜的爸爸。”

“我和我的爸爸却常有磨擦。我现在不会为他哭。但是你必须一直待在这儿，使我变得不那么糟糕。”

协议就这样达成了。塞西利亚登广告找工作未获成功，却成了一个名副其实的女伴。在人们的奋斗史中，本来一个通过直接努力不能达到的目标，却因为改变方向而与成功不期而遇。之后便把那最初的目标看得不那么重要了。这件事证明了这一点。

第七章　十八天里的事件

1. 八月七日

下午四点,阿尔克利芙小姐全身重孝,独自坐在响水山庄的书房里。

老上尉的葬礼已经结束,遗嘱也宣读了。遗嘱是在五年前就写好的,简明扼要,已由他的律师——林肯店运动场尼特林顿和泰林两位先生作证。他的整个庄园,包括动产和不动产,都留给了他的女儿塞西利亚,供她随意、独自支配。只有一小部分给了他们的亲戚——教区长,还有一点儿留给了仆人。

阿尔克利芙小姐坐的椅子并不是书房里最舒适的,甚至连最一般也不是,而是最不舒适的一把。椅子很高,靠背很窄,用橡木制成并带有坐垫。这把椅子之所以放在屋里,只是因为它和旁边古色古香的柜子风格一致。平时除了蹬着它去够最高的那排书之外,根本就不用它。可她却已经直挺挺地在那把椅子上坐了一个多小时了。她对她的行为和身体的感觉毫无意识。这把椅子离门口最近,她一进屋便恍恍惚惚坐了上去。

她一动不动地坐着——就像一尊铜铸的雕像。她坐的姿势表明她一直都在紧张专注地思考着。她的脚并在一起,身体微微前倾,根本没靠椅背。她的手放在膝盖上,目不转睛地盯着一只脚凳的一角。

终于,她微微一动,手指敲了敲身边的桌子。禁锢已久的思想终于找到了思路。她苦思冥想，一步步去解开萦绕在脑海中的难题。这时，她身体的动作也愈来愈频繁。她朝后一靠，深深吸了口气，然后侧过身来，手托着前额。过了一会儿，她站起来，在屋子里走来走去——一开始时心不在焉，身体还像刚才那么僵直，渐渐地，她紧锁的眉头舒展开来，脚步也变得轻盈而随意。低垂的头也优雅地抬起来，好像一只天鹅，劳累后精心地梳理羽毛。

"是的，"她大声说，"让他到这儿来，只告诉他我用得着他，不让他知道我还另有目的——难就难在这儿，但是我想我做得到。"

她摇摇铃，叫来那名新侍女。这是个温和的女人，大约四十来岁，头上已有几缕白发。

"问问格雷小姐能不能到我这儿来一下。"

塞西利亚就在不远处，她很快进来了。

"关于建筑师和勘测员，你知道些什么？"阿尔克利芙小姐突然问道。

"知道什么？"塞西利亚应声道。她静静地站着，在考虑该怎么回答。

"没错——知道什么？"阿尔克利芙小姐说。

"欧文是建筑师，也是勘测员的绘图员。"塞西利亚说。她又想起了做类似工作的另一个人。

"对了！这就是我问你的原因。建筑师的工作还包括哪些不同种类的工作？可不可以这样认为，除了别的工作外，他们还设计庄园，并监督各种修建工作？"

"更确切地说，那些是土地或者房屋管理者的责任——至少我一直这么认为。乡村建筑师的工作包括这些，城市建筑师则不包括。"

"这我知道，孩子。但是在我看来，管家是个职责不很明确的职业。你不觉得一个从小一直学建筑的人也可以做管家吗？"

塞西利亚有些怀疑，一个纯粹的建筑师是否会这样做。

征询意见的主要乐趣在于问而不采纳。阿尔克利芙斩钉截铁地回答：

"真糊涂，他当然会做的。你哥哥欧文设计一些乡下的建筑，像农舍、马厩、农庄等等，对不对？"

"对，他设计。"

"并且也监督这些房子的建造？"

"对，很快就会的。"

"他还勘测土地？"

"噢，是的。"

"他还了解围栏和沟渠——应该是多宽，分界如何，平整程度，防风树木的种植，丈量木材，建造经久耐用的房屋等等，以及诸如此类的事情？"

"我从没听他说过这些，不过我想，格莱菲尔德先生能做这些事情。恐怕欧文还没有经验。"

"是的，你哥哥做这些事情是还有些年轻，这个自然。还有那些收租日，核查并清理买卖人的账目。塞西利亚，恐怕对这种事你还不如我清楚……我要出去了，"她继续说，"今天我不想让你陪我一起去。你可以出去，到吃晚饭时再回来。"

阿尔克利芙小姐出门后，走下台阶来到草地上，然后她朝左一转，穿过灌木丛。她打开一道边门，走进一条经久未用的行车道。这条行车道树木葱茏，一直通到小山下。她一路走着，一直走到地势最低的洼地，也是整个树林的最低处。

那儿的树木纵横交错，树枝低垂，几乎及地。弥漫树间的空气总是清新凉爽。夏日漫长的白昼也难以带去片刻的暖意。附近有几泓与地面高度相差无几的清泉，还有一条深不见底、缓缓淌过的小溪，使这里平添了一股清新之意。溪流和清泉深深遮蔽在葱郁的灌木丛和一面高墙之下。高墙投来浓浓的阴影。沿着溪边的小路，她走到这面墙的断垣之处。溪流对岸，一大片长方形的幽深地带映入眼帘。溪水便是从那里流出，泛着朵朵水花，伴着汩汩水声。再走两步，她就站在了溪源的正对面，清晰地看到更远处轮廓分明的小瀑布。顺着瀑布顶端望去，可以看到外面明媚的天空。因为一座小桥横跨在湍急的溪流之上，再加上面树木的掩映，所以抬眼望去，只看见一片新月状的蓝天。

尽管这里风景如画，但她却无心留连。从她所站的地方还可以看到另一番景象。正前方，景色便不像右边的溪流和周围的树木这样幽暗。林荫路及其两侧的小树丛都在前面几码处猝然而止。地势开始从那里升高，在裸露的草地的另一端矗立着那座遗留下来的旧庄园。林荫道两侧树木形成的深暗的边线，恰到好处地把它框在线内。现在吸引阿尔克利芙小姐的正是展现在这里的这幅画面——但她不是为了欣赏其精湛的艺术，也不是为了缅怀其悠久的历史，而是为了更实用的目的——她觉得能将其改造得符合现代的要求。

前面，卓然挺立着建筑中最古老的部分——一座年代久远的拱门。拱门两侧各有一个小塔的塔基，几乎已经被攀缘植物所覆盖。这些植物爬过下沉的屋顶的屋檐，爬上山墙，一直爬到了阿尔克利芙家族的房屋的屋顶。在后面十到二十码的地方，则是这座建筑的惟一残存部分——一座伊丽莎白时代的遗迹，由三面山墙和后面一个十字屋顶组成。在靠墙的地方，可以看到一些线条，表明那里原来和墙连在一起，也是一些山墙，现在已经坍塌了。原来纵横交错的窗棂分成五六块窗格的窗户，现在多半已被砖堵住。其余的部分随便地塞进了适合农家使用的窗框，以适应新的需要。楼下被分隔成几间小屋，住着两家农户。楼上则被用作仓库，储存着各种各样的根菜和果品。

阿尔克利芙小姐——如画美景的拥有者，环视片刻后，登上古墙，步入了古老的庭院。丛生的野草把路石高高拱起，抑或挤到一边。有两三个小孩，手指噙在嘴里，出来一看到她，又急忙跑回去，用神秘的口吻大声告诉他们的母亲阿尔克利芙小姐来了。不过阿尔克利芙小姐并没有进去。她在房外转了一圈,看了看它的外部状况,然后转过身,走到不远处的一个偏僻之处。那儿堆放着圆木、方木、木板、磨石,以及一堆堆的建筑用石、建筑用砖,还有一个锯木坑,表明那里是这个庄园的建筑工地。

她停下来,四下环视。一个男人从后面工房的窗子看到她,便走出来,恭敬地摘下帽子。自从她父亲去世之后,这是她第一次在室外时让人看到。

"斯朱登,能够不太费事地把那老房子改建成一所像样的房子吗?"她问道。

这位工匠想了想——然后像是考虑很周到的样子说道。

"您没忘吧,东家,那幢房子三分之二已经拆掉,或是已经成了废墟了。"

"是的,我知道。"

"剩下的很可能也不结实了,东家。"

"为什么?"

"他们把它改装成农舍的时候,把里面搞得一团糟,整幢房子的主架满是裂纹。"

"把里面的隔板都拆掉,外面加盖一些,这样就应该能把它改建成普通的、有六到八间屋子的房子了吧?"

"是的,东家。"

凭这位工头的经验,每次阿尔克利芙小姐跟他进行这类谈话的时候,接下来准是问这个问题:"这大概要多少钱呢?"可这次令他吃惊的是,阿尔克利芙小姐没有问他。这个工头暗想,她对改建房子肯定是一时兴起,不一定真的实施。主人们这样的心血来潮肯定不必付诸实行。

"谢谢你,这就够了,斯朱登。"她说,"你会明白如果妥善处理,短期内在这里进行一些改建不是不可能的。"

斯朱登满脸狐疑地回答："我懂。"他看上去不太自在。

"阿尔克利芙上尉在世的时候，你是他的工头，他自己当管家，每件事都干得不错。但是现在又该需要一个管家，让他管比过世老东家更多的事务，包括一直由你管的事务。我的意思是，让他直接而且细致地监督管理一切事务。"

"那么，您不再需要我了，东家?"他的声音微微发颤。

"噢，不。如果你愿意，可以留下，只在工场和工棚里做个工头，我不愿失去你。不过，你最好考虑考虑。过几天我会派人来叫你。"

剩下斯朱登一个人惴惴不安，承受着随之而来的无尽烦恼——工作心不在焉，整日寝食难安，阿尔克利芙小姐看了看表就转身回去了。她要去和她的律师尼特林顿先生见面。尼特林顿先生去了布迪茅斯，他要在回伦敦的路上到响水山庄来。

2. 八月二十日

在尼特林顿先生拜访过响水山庄后的那个星期六，一则附加广告同时出现在《田野》和《建设者》两份报纸上。

诚聘管家

亟需一位诚实可靠，有专业技术的先生来管理一座占地约一千英亩的庄园，并负责筹划庄园的农业改进及房屋建设。应征者须受过高等教育，未婚，三十岁以下。在规划设计方面既有实践经验，又有艺术品味者特别优先。薪金为二百二十英镑，并安排在一所旧庄园主宅第居住。有意者请与"林肯店运动场"律师——尼特林顿和泰林律师联系。

两份报纸都在出版当天送到了阿尔克利芙小姐手中。同一天晚上她告诉塞西利亚她正在登广告，欲觅一位管家。管家将住在那幢古老的庄园主宅第内。她又把登着的广告给她看。

这话是什么意思？年轻的姑娘暗自琢磨。也许就像她每天告诉她的其他安排一样，只不过是出于对她的信任。然而今天她的话似乎更意味深长。她想起了她们之间关于建筑师和勘测员，还有她哥哥欧文的谈话。阿尔克利芙小姐知道他朝不保夕的现状，知道他受过良好的教育，也有实践经验，并且愿意为这一职业及相关的一切尽心竭力。如果欧文能胜过其他的应聘者，阿尔克利芙小姐可能会雇他的。她壮着胆问道：

"欧文来应聘是不是很有希望？"

"一点没有。"阿尔克利芙小姐不容置疑地说。

这种直截了当的回答已经不再让塞西利亚感到吃惊了。阿尔克利芙小姐这种生硬耿直的脾气并不是让人最难以忍受的。塞西利亚想到了另一个人。尽管她一再下决心忘记，尽管她黯然泪下，尽管她曾经放弃，尽管她的尊严受到伤害，但是他的名字依然像一支古老而熟悉的旋律萦绕在她的耳畔。这个人给国王做管家都足以胜任。

"要是爱德华·斯普林罗夫来应聘有希望吗？"她问道，坚决而清晰地说出了这个名字。

"根本没有。"阿尔克利芙小姐回答的语气还是那样不容置疑。

"你这么说太不近人情了。"

"别把嘴撅得那么高。我不想要他们那类人。因为，我理应考虑我的庄园的利益，而不是考虑任何个人的利益。我要的人必须受过专门的教育。我跟你说过我们下星期要去伦敦了，主要就是为这件事。"

塞西利亚发现，她先前把阿尔克利芙小姐坦言相告登广告这件事的意图领会错了，于是她写信给她哥哥，告诉他如果看到这则广告，来应聘也是没希望的。

3. 八月二十五日

在上述谈话五天之后，她们去了伦敦。到了伦敦后，她们几乎一分钟也没有停留，就到了林肯店运动场的律师事务所。

她们在那儿的一个别具特色的入口前下了车。那是一个从来没有，也永远不会关上的门。门两侧排列着灯柱，但已经没有灯。在一年当中的这个时候，斑斑锈迹是那里惟一可见的活物。门前的栅栏从上到下全都锈掉了。在过去的岁月中曾经涂上的一层层油漆，也神不知鬼不觉地完全被铁锈侵蚀，一片一片脱落下来，使栅栏、灯柱、门的合叶都已露出原来的生铁表面，呈现出令人触目的血红色。

但是一进栅栏，情景却大不相同。庭院和办公室都与外面那种令人扼腕的破败景象截然相反。门阶的上面、里面及四周都精心地涂了油漆，很是体面。院子经过仔细清扫，一尘不染。尼特林顿先生刚刚在与家人团聚之后，从马普特回到这里。当她们两个一步步登上台阶的时候，他正站在台阶上面。他礼貌地把她们领到屋里。

"这里有没有一间舒适的房间，我们谈话的时候能让这位年轻小姐坐一会儿？"

阿尔克利芙小姐很喜欢这样，在出门时显得很宠爱塞西利亚，回到家后就对她不冷不热。

"当然——泰林先生的房间就不错。"塞西利亚被带到里面的一个房间里。

上层社会的概念是相对的。绝对的标准只有想象中才有。在阿尔克利芙小姐看来，响水山庄地区的小乡绅微不足道，而在尼特林顿先生这双饱览世情的眼睛看来，阿尔克利芙小姐本人也无足挂齿。

"好了，"当屋里只剩下律师和她的时候，阿尔克利芙小姐说，"我们的广告有什么结果？"

当时正值夏末，庄园代理、房屋建造、工程实施、土地勘测都处在淡季，所以这则广告共收到了四十五个回函。

尼特林顿先生把这些信函一一摆在阿尔克利芙小姐面前，"您也许想亲自看看其中一些答复，夫人？"

"当然。"她回答。

"那些一看上去就知道不合适的来信就不烦劳您再看了。"他继续说，并且开始从那摞信里面挑出两三封作了记号的，把其余的敛起来，"如果我判断正确的话，我们需要的全在这里面。您可以从这些中挑选几个面谈。"

"我想看看每一封回函——粗略地扫一遍——既然信已经来了。"她说道。

他似乎觉得这是在浪费时间。不过他打消了这种情绪，把信函一一打开，摆在她面前。他摆的时候，惊讶地发现她看的速度跟他摆的一样快。他用余光悄悄瞥了一眼，注意到她只是看一看信末的签名，接着就把来信放在一边不再理会。他觉得这样来调查这四十五名应聘者的优点，真是不可思议。那些人费了多大的努力才把他们的求职理由一一列出，来说明他们为什么觉得自己能够胜任。她看了最后一封，便把它和其余的信放在一起。

然后她说，她的意见最好能收到尽可能多的回函再做出选择——"好给我们一个更宽的选择范围。你认为呢，尼特林顿先生？"

他说，他觉得收到的回函已经够多了，几乎没有必要再等。而且，如果他们再等下去，就会产生一个不利因素。就是说，一些他们现在能够雇到的人到那时很可能已经联系不上了。

"没关系，我们冒冒这个险。"阿尔克利芙小姐说，"再登一次广告吧。之后，我们肯定会确定下来。"

尼特林顿先生微微欠身。他似乎在想,阿尔克利芙小姐是个独身女人,而且在这之前从来没有处理过这类事务,她这样做真是多此一举。不过她有钱,而且依然姿容不减。"在庄园管理上她还是个新手。"他暗想,"她很快就会厌烦的。"他和她道别,举止仍像以往那样温文尔雅,没受情绪的影响。

两位女士便继续往西去。她们在滑铁卢广场下了出租马车,沿着蓓尔美大街步行。她们今天到这里看到的不是平时那些穿着考究、总是喝得满脸通红的俱乐部成员,而是成群结队系着亚麻围裙、因铅白的影响而面色苍白的房屋油漆工。她俩走到格林公园的时候,塞西利亚提议在小山顶处一棵葱茏的榆树下小憩片刻。于是她们走过去坐下——左边皮卡迪利大街的繁华喧嚣不绝于耳,右边却是宫墙殿宇与世隔绝般的宁静安谧,前方正对着议会大厦的钟塔,在兰贝斯区青灰色的天空的映衬下,闪耀着金属的光泽,卓然不群。阿尔克利芙小姐手中依然握着一份报纸。在塞西利亚饶有兴趣地欣赏周围景色的时候,她又看了一眼广告。

她轻轻叹了口气,开始把报纸折起来。这个时候,她突然注意到头版的两则广告。一则是关于给建筑学院的学生们做的一次艺术讲座。另一则也是关于同一个讲座,不过是讲给公众的。广告声明在学院大厅中举行的设计图展览将于周末结束。

她的眼睛突然一亮。她叫了一辆出租马车把塞西利亚送回旅店。之后她从皮卡迪利大街转入邦德街,径直走进学院大厅。会务秘书坐在大厅里。她付过钱,走进去看墙上的几幅设计图。除她之外,只有另外三位绅士来参观展览。之后她又回来,询问她是否可以看看名单。她微笑着说自己和建筑界有点联系,对几个设计师颇感兴趣。

"给您,夫人。"秘书边回答,边彬彬有礼地把名册递给她。

她把名册翻至以"M"开头的那一页。她希望看到的名字果然在那儿,像其他的名字一样,后面附着地址。

地址是烧炭十字广场附近一条街上的一个公寓的单人套间。在阿尔克利芙小姐看来,住在单人套间里就意味着依然未婚。她自言自语道:"还在那儿。"她还得提出另外一个要求,但是这个要求会比第一个更引人注目,有可能暴露她此时正想保守的秘密——她想得到放在秘书桌上的信封,信封上印着该学院的标志。为了能得到信封,她想问问能否让她写个便条。

但是恰好这个时候,秘书转过身去。那边有人叫他,向他打听有关墙上的一幅蚀刻画的情况。阿尔克利芙小姐脑筋一转,随即就站到了桌子前面,把手滑向身后,抽出一个信封塞进口袋。

她又在展厅转悠了两三分钟,然后离开那里回到旅店。

在旅店里,她从报纸上剪下那则广告,放进她偷来的那个印有社团印花的信封里,之后用流畅的办事员的手笔在信封上写了她在名册上查到的地址。

斯普林·园地

怀克汉姆公寓

埃涅阿斯·曼斯顿先生

这就是她到伦敦第一天所做的事情。

4. 八月二十六日到九月一日

这两位同叫塞西利亚的女人继续住在威斯敏斯特旅店内。阿尔克利芙小姐告诉她的同伴,由于事务耽搁,她们将在伦敦再住一个星期。这个季节,城里的日子平淡而缓慢地淌过。广场和梯台周围一排排房子的百叶窗涌入视野,好像盲人眼中那什么都看不见的白色眼球。星期四,尼特林顿先生来访。他带来了广告的全部回函。应阿尔克利芙小姐的要求,会面时塞西利亚没有回避。阿尔克利芙小姐这样做或者是心血来潮,或者是另有用意。

第二个星期的广告又收到十封回函,共是五十五封。阿尔克利芙小姐又像上一次一样匆匆浏览了一遍。她看到一封信上写着:

利 物 浦

滕 尔 格 特 大 街 133 号

埃 涅 阿 斯 · 曼 斯 顿

"啊,好了,尼特林顿先生,你来选择一下,我会补充一两个。"阿尔克利芙小姐说。

尼特林顿把那一摞回函、证明信、推荐信审视了一番,分作两叠。曼斯顿的那封信,他只是粗略地扫了一眼,便扔进了他一眼就觉得不予考虑的那一摞中。

阿尔克利芙小姐审读着,或者说是假装审读着律师挑出来的信。他全部浏览完毕后,共挑出五封备选。"您还想再补充几封吗?"他转身问道。

"不,"她漫不经心地说,"对了,有两三封信我还是很感兴趣的。"她又补充一句,并且又在那一大摞准备放弃的信中找了一会儿。

她挑出三封,一封是曼斯顿的。

"好了,就这八个吧。我们可以与他们联系。"律师说着,拿起那八封信,单独放在一边。

他们站起来。"要是我自己来选的话,阿尔克利芙小姐,我只选中一个人。"他边说边不假思索地拿起一封信。"我会毫不犹豫地选这个人。他的信写得很诚实,大胆地说出了他觉得自己不熟悉的事务。这在求职信中是很少见的。他的推荐书真实可靠,他还具备某些罕见的综合素质。说也奇怪,他本人并不是一个真正的管家。他出身农民,后来学了些建筑知识,在一家庄园干了一段时间。后来又跟一位建筑师学艺。现在已经是个很不错的建筑师、庄园代理人兼勘测员。管理你那样的庄园,这个人肯定会相当出色。"他边说边用手拍了拍那封信。"没错,我会毫不犹豫地选他。当然这是我个人的意见。"

"我觉得,"她不自然地说,"要凭我个人一时的喜好,我会选这个人。当然了,还得考虑一些实际问题,再决定不迟。"

塞西利亚向窗外眺望了一会儿,又看了会儿报纸。聪明的阿尔克利芙小姐和敏锐老练的律师之间的谈话引起了她的兴趣,使她想起了一种打牌的游戏。她好奇地看了看那两封信,一封在阿尔克利芙小姐手中,另一封尼特林顿先生拿着。

"你选的那个人叫什么?"阿尔克利芙小姐问道。

"他的名字——"律师说着,看了看那封信,"他叫什么来着——他叫爱德华·斯普林罗夫。"

阿尔克利芙小姐瞧了瞧塞西利亚。她的脸一阵红、一阵白。她用哀求的眼光看着阿尔克利芙小姐。

"我看中的这个人的名字么,"阿尔克利芙小姐说,把信反过来看了看,"他叫——我记得——对了——埃涅阿斯·曼斯顿。"

5. 九月三日

第二天上午是面谈时间,地点是在律师办公室。那天尼特林顿和泰林先生都在城里。候选人一个接一个地被叫到一个幽静的小屋里。阿尔克利芙小姐坐在窗下的壁凹处,戴着面纱。

律师在回信中都已通知候选人,前后两个人的间隔时间为十或十五分钟。他们到了之后便被带进去与尼特林顿先生少谈片刻——谈话简练,直切正题。这期间阿尔克利芙小姐一直未动,也没有说话。要不是因为遮住她脸庞的面纱下透射出犀利而敏锐的目光,人们会以为她对这些谈话并不在意。她黑亮的目光全神贯注地盯着律师和面试者。斯普林罗夫是第五个,曼斯顿是第七个。

所有人面试完，最后一个退出之后，尼特林顿先生又像上次一样，和气地问他的委托人，这八个人中她更中意哪一个。"我依然觉得我们见的第五位，斯普林罗夫，是到目前为止素质最高的。我一开始选中的就是他。一句话，整体看来，他是最合适的人选。"

"很抱歉，我跟你的看法不一致。我还是倾向于我第一次的观点——就是说——曼斯顿先生。他话语温和，举止文雅，最合我意。我甚至可以说是特别中意。我觉得从长远看，他最适合我。"

尼特林顿先生望着窗外，看着院子里刷得雪白的围墙。

"当然了，夫人，您的意见也许完全合理，绝对可靠。我明白，女士们常常凭一种直觉便能很快得出结论，而且这些结论往往比男人们基于长期的经验，费尽周折得出的结论更可靠。但我必须声明我不能推荐他。"

"请问为什么？"

"好吧。我们先看他是怎么回复那则广告的。他直到最后一次刊登广告才回信，这是其一。他信中的语气冒冒失失，毫不掩饰，让人读完之后觉得他并不真诚，而是有意写得这样肆无忌惮。他还流露出满不在乎的态度，好像他说他是这个职位的合适人选时并不当真，只是骗骗我们，只是走走形式，因为他不该放弃这个机会。"

"你也许是对的，尼特林顿先生。可我却看不出你的推理有足够的根据。"

"你也看到，他已经完全习惯了城市建筑师的业务，而这种经历我们并不需要。你需要一个对乡村的土地情况比较熟悉，有着更实际、也更准确的经验的人。就算他以前没有干过这类工作，至少应该在乡下生活过，对乡村房屋的使用、建筑、农场等一些事情有相当的了解才行。"

"到目前为止，他是所有人中看起来最聪明的一个。"

"是啊，他也许是——阿尔克利芙小姐，就此事而言，你的意见比我的更有价值。你可能还要说,他是个多才多艺的人——他聪明的头脑能让他很快掌握这项工作的细枝末节,使他适应这项工作。对这一点我不怎么怀疑。不过坦白说(说到这儿,他的语速慢下来,一字一顿),无论如何,我也不会冒险把我的一个庄园交给他管理。真的,这是显而易见的,夫人。"

"可是,说确切点,"她说,显得有些不耐烦,"你有什么理由?"

"从他的举止看,他是个骄奢放荡的人。男人这样很糟糕——少见的糟糕。"

"噢,谢谢你直言相告,尼特林顿先生。"阿尔克利芙小姐身子动了动,脸色微微发红,露出不快的神色。尼特林顿先生点点头,只是表示他听清了这些话,不管是好是歹。

"而且我的确认为再为这事麻烦你没什么必要了。"阿尔克利芙小姐继续说,"对于响水山庄那个不起眼的地方来说,他来管理绝不成问题。而且我也知道,我和其他任何一个人连一个月也相处不了。我们可以让他试试。"

"当然可以,阿尔克利芙小姐。"律师道。之后他写信给曼斯顿先生,告诉他在这次竞争中他成功了。

"你看出来了吗?你在屋里的时候,她显然是在感情用事。"当他的委托人离开后,尼特林顿先生对泰林先生说。尼特林顿在观察人的性格时就像没有阳光、也没有阴影的北极光一样客观公正。他孩提时代那种惹人气恼的狡黠,随着时间的流逝,经过世事的变迁,已经变成了令人佩服的谨慎。

我们常常会发现,这种品性与孩子的单纯结合在一起时,是一种恶习。但当这种品性与人性的知识相互渗透的时候,却是一种美德。

"我合情合理地分析她选中的人时,她几乎就要大发雷霆了。"尼特林顿先生继续说,"在她眼里,他那张英俊的脸就是资格证。他们以前认识,我看出来了。"

"他似乎并没有意识到这一点。"年轻的一个说。

"他是没有,这点正是让我迷惑不解的。不过还有,如果说一个女人在爱上一个人时,她的脸上会清清楚楚流露出来的话,那么她和他在一起时,她就会把她爱他的心情写在脸上。可怜的老姑娘,她几乎老得可以做他的母亲。如果曼斯顿惯于耍点诡计,他就会娶她。这就像我是尼特林顿一样确定无疑。不过,希望他是诚实的。"

"我觉得她并没有爱上他。"泰林说。他跟两位女士两个待在一起的时间不长,但他觉得阿尔克利芙小姐的举止并不像是一个女人在情人面前的样子。

"好了,你对这种火热场面的体验比我更记忆犹新。"尼特林顿随口反驳了一句,"而且,你可能对这种事情的本质记得最清楚。"

第八章　十八天里的事件

1.九月三日至九月十九日

阿尔克利芙小姐依然喜怒无常。不过不发火的时候,她对塞西利亚更加温柔关爱,几乎到了溺爱的程度。这就像热带地区的气候。暴风雨过后,会有苍翠葱郁的树木抹平其造成的创伤。阿尔克利芙小姐在勃然大怒之后,总是以加倍的宽厚仁爱来补偿。塞西利亚一直端庄大方,彬彬有礼,而她的率真质朴如无瑕的美玉一般,与妩媚优雅的成熟女人相比,有过之而无不及。与这样一位年轻的女性亲密相处,阿尔克利芙小姐似乎完全被同化了。塞西利亚呢,她也感到真正的心满意足,因为她觉察到她对阿尔克利芙小姐的正面影响是很大的。起初,阿尔克利芙小姐只是一时兴起地模仿塞西利亚那些独特的思想和习惯,比如早晨和晚上的祈祷,对着窗外的景物沉思冥想,在梳妆时学几行诗句,等等。但随着时光的推移,她从中体会到由衷的乐趣。

尽管塞西利亚努力寻求与阿尔克利芙小姐在感情上的共鸣,但她感到的只是感激而已,虽然她一直都心怀感激。阿尔克利芙小姐的过去像一团疑云,驱之不散。偶尔会出现一些难以确定的蛛丝马迹。这些却只使得无法洞悉的其他故事更加难猜难测。她怀抱的希望越来越小,几乎可以说是完全放弃了。她非常非常希望她待她只像一个依附的人一样,保持距离。阿尔克利芙小姐喜怒无常,时而是她自己,时而又像完全变了一个人,像一眼喷泉,变幻莫测。如果说与她同名的这个女人从前犯过或参与过重大的罪行，她是不会相信的。不过这位贵妇年轻时那些不顾后果的冒险经历却更像是与黑暗相关，而与光明无缘。

有几次，阿尔克利芙小姐就要把内心的秘密和盘托出，但是仔细斟酌后她欲言又止。塞西利亚希望随着时间的推移，阿尔克利芙小姐会信任她。那样，她就可以安慰那颗显然饱受过巨大创伤的心灵。

阿尔克利芙小姐对她的过去缄口不提，塞西利亚却不然。尽管她从未透露出她知道阿尔克利芙小姐和她父亲之间那段莫名中止的恋情，但她天性率直，胸无城府，内心没有特意防备，所以阿尔克利芙小姐能够套出她的话来，于是一点一点地把她父亲的过去了解得一清二楚。塞西利亚看出阿尔克利芙小姐对她父亲的经历甚感同情，她感到这补偿了阿尔克利芙小姐在其他时候轻易表现出的愤恨。

她就这样忐忑不安地生活在这里。庄园里的仆人们也觉察到，在阿尔克利芙小姐和她的同伴之间存在着某种秘密的关系。但她们是两个女人，行为举上的又非常微妙，因此不足以使他们去想象出一个男女之间私交秘会的动人的故事。正如一些资深评论家所论述的，不论一部史诗是否需要包含超自然的因素，丑闻却绝对需要流言蜚语做素材。

她又收到了爱德华的一封信——信很短，但充满恳求。他问她为什么吝啬到连一行字也不写——只为了他们之间淡淡的友谊写一行字都不行吗？塞西利亚反复思量自己是否对他太残忍了。最后，她开始怀疑他跟另一个女人订婚是否就真的那么罪不可恕。"哎，我的理智敌不过感情。"她自言自语着。年轻的姑娘不时地抽出那封信，读了又读。想到爱德华正在因为自己的沉默而牵肠挂肚，饱受折磨，她几乎同情地掉下泪来。她开始责怪自己残忍，觉得必须给他写一封信——只是短短的一行——极短极短的一

行,好给这个可怜的人以活下去的力量。像唐纳·克拉克①一样,她轻叹一声:

> 啊,要是他现在出现在我的面前,
>
> 尽管我的自尊已经受伤,
>
> 在舌头发出责备之前,
>
> 恐怕我的眼睛已经将他原谅。

2. 九月二十日下午三点至四点

这是九月的第三个星期。塞西利亚到这里也大约有五个星期了。一天,阿尔克利芙小姐叫塞西利亚到卡里福德的一个村子去转转,帮她去收这个教区居民给她资助的一个宗教组织的捐款。阿尔克利芙小姐资助建起一个叫"女子联合会"的组织,每个成员都向她的下属收取小笔经费,与她的资助款加在一起。

那天下午,阿尔克利芙小姐对塞西利亚的外表特别感兴趣。塞西利亚确实美丽动人。她身穿一身轻盈飘逸的长裙,外罩一件风情万种的上衣,头戴一个柔软舒适的帽子,眼神如星光般灿烂,双颊似百合与玫瑰般娇艳。看到这般婀娜多姿的姑娘,庄园的女主人感到由衷的愉悦,但这种愉悦似乎更多的是精神的欣喜,而很少有情感上的满足。

阿尔克利芙小姐那张单子上一共印着八个名字,后面附着每个人要缴的捐款额。

"我收前四个人的,你就来收后面那四个。"

塞西利亚的名单中前两名是乡绅,接着是海茵顿小姐,最后印着老斯普林罗夫的名字。在他的名字后面是用铅笔写的名字:

---

① 唐纳·克拉克,英国剧作家 R. B. 谢立丹(1751—1816)的喜剧《保姆》中的人物。下面的引文选自第三幕中克拉克唱的一首歌。——原注

"曼斯顿先生"。

曼斯顿来到这座庄园做管家已经有三四天了。他住在那所旧宅内。那里在他来之前已经重新装修了一番。

"去拜访一下曼斯顿先生。"阿尔克利芙小姐看着塞西利亚那份名单上的名字强调了一句。

"可是他还没有捐款哪。"

"我知道。你去看一看并且留给他一份记录,别忘了啊。"

"告诉他要是他能捐款您会很高兴?"

"是的——告诉他如果他捐款我会很高兴的。"阿尔克利芙小姐微笑着重复了一句,"再见,走得不用太匆忙。如果今天做不完,可以留到明天。"

于是两个人分别开始了自己的工作。塞西利亚首先去了那所旧宅院,曼斯顿先生不在屋里,这让她着实松了一口气。接着她又去拜访那两位乡绅的妻子。她们立刻就与她谈起了正题,对她个人的魅力表现得十分冷淡,漠不关心。比较而言,社会地位一般的人比社会地位很高的人更加轻视毫无地位的人。

她接着又转向皮克山农舍。那里住着快乐的海茵顿小姐,还有一个年老的仆人和一只看门狗与她为伴。她的父亲,也是她双亲中仅剩的一个,在担任了十八到二十年的《卡斯特桥地方志》的编辑后,于四年前退休,住在这里,不久便在这里去世了。他尽管比较穷,却留给他女儿足够的生活费用。她持有不太多的股票,可以得到各种小笔的红利,这样就使她得以维持在皮克山做女主人的生活。

塞西利亚敲了敲门,马上就听见里面门开了又关上,紧接着一阵脚步声走走停停,穿过走廊。片刻之后,塞西利亚便与那位女士面对面站在一起。

阿迪莱德·海茵顿大约二十九岁。她的头发像塞西利亚的一样浓密,牙齿也和塞西利亚的一样整齐洁白,但是她的脸色却比塞西利亚苍白得多,白得似乎透明,显得与家里的环境不太协调。她的嘴巴不像塞西利亚的嘴巴那样善于表达爱意。也是因为她更加成熟,所以她的脚步不像塞西利亚那样轻快,而是比较沉稳。

当母辈们谈起那些过于大胆热情的姑娘,指责她们只是为了恋爱而恋爱,从不考虑方式方法时,阿迪莱德便成了受称赞的对象,因为她比较矜持。四十来岁的男人也说:"如果她愿意结婚的话,那么对任何男人来说,她都会是通情达理的好妻子。"附加的这一条——如果她愿意结婚的话——成了最模糊的假设,因为她是非常实际的一个人。在这种情况下,人们会感到不可思议。一双能够把所有家务事都处理得井井有条的巧手,却为何独独把婚姻这件大事排除在日程之外?

塞西利亚是个新朋友,她热诚地表示欢迎。

"下午好! 噢,对了——格雷小姐,从阿尔克利芙小姐那儿来吧。我在教堂里见过你。你来这儿我太高兴了。快请进。我不知道我的零钱够不够捐款。"她像个女孩子一样叽叽喳喳。

阿迪莱德与比她年轻的女人在一起时,总是把自己降低到对方的年龄,尽管这对自己来说并不合适,但这样做似乎更加公平合理。

"没关系,我会再来的。"

"好啊,任何时候都欢迎。不要只为这件事才来。不过这次你必须进来坐一会儿。进来啊。"

"几个星期以来,我一直想来拜访。"

"这才对嘛,现在你必须看看我的房子——一个人住有点孤单,是不是?人们说像我这样的年轻姑娘自己住在一座房子里很是古怪,可是我才不在乎呢。把门一关,你会感觉在屋子里你就是至高无上的女王。如果你能体会到这种快乐,那么也就不在乎别人说你古怪了。斯普林罗夫先生帮我照看花园,那条狗时刻防范盗贼,要是有讨厌的蛇和蟾蜍,简会咬死它们。"

"真是不错！比住在城里好。"

"好得多。城镇让我悲观多疑。"

这句话不知怎的让塞西利亚猛然想到，有一天晚上在布迪茅斯，爱德华曾对她说过完全一样的话。

海茵顿小姐打开里面一扇门，领客人到了一间小客厅。从那里可以将方圆几英里的乡村景色尽收眼底。

该做的事情做完后，她们继续聊天。

"到了晚上肯定很孤单！"塞西利亚说，"你不害怕吗？"

"开始的时候有点怕。不过我已习惯了这种寂寞。而且，理智的思考会使我战胜胆怯。有时候在夜里我对自己说，如果我不是一个与人无害、连一只虫子的鬼魂都不屑来吓唬我的女人，那么我就该把听到的每种声音都当作幽灵。不过你必须在我房子的各处看看。"

塞西利亚对此兴致很高。

"我说你必须这样做，必须那样做，好像你是个小孩子。"阿迪莱德说，"我的一个属于特权阶层的朋友告诉我，这种命令的语气在别的朋友那儿很少听到，在我这里却常常这样。"

"啊，是啊，我想那女孩儿是对的。"

根据淑女阶层交际的惯例，塞西利亚把这位朋友称作"女孩儿"。因为在不清楚对方是异性的情况下，一个女人的朋友总是被她的另一个朋友小心谨慎地假设为女性。就像人们总是把猫咪叫做"她"，除非人们能证明那是只公猫。

海茵顿小姐神秘地笑起来。

"不瞒你说，为这我时常听到一些调侃的责备之辞。"她继续说。

"'调侃的责备之辞'，这不会来自一个女人——除了男人谁会调侃地责备？"听到这句话，塞西利亚心里这样想着。"我想是你哥哥责怪你吧。"天真的姑娘说道。

"不是，"海茵顿小姐坦诚地说，"不过是我认识的一位专业人士罢了。"她眼睛眺望着窗外。

女人们的模仿力是永不枯竭的。那个男人是她情人的念头忽地在塞西利亚的脑海中闪过，她便变得像阿尔克利芙小姐一样刨根问底，只是态度更温和些。

"我猜想他是你的情人。"她说。

海茵顿小姐笑了，像是在这方面颇有经验似的。

如果女人被人说成有了追求者，那么即使根本没这回事，也很少有人能不受虚荣心的驱使而否认这个说法。如果碰巧她们真的有心上人，她们的目光便会充满怜悯地从那个人身上挪开，让那个人如坠九里雾中，除了一番胡乱猜测之外便再无所得。

"啊，好啊——海茵顿小姐，你们订婚了，就要成婚了！"塞西利亚嗔怪地说。

阿迪莱德轻轻点了点头，"嗯，是，是的。"她说。

塞西利亚刚刚说出"订婚"这个字眼，它的声音——就是她自己嘴里发出的声音——便使她回想起阿尔克利芙小姐对她使用过这个字眼的那一刻和当时的情形，接着便产生了一个令她心烦意乱的想法，这想法只是种猜测，却完全占据了她的脑海。海茵顿小姐引用了爱德华评论城镇的话，她还提到斯普林罗夫帮她照看花园。那个人不会就是爱德华吧！这不会是阿尔克利芙小姐事先计划好，要用这种方式使她面对情敌吧！

"你打算很快就结婚吗？"她问道，语气很沉稳。这种沉稳表面上似乎是出于漠不关心，实际上却是因为过于关切而产生的结果。

"并不是很快——不过也快了。"

"啊——哈！三个月之内吗？"塞西利亚问。

"两个月。"

既然话题已经谈开了，阿迪莱德也就不再等对方敦促了。

"我要是给你看件东西,你不会告诉别人吧?"她颇为急切而神秘。

"噢,不会,谁也不告诉。他也住在这个教区吗?"

"不。"

一切还只是个疑团。

"他叫什么?"塞西利亚直截了当地问。又像以前一样,她的呼吸急促,心跳加快,燥热不安。海茵顿小姐并没注意到她面色的变化。

"你猜叫什么?"海茵顿小姐说。

"乔治?"塞西利亚随口说,掩饰着自己内心的痛苦。

"不对。"阿迪莱德说,"不过呢,你可以先看看他。过来。"她领她上楼,来到她的卧室。就在卧室的梳妆台上有一个小镜框,镜框里是爱德华·斯普林罗夫的画像。画中人对眼前的一切全然不知。

"就是他。"海茵顿小姐说,接下来是一阵沉默。

"你很喜欢他吗?"痛苦万分的塞西利亚终于开口问道。

"喜欢,我当然喜欢。"海茵顿小姐答道,口气中流露出"长年躺在亚伯拉罕的怀抱里"①的人的优越感,没有意识到问题的严重性。"他是我的表弟——也是在这个村土生土长的。在我父亲还没有去世,还没有撇下我一个人孤零零地生活时,我们就订了婚。那时我才二十岁。比现在要漂亮得多。你可以想象到,我们彼此非常了解。我时常教训他几句。"

"为什么?"

"咳,只是因为有趣。他有时候很不安分——你知道,他并不当真——可是他一看到漂亮的面孔就瞅个不停。"

塞西利亚把关于他的多情的说法记在心里,以备空闲时再去

---

① "你长年躺在亚伯拉罕的怀抱里",选自英国诗人华兹华斯(1770—1850)的一首十四行诗《佳妙黄昏,宁静宜人》中的一行。——原注

进行痛苦的回味。现在她心潮起伏,问道,"你是怎么知道的?"

"咳呀,你知道这种事情是怎么传到女人耳朵里的。他曾经在布迪茅斯做助理建筑师。住在那里的一个轻佻的年轻姑娘不知怎么让他痴迷了一阵子。可我一点也不嫉妒——我们的婚约已是铁的事实。我们俩谁也不必嫉妒,而且那不过是调调情而已。对他来说,那姑娘太傻了。他喜欢划船,在晚上好心带她出去了一两次。我敢保证他们谈的都是十足的废话——都是浅薄的玩笑,只是为了打发时光,就像在旅游胜地发生的事情一样——他们彼此并不当真——那姑娘总是像一只母鹅一样咯咯傻笑。"

不断积聚的女人的本性弥漫在屋子里,比空气还要浓重。"她没那样!他们说的也不是浅薄无聊的废话!"塞西利亚禁不住大声喊道。她的双眼已是泪光盈盈。"他们一方是深深的欺骗,另一方则是完全的信任——是的,就是这样。"压抑已久的情感在这颗年轻的心里膨胀,再膨胀,直到感情的大坝再也无法阻挡。话一出口,塞西利亚立即后悔起来。如果可能,她会想尽一切办法把话收回。

"你认识那姑娘——或是他?"海茵顿小姐问道。她开始对塞西利亚表现出的激动的样子表示怀疑。

两位情敌都已根本无法控制自己。她们用怀疑的眼光注视着对方,眼睛同样地锐利,闪闪发光,双唇一样地一翕一张,脑海中转动着同样的念头。当女人心中牵挂的男人成为她们为之激动的对象时,出现的情形只有一个,那就是她们作为个体的所有独特性格会悄然隐去,留下的只有她们作为女性所具有的共同特性。

塞西利亚抓住了这个不使自己暴露的机会。"是的,我认识那姑娘。"她说。

"是吗?"海茵顿小姐说,"如果我无意中说的那些关于你朋友的话伤了你的感情,我真的觉得很抱歉。不过——"

"咳,没关系。"塞西利亚应声道,"这没什么,海茵顿小姐。我想我现在必须走了。我还得到别处去呢。是的——我必须走了。"

海茵顿小姐内心一片茫然。她礼貌地带她的客人下楼,送到门口。塞西利亚匆匆道别,然后飞快地穿过花园,踏上小路。

她像往常一样,任意而又固执地放纵自己的悲痛。不过她仍旧坚持做她的工作。名单上的下一个是斯普林罗夫先生。于是她朝他的住处——三贩客栈走去。

3. 下午四点至五点

卡里福德村街道两侧的农舍稀稀疏疏的。这就为种植山楂树或水蜡树的树篱留出了空间。从这篱笆上面,抑或透过这些树篱可以看到绚烂多彩的花园或是果实累累的果园。这时候大约是早期苹果收获的最佳时节。收获者不时地摇晃着沉甸甸的果树,苹果落到绿草地上,发出轻轻的啪哒啪哒声,夹杂着一些尖锐的声音,那是一些苹果落到横栏上、鸡棚上、篮子里、斜坡上或落在摘果人圆滚滚的背上——他们大多是孩子,各处飞来的苹果重重砸到背上,疼得他们尖声大叫,但接着便咧嘴一笑,把这当作好玩的事儿。

三贩客栈是一个多角的、中世纪时期的建筑,差不多全部用木材、灰泥和茅草建成。它就坐落在路边,几乎在教堂墓地的正对面。在左边,茅草屋顶的附属建筑物把它和一排农舍连在一起。这座建筑风格独特,造型别致,是逝去岁月里路边客栈的真正的标本。客栈坐落在英格兰这一地区的一条重要的公路旁边。如今,人们把乘马车出游看做是一种浪漫而快意的体验,而在当时,这家客栈像乡村任何一家小驿站一样,曾经是风光无限。人们川流不息地通过这个村庄,在客栈古老的门前经过。但后来,铁路吸引了所有的游客,这就使得这家客栈的店主再也无从获益。过去,他只需在房后耕种一点土地。但现在，如果他想维持原有的社会地位，就必须要增加农田面积以弥补不断降低的收入。除了弥漫在此地的一片空寂之外，与房屋毗邻的一长串附属建筑便是对三贩客栈已经逝去的繁华的最显著、最令人伤感的见证。这里大多是原来的马厩，曾经有四十匹马在不拉车的时候每日在铺着石板的院子里来回跑动。而如今，这里杂草丛生，破败的马厩的屋顶曾经笔直得如一条线，现在已经陷出巨大的空洞，看上去像是落光牙齿的老人的面颊。

在屋子另一端的绿地上，有三株高大、浓密的榆树。三贩客栈的牌子就挂在那里。那三棵树代表着三个商贩。它们并排矗立着，彼此相似得几乎难以区别。透过薄薄的油漆可以依稀见到木板的接合处。由于上面生锈的钉子淌下来的红色污渍，油漆早已失去了最初的光泽。

树下有一台苹果榨汁机。树阴下聚集着斯普林罗夫先生本人和他手下干活的人——教区的执事，三两个其他人员，磨工和杂工，以及其他闲坐纳凉的，还有一个怀抱着婴儿的女人。一群鸽子在四周嬉戏，一群男孩嘴里衔着麦秆吸管，大人们一转身，他们就忙着从大桶里吸一口甜甜的果汁。

老斯普林罗夫是客栈的主人。不过现在看来更像个农夫。一年有两个月的时间他要榨苹果汁。他是那种老式的雇主，和雇工一样干活。他现在正忙碌着。他用锤子把放进马鬃口袋的苹果夯实。他的手下盖德·威迪正埋头一铲一铲地把果泥从一只大木盒铲进袋里。果汁粘在铲子上，散发出银色的光。铲子上下挥动着，在落日的余辉下，忽明忽暗地闪耀，好像闪烁的灿烂星光。

当三贩客栈的昔日荣光一去不返的时候，斯普林罗夫还是个毛头小伙，所以他并未继承下做主人的那副架子。他外表粗犷，内心纤细。他的坚强刚毅是由外部环境锻造出来的，而非内在性格所决定。他正直善良，不懂得老谋深算，但他也并不鲁莽。他秉性诙谐幽默,不过总是摆脱不掉一种淡淡的忧伤。他总是流露出那种心不在焉的神情。像沃尔特·惠特曼一样,随着岁月的流逝,他感受到的是:

　　　　我预见到的太多,其意义远远多于我的思考。①

现在,他裹着绑腿,系着一条皮围裙,袖子卷得老高,露出结实肥胖的胳臂,只是肌肉并不发达。他胳膊上沾了一些果汁,夯苹果的时候,三两个苹果籽溅上来,也沾到他的胳膊上。

另一个引人注目的人物是理查德·克里凯特。他是教区的执事。他身材瘦小,饭量跟个女人一样少,左手还有风湿病。其余的人便都是古铜面色的农夫。他们都穿着肩周绣着心形或长方形图案的布罩衣。腰间和右手腕上分别系着一根带子。

"您见到那位管家了吗,斯普林罗夫先生?"执事问道。

"只扫了一眼。凭这我就敢说他在这儿待不长。"

"为什么呢?"

"他永远不会接受一个女人掌管一切这种怪事。他不是那种人。"

"阿尔克利芙小姐付的工钱很高。"一位磨工说,"钱总是钱嘛。"

"嗬——是的,一点不错。"执事应声道。

"是啊,是啊,克里凯特,我的老邻居,"斯普林罗夫说,"但是她会大发雷霆的——事情准会搞得乱七八糟的——结果准是这样……是啊,她是个怪人。"他继续说着,停下手里的活计,抬眼端详着远处的一只苹果。

"她是怪。"盖德说着也停了下来,若有所思地注视着前方的地面。主人一休息,雇工便立刻放下手里的活计,让人觉得甚是

---

①　选自沃尔特·惠特曼(1819—1892)的诗集《分离之歌》中的《再见》。——原注

有趣。

"的确，她是个怪人。"执事也插话道。他边说边摇着头，好像未卜先知的样子。

"她脾气挺糟，"斯普林罗夫又说，"而且太任性。她要是想好做什么，别人再想阻止她比登天还难。我宁可整天地压这些没长熟的酸苹果，也不愿和她一起生活。"

"她脾气实在不好。"执事应声回道，"尽管我是教堂的一名神职人员，我还是得这么说。可是这一次她不会大发脾气的。"

他们都等待着下文，好像他们凭经验知道他什么时候会再开始讲话。

执事像是很有必要地停顿了很长时间，然后又接着说，"他们之间有点微妙。记着我的话，邻居们——他们之间有点微妙。"

"你真这么想吗？"

"我知道的。那管家上星期六来的，对不对？"

"是的，没错。"盖德·迪威一边说着，一边从传送带上拿起一个苹果咬了一口，把剩下的又扔回去做苹果汁。

"他星期天去了教堂。"执事又道。

"他是去了。"

"整个礼拜过程中，阿尔克利芙小姐的眼睛就没离开过他。而且脸色一阵白，一阵红，一直就没平静过。"

斯普林罗夫点了点头，继续辗轧苹果。

"当然，"执事说，"仅仅在一次周末的礼拜时心烦意乱，你并不能就说她是那种犯错误的女人。因为，平时她总是和我一样遵守礼节。"

斯普林罗夫又点了点头。他把辗轧机的螺丝紧了紧。盖德在另一边也跟着拧了拧。从两位磨工的表情上看得出来，他们觉得如果在教堂里阿尔克利芙小姐和执事一样遵守礼节，那她一定就是一个非常遵守礼节的人。

"是的,平时在礼拜的时候她确实像我一样遵守礼节。"执事重复了一遍。"可是上星期天,我们读到第十诫的时候,她说'让我们全心全意',而整个教堂的人都在说,'将律法铭刻在我们心中,我们恳求您'。她的眼睛盯着他看——她完全是神不守舍——'全心全意遵从律法',她说。说第十诫的时候,她整个人不过是个躯壳而已——只是个躯壳。你可以在她面前一遍遍地说,'将律法铭刻在我们心中,我们恳求您',你就是向她说五十遍,她也不会听见。她爱上那个人了,就这么简单。"

"那她比我想象得还要傻。"斯普林罗夫先生说,"真是的,她可以做他妈妈了。"

"她和那个年轻姑娘之间可要不得安宁了。你看着吧,她不会冒险让那么漂亮的人儿留在身边的。"

"克里凯特执事,真奇怪你能无人不知,无事不晓。"

"哎呀,你这家伙。"执事谦虚地说,"我可真不知道什么。是我碰巧听到的。"

"我知道从哪儿听到的!"

"噢?"

"从你老婆那儿。不是我说话不恭敬,她可是个逗趣的女人。"

"可不是。而且她还很迷人。看看她嫁过的那些丈夫——上帝保佑她!"

"很奇怪你会名列其中第三位,克里凯特执事。"斯普林罗夫先生说。

"咳!我自己常常有着了不起的能力呢!不错,婚姻总是以'亲爱的宝贝'开始,以'真是意想不到'结束,正像祈祷书上说的那样。可我能怎么做呢,老斯普林罗夫。这是命里注定的。我还清楚地记得,我刚结婚的时候,你那可怜的太太对我说,'嘿,克里凯特先生,你的妻子很快就会把你整治死的,就像对她的前两位丈夫一样。喝上一杯糖蜜酒吧，明年这个时候我就看不见你这张可怜的脸了。'我一口气把酒喝完，第二年我又去拜访，我说，'斯普林罗夫太太，去年你给我喝了一杯糖蜜酒，因为你说我就快没命了——可是你看，我还好好地活着。''你这想法真有趣，执事。那我现在就给你两杯吧。'她说。'谢谢你，太太。'我说，把糖蜜酒一饮而尽。真是，让我那些旧想法见鬼去吧！又过了一年，我想再去拜访准能得到三杯。于是我就去了。可是她连一滴最普通的酒也不肯给我。'不，执事，'她说，'你太结实了，没必要让女人同情你……'哎呀，可怜的家伙。这倒是实话。有人以为我会死去，但现在我仍活生生地站在这里，像铁打的一样结实，而她却已经进了坟墓。"

"看到她前面两个丈夫相继死去，我还以为你老婆命中注定是克夫的呢。"盖德说。

"命中注定？你说得也太简单了。也可以说是命中注定，但那是她想方设法争取到的。她会那么做，也的确做到了。和女人的心计相比，命运简直不算什么。"

"那我猜想，命运之神是个男的，像我们一样。上帝也是男的，还有天上所有其他的神，都是男的。"盖德说着抬起眼睛看了看天。

"快看！那个年轻姑娘朝这儿走过来了！我们刚刚还谈到她呢！"一位磨工突然插话道，"她是朝这儿来，我敢保证。"

两位磨工都站起来看着塞西利亚，好像她是一艘正驶入港口的船。他们饶有兴趣地看着，几乎把手里的活计全都忘在一边。

"我觉得她的头饰和穿着都很时髦。"执事说，"闪亮闪亮的卷发，而且很浓密。"

"如果一个年轻姑娘真有什么引以为自豪的话，那就该是她的头发。"斯普林罗夫先生说。

"我的天！她哪儿都那么漂亮，那点骄傲不算什么。不过我敢保证，尽管她的穿着打扮这么迷人，可一件都不是她自己的。"

"我说，克里凯特执事。她还是个姑娘，说话别那么尖刻。"农夫斯普林罗夫颇具侠义心肠。

"噢，"教堂的执事回答，"我可没说一句伤害她的话。哎，没有。

> '听说扫烟囱人有个乖女儿，
>
> 她的名字叫做苏，
>
> 她说即使没有鞋来没有袜，
>
> 也要卷好头发细细梳。'"

塞西利亚感到非常不自在，因为她发现因为她的缘故，人们才渐渐停下了手里的活计。尤其是她看到除了斯普林罗夫先生以外，所有在场的人的眼睛都盯在她身上，她就更加手足无措了。斯普林罗夫先生天生能够体谅他人，所以没有盯着她看。塞西利亚走近草坪，没有再往前走，而是站在边上犹豫不决。

斯普林罗夫先生觉察到了她的尴尬。他在围裙上擦了擦手，朝她走过来。她看到他稳健的身躯，感到一阵宽慰。

"我知道你为什么来，小姐。"他说，"很高兴见到你。我惦记着这事呢，我这就进屋去。"

"如果你忙的话，我等一会儿没关系。"塞西利亚说。

"如果你真的不介意，我们就把这最后一桶夯完，好让它在夜里慢慢控净，行吗？"

"当然，我喜欢看你们干活。"

"我们只是把那些熟得早的苹果榨了汁。"他继续说。因为让这样一位穿着整洁的姑娘等着，他的口气里带着一丝歉意。"要是等到正常的成熟季节，这些苹果就会烂掉，变得像烟囱的拐弯处那么黑。"他说着便又回到辗轧机前，塞西利亚紧紧跟在后面。"按理应该早一些干完的。"他继续说着，一边又拿起撬杆把螺丝推了推,招呼人们快些干。"事实是,我的儿子爱德华答应今天回来,我都做好准备了,结果他没有来,倒来了封信。'伦敦,九月十八日,亲爱的爸爸,'他这样写的,接着就告诉我他来不了。真让我有点心烦意乱的。"

"当然了。"塞西利亚说。

"他一定是找到活了吧。"执事凑过来问道。

"没有。那可怜的不走运的孩子。你们知道,他本来想来这儿做管家,但没有成功。这件事的真实情况我也不清楚。可是不管怎么样,他们没有雇他。好了伙计们,站成一队。"

斯普林罗夫、执事、磨工们、还有盖德,都排好站在螺丝撬杆的后面,就像士兵推车一样。

"那个一意孤行的女人选中的那个男人,谁看上一眼都会觉得不妥当。"克里凯特执事又提起话题。

"他们中间竟然有人觉得,看篱笆他倒未必中用,倒是能轻轻松松地做个偷马贼。"一个磨工说。

"好了,他够精明的,完全可以做个管家。而且他也是个满有派头的绅士——这一点是千真万确吧。"

"其实,在这方面,我的泰德一点也不差。"斯普林罗夫说。

"这个是无疑的了,他是不差,先生。"

"我说过,就是砸锅卖铁我也要让他受良好的教育。"斯普林罗夫说。

"是的,你会那样做的。"他的助手们都很严肃地应和着。

"他天性爱看书,爱画画,倒不用我操心。可是结果,那些女人们硬是把他和他表姐撮合到一起。"

"什么时候办喜事呐,斯普林罗夫先生。"

"还没定呢——不过,我想快了。你们看,爱德华什么事都做得挺漂亮,就是不能简简单单地过日子。有时候我真希望他能留在身边,别去干那些职业。可是他那么喜欢画图。"

他把撬杆放到护栏里，转身对塞西利亚说：

"好了，小姐，您到屋里坐坐吧。"

盖德看着塞西利亚和农夫斯普林罗夫一起走开，目光中含着几分挑剔。

"我敢打赌，她在我们这儿还不习惯呢。"他压低声音说。

"铁路把您孤孤单单地丢在这儿。"他们进门时，她说道。

屋子里除了一些已近干瘪的大苍蝇之外，一无他物。这些苍蝇也由于这里的寂静幽僻而变得懒洋洋的。看来从最后一辆马车路经此处，载走了最后一名乘客之后，这所房子就再也没人光顾过。

"没错，这客栈和我差不多成了一对化石了。"农夫看了看房间，又看了看自己，答道。

"啊，对了，斯普林罗夫先生，"塞西利亚突然想起了什么，说道，"我得好好谢谢你哪。谢谢你向阿尔克利芙小姐推荐了我。"她渐渐地对这位老人非常友好，因为他身上那种宽厚温和的性情让她想起了自己的父亲。

"推荐？那没什么，小姐。泰德——我的儿子——泰德他一个工友有个妹妹，很想找个活干，我就跟管家提了提，就这些。嗨，我可真想我儿子。"

她一直背对着窗子，好不让他看到她脸上泛起的阵阵红晕。

"的确，"他继续说，"有时候我总忍不住为他担心，你知道。他好像生来就不适合过小镇的生活，有时候对那种生活极不习惯。可能等他跟阿迪莱德结了婚就会好些。"

一种厌烦之情油然而生，好像一位抱病之人刚刚听钟敲过一次，突然一只慢钟又敲了一次，不由得让人心烦意乱起来。她又经历了一次心碎的打击。

"一切都取决于他是否爱她。"她微抖地说。

"他以前爱她——现在不怎么表示了。可这是因为他长大了。您瞧,他们那一对小儿女并肩散步已经是好几年前的事了。从他第一次向她求婚那时候起,她也变了不少啊。"

"怎么变了,先生?"

"嗨! 她比以前理智多了。以前泰德一来信,她就一个人悄悄地踏上弯弯的小路,回头看看没有人看见,才轻轻地打开信,读一个字,便站在那呆呆地想一阵儿,抬眼望望山坡,实际上什么也看不进眼里。这时即使是布谷鸟的叫声,也会使她心惊肉跳,吓得把信滑落到地上。要是哪个嘴快的人说,'脸都羞红了。'她那个时候啊,早已是面红耳赤了。"

他拿出钱来放到塞西利亚手中,脑子里却还想着爱德华。所以他心不在焉地握住她的小手,认真而坦诚地说:

"我很少有机会能跟一位有教养的女孩子说话。今天忍不住跟您,格雷小姐,谈谈我对爱德华的忧虑吧。我有时候总担心,他永远不会出人头地——他死的时候,可能很穷,让人瞧不起,并且心力交瘁。一想到他是跟那些聪明才智一点儿也不如他的人相比,却败下阵来,他就会痛苦极了。都是因为他太有远见——他不能满足于那些敷衍潦草的权宜之计,他总是追求完美。可是事实上根本就没有完美的事。于是他就很沮丧。他结婚我应该高兴,因为这样他才可能安定下来。这对他有好处……咳,我们都希望一切如意。"

他放开她的手,把她送到门口,对她说,"如果您愿意偶尔到这儿来,跟一位老人来说说话,我会很高兴的,格雷小姐。祝您晚安……嘿,您看,要下雨了——快点回家吧。要么我送您吧。"

"不用了,谢谢您,斯普林罗夫先生,晚安。"她声音低沉地说。而后她匆匆上路。她脑海中只有一个念头:爱德华玩弄了她的感情。

4. 下午五点至六点

她沿路走进一片树阴中。头上的枝丫盘绕交错,非常浓密,让人感觉这条路就像兔子的地洞一样。不一会儿,她走过了庄园的一个边门。乌云迅速地堆积着,比农夫斯普林罗夫预言得还快。羊群挤挤挨挨地往回跑,咩咩叫着,乱作一团。铅灰色的云朵愈积愈多,就像法国画家笔下的现代派作品,使远方昏暗的景色显得神秘莫测,似乎执意要让人胆战心惊。她还没有走过庄园的一半,隆隆的雷声已经清晰可闻。

她要走的这条道会经过那所旧庄园主住宅。这时的空气似乎都凝结起来。每次低沉的隆隆雷声之后,都可以听到前方瀑布的咆哮声和瀑布旁边树丛中抽水机的嘎吱声。她匆匆地赶路,昏暗的天空以及即将来临的暴风雨让她愈来愈害怕,她离那所旧庄园主住宅越来越近了。在阴暗的树叶和天空的衬托下,那所住宅呈现出一种奇异的白色。

她前面,在一排从房屋通向农庄平地的台阶上,站着一个人。他之所以映入她的眼帘,是因为他那种轻松洒脱的站姿,也是因为他的确站在高处。他的身体只现出灰暗的轮廓。他背着双手,抬头望着天空。

塞西利亚必须从他的身前经过。她很不愿意这样做,所以想转身走进路旁的树林中,再从这幢旧宅的外面找一个入口重返原路。但是他已经看到她了,她也就面无表情地继续往前走,并下意识地把脸侧向一边,眼睛看着地面。

她就一直这样目不斜视地盯着路面,直到看见右侧面的一条岔路。这条路直通向那座房子的台阶。"我现在跟他是面对面了。"她想,"他正在盯着我看。"

就在这时,一个清晰的男性声音传来:

"你害怕吗?"

那一刻,她暗自揣度他的问题。她想要是有什么可害怕的,那就是指他了。"我并不觉得害怕。"她结结巴巴地说。

他好像知道她在想什么。

"我是说你害怕打雷吗?"他又道,"不是说我自己。"

她必须转身面对他了。"我看要下雨了。"她没话找话地说。

看到她娇美的容貌,优雅的风度,他掩饰不住内心的惊叹与倾慕。他谦恭有礼地说,"在你到那庄园之前也许下不起来。你是去那儿吧?"

"是,我是去那儿。"

"我陪你一起走好吗? 一个人在树林中太孤单。"

"不用了。"她怕他这么殷勤,是把她错当成一个地位较高的女人了,于是又说,"我是阿尔克利芙小姐的侍伴。我不怕孤单。"

"哦,阿尔克利芙小姐的侍伴。那你能帮个忙,把捐款捎给她吗? 她今天下午给我捎信来,请我为她的社团捐款,可是我没在家。她希望我捐款,那我当然会捐的。我对这个社团很感兴趣。"

"我想,阿尔克利芙小姐听到这些话会很高兴的。"

"是嘛。我想想——她说那是个什么社团? 恐怕我口袋里的钱不够。但是我要实实在在地证明我愿意捐款,那样她会满意的。我去拿钱来,马上就出来。"

他进屋去了,而且的确很快就回到了她身边。"给你。"他很高兴地说。

她抬起手来。他给她钱的时候,柔软的指尖划过她戴着手套的掌心。她很纳闷,为什么他的手指会碰到她。

"我终究还是觉得,"他继续说,"雨马上要下了。你还没到庄园就会被淋得透湿。真的,你看那儿。"

他指了指刚刚落在白色台阶上的一个大雨点,圆圆的,有金莲花的叶子那么大。

"你最好到门廊里去。天还早呢,这些黑黑的云层搞得好像天很晚了似的。"

不管她心里愿不愿意,大大的雨点,以及紧随其后的一道之字形闪电和震耳欲聋的雷声,都迫使她接受了他的邀请。她登上台阶,就在门廊里与他并肩而立。他们在那儿默默等待的时候,她头一次从近处看清了这个人。

他相貌非常英俊,身材匀称,穿着考究,看样子二十七八岁年纪。最引人注目的是他的面容异乎寻常,没有一个斑点,没有一点瑕疵,皮肤极为光洁。还有,他的额头宽阔,眉毛笔直而刚毅。两只眼睛深邃清澈。一个精于相面的人会通过分析他的表情得出这样的结论:这个人的本性一定是宁折不弯,全世界的人都接受宿命,他也绝不会,他会带着与神抗争的决心去抗拒命运,并且以此为己任,义无反顾。他的眼睛与前额都闪耀着睿智的光芒,透出一种魄力,如果这种魄力不是被他的曲线和色调所中和的话,就会显得过于犀利而令人不快。他的双唇丰满润泽,肉感十足,到了令人惊异的程度,它们拥有女性般的柔和曲线,宝石般的鲜红艳丽,这足以证明他拥有一颗女性般敏感多情的心灵。他需要汇集从前就拥有的老成持重的性格才能把这颗心控制在理智的轨道之中。

他的举止不仅得体,而且优雅。他的谈吐恰到好处,从容大方。

一声响雷中断了他们的谈话。之后的一两分钟之内,两人谁也没有打破沉默,他们似乎都在出神地倾听着瀑布低沉的咆哮声。雨越下越大,雨水抽打在树上和灌木丛上,瀑布声和雨声逐渐变得难以分清。塞西利亚匆匆打量了他几眼,就把头转向林荫小路。过了一会儿,她又回头扫了他一眼,发现他正目不转睛、含情脉脉地注视着她姣美的身段和秀丽的脸庞。

就在这一刻,因为门廊很窄,他们的衣服挨在一起,而且没有再分开。

对一个男人来讲,衣服是衣服。但是对于一个女人来说,衣服是她身体的一部分。衣服的细小摆动,就算她没有看到,心里也洞悉无余。可没有哪个男人知道他衣服的后下摆是如何摆动的。而可以毫不夸张地说,她对衣服有感觉的能力。就算衣服最边上的流苏或荷叶边轻轻皱起,她也会像被东西夹住一样,感受得真真切切。下摆处的每一条花边都敏锐地感觉着,灵巧地试探着。

因此,衣服的这种接触,对曼斯顿毫无影响,却使塞西利亚不禁全身一颤。更何况,她对曼斯顿一无所知,完全是陌生的。她又一次转过脸来,看着瓢泼大雨,可她依然能感觉到他。最后,为了避开这种感觉,她往前挪了挪。不过这样一挪,雨水便打在了她身上。

"嗨,雨水打在你身上了。"他说,"进屋来吧。"

塞西利亚犹豫不决。

"我保证,绝对安全。"他一边为她开着门,一边笑着说,"你看我这屋子里乱作一团——一摞摞的箱子、家具、稻草、陶器,都是乱摆乱放。后面住的一位老太太,正准备把东西摆放好。我想你知道这房子里面什么样吧。"

"我从来没进去过。"

"噢,是嘛。那进来吧。来,你看,他们在这儿打了一扇门。这儿呢,他们又建了一堵隔墙,把原来厚厚的大厅一分为二。其中一间就是我的起居室。那里,他们还搭建了灰泥房顶,把原来的栗木雕刻的屋顶遮盖住了,因为那个顶太高,怕我在屋里冷。原来这个大厅,顶子高高的,非常宽敞。庄园主就在这里和他的家臣聚会,谈笑风生,享受着巨大的火炉带来的融融火光。现在,尽管还能看到旧时的轮廓,但已经改得小得可怜了。我倒是希望能住在原来那样的房子里。"

"多一点浪漫情调,但不太舒服。"

"对,没错。好了,这种愿望也不用当真。你来看看这些东西给弄得多么乱七八糟,这些装货箱,还有所有这些东西。我从箱子里拿出来的惟一一件漂亮的东西就是它。"

"一架风琴。"

"对,一架风琴。除了音管,其余的是我自己做的。我今天下午打开箱子,就马上开始弹奏,好给自己点儿安慰。它不太大,可是放在私人住宅里也够大了。我想,你也会弹吧。"

"我会弹钢琴。我对风琴一点儿也不在行。"

"很快你就会喜欢上风琴的。虽然这会影响你弹钢琴,可并没多大关系。钢琴并不是很重要的乐器。"

"现在就流行这么说。我觉得钢琴蛮不错的。"

"对一些不错的东西就这样感情用事,可不太好。"

"不——不是。我的意思是说,那些贬低钢琴的人说这些话,好像成了口头禅。只是因为流行罢了,因为比他们聪明的人说过这些话——并不是因为他们亲耳听到过钢琴的声音。"

意识到自己为了表白而如此疾言厉色地训斥对方,塞西利亚的脸一下子涨得通红。他倒是一脸的宽厚,那样子似乎在说,即使她有什么不对,他也丝毫不会介意。这种态度使他在心理上处于优越的地位,这让她甚是恼火。

"我弹琴只是自娱自乐。"他说,"我没有系统地学习过。一切都是我自学来的。"

雷声、闪电、大雨都愈来愈猛烈,让人心惊肉跳。镖状的、叉形的、之字形的闪电和火球不断地从乌云中激射而出,好像就在他们头顶不到一百米的地方。闪电和隆隆的雷声总是不时地打断这位管家的谈话。在一连串震耳欲聋的轰隆声中,他朝那架风琴走去。这轰隆声似乎能把这座老房子震塌一般。

"你现在就要弹,是不是?"塞西利亚不安地问道。

"嗯,是啊,为什么不呢?"他说,"你回不了家。所以我们最好娱乐一下。你不介意的话,就坐在那个箱子上。我拿出的几把椅子放在另一个房间里了。"

他也没管她坐没坐,就径自走到风琴前,即兴弹奏了一曲和声。音调婉转幽长,或抑或扬,竭尽了风琴的表现能力。很快,他停下来去找乐谱。

"这个闪电真亮啊!"他说。闪电又一次透过窗棂耀眼地闪烁。对于原来又高又宽敞的大厅来说,这个闪电倒是恰到好处。可是对于现在这个房间,这个闪电不免显得过于刺目。紧接着一阵隆隆雷声。塞西利亚不由得有点害怕,倒不只是因为天气的缘故。她还觉得她身边笼罩着一种神秘而怪异的魔力。

"我希望我——闪电不要这么亮。你觉得这会持续很长时间吗?"她颇为胆怯地问。

"时间不会很长的。"他没有转身,嘟囔了一句,手指又在琴键上滑动起来。"不过这没关系。"他突然停下来,凝视着她,继续说道,"因为那边的树影太暗,所以闪电显得格外地亮。别怕,现在看着我——看着我的脸——快呀。"

他脸朝着窗户,炯炯有神的黑眼睛目不转睛地盯着天空。她几乎是身不由己,照他的话做了,她凝望着他那张俊美异常的脸。

又是一道闪电。他没有转身,也没有眨眼,眼睛一直是一动不动。"这样,"他转过身对她说,"这样才是看闪电的方法。"

"嗨!这样会把你的眼睛弄瞎的。"

"瞎说——这种闪电不会弄瞎人的眼睛。如果有危险我就不会盯着看了。现在不过是那种片状闪电。好了,你还要再听一曲吗?这次弹一首关于《圣经》的曲子吧。"

"不了,谢谢。雷声这么响,我看还是别听了。"可是他没有理会她的话,已经开始弹奏起来。她一动不动地站着,看着他完全沉醉在乐曲当中,对外界事物都置若罔闻,她心里不禁啧啧称奇。

"你怎么弹这么一首伤感的曲子?"他停下来的时候,她开口问道。

"嗯——我想是因为我喜欢吧。"他轻松地说,"你有时候也会喜欢伤感的情调吧。"

"是的,有时候。可能是吧。"

"当你忧心忡忡的时候。"

"是的。"

"对呀,那么当我忧心忡忡的时候,为什么不喜欢呢?"

"你有烦心事吗?"

"烦极了。"他若有所思而且很突兀地说——话语太突兀了,她都没办法催促他把话说下去。

他弹得更加有力了。她第一次明白管乐器也能演奏得这样美妙。由于房屋的狭小,悠扬的琴声便久久回荡,袅袅不绝;再加上外面自然界雷电声的附和,琴声便愈加铿锵。她被深深地感动了。并不只是因为那双手弹奏出的动人音符,更是由于某种难以名状的感觉。不断变化着的旋律——忽而高昂,忽而轻柔,忽而简洁,忽而艰涩,忽而费人神思,忽而动人心弦,忽而气势恢弘,忽而嘈嘈似雨。她不由得随之心潮澎湃,就像投在一条淙淙小溪上的阴影,随着溪流而起伏波动一样。音乐竟具有如此魔力,不由让她去凝神思索这乐曲的含义。音乐像一首感人的乐章,冲击着她的人生,牵动着她的灵魂。她的所思所想,所作所为,不知不觉间已不由她的理智控制,而被这音乐左右。

望着眼前这位陌生男子,她不由得情思翩翩,心旌摇荡。一段新的和音又带来一种前所未有的冲动,在她的体内引起一阵痛苦的震颤。又是一阵可怖的电光,又是一阵震耳的雷声。她发现自己已身不由己地蜷缩在他身旁,嘴唇微微张着,凝视着他的脸庞。

他侧过头来,看出了她情绪的波动,这种波动使她本已表情丰富的脸庞显得更加完美无缺。她那时候已经意乱神迷,无法掩饰内心的冲动。这一点他看在眼里。他低下头,俊美的脸靠近她,双唇几乎碰到了她的耳际。他柔声低语,丝毫没有破坏那份和谐——

"你很喜欢这支曲子吗?"

"的确非常喜欢。"她说。

"看得出来你被感动了。我会誊一份给你。"

"太谢谢了。"

"我明天把它送到你那里。到时我该找谁传话呢?"

"噢,别来找我,别拿来吧。"她急急地说,"我不喜欢你送去。"

"让我想想——明天傍晚七点钟左右,我回家的时候会路过那个瀑布。在那儿给你挺方便。我真希望你能有这个谱子。"

他轻轻地哼起一首田园交响曲,依旧款款注视着她。

"很好。"她说,避开了他的视线。

暴风雨这时不那么猛烈了。十来分钟后,天空已有晴意。落日的余辉给西部天际的云朵镶上了金边。

塞西利亚长长地松了口气,准备离开。她为自己在这所旧房子里逗留,并且在这里与他相识感到很不快。这一切原非她所愿。她是多么的愚蠢,在一个陌生人的引诱下,心动神摇,渐渐地竟然真情流露。

"让我来送你吧。"他说着,陪她走到门口,举手投足中仍透出他是多么地被她吸引。但当她回头看他时,发现他的魔力已经随着飘散的乐曲一同消逝了。她转身背对着他。"我送你吗?"他又问道。

"不,不用。路挺近,还不到四分之一英里。真的没有必要。谢谢你。"她静静地说。然后她道声晚安,没有与他的目光对视,便匆匆走下台阶,剩下他一个人站在门口。

"哎呀,这个人怎么会这么让我着迷?"这是她惟一的想法。脑海中闪过的画面也是她自己坐在他面前,像着了魔一样。她的步态很是拘谨,因为她知道他的目光在紧紧尾随着她。直到她走过了瀑布旁边的一块凹地,又登上了一个小丘,她才松了口气,她明白高高的树枝已经挡住了他的视线。

5. 下午六点至七点

落日的余辉照在湿漉漉的路面上，闪耀着刺目的光泽，让塞西利亚本来就零乱不安的心绪更加倦怠。她的脑海中闪过一个又一个思绪，彼此之间又毫不相干。一会儿，她脑子里全是和曼斯顿在一起时那摄人心魄、激情荡漾的一幕。一转眼，爱德华的形象又像幽灵一样浮现在眼前。接着又是曼斯顿那似乎能穿透她心灵的黑眼睛，还有他那性感的双唇，微微地翕张着，大胆吐露令人心惊的言语。他暗示的那些烦心事会是什么？也许阿尔克利芙小姐便是这一切麻烦的根源。她心怀伤感，一路走着。漫漫人生路让她迷惘彷徨。

一见到阿尔克利芙小姐，塞西利亚就把这件事告诉了她。一想到阿尔克利芙小姐得知她稍稍偏离了应做的事情后会又一次忍不住大发雷霆，她多少有些害怕。可是，让塞西利亚颇为惊讶的是，阿尔克利芙小姐看上去很高兴。她像往常一样开始盘问起来。

"你一直跟他在一起吗？"阿尔克利芙小姐故作严肃地说。

"是的。"

"我没告诉你到那幢房子去两次啊。"

"我说过了，我没去。是他让我到门廊上去的。"

"他是怎么说的，你说说。"

"他说闪电没有我想的那么可怕。"

"很重要的一句话，真是。他还——"她转过脸来，目光落在她身上，上下打量着，说道——

"他说起过我吗？"

"没有。"塞西利亚说，眼光也静静地注视着对方。"只说让我把捐款拿给你。"

“真的能肯定吗?”

“真的。”

“我相信你。关于他自己,他还说了什么特别或奇怪的话吗?”

“只有一点——他说他有烦心事。”

“烦心事!”

说完这句话,阿尔克利芙小姐重又陷入沉默。以前,她在类似的举动之后,多半会袒露一些事情,所以这次塞西利亚也以为她会说些什么。可是这回她错了,阿尔克利芙小姐什么也没说。

塞西利亚回到自己的房间,坐下来给爱德华·斯普林罗夫写了一封断交信。其实,在这个节骨眼上,最明智的,惟一能够保持尊严的办法便是什么都不去做。但是,塞西利亚像任何一位容易激动、热情洋溢的十九岁姑娘一样,根本就做不到这一点。她在信中告诉他,令她痛苦与惊异的是,他与另一个女人订婚竟是远近皆知的事。她强调说,他与他的初恋情人结婚才是体面的。那个女人比她这样一个无足轻重的女人强得多。她只配被人永远地遗忘。她恳求他记住,他永远不会再见到她,她严厉地谴责他的轻薄和残酷。他在布迪茅斯频繁地与她会面,更有甚者,他竟然在最后一晚划船出游时骗取了她的吻。“我永远、永远也不能忘记这一切!”她说。然后,她觉得该做的事已经做完,她自欺欺人地让自己相信,她的要求和责备是如此有力,任何听到这些话的男人都不会再接近她了。

然而这些无心之言反而暴露出缠绵的柔情。就像贝雅特丽齐坐在马车上,严辞指责诗人但丁①一样,表现出自己高高在上,对那种眉目传情的爱恋不屑一顾。实际上,她的每句话都暴露出一

---

① 贝雅特丽齐,但丁(1265—1321)作品《神曲》中的一位理想化的人物,她从天堂下来严厉责备但丁。——原注

个漂亮女人对情敌的嫉妒之心，并且隐秘地暗示给过去的情人，他对她的每条责备都可以找到开脱的借口。

写完信，塞西利亚依然对下午的事情耿耿于怀。她深怪自己，今天傍晚为什么让曼斯顿那样的一个陌生人将自己左右。他有什么权力突然要求与她在瀑布那儿见面，去拿他的乐谱。在那段音乐意外地停顿的时候，她本来完全能够彻底消除他对她的那种深深的影响和控制。一想到他还以为会在瀑布那儿见到她，她就一分钟也忍受不了。她拿起笔，也给他这样写道：

> 我答应过你七点钟与你在瀑布那里会面。可我觉得我做不到。当时的心情使我不能自制了。
>
> 塞·格雷
> 响水山庄
> 九月二十日

一个伟大的政治家总是在深思熟虑后再采取行动；一个年轻姑娘则通常在采取行动后，才又反复思量。几分钟后，她看到背着邮包的邮递员取走了其中一封，一个送信人拿走了另一封。这时候，她心中第一次问自己，她给这两个对她有影响的男人每人写了一封信，这样做明智吗？

第九章　十星期里的事件

1. 从九月二十一日至十一月中旬

如今，除了响水山庄的人之外，映入塞西利亚眼帘最多的，就是新管家——曼斯顿先生。他们的住所相距不到四分之一英里，受雇于同一个东家，在同一个教堂做礼拜。因此，他们一星期之内总不免会在某个地方见上两三次面。星期天，塞西利亚坐在教堂的长椅上时，每当她不经意间转过头去，都会发现他渴慕的眼光，希望她能多看他一眼。而且她还发现阿尔克利芙小姐竟然偷偷地看他，这使她最初觉得很奇怪。走出教堂的时候，他常常会走在塞西利亚身边，直到住在庄园里的人要在门口转弯，走进树林的时候，他才停下脚步。渐渐地，内心的猜测成了确信的事实。她知道，他爱上她了。

可是，随着他的爱意渐浓，事情也变得奇怪起来。很显然，他在尽力克制，至少是隐藏自己的情感。而且，他似乎并不是为了避开别人的眼睛，而是自己刻意为之。因此，她发觉他与她的每次相遇，都纯属偶然。他没有任何进一步的表示——既不避开她，也不追求她。他们第一次见面时，他在她耳旁柔声絮语，不过是跟她的那些回答一样，也都是一时的冲动而已。某种东西羁绊了他的勇气，压抑了他的激情。可是她看得出来，这既不是因为他的孤傲，也不是因为害怕她会拒绝。于是她想当然地认为，他是觉得现在向她求婚还为时过早。对他出色的俊美，她心生爱慕。但这种爱慕就像是对某只俊俏飘逸的黑豹或花斑豹一样——尽管内心倾慕,却因为某种说不出的原因,她总不敢接近他。她的一个显著的性格特点,就是对曼斯顿在他们第一次相遇时表现出的那种毫不掩饰的奔放的感情,那种热情洋溢的,恰如柯尔律治①奔放的诗句所描绘的"冒冒失失的灵魂",她总觉得惴惴不安,觉得自己是在他的控制之中。

总的来说,对于一个年轻而又没有经验的姑娘来说,处于这样的心理状态是危险的。给爱德华的那封义断情绝的信,并没有任何回音,这使得她比任何时候都更加珍视爱德华的音容笑貌。她对自己说,显然他对她并非深深牵挂,可她却无法放弃对他的深深牵挂——

> 我了解女人的性情:当你热情表白,她却扭捏躲避;当你冷淡不前,她却情思幽幽,芳心暗许。②

十月份过去,十一月份开始。对于阿尔克利芙小姐要跟她的管家结婚这种猜测,住在卡里福德村子里的人已经懒得再谈起。接着又出现了新的传言,而且渐渐变得非常确定,不过并未传到阿尔克利芙小姐的耳中。传言大致是说,管家深深地爱着塞西利亚。的确,这已经成为显而易见的事实,无需再加谈论。人们只是觉得他们的婚姻对双方再好不过了——塞西利亚可以得到慰藉,而曼斯顿则可获得爱情。

就像池塘中的涟漪一圈一圈向外扩展,后来的事情开始只有塞西利亚觉察到,随之左邻右舍们也渐渐品味出来了,他们同样感到疑惑不解。他为什么不公开地示爱呢?到了十一月中旬,一个关于另外两个人之间关系的说法得到广泛的接受。这主要是说,

---

① 柯尔律治(1772—1834),英国浪漫主义诗人、评论家。
② 选自古罗马喜剧作家泰伦斯(公元前195?—公元前159?)的《阉奴》的第四幕第七场。——原注

在几年前,当曼斯顿是个毛头小伙,阿尔克利芙小姐依然风姿绰约时,他们两个之间便开始了一段不可告人的罗曼史。而如今阿尔克利芙小姐渐渐色衰,也就不再合他的口味。但他又害怕她的嫉妒,便只好把对塞西利亚的爱慕之情隐藏起来。几乎只有一个女人不相信这种说法,那就是塞西利亚自己。因为她拥有其他人都不知情的确切的依据。不仅在公共场合,更明显的是在僻静之所,当能够避开所有人的视线表示殷勤时,曼斯顿精心设计的行动便会一步步得以实施。此时,强烈的爱火就会在他的眼里燃烧。

2. 十一月十八日

十一月的一个星期五,欧文·格雷来看他的妹妹。

他的坦诚与正直使他保住了在布迪茅斯的工作。为了尽量不耽误工作,他决定在下午晚些时候到响水山庄,第二天一早再搭头班火车回布迪茅斯。为了让塞西利亚高兴,阿尔克利芙小姐特别关照说可以随时为他提供住处,住多长时间都可以。

他大约四点钟到了庄园,按了门铃,告诉男仆,他来找格雷小姐。

当格雷说出他妹妹的名字的时候,曼斯顿恰好和阿尔克利芙小姐谈完话,走出房间。他和格雷在门厅相遇,听到了格雷的问话。这位管家脸涨得通红,暗暗握紧了拳头。他走到院子中间,回过头来看到欧文已被带进了房间,而那个男仆还站在门边。于是他回过身来走到他身旁。

"那个男人是谁?"他问。

"我不知道,先生。"

"他以前来过这儿吗?"

"来过,先生。"

"来过几次?"

"三次。"

"你肯定不认识他吗?"

"我觉得他是塞西利亚小姐的哥哥,先生。"

"见鬼,你怎么不早说!"曼斯顿嚷道,然后径自走开了。

"当然,那个人不是我的情敌——当然,怎么可能呢!"他自言自语地说。"我怎么这么傻——一个十足的傻瓜。天啊!竟然让一个女孩这样左右我,竟然嫉妒起她的哥哥来。她不过是一个贵妇的侍伴,一个无家可归、无依无靠的小东西,完全仰仗着人们的怜悯。真是,真该死。可也就是因为这样,命运的一次次打击让她无依无助,才使她这样楚楚动人。"

他在自己的房子前停了下来。要给马装上马鞍吗?不。

他沿着车道走出了庄园,准备到庄园外面去看看排水管道,然后到陶工那里,叫他准备一些管子。但是阿尔克利芙小姐无意间提到的有关塞西利亚的一句话依然萦绕在他的耳际,这句话便是他一看到塞西利亚的哥哥便产生冲动的直接原因。他和阿尔克利芙小姐谈话的时候,她意味深长地说,塞西利亚尽管知道爱德华·斯普林罗夫已和他的表姐订婚,但仍然深深地爱着他。

"怎么这样心烦意乱!"他禁不住大声说。他就这样疾风暴雨般地走着,边走边思前想后,不知不觉半个多小时过去了。"我怎么让这些儿女情长搞得这样烦躁!"他尽量使自己平静下来。"好了,该做的工作,我也做得差不多了。'诚实总是上策'。"他一字一顿地做出决定。然后又努力把注意力转向这漫长而沉闷的路途上来。

当这位管家离开陶工那里,赶路回家的时候,夜幕已经降临,天空黑暗而阴郁。阴晦的天气让他情绪低落。没有什么景物能吸引他的视线,他又陷入了幽幽的沉思中。他沿着一片芜菁地的田垄走着。每走一步,大大的芜菁叶子都会碰到他的脚面,叶面上的露珠便滚落下来,但他并没有注意到这些令人不快的事。紧接着是一片冷杉林。他登上台阶，沿着一条小径走进林子，里面树木枝丫交错，一片黑暗。

在这黑黢黢的树林中走了几分钟，他突然感到似乎走错了路。这条路他一点也不熟悉。接着，他肯定自己确实迷了路，因为右边的一岔道口有个路障。他小心翼翼地张开双臂摸了摸，原来是一排栏杆。不过，好在林子并不大，他不但没有为找不到原路而惊慌，反而从心里感到有几分轻松自在。于是他索性靠在栏杆上小憩了片刻，静静听着风吹过时冷杉树梢发出的呼啸声，好似饱含着深深的忧郁，又如乐曲般和谐动听。一阵风儿吹过，附近的树丛呜咽地附和起来。他只隐隐约约地感觉到，离他最近的两三棵树的高高树冠不停地左右摇曳着。树枝像一只只毛茸茸的手臂，直伸向灰暗的天空。这个情景动人心魄，却也蕴藏着浓浓的孤独。树枝的样子和他的心绪那么和谐一致。所有人都离他那么遥远。

他右边一阵突然的哐啷声把他从沉沉的遐想中惊醒。他抬眼望去，就在那儿，就在他眼前，一阵强烈的烟雾，伴着点点火花在林中腾起，接着一束耀眼的红色光焰扑面而来。一幅亮彤彤的方形的画面一闪而过。之后，一切又归于比刚才更浓更深的黑暗。

由于他对庄园尽头一带的地形不太熟悉，所以他颇为惊讶，但这惊讶转瞬即逝。这种突兀的声音对于住在铁路两侧的居民来说，早已习以为常。这是六点五十分的下行列车从林中的一块低地穿过。这块低地恰巧在他脚下，而就在火车通过时，司机把蒸汽机的炉门打开了。火车在他身边经过的时候，速度已明显减慢。现在，火车发出一声长鸣，表明卡里福德路车站快到了。

令人不解的是，当发现那只是一辆普通的列车之后，曼斯顿并没有改变姿势。他依然一动不动地望着铁路。

如果说这趟六点五十分的火车是一道叉状闪电，把他钉在原地，他也不可能更加恍惚痴迷，仿佛入定了一般。他依然斜倚栏杆，右手紧握着手杖，用一只脚支撑着身体，一只脚轻轻地掂起。

他的眼睛睁得很大,凝望着那黑黑的铁路路堑。只有他的下巴轻轻地动了动,原来紧闭着的嘴唇微微张开,就像一个人被一种古怪的犯罪感紧紧攫住一样。另一种惊诧的感觉让他呆住了,不过这一次比刚才强烈得多。

事情的缘由是这样的。在刚刚驶过的列车的一节二等车厢的明亮窗口旁,他看到一张托在手上的苍白的脸。灯光清晰地照在那张脸上,那是一张女人的脸。

曼斯顿终于动了动。他轻轻地吹了个口哨,扶了扶帽子,继续上路了。他从每个方面不断诘问自己,他百般掩盖的一些情况是怎么让别人知道的。"别人是怎么知道我的住址的?"他终于说出了声,"幸亏我在这件事上一直比较检点和体面——是的,我会说的,就算这些话万难出口,我也得这么说一次。亲爱的人,塞西利亚,永远都不会是我的,永远不会。我觉得一切就会真相大白了。"他言辞之间流露出的巨大的哀伤表明,他刚才所声称的检点体面,可是费了好大的气力的。

他朝左边转过身,循着栏杆旁的小沟,不一会儿便走出了树林,踏上了另一条小路,那儿有一座小桥跨过铁路。

当他快到家的时候,刚刚还写在脸上的焦虑,逐渐被一抹阴森古怪的微笑所代替。他嘴角挂着这丝微笑,大声地说出《耶利米书》中的一句话——

"女子护卫男子。"①

3. 十一月十九日凌晨

第二天天还没亮,在响水山庄宅第的走廊上,一双光着的小脚急匆匆地走过,一直走到欧文·格雷的卧房前,轻轻地敲起门来。

---

① 《旧约·耶利米书》的第 31 章。——原注

"欧文,欧文,你醒了吗?"塞西利亚透过锁眼轻轻问道,"你得赶快起来了,不然会误车的。"

当欧文下楼来到他妹妹的房间时,看到她已经把一杯可可茶、一片烤好的熏肉摆在桌子上等他。他急匆匆地吃了早餐,抽空披上了外衣,拿上帽子,之后他们轻手轻脚地穿过长长的、空荡荡的过道。给他们准备早餐的女仆走在他们前面,把灯笼高高举过头顶。幽幽的光洒落下来,走廊上便出现了长长的影子,相互交织在一起。走廊的两端却是一片黑暗。门没有闩,他们轻轻地走了出来。

欧文极怕给比他富有的人添什么麻烦,尤其是他们的男仆。因为他没有什么社会地位,那些男仆瞧不起他,把他看成是杂种,是怪物。所以虽然阿尔克利芙小姐为他准备了小马车,他还是愿意步行去车站。塞西利亚提议陪他走一程。

"我想尽量多和你聊聊。"她柔声道。

兄妹二人走出沉重的大门,踏上车行道。这一刻,他们的感觉和神态都和昨天傍晚管家离去的时候差不多,只是大自然的时间顺序却那么神秘地颠倒过来,昨天是由明转暗,今天则是由暗转明。懒洋洋的晨曦发出幽幽的微光,让人刚好能够看清厚厚地堆积在路边沟渠里红叶,那些红叶似含着点点哀愁。早晨雾气重重,树枝上凝结着沉甸甸的露珠,不时地溅到红叶上。

走过那所旧宅的时候,两个人都聚精会神地交谈着。他们又顺着收税路的方向走了大约有二十码,到了十字路口前。这时候,在旧宅的门廊里闪现出一个女人的身影。

她身上裹着一件灰色的防水斗篷,头上蒙着斗篷上的风帽,脸部严严实实地蒙在里面,只剩下双眼露在外面。

管家的住所这里,上上下下都还是一片寂静安宁,没有一扇窗子打开,没有一缕炊烟升起。这个女人的出现则多少打破了这里的沉寂。

她站在长满常春藤的门洞下面,静静地倾听了两三分钟,才突然意识到花园里还有别人。她一看到他们兄妹二人,便退到后面,很显然她不想被人看见。她看了看表,又赶紧把表放回口袋,似乎没想到已经到了这个时候。然后,她又匆匆走出来,从一条更曲折的路穿过花园,而没有走欧文兄妹这条路。

　　与此同时,欧文兄妹已登上了大路。而这个女人则出现在园子另一端的篱笆那儿。她想找到一扇门,或一个台阶,好走下草地到路面上去。

　　尽管那女人和兄妹相隔有四分之一英里,但是清晨空气那么宁静,兄妹俩的谈话一字一句都被她听得清清楚楚,并且她深深地被他们的谈话所吸引。她就这样全神贯注地听了一会儿,像伊慕贞在白雷利阿斯窟①前,似乎她在依着剧本琢磨着自己的处境。兄妹两个往前走着,她躲在篱笆后面,迟迟疑疑地跟着。

　　"你信不信有这样奇怪的巧合?"塞西利亚说。

　　"什么意思? 信不信? 有时候是有奇怪的巧合。"

　　"没错。一种巧合常常会有的——就是说,两件毫不相关的事会奇怪地碰到一起,人们几乎不会引以为怪,除了说一句,'这件事和那件事完全相同,真是太奇怪了。'但是,如果并没有明明白白的理由,而三件事却由于机缘巧合碰到一起,那就好像是冥冥之中有种看不见的力量在起作用。像这样三件事的巧合比两件事的巧合要离奇十倍。的确如此。"

　　"嗨,当然了。塞西利亚,你可有一个挺棒的数学头脑。不过我看不出来我们的情况有什么好大惊小怪的。阿尔克利芙小姐曾经昏倒的那个小客栈的主人,也就是那个发现了她的真实姓名和身份的人,就住在附近,是因为阿尔克利芙小姐给了他一个差使,

---

① 伊慕贞和白雷利阿斯,莎士比亚的戏剧《辛白林》中的人物,情节见第三幕第六场。——原注

好让他别乱说。而你到这儿来只是因为斯普林罗夫。"

"嗳,可是你看,阿尔克利芙小姐是我们的爸爸的初恋情人,而我们又到了阿尔克利芙小姐家做事。这又怎么解释?"

提出这些事情,她又像一个年长的神学家一样,争辩说这些事件显然是天意使然。其中谈到了关于阿尔克利芙小姐过去的许多具体事情。

"我是不是最好告诉阿尔克利芙小姐,我知道这一切呢?"她最后问道。

"有什么用呀?"他说,"你知道这些事情并没有什么害处。不管怎么说,你在这儿还是满舒服的,对阿尔克利芙小姐说明情况只可能惹恼她。别了,你还是别做声吧,塞西利亚。"

"要不是我发现她和曼斯顿先生之间有一种极其古怪,但又几乎难以捉摸的关系的话,我想我已经禁不住诱惑把这些告诉她了。"塞西利亚继续说,"他们的关系绝不只是互相感兴趣而已。"

"她爱上曼斯顿先生了,"欧文嚷道,"真不可思议!"

"嗳——每一个留心观察的人都这么说,我一开始也这么认为,不过现在我怎么也不相信她是爱他的。"

"为什么不信?"

"她的所作所为就不像。她不——你知道我这么说并不是我自高自大,欧文——她一点儿也不嫉妒我。"

"或许是因为她在某些方面受曼斯顿先生控制。"

"不是——她不是。曼斯顿先生是公开登广告聘来的,而且是从四五十个应征者中选出来的。在此之前,他根本不知道是谁登的广告,而且从他来到这儿以来,阿尔克利芙小姐肯定没做过任何妥协。还有,阿尔克利芙小姐何苦把一个敌人弄到这儿来呢?"

"那阿尔克利芙小姐就肯定爱上他了。你跟我一样清楚,塞西。女人对于男性,只有两种截然不同的感情,不是爱慕就是厌恶。"

他们又静静走了一会儿，塞西利亚不经意间看了一眼她哥哥的脚。

"欧文，"她说，"你没有觉得你走路的姿势跟往常有些不一样吗？"

"怎么不一样？"他问。

听到他们谈话的内容变了，一直躲在篱笆后尾随他们的女人显得有点焦躁不安，她又看了看表。可是看上去她还想继续听下去。

"是这样，"欧文装做满不在乎的样子回答，"我确实知道这回事。这大概是因为我脚踝上边不知为什么有时候就疼起来。你还记得我第一次有这种感觉吗？那天我们乘邮轮到路尔温德海湾去，就因为疼我才没有赶回去。没办法就和我们谈到的那个看门人睡了一晚。"

"这并不严重吧，亲爱的欧文？"塞西利亚有点惊慌地大声说。

"嗨，一点儿也不严重，肯定会不疼的。我在办公室坐着的时候从来没有感到过疼痛。"

他们那位躲在暗处的朋友又做出恼火的姿态。她看了看表，似乎时间很宝贵的样子。可是兄妹间谈的依然是这个新话题，根本没有再回到旧话题去的意思。

她不再抱任何希望，果断地把裙子拢起，沿着沟渠匆匆走去，顺路走进了低凹地带。那儿有一扇门，后面的人看不到它。她轻轻地打开门，来到了大路上，然后朝车站的方向走去。

很快她听到了身后欧文·格雷的脚步声。他急促的步伐表明他已经和妹妹分了手。这个女人便加快速度，开始跑起来。几分钟后便与她的同路人拉开了距离。

卡里福德车站只有一条铁轨。当第一趟上行列车通过的时候，欧文所要搭乘的那趟当地的短程下行列车便被调到侧线上去。格雷走进了候车室。门开着，他不经意地看到一个穿着长长的灰斗篷、风帽裹得严严实实的女人。那女人买了一张到伦敦的车票。

到了月台上,他的眼光一直尾随着她。他看着她等了一会儿便登上了列车。她的身影就从他的视野中消失后,她给他的印象也就从他的脑海中散尽了。

4.上午八点至十点

克里凯特太太做过两次寡妇了,现在是教区执事的太太。她身材姣好,极爱传闲话。她的眼睛有个特别之处,就是她不用回头,就差不多知道身后的人在做什么。在卡里福德村里,她的家离那所旧宅最近。因此,管家便临时雇佣她做那种不失体面的勤杂女佣,一直做到最后找到长期女佣为止。

所以,每天清晨,她给她的农舍生着火,为她自己和丈夫准备好早餐后,便马上走到那幢旧宅里,同样为管家生火做饭,接着她回家吃早餐。当管家也吃过早餐,出去巡视之后,她便又回来为他打扫、叠被,把房间收拾整洁。

欧文·格雷离开的那天清晨,她像往常一样,第一次到管家的住处来把活做完。之后又回家吃早饭,再回来做第二次的工作。

她的双手放在屁股上,走进管家空荡荡的卧室。她淡淡地扫了一眼床铺,床罩已经掀起来了。

她边看边漫不经心地想,"曼斯顿先生睡觉时准是特别地安静稳当!"床罩虽然给扔到一边,可床铺却收拾得挺整齐了。"谁都会觉得纳闷,"她想,"他起来后居然把被子叠了。"

但是这些想法只是一闪而过。克里凯特太太开始干活了。她把床罩、毛毯、单子拽开,弯腰去拿枕头。这么一弯身,她突然注意到一件东西。她凑近些——更近些,直至非常近了。"啊呀,果然!"她就说了这么几个字。执事的太太站在那里,似乎空气凝结成了琥珀,她则是琥珀中的一只苍蝇,一动不动。

令她惊讶的是一缕棕色的头发,差不多有一码长。很显然这是女人的头发。她从枕头上拿起来,举到窗前。她就这样手里捏着、眼睛盯着,完全陷入沉思冥想之中。她的目光最初还落在头发上。不知不觉地,这目光掠过头发,迷迷茫茫地落到地板上。内心的想象使外界的事物模糊起来。

终于,她舔了舔嘴唇,目光又回到了头发上。她把头发绕在手指上,用纸包起来。然后把纸包悄悄放进口袋。那天早晨,她干活时就一直心不在焉。

她从房梁到地下室都找了个遍,看有没有女性住过的痕迹,或者有没有留下什么东西,可是什么也没发现。

她又来到院子里,把小煤库、马棚、干草棚、暖房、鸡舍、猪圈都找了个遍,依然没有任何迹象。她回到屋子里。看到一顶女帽。她急忙扑上去,却发现那是她自己的。

她匆匆忙忙把其他房间都布置好,便又回到了村里。她马上便去了她的密友伊丽莎白·李特家。伊丽莎白·李特是个女邮信员,有不少与众不同的痛苦和烦恼值得炫耀。

克里凯特打开纸包,一拿出头发便举得高高的,在伊丽莎白一双迷惑不解的眼前摇晃起来。伊丽莎白那双眼睛立刻像猫眼一样如痴如醉地追随着它。

“这是什么?”李特太太说着眯起了眼睛,伸出一只瘦骨嶙峋的手去碰那件难以看清的东西。这只手要是让卡罗·克里威利①看到,肯定会眼前一亮。

“你听呀。”

克里凯特太太边说,边沾沾自喜地又把那宝贝放回自己的胖手里。接着她甚为严肃地讲了这个秘密,也包括她是怎样偶然发现它的。

---

① 卡罗·克里威利(1430—1493),意大利画家。——原注

她们从钉子上取下一个修面镜，倒扣着放在窗前的一张桌子中间，然后把那根头发小心翼翼地平放在镜子上。于是，两人面对面俯在桌上，胳膊肘支着桌沿，双手托着头，额头几乎碰到一起，眼睛则紧紧盯着那根头发。

　　"他一直都在疯狂地追求塞西利亚，"克里凯特太太说，"我觉得这头发是——"

　　"不是，不是的。她的头发没有这么深。"伊丽莎白说。

　　"伊丽莎白，你知道，我是教堂里一名神职人员忠实的妻子，我也希望像你一样看待那姑娘。我并不愿意说塞西利亚什么坏话，可是不说不行。我觉得她是个私生女。她怎么能整天摆出一副规规矩矩的样子，就这样来欺骗全村的人呢？如果她不是一开始就没出生在正经人家，那她也是被寄养在不良人家；要不是被寄养在不良人家，那她就是长着长着就学坏了；要不是长着长着就学坏了，那就是她所经历的事使她变坏了。"

　　"可是我知道这头发不是她的，我有我的理由。"李特太太说。

　　"喔！那我知道是谁的了——阿尔克利芙小姐，我敢肯定！"

　　"颜色倒是跟她的头发一样，不过我也不信这会是她的。"

　　"他们议论曼斯顿先生和她的话，你不相信吗？"

　　"我什么也没说。不过你不知道，我清楚他的信。"

　　"怎么回事？"

　　"他所有的信都从这儿寄。只有给一个人的信，他总是拿到布迪茅斯去寄。我儿子在布迪茅斯邮局当差，这你是知道的。他坐在桌子前能透过百叶窗看清寄信的人。给那个人的信他从来都是拿到那儿去。我儿子现在一眼就能看出来。"

　　"是个女人吗？"

　　"是的。"

　　"叫什么名字？"

　　"那个傻小子，只记得是写给伦敦的什么小姐。不过，就凭这个，去他那儿的女人准是她——一个坏女人，我敢说是从所多玛跑出来的街头妓女。"

"大概只能在蛾摩拉①才能找到她。"

"大概吧。"

"不，李特太太，这点我清楚。昨天晚上来看我们总管的可不是什么小姐——不管她什么时候来的，又是从哪儿消失的。你觉得他会让一个女人自己想办法来，自己想办法走吗？不给她用早餐，也一点不帮她？"

伊丽莎白摇了摇头——克里凯特太太表情严肃地看着她。

"我说我知道他什么也没有帮她，我知道是这样的。因为今天早上我拿手碰碰炉壁，冰凉冰凉的。他还没起床呢。不对，他不会费这么大劲给一个姑娘写信，却又对她这么不当回事。他们之间有比感情更稳固的关系。她是他太太。"

"他结婚了！上帝呀，下面我们还会听到些什么？他看上去像结婚的吗？他的眼神那么窘迫不安，还有嘴唇，都不像是结了婚的。"

"可能她特别温顺——但是她是他太太。"

"不，不，他还没有结婚。"

"结了，结了，他结婚了。我结过三次婚了，我应该清楚。"

"好了，好了。"李特太太不再争论了，"不管事实如何，我相信上帝会处理好这一切的。他总是能处理得很好。"

"嗨，嗨，伊丽莎白，"克里凯特太太转身要回家了，可她又嘲讽地反驳道，"像你这样的好人会这么说，可我总是发现上帝和你想得完全不同。"

---

① 　所多玛和蛾摩拉，均为因居民罪恶深重而被上帝焚毁的古城，典出《旧约·创世记》第 13 章。

5. 十一月二十日

阿尔克利芙小姐有个习惯,就是每天早晨总是自己打开信件包,而不像附近的大多数人家一样,把这项工作交给男管家来做。这个习惯是她父亲传下来的,而且由于她的独居,这习惯又被发扬光大。每天清晨,邮包总是会送到她的化妆室去,她就在那儿当着女仆和塞西利亚的面拿出信来看。塞西利亚在一天中的任何时候都可以到这间屋里来。早上她在那儿还要照料一个小型的接待会,当然这只是以阿尔克利芙小姐的名义召开的。

阿尔克利芙小姐就坐在镜子前读信,同时让女仆给她梳妆、更衣。

"这个女人是谁呀,真奇怪。"就在上一节的事情发生后的第二天早晨,阿尔克利芙小姐这样说,"'伦敦北部!'我有生以来从来没收到过从这个奇怪的地方寄来的信。伦敦北部。"

塞西利亚刚进屋看看有没有自己的信件。听到阿尔克利芙小姐的话,她走过来看看是什么奇怪的信竟让阿尔克利芙小姐叫喊起来。但是塞西利亚还没到她身边,阿尔克利芙小姐已打开信,读了几行,然后飞快地把信放进了口袋。

"咳,没什么,"她说。她开始谈一些无关紧要的话题。不过很明显她是在故作镇静,所以不一会儿她就沉默下来。关于那封信她没有再提一个字。她似乎急不可待地等人给她梳妆好,把房间清理整洁。随即塞西利亚走到另一扇窗前,几分钟后她离开房间去做自己的事儿了。已经过了早餐时间,阿尔克利芙小姐才下楼用餐。可是她看起来魂不守舍。茶、咖啡、鸡蛋、肉片,还有其他一些小食品她一点儿都没动。接着人们看到她在南面露台上走来走去,之后又到花坛那儿溜达。她脸色苍白,步履急一阵,缓一阵,手中紧紧攥着一封信。

又到了正常的晚饭时间。她总共也没说上十个字。事实上，她好像对晚饭一点也没兴趣。按阿尔克利芙小姐的吃法，端回去的饭会跟端上来的一模一样。

回到自己的房间，她又打开了早晨的那封信。其中的一段是这样的——

作为他的妻子，我当然可以公开这个事实，而且强迫他在任何时候都承认我，尽管他威胁我，并让我理智些，最好再等一等。我一等再等，但他承认我的日子似乎还像最初一样遥遥无期。我可以证明，我一直是多么耐心地等待着。两个星期前，由于环境的压力我被迫迁到了一个新住所。在此之前，我一直没有使用我的婚名，只是因为他一直要求我不要说出他的姓名。这次给您写信，夫人，是我第一次违背他的旨意，但对此我有充分的理由。一个女人被逼得像贼一样在夜里偷偷地去看她的丈夫，又像街头无家可归的狗一样给打发走——一个人起床，拉开门闩，打开门，尽力地摸索着走出去——这样的女人做什么也无可非议。

可是如果我要求他恢复我的权利，就会引起我无法忍受的公众的注目，也会惹起沸沸扬扬的飞短流长，搞得我的名字尽人皆知。

我不愿采取任何过激的做法，我希望您私下里向他讲清道理，迫使他用一种体面而且体贴的方式——一种任何值得尊敬的男人都会采取的方式——把我接到他在您教区的家里。他的妻子与他分居了一段时间，但那是因为特殊的家庭环境，而不是出于彼此的敌意，最后他又能够使她重新回到这个家庭中来。

我知道，您一定会对我恩惠有加，慷慨相助的。尤其是我最近已通过某种独特的途径，掌握了多年前发生的、有关您自己的那些令人费解的变故。我现在不想浪费笔墨告诉你我是怎么知道的。您只要明白在所有活着的人中,只有我一个人对故事的方方面面了如指掌,这就足够了。给我提供消息的每个人都知道故事的一个片断,这令他们迷惑不解,不知其所以然。他们之中有人知道您早年曾订过婚约,之后又突然解除;另一个人知道您为什么会有在客栈、咖啡馆里的那些奇特的会见;还有人则清楚这一切事情的原因,等等。我知道事情的关键所在,能把这一切合情合理地联在一起,让这些事变得明明白白——这是一个理智的年轻姑娘所采取的自然而然的选择。您会立即意识到这是怎么回事。至少其中一些故事我知道得很清楚。

这件事情只有我们两个知道,我们也会共同保守,珍藏这个秘密。也正因如此我才会乞求您的友谊,您的帮助。我觉得您慷慨大方,不会拒绝我的。

我还要加一句,我的丈夫一点也不知情。如果您能记住我的要求,那他也不必知道了。

"要挟——明目张胆的、狠毒的要挟!这个女人极尽所能,花言巧语地来要挟。一个卑鄙可怜、默默无闻的家伙竟敢要挟阿尔克利芙家族的人,而这女人根本就不是这个光荣家族的成员。她竟以他来要挟我——噢,噢,这是真的吗?"

但是她这种蔑视的心情很快便消失了。她的全身瘫软下来,表明即便她是阿尔克利芙,也必须做出让步。她给曼斯顿夫人写了一封简短的回信,客客气气地说她原来一点儿都不知道曼斯顿先生有这么一位亲近的家属。她还说对于这样一件不幸的事情,她会酌情处理的。

6. 十一月二十一日

第二天,曼斯顿得到一个口信,阿尔克利芙小姐要他晚上八点钟准时到她那里去。阿尔克利芙小姐心无所惧,急不可待。不过考虑到她的目的,她不能够在明亮的阳光里,与曼斯顿面对面交谈。

管家被带到图书室。他一进门,便立刻感受到弥漫在屋子里的异乎寻常的阴郁气氛。炉火不死不活地烧着,在屋子的一头燃着一盏灯,是较小的那盏,使得高大昏暗的房间大部分都笼罩在沉沉暮色之中。灯光昏暗得使人几乎连书架下面几层的对开和四开书的书名都看不清。

阿尔克利芙小姐故意让曼斯顿等了二十多分钟之后才走进屋里,因为她非常清楚如何消除人们的局促不安;如何消解人们事先准备好的言辞。

曼斯顿直视着她的眼睛,但看不清她的脸色。她对他的察言观色只回以冷静的一瞥,没有任何其他的表示。但这一瞥已使他清醒地感觉到她或许已通过某种途径知道了他的秘密,但具体通过什么途径却不得而知。

她拿出那封信,打开来递到他面前。她用手指捏住信的一角,这样,灯光虽远,也能直接照到纸上。

"你知道是谁写的吗?"

他明明白白看清了字迹。立刻决定破釜沉舟,孤注一掷。

"我太太写的。"他平静地说。

他镇静的回答倒让她大吃一惊。她以为他的回答会比在布迪茅斯布道的牧师的声音还要大。"你知道你的过错吗?"她显然期待他震惊的样子。

"为什么要隐瞒这一切?"她又提高了声音问道。她的感情复杂难言,她想尽力控制住,可是一切只是徒劳。

"没有规定说一个男人结了婚,就必须告诉所有的陌生人,对吧,东家。"他回答。语气跟刚才一样平静。

"陌生人?喔,可能不是;不过,曼斯顿先生,我再问一遍,你为什么要隐瞒？我有完全正当的理由来问你这个问题。只要您想想广告上的条件，就会明白。"

"我告诉你，有两个简单不过的理由。首先就是很实际的一个，你还记得你的广告上说要一个未婚的男人吧？"

"我当然记得。"

"对了。有一件事使我想到我应该争取这个职位。我结婚了，但是，知道要得到这个职位还要有这些限制，那么丢开妻子以满足这个条件总是可以接受的吧。我确实把妻子丢开了一段时间。另一个原因是，您的这些条件给了我一个满有道理的借口，让我可以暂时躲开这个我错娶了的女人。"

"错娶！她是干什么的？"

"一个三流演员。去年夏天我在利物浦的时候认识的。利物浦有个建筑师跟我签了短期合同，我去那儿履行合约的。"

"她从哪儿来呢？"

"她在美国出生的。我们结婚才一个星期我就开始讨厌她。"

"我想她一定挺丑的。"

"她一点也不丑。"

"还够得上一般标准吗？"

"当然够得上——事实上，她很漂亮。过了一段时间，我们就吵架，然后分手了。"

"你自然没有虐待她吧？"阿尔克利芙小姐说，语气里带着一丝挖苦。

"没有。"

"可不管怎么说，你对她非常厌倦了。"

曼斯顿好像开始觉得她的问题有些偏离正题。不过他还是平静地说，"我的确对她厌倦了。我从来没有对她说过，但是我们分开了。然后我来这里应聘，也把她带到了伦敦，在那里找了一处相当舒适的住所，把她安顿下来。尽管您的广告里说明您要一个单身汉,我还是想把事情的真相告诉您。我打算等我把您的事物都安排得井井有条,您甚为满意的时候再说。那时候再冒这个险,就不会有太大问题了。"

她垂下了头。

"后来我发现您心地很好,非常关心我是否幸福安康。这是我没有预料到,也没有希望过的。与其他雇主相比,您这样做倒让我犹豫起来。事情这么复杂,我伤透了脑筋。事情就这样毫无进展。直到三天前的那个晚上,我从陶器作坊回家的时候,走到了铁路附近。下行的火车从我身边驶过。就在那儿透过一节车厢的窗子,我看到了我太太。她已经找到了我的地址,因此决定跟到这儿来。我到家之前她就进了我的房间。第二天一大早就离开了——"

"因为你对她非常傲慢冷漠。"

"正像我所猜测的,她马上就给您写了信。这就是关于她的所有的一切,东家。"曼斯顿以这样无所谓的语气谈论他的妻子,却把他的真情实感深埋于心,就像锁在铁匣子里一样。

"你的朋友们知道你结婚了吗,曼斯顿先生?"她继续问道。

"谁也不知道。因为各种各样的原因,我们一直保守这个秘密。"

"那么,正如你太太信中所说,她确实是直到最近几天才被人看做曼斯顿太太的,对不对?"

"千真万确。我们结婚的时候,我只有一份非常可怜而且不稳定的收入,所以她就继续到剧院演戏,用的仍旧是她做姑娘时的名字。"

"她有什么朋友吗?"

"我从没听说她在英格兰有什么朋友。她是随剧团来这儿演出的。那些人打算做一番事业,可是永远也做不成。后来她就留在这儿了。"

跟着是一阵沉默。阿尔克利芙小姐又首先开了口。

"我明白了。"她说,"好了,尽管我没有直接的权力,把自己卷入你的私人事物当中,除了因为你欺骗我,得到了现在的工作——"

"说到这儿,东家,"他情绪非常激动地打断她,"至于来这儿的事,我跟您一样恼火。建筑学院里有个人——是谁,我根本就不知道,把您那则广告从报纸上剪下,寄到了我在伦敦的旧地址那儿。信是转交给我的。我正想离开利物浦,就不知是哪个老朋友好像给我指了条路,让我有了目的。自然,我就给这则广告写了回函,我并不是特别急着要到这儿来,也不是非常想待下去。"

阿尔克利芙小姐不再摆出高高在上的姿态,而是谦和温柔地劝说起来。态度转变之快,让人觉得颇为滑稽。事实上,在整个谈话中,阿尔克利芙小姐说的那些唬人的话语,比起她作为响水山庄专横的女主人而表现出的那种凶神恶煞的样子要轻柔得多。她不过是故意说这些话,为的是掩饰她那颗失落的心。

"好了,好了,曼斯顿先生,你错怪我了。不要以为我想这样盛气凌人,或者很傲慢什么的。你应该允许我说这些话,不管怎么样,我不仅对你,而且对你太太也产生了兴趣。"

"当然了,夫人。"他慢慢地说,好像在黑暗中缓慢地摸索一样。曼斯顿现在完全不知所措了。他知道自己的身材和相貌对所有女性都颇具魅力。他从前的经验让他很是自信。按照自然的优胜劣汰的规律,他能够让阿尔克利芙小姐对他特别关爱。到目前为止,她也一直是这样的。但他必须是一个未婚的男人。这种关爱他一点也不反感,这能让他接近塞西利亚,而且让他这样一个身无分文的人像一个法定的拥有者一样管理这个庄园。就像登塔图斯在他的萨宾农场①一样。他认为自己并不拥有金子,却有能力

---

① 登塔图斯(?—公元前270)罗马将军,出身平民家庭,以其正直节俭著称,曾于公元前二九〇年平定萨宾人的叛乱,后来他隐居在一所乡村宅院内,但是萨宾农场常常是指诗人贺拉斯的乡间住宅。——原注

支配拥有金子的人，这是他的荣耀。可是阿尔克利芙小姐却暗示说，她希望把他太太也包容在她的羽翼之下，这让他迷惑不解：她这样说有什么恶意的动机吗？但是他并没有让自己为这些疑虑而伤脑筋。这毕竟只和他太太的幸福有关。

"她告诉我，"阿尔克利芙小姐继续说，"在这个世界上她是多么孤单无助，这就是我同情她的另外一个原因。于是呢，我不要求你辞去这个职务，也不免除你所有的权益，而是继续留你做我的管家。条件只有一个，就是把你的太太接到家里来，跟她一起体面地过日子。总之呢，就好像你是爱她的，你明白吧。只要你保证你和她之间的一切都会平平安安的，我就还希望你留在这儿。"

管家挺起胸，抬起肩膀，似乎反抗的言辞就要脱口而出，但他没说出来，他控制住了自己，很自然地说道：

"我应该履行我做丈夫的职责，夫人。"

"她急于在这个世界上有一个身份，这样就能保证她也会去履行做妻子的职责，"阿尔克利芙小姐回答道，"那就皆大欢喜了。"

又说了几句话，她便温和地表示她想结束这次谈话了。管家领会了她的意思，退了出去。

他觉得恼火，也觉得自己很丢面子。但是，在往家走的路上，他开始确信，除了没有暴露自己对塞西利亚的爱慕之外（这一点连他自己都尽量回避了），他说出了全部真相。这样做使他取得了比以前任何时候都更加有利的地位。

曼斯顿坐在桌前，怀着深深的、强烈的懊悔，想起了美丽的塞西利亚。过了几分钟，他费了很大的努力使自己平静下来，给他太太写了一封信——

亲爱的尤妮斯——在你匆匆看过我之后，我希望你已平安抵达伦敦。

正如我所答应你的，我再三考虑了我们昨天夜里的谈话，你想到这里来的愿望很快就会实现了。你的处境跟我是息息相关的,我忽略了这一点,你说的那些刻薄话也是情有可原的。

我会很快做好安排,把你接来。除了带上衣物外,你不必带任何行李。把多余的东西都到当铺那儿处理掉。你带着这些东西来只能引起教区人们的闲言碎语,让人们相信我们已经分居很久了。

下星期来合适吗?我看,你最多用一两天时间就会打点好的,这个星期的时间就足够了。我会在前一天晚上到伦敦,我们一起乘中午的车来——非常爱你的丈夫

埃涅阿斯·曼斯顿

一八六四年十一月二十一日

响水山庄

现在,我当然不会再用罗德利太太的名字给你写信了。

信封上的地址是:

伦敦,北,霍克星顿,查尔斯广场 41 号

曼斯顿太太　收

7. 十一月二十二日至二十七日

可是第二天一早,曼斯顿发现他只顾让他太太星期一过来,而把另外一件事给忘了。

事情是这样的:有人送来了一封信,提醒他接下来整整一个星期都不在这里,而要到十三英里外的一位土地代理人家里,跟那位先生商议一件重要的事情。他写信告诉他太太来的那一天,他恰好脱不开身。而现在他们见面的时间也不能再推了。

于是他又给他太太写了封信，说明这件事不能拖延，他必须在星期一离开家，这样他就不能像预先计划的那样在星期天到伦敦去接她了，不过她可以自己来。他会在晚上她到达卡里福德路车站的时候，带上马车去接她。

第二天他收到了他太太给他第一封信的回信。信里说，她会按他说好的时间整理妥当的。因为他已经写了第二封信，并且这个时候她也该收到了，他就没有做任何答复。

一个星期过去了。在这个星期里，曼斯顿让全村的人都知道了他已经结婚，而且还通过一些巧妙的安排向人们证明，他过去在这件事上之所以深藏不露是有着合情合理的家庭原因的，而这些原因随着这个故事一起传播开来，人们也都平平静静地接受了。对于绝大部分质朴的乡邻来说，这些原因是自然而然，无可厚非的。这样，人们除了怀着强烈的好奇心想见到这位女士之外，对这件事本身的好奇几乎已经完全消失了。

第十章　一天一夜里的事件

1. 十一月二十八日一天直至夜里十点

星期一到了。这一天就是曼斯顿夫人离开伦敦，去她丈夫那里的日子。这一天里发生了一系列不同寻常的重大事件，几乎对所有人物的目前处境及未来生活都产生了影响。正是这些人物的所作所为构成了这里叙述的这个错综复杂、充满戏剧性的故事。

管家的活动最值得记述。在这个特殊的早晨，他吃早饭的时候，时针已指向八点。一辆轻便马车已停在门外等候，准备带他到切特伍德去。曼斯顿匆匆扫了一眼《布莱德肖当月铁路行车指南》。这本册子对旅客所乘列车提供了详细信息并说明了停车时间。

他一只手端着咖啡，一只手翻开书页，很粗略地查了查。要是他所接之人不是他的合法太太，而是塞西利亚·格雷，那么他便不会这么粗心大意了。

他没有发现，就在他的手指翻开的那一栏，分出了一条短短的曲线，这曲线叫转轨线。这种线添加在一个特定的地方，表明列车在这里已改为两次。由于这个疏忽，他认为他太太到深夜才能到达卡里福德路车站。第二趟列车运送的是乘坐三等车厢的乘客，比第一趟要晚两小时四十五分钟，而他的太太将要坐的是第一趟车的二等车厢。

于是他认为，在忙完一天的事情之后，他还有足够的时间到车站去接她。他吃完早餐,细致周到地叮嘱他的仆人做好迎接他太太的准备。接着他跳上轻便马车,驶向切特伍德的克雷顿菲尔德地主家。

马车驶过响水山庄宅院的前面。他忍不住转过头看了看塞西利亚房间的窗子。他看的时候,一种对热烈爱情的彻底绝望,并且心痛如割的表情浮上面庞,挥之难去。过了一会儿,他又像往常一样,强压住这种感情,沿着平整的白色路面疾驰而去,竭力不再去想那个美貌和风度都令他倾倒的姑娘。

就这样,当这天晚上曼斯顿太太到达卡里福德路车站的时候,她的丈夫却不知道她的到来,依然待在切特伍德。她在车站上东张西望,但看不到任何准备接她回家的迹象。秋风萧瑟,吹得她心灰意冷。

列车又开走了。她手中拿着雨伞走来走去,焦躁不安地等待着。她遥望着阴郁而凄清的夜色,听着车轮过往的声音,轻轻跺着脚,流露出烦躁不安,怒火中烧的表情。她丈夫未去伦敦接她,她已是心中气恼,这次他又对她置之不理,对她的忽略已到了无以复加的程度,令她气上加气。

她寻思了一会儿。为了确保能到响水山庄,她决定把所有行李都放在寄存处,只随身带上衣物包裹,然后像上次一样,步行到她丈夫的住所去。她问一位搬运工,能否找个小伙子跟她一起走,帮她拿上包裹。搬运工说他自己来帮她。

这个搬运工脾气挺好,但却浅薄无知。曼斯顿夫人显然是心绪低落。她只想与他相伴而行,却不愿说一句话。而她的伙伴却总要说话,不允许他们之间的沉默超过两三分钟。

他主动对她的到达说了几句关切的话,主要是说曼斯顿先生没有来车站接她,真是太遗憾了。这时她突然让他谈谈住在这个教区的人。

于是他便一五一十地向她介绍了这里的主要人物——先是主

要的庄园主,然后是那些有学问的人,接着是那些长得漂亮的人。说到漂亮的人,他第一个便提到了塞西利亚。

她让他尽其所能地描绘了塞西利亚的相貌。之后她又从他口中套问出人们在知道有曼斯顿夫人之前,每个人都在说曼斯顿先生英俊潇洒,塞西利亚美丽迷人,两人若是结为夫妻,该是多么般配呀。而阿尔克利芙小姐却是教区中惟——个对撮合这桩婚事毫无兴趣的人。

"你认为他很喜欢塞西利亚吗?"

搬运工开始觉得自己太口无遮拦了,便忙着纠正这个失误。

"啊,不,他对她一点儿也不在意,夫人。"他很认真地说。

"跟对我相比一点儿也不多吗?"

"一点儿也不。"

"那么肯定还是关心的。"曼斯顿夫人自语道。她静静地站住了,好像这句话又让她想起了他对她的疏忽冷淡,让她心痛不已。突然一阵冲动,她转过身来,任性地朝着车站的方向走了几步。

搬运工呆呆地站着,满脸惊讶。

"我要回去,对,真的,我要回去!"她伤心地说。接着她又停下脚步,焦虑不安地看着空无一人的大路。

"不,我现在不能回去!"她又无可奈何地说。看到那个搬运工在注视着她,她又转回身来像刚才那样往前走去,满腹的怨气化作莞尔一笑。

这一笑却是意味深长,外表看来她满不在乎,可内心却觉得蒙羞受辱。她强挤出一丝微笑掩藏起这份痛苦的心情。

她的一举一动完全地暴露出她这个人的性格。尽管是个精明的女人,但却很软弱。她够聪明,可以洞察事理,但因为软弱,难以采取行动。她精心设计的行动方案总是在关键时刻因为她根深蒂固的优柔寡断的性格而难以实行。

"咳!我要是知道会发生这一切该多好!"他们走在落叶上沙

沙作响,这时她又自言自语道。

"你说什么,夫人?"搬运工问。

"喔,没什么。现在我觉得我们快到那座旧宅了,是不是?"

"已经很近了,夫人。"

他们很快走到了曼斯顿的住所。房子周围秋风呜咽,凄凄冷冷。走过空荡荡的门口,他们走进了门廊。搬运工走上前,重重地敲门,然后等待着。

没有人出来。

曼斯顿太太又走上前敲门。她的敲门声截然不同——声音虽小,但却持久不停。

屋里一点儿动静都没有,看不见一丝亮光。只有她自己敲门的回声从门廊隐隐传来,还有积聚在门廊的枯叶在她脚下簌簌响起。

很显然,管家并不在家。克里凯特太太想不到有人在晚班火车之前到来,所以在把房间整理好、把晚饭摆好之后,就锁上门到村里跟她的朋友们谈天说地去了。

"村里有客栈吗?"曼斯顿太太问。因为她第四次敲了敲那钉满铁钉的古老的大门,这一下她敲得最重,她听到的也只是走廊里传来的最响的回声。

"有的,夫人。"

"谁开的?"

"农夫斯普林罗夫。"

"今晚我到那儿去。"她主意已定。"这儿太冷了。而且让一个女人在大街上等,不管是等谁,不管他有没有地位,这样都糟糕透了。"

他们走过园子,穿过大门,一直走到卡里福德村里。他们到达三贩客栈的时候已经快十点了。两个月前,就是在这个地方,一群乐观开朗的村民在树下做苹果汁的景象曾呈现在塞西利亚眼前,而现在,这里除了一片无边的黑暗之外便什么也看不见了。黑暗中只传来榆树的低吟,偶尔夹杂着摇摆的树枝发出的嘎吱声。

他们走到门口,曼斯顿夫人一阵战栗。不仅是因为寒冷,更多的是因为她心绪暗淡忧伤。丈夫的冷冷过冬日寒风。

碰巧的是,爱德华·斯普林罗夫也预计是这一天或第二天从伦敦回来。听到声音,做父亲的走到门口,满心以为会见到儿子。当他看到来的是个陌生人,脸上现出男人很少露出的那种失望的神情。

曼斯顿夫人想要一间房,他立刻把给爱德华准备的房间给了她。如果爱德华来的话,他就再给他准备一间。

她没有吃任何东西,也没有到楼下的房间去,甚至连面纱也没有揭就随着女仆直接穿过走廊,进了自己的房间。

"如果曼斯顿先生今晚来的话,"她一进屋,便坐到床上对女仆说,"告诉他曼斯顿太太不愿见他。"

"是的,夫人。"

女仆离开了房间。曼斯顿太太便把门闩上了。女仆刚刚走下两三个台阶,曼斯顿太太又拉开门闩,轻轻打开门说道:

"给我拿点白兰地。"

女仆下了楼,用一个平底玻璃杯把酒端了上来。她进屋的时候,曼斯顿夫人一件衣服也没脱,正在屋里走来走去,似乎仍不知道到底怎么办才好。

女仆把门关上后,又在门口停下来听了一会儿。她听到曼斯顿夫人自言自语地说:

"就这样接我回家!"

2. 晚上十点到十一点半

一件奇怪的事展现在我们面前。

就在这个秋天,斯普林罗夫先生又犁又耙,终于在这房子后面的树阴下清理出一小块地。许多年来,这片地都被认为是不可开垦的荒地。

从地里拔出来的绊根草放在太阳下晒干,然后耙到一起,按照习惯烧掉。现在,在那块地中间,一大堆绊根草在闷燃着。

草堆是在曼斯顿太太到来的三天前点着的。有一两个比斯普林罗夫谨慎但不如他那么乐观的村民提出,房后的火离房子太近了。它就这样烧着而又没人照看,是很危险的。若空气总是这么柔和平静,那就不用担心会有什么危险,可只要朝房子刮一阵疾风,就能把火星带过去。

"嗨,这倒不假。"斯普林罗夫说,"我睡觉前会四处转转,看看一切是不是安好。说句实话吧,我急着在下雨前把这些废物都烧光,要不雨水又把它们冲进土里了。我要是把它们拉到地里去烧,然后再把灰弄回来。哎哟,就为这点灰也不值得呀!"

"嗯,这话不假。"邻居们说着便走开了。

草堆点燃的第一个晚上,他到后门去查看了两三次。在门闩插好准备睡觉之前,他又仔仔细细地检查了最后一次。缓慢燃烧的草堆没有起一丝火星。斯普林罗夫便得出相当自信的结论,只要草堆不起火星,那儿的风也一直这样刮下去,草便不会起火苗的。就是有什么易燃的物体,也不会有任何危险。尽管易燃物就在不到一码远的地方。

第二天清晨,他看到燃烧的干草跟他昨天晚上睡觉时一模一样。整整一天,草堆上只有阵阵烟雾冒出。睡觉的时候,他又去看了看,但是不如头一夜那么认真。

第三天清晨起来,他看到草堆依然是老样子。整整一天又是如此,只有烟雾,不见火星。事实上,烟雾也渐渐稀薄。看起来次日早上得重新点燃了。

这天晚上,他让曼斯顿太太住到他这里。听到她睡下后,斯普林罗夫又回到门前,听听他儿子回来了没有。他又询问了正在厨房歇息的那位铁路搬运工。搬运工说没有见到小斯普林罗夫先生下车。因为爱德华说他乘的就是曼斯顿太太乘的这趟小火车,所以老斯普林罗夫便得出结论,他得到明天才能见到儿子。

半小时后,搬运工离开了客栈。斯普林罗夫也走到门口听了一会儿。然后走了一圈,到了房后。

走过草堆的时候,他淡淡地、不经意地看了看草堆。两夜的平安好像能保证第三个夜晚也会平安。他正要像往常一样闩门的时候,突然想到他儿子乘坐最晚的一班火车回家也不是没有可能,尽管他一般不会拖延到这么晚。因此老人没有闩门,看了看屋内的家居摆设,便上床睡觉了。那时候是十点半。

农夫和园艺家对于绊根草堆的特性都知道得很清楚。在无风的天气,它可以连续好多天,甚至好几个星期闷燃,直至整堆草都变成粉状的炭灰。其间除了顶部像火山一样冒些烟外,几乎看不到一点燃烧的迹象。但是这种平静的燃烧过程是否能持续下去,却得完全看大自然的脸色了。也就是说,突然的一阵微风都可以在草堆上煽起火苗,在一两个小时内就能把草燃尽。

要是农夫在关门时仔细地看一看草堆,他就会看到,除了在顶部仍冒出缕缕细烟外,整个草堆周围的空气都在微微地颤动,这表明草堆内部的温度已经相当高了。

搬运工已走到与三贩客栈相连的这排房子的尽头,转过弯去。这时一阵微风迎面扑来,吹向村子。他沿着大路走到离客栈大约三百码的大门口,从那儿他能依稀辨认出他刚刚离开的房子。他走过的时候不经意间回头看了一下。他看到他身后,就在绊根草堆那儿,泛起一片红光。随着风儿的忽急忽缓,火光也忽明忽暗,像是刚刚点燃的雪茄烟,但是并没有火苗。他想,要是那些农舍是他的,他不会让火离房子那么近的。风势在加强。可是农舍不是他的,他继续朝车站走去。在那儿他还要继续夜间的工作。大路上已空无一人。直到第二天清晨四点钟,那些赶车的人到马厩去的时候才会有人路过这里。这期间不可能有任何人走过三贩客栈。

十一点的时候,屋里的人都睡着了,似乎危险很清楚地知道这是它来毁坏一切的绝好机会。

十一点一刻,呜咽的夜风渐强渐猛。夜风中传来一声轻微的、难以觉察的劈啪声,草堆的红光越来越亮,终于一朵火苗喷薄而出。火苗渐渐暗淡下来。可又一阵轻风吹来,没有让它熄灭。起先,火苗不断摇曳,但很微弱。不久,摇曳的火苗变得强烈了。

十一点二十分,一股强风卷起一缕燃烧着的蕨草,沿着与这房子和客栈平行的方向刮出几码远,然后蕨草轻轻飘落。

五分钟后,又是一阵风吹起,把一缕蕨草刮到二十五码远的地方,而后飘落在地。

风依然没有朝房子的方向刮过来。就是现在,如果不仔细观察的话,这些房屋看上去还是很安全的。可是世间万物常是一波三折。刚过一分钟,一缕燃烧的蕨草落到一个又像是长条形的茅草堆,又像是甜菜窖的稻草堆上。那草堆就在房子的右角,朝着篱笆的方向。那根蕨草很快便消失在黑暗中。

又过了一会儿,又有许多燃烧的物体落下,却未引起火势。这时,又一缕燃烧物落到那个草堆上继续燃烧着,并随着风势越烧越旺。草堆终于被点着了,呼呼地燃烧起来。火苗蹿过草脊,燃向另一端的猪圈。要是猪圈铺着砖瓦,那么这幢昔日风光荣耀的客栈便会安然无恙的。可是那个猪圈像大多数猪圈一样,是用木头和稻草做的。于是,这座难经风雨的建筑的围栏和茅屋顶都相继燃烧起来。正像马厩紧挨着客栈后墙一样,猪圈和这个房子也是紧紧毗连。因此,不到半分钟,房子的屋檐也是火光一片。

3. 夜间十一点半到十二点

等三贩客栈的居民意识到他们的危险,火势已经很猛烈、很危险了。当人们最终发现起火时,他们的奔跳只是为了保住性命。

最先听到的是一个男人的叫声,之后便是一片尖叫,然后听到的是重重的脚步声和尖厉的喊叫声。

斯普林罗夫先生第一个跑出来。两分钟后,马夫和女仆一同跑出来。他们本是夫妻。如前所言,这座客栈是一座精巧古老的建筑,像蜂巢一样易燃。它在第一层便突出于基底的上方,屋檐也突出来,都是用重重的橡木山墙封檐板做成。建筑的每一种材料,结构的每一个特征,都非常容易引起火灾。

熊熊的火苗明亮耀眼,腾起阵阵浓烟,几乎让人睁不开眼睛。突然又爆响了一声刺耳的劈啪声,火势便十倍地蔓延,火光也十倍地增强。劈啪声愈加刺耳,房屋尽头那些挺拔的大树开始投下长长的、摇曳不定的树影。路对面教堂的方形塔楼,在相对明亮的天空映衬下,一直都只现出黑黑的轮廓,而现在,天空倒显得一片黑暗,跳动的火苗反将塔楼照得通亮,甚至连塔尖上细细的旗杆都能看见。

人们的叫喊声与其他声音混杂在一起,越来越频繁。十分钟后,住在这一片的大部分村民都涌到街上来。不一会儿,教区长兰汉姆先生也急急忙忙赶来了。

他匆匆扫了几眼,便招手叫了两个人,一起离开了。很快,人们听到轮子声,是兰汉姆先生和那两个人带着浇花用的抽水机回来了。除了响水山庄以外,这是村子里惟一的一台抽水机。一阵忙乱之后,人们终于把软管接到旧马厩的一个水箱上。这件又小又旧的抽水机便运转起来。

一开始有几人好像瘫痪了一样,呆若木鸡地站在那里,表情都凝固住了,在耀眼的火光中,看上去像烧红的铁块。混乱之中,有位妇女嚷道:"快去打倒钟!"①三四个上了年纪、颇为迷信的老人赶紧登上钟楼,迷迷糊糊地敲起钟来。有些人连衣服都没穿好。更让人恐怖的是,克里凯特执事在人群中跑来跑去,脸上还淌着血。让人见了同情之余,不禁骇然。他已是极度亢奋,根本不知道他是何时何地,怎么样受的伤。

人们现在都忙着救火,并尽力从旧客栈中抢出几件家具。他们能进去的房间只有客厅,便从那里费力地搬出了书桌,几把椅子,几个旧的银蜡扦,六件轻物件,再也没有其他东西了。

燃烧着的茅草屋顶砰的一声重重落到大路上。白色的稻草毛和炭灰像羽毛一样在空中飞舞。与此同时,邻近的两间农舍也着起火来,人们看到教区长用抽水机往上浇水,但是茅草屋顶非常干燥,燃烧起来炽热无比,那一点点水什么作用也不起。不到一分钟火势已经蔓延开来,火苗直向椽子扑去。

突然有人嚷道:"斯普林罗夫哪儿去了?"

他刚刚还在教堂的院墙边站着,现在却不见了。

"我看他是到屋里去了。"一个声音道。

"疯了,傻了!他能救出什么来?"另一个人嚷道,"老天爷,快去找他,救他!"

人们风一般地涌到门口。门板已经掉下来。有三个人,全然不顾灼热的火焰喷涌而出,强行跳了进去。他们刚迈过门槛,就看到斯普林罗夫倒在地上,昏迷不醒。

人们很快把他抬出来,放到一个坡上。有人给他的脸上泼了一些冷水。慢慢地,他开始苏醒过来。他能够获救真是个奇迹。因为救他的人刚出房子,窗框就像中了魔一般燃烧起来,猛烈的火

---

① 打倒钟(先打低音,再打高音)意味着警告,例如火灾或有人入侵。D. H. 劳伦斯在其作品《儿子与情人》的第七章中有相应的描述。——原注

焰到处乱窜。同时,前门板的木轴也熊熊地燃烧着。一颗亮亮的火星溅到中间,火星越来越亮,渐渐地形成一团火焰,奔腾跳跃。

接着楼梯塌了。

"每个人都平平安安地出来了!"有个声音道。

"是啊,感谢上帝!"有三四个人同声说。

"哎呀,我们忘了,来了一个外人! 我希望她平安无事吧。"

"希望如此。"一个微弱的声音从后面传来,那是女仆的声音。这时候斯普林罗夫醒了过来,他跌跌撞撞地站起来,狂乱地伸出手臂挥舞着。

"每个人,不! 不! 坐火车来的那位太太,曼斯顿太太! 我想去救她出来,可我摔倒了。"

人群中发出一阵惊恐的叫喊。不单单是因为斯普林罗夫说出的这件事,更多的是因为他的话中隐藏着的可怖事实。

每一阵猛烈的狂风之间大约有三分钟的间歇。又是一阵狂风呼啸着扑来,屋顶都摇晃起来。不一会儿,屋顶哗啦一声坍塌下来,紧接着是山墙也纷纷坍倒。一股强烈的外力扑向前面的木墙,土墙轰隆一声倒到路上。与此同时,一阵黑色的烟尘腾起,数不尽的火星飞溅,一团烈焰喷射而出。

"她是谁? 她是干什么的?"每个人都不禁语无伦次地问道。就算有人愿意回答,人们也根本没有留出让他回答的时间。

高傲、迅捷而不驯的秋风依然在摇摇欲坠的农庄上空呼啸着。完完全全由易燃材料建造成的这幢房子,燃烧起来像谷堆那样猛烈。路面的温度也增高了。有一会儿,人们呆呆地站着,默默地注视着眼前狂暴肆虐的大火灾,面对着如此难以抗拒的敌人,他们充满敬畏,满脸无望。之后,人们感觉麻木地再次冲上前去,想尽量从邻近那些注定要遭焚毁的房子中抢救出一些物件。

时间一分一秒地过去。三贩客栈只剩下一堆通红灼热的炭灰。对面教堂里的钟声在午夜缓缓敲响的时候,火势还在不断蔓延。钟乐声也在一片嘈杂声中响起。古老的圣歌——第一百一十三首的曲调飘忽不定地在空气中回荡,淹没在火焰的劈啪声中。

4. 晚上九点至十一点

那天晚上,曼斯顿登上他的轻便马车,离开切特伍德。他心绪平淡,并未觉得有什么值得他期盼的事情。一想到将在响水山庄开始他的家庭生活,他不仅觉得索然无味,简直就是厌烦之至,因为他昔日的妻子如今在他眼中的地位已经一落千丈。

他知道,不管是因为什么侥幸的原因,总之他掌管着阿尔克利芙小姐的庄园。这是个颇有权势的职位,可是这样的职位无论如何也不会再落到他头上了。他默然无语,知道自己进退两难,真希望马上就会有这样或那样的慰藉出现。他结了婚,可是却爱上了塞西利亚。

马车行进在弯弯的小路上。他不时地看看表。计算马一小时能走多远。他觉得他正好能及时赶到卡里福德路车站,赶上伦敦来的最后一班车。

他很快便注意到天空中有一丝黄光,几乎是在天际。光亮不断地增强,颜色也愈加发红。继而忽明忽暗,可以看出是受呼啸而过的阵风的影响。

在一个小山顶上,他拉住马缰绳,沉思片刻。

"准是哪个草垛着火了。"他想,"哪幢房子也不可能突然着起这么大的火。"

他继续策马疾行,试图搞清楚火灾究竟发生在哪里。但是天太黑了,根本看不清。而且路上的风很大,使他辨不清方向,因为他不是这个地区的老居民,也不像农夫一样惯于做出这样的判断。同时,明亮夺目的火光也使路程显得短多了,还不及实际的一半。火光看起来非常近,他又一次停下马来。这一回他听了听,但是什么也听不到。

马车走进一片狭小的山谷。山谷两侧峰峦叠嶂，从数学角度看，山峦与地平面约成三十度或四十度角。他只好不再盘算火光的位置。然而，就在这段时间，他又有了新的假设——大火是在卡里福德路车站到这个村子之间的某个地方。

这团火光也攫住了另一个人的眼睛。他这时候正坐在距管家的位置东边几英里的正在滑行的列车上，但是他要去的地方跟曼斯顿是一样的。那是小斯普林罗夫正从伦敦返回他爸爸那里。他乘的火车就是管家以为他妻子会乘坐的那一趟。事实上，爱德华之所以推迟，原因再简单不过了。他那时正缺钱用，所以就乘了趟慢车，为的是只花三等车厢的钱。

斯普林罗夫收到了塞西利亚那封充满哀怨和责备的信。他清醒地意识到，他在布迪茅斯对早已订婚的事只字不提，倒让自己陷入了难堪的境地。他跟塞西利亚在一起的那段日子，令他欣喜，令他沉醉。他愈来愈怕它会结束。这种念头牢牢地占据了他的心。于是他三缄其口，直至错过时机。

白天走路时他问自己，"我为什么这样做？我怎么能再梦想着爱她？"夜里他辗转难眠时责备自己，"让我痛苦的愚蠢行为！"

多年以来，可能有六七年了，他那善感的心让他不得安宁。他潜意识中一直在渴慕着某个人，他不知道这个人是谁。虽然这样的人很少遇到，但他也会偶尔找到能与他产生共鸣的人。有时候是男人，有时候又是女子。他的表姐阿迪莱德就是其中之一。因为尽管目前整个社会都流行着一种时尚——就是女人是并非未发育健全的男人，而是恰恰相反。但事实上，女人终究是人类。而且在生活中的许多情感世界里，两性拥有同样的感情，只不过程度不同罢了。

然而在他遥远的内心深处，他依然感觉一片迷茫，依然只是水中月，梦中花。随着年龄的增长，他得出这样的结论：他心中渴望红颜知己的想法,或者说这种感情,过于虚幻了,根本不能在有血有肉的女人身上找到。因此,他决定到诗的王国中神游,通过对诗歌中女主人公的想象来满足自己的梦想,而不再奢望在尘世中实现自己无形的欲望,在较为世俗的事情上则通过他的表姐来满足自己。

塞西利亚仿佛从天而降,使心神激荡。

> 梦中伊人眼前立,
> 心中愿望渐清晰,
> 叫我不用再寻觅。①

有些女子能很迅速地点燃男子心中的爱火,让感情一发不可收,甚至来不及去仔细掂量。对旧爱的忠心已使她们背叛了新的情人。这种女子并不一定很伟大,但也是凤毛麟角。塞西利亚就是其中一个。

接到她的来信,他便开始反复思量起这些事情,根本没有给她回信。但是"饥饿的时代"很快便使他停止了沉思默想,他终于想到设法谋生是迫在眉睫的事。他煞费苦心,一心一意地努力,不敢再有半点怠慢。经过艰苦的寻找,他终于在凯赖因·克洛斯附近找到一份给一位建筑师做助手的工作。这工作在一个月后才开始。

一开始,他并不知道到哪儿去度过这段时光。不过,他还在左思右想的时候,却蓦然地发现自己已在归乡途中。有一个不可告人的,自己也不愿意承认的愿望在牵引他——他想最后再看一眼塞西利亚。

---

① 选自理查德·克拉修(1613—1649)的诗《致情人》。这首诗的前两节被引用作《意中人》的卷首语。看来哈代对于爱情魔力很有兴趣,也说明他对如梦似幻的意中人的追求从来没有停止过。——原注

5. 午　夜

当曼斯顿的马车到达车站的时候,已是差一刻十二点了。火车很准时。他穿过售票处,走向月台时,听到钟声响起,表示火车已经进站了。

陪同曼斯顿太太去卡里福德的那个搬运工,这时已经回到车站来值班了。曼斯顿一进来,他就认出来了,马上走上前去说道:

"曼斯顿太太乘九点钟的火车到的,先生。"

管家流露出很恼火的样子。

"她的行李在这儿,先生。"搬运工说。

"要是不太多的话,就把它放到我的马车后面。"曼斯顿说。

"火车进站了,等它一离开,我就马上去放,先生。"

搬运工很快走开,穿过铁轨去接正在驶进的火车。

"是哪儿着火了?"曼斯顿问售票员。

售票员还没来得及开口,另一个人匆匆跑进来回答了这个问题,虽然他并没听到问话,

"半个卡里福德都烧光了,或者说会烧光的!"他大声嚷着,"因为有树,从车站这儿看不到火焰,但登上桥看看——真是吓死人了!"

他也穿过铁轨,帮着去接就要进站的那趟火车。

管家站在售票厅里。有一个乘客下了火车,出示了车票,从曼斯顿眼前走过。这是个年轻人,手中拎着黑色的书包,还有一把雨伞。他走出大门,步下台阶,消失在黑黑的夜色中。

"那个年轻人是谁?"搬运工进来的时候,他不禁问道。这个年轻人仿佛有某种磁力,吸引着曼斯顿的绵绵思绪。

"他是个建筑师。"

"我的老本行。从他的外表我就敢肯定。"曼斯顿嘟囔了一

句。"他叫什么名字?"他又问。

"斯普林罗夫——农夫斯普林罗夫的儿子,爱德华。"

"农夫斯普林罗夫的儿子,爱德华。"管家又重复了一遍。这几个字让他想起一件痛苦的往事。

阿尔克利芙小姐曾提到这个年轻人是塞西利亚的情人。从那以后,这个人几乎从未在他的脑海里消失过。

"要不是有我太太的存在,这个人就会是我的情敌。"他一边思索着,一边跟着已经回来的搬运工走进了行李房。搬运工搬出一只箱子,把它放进马车。马车有足够的地方装这只箱子。曼斯顿盯着这一系列动作,心中却依然在想——

"要不是有我太太,斯普林罗夫就可能是我的情敌。"

他查看了一下车灯,然后小心地解开马的缰绳,登上座位,沿着收税路朝响水山庄驶去。

他快到家的时候,已经完全看清了火灾的准确地点。不一会儿,他听到了人们的叫喊声,火苗的呼呼声,木头燃烧时的劈啪声,而且也听到了大火带来的阵阵烟味。

冷不防的,从前面几码远的地方冒出一个人影。右手的灯光正照在他身上。来人一直在黑暗中行走,这时一边抬起手遮住眼睛,挡住反射过来的光线,一边一步步走过来。

曼斯顿认出这是一个村民。他本来是个小农夫,因为总是借酒浇愁,把自己喝成了一个临时工和远近闻名的小偷。

"嗨!"曼斯顿大喊一声,好让他走开,不要挡在路上。

"是曼斯顿先生吗?"来人问。

"是的。"

"有人来了卡里福德村,后面的话可能和你有关。"

"是嘛,是嘛。"

"今天晚上你是不是等着曼斯顿太太呢,先生?"

"是啊,倒霉的是她已经来了,我想她也许早就睡着了。"

那村民把胳膊肘支在马车的架子上,转过脸来看着曼斯顿。因为刚才忙着扑火,他满脸是汗,面色苍白。

"是啊,她的确是来了,"他说,"不好意思,先生,不过我应该很高兴能——能——"

"什么?"

"很高兴能因为告诉你这个消息而得到一点小费。"

"你一分钱也别想得到。我不用你告诉,我知道她已经来了。"

"你一文钱也不会给我吗,先生?"

"当然不会。"

"那你能不能借给我一点儿,先生?我都累死了,不知道该怎么办。要是我改日不还你,我就,就——"

"你这冒失鬼净骗人,说话根本不可靠,一文不值。"

"噢!"

"让我走。"曼斯顿说。

"你的太太死了,这就是后面的话。"那个村民一字一顿地说。他等着管家回答,但什么也没等到。

"因为进不去你的房子,她就去了三贩客栈,还没来得及把她喊起来,熊熊燃烧的屋顶就落了下来。她已经被烧焦了,总有一天你也会变成灰的!"

"当然会的。让我赶路。"管家平静地说。

这个村民满心希望管家会大惊失色,结果却令他大失所望,更令他瞠目。他向后退到路旁的沟里。这个古示人怎么也没有料到,他竟碰上这样一位铁石心肠的大卫。[①]

曼斯顿匆匆赶到前面的路口,把马拴好,一路跑着进了火场。

---

① 正是古示人把押沙龙的死告诉大卫。典出《旧约·撒母耳记下》的第21章。——原注

可怖的大火引起的黯然呆滞已经过去。所有的人都忙着从那些尚未烧毁的农舍中搬出那些他们能搬动的家具。茅草的屋顶依然火光一片。响水山庄的救火车已经到了现场。不过它很小，起不了什么作用。有一群人聚集在教区长周围，教区长的外套已变得污浊焦黄，而且由于他费劲地指挥，早已褴褛不堪了。他一只手指挥着人们把物品搬到教堂里去；另一只手指着火势最猛烈的地方，让人们把那小型的救火车对准那里。当曼斯顿那张苍白洁净的脸出现时，所有的人都立刻沉默下来。他的脸与劳累不堪的村民们那一张张脏兮兮的、汗流如雨的面孔形成了异常鲜明的对比。

"她烧死了吗？"他尽管声音有些嘶哑，但仍很沉着。他一边问一边走进了明亮的火光里。教区长走近他，把他拉到一边。"她烧死了吗？"曼斯顿又问。

"她死了。不过感谢上帝，她没有遭受那种大火烧身的巨大痛苦。"教区长严肃地说，"房顶山墙砸在她身上，她一定是立刻死去的。"

"她怎么到这儿来了？"曼斯顿问。

"从我们仓促了解到的情况看，似乎是她发现你的房门锁着，以为你已经睡了。而事实是你的仆人，克里凯特太太出去吃晚饭了。于是，你太太就来到这个客栈休息了。"

"客栈主人在哪儿？"

斯普林罗夫先生走了过来。他裹着个斗篷，依然虚弱无力。他证实了教区长所说的话。

"她来的时候是不是气色不好，或者很生气的样子？"管家问道。

"我说不准。我也没看清，不过我觉得——"

"你觉得什么？"

"不知为什么，她很不高兴。"

"当然是因为我没有接她。"曼斯顿嘟哝着，陷入了沉思。他转过身,背朝着斯普林罗夫和教区长,走出了摇曳闪亮的火光。

用手头这些有限的工具,人们已经尽力了。整排房子都烧毁了,而每栋房子都呈现出不同的状态。客栈这一头的房屋都已烧成废墟,仍然烟雾弥漫,而这排房子的另一头却仍是火光熊熊,木头的燃烧散发出巨大的热量。

城市里火势渐去时的一个特征在这儿却看不到,那就是水蒸气。这里出现的特点城里也是没有的,那就是炽热难耐。

阵阵热浪,还有燃烧着的橡木和冷杉木所散发的阵阵浓烟,使人们睁不开眼睛。最后,村民们不得不从房前的路上退到教堂墓地,三五成群地站在那里。由于一代又一代的人都埋葬在这里。教堂墓地比路面高出四五英尺,几乎和那些分界的墙头一样高。黑黑的草坪和紫杉树把一座座墓碑衬托得煞是苍白。这淡淡的白光反射到一些农工白色的长罩衣上,反射到他们的脸和手上,使他们显得更成熟,更结实。白光也反射到墓地里那些龇牙咧嘴的怪兽装饰上,反射到幽暗之处那些风雨侵蚀的、静默无语的石刻上。

教区长当下决定,在这种不幸的情况下,这一夜把那些抢救出来的家具和炊具放到教堂里并不是什么亵渎神灵的行为,没有比这里更安全的地方了。于是人们便把那些东西堆放到教堂里。

6. 凌晨十二点半至一点

曼斯顿一直在教堂墓地里走来走去,默默地沉思着。这时候,他走进了敞开的教堂大门。

他机械地绕过那些支柱,走到北边侧廊里他自己的座位上。这里地势较低,从北边窗子里射进的光线被窗间墙遮住了。教堂里惟一的一点光亮就是洗礼盘里的一只小小的蜡烛。洗礼盘在曼斯顿对面的侧廊里,旁边堆着那些家具。从火灾的废墟射出的阵阵红光,使得柔和的烛光黯然失色。就像白天的月亮一样,光线显得微弱苍白。

曼斯顿坐在那里，看到农夫斯普林罗夫走了进来，后面跟着他的儿子爱德华，爱德华手中依然拎着旅行包。他们正在谈论曼斯顿太太的惨死。可是话题很快转到烧毁的房子上。

从客栈往东的这一排房子，是在下面这种情况下建造起来的——

五十年前，这里并没有农舍，而是沿街的一条难于耕作的空地。因为那里地表坚硬，当地人称其为"田埂"或"田埂坎"。

当时阿尔克利芙家族就拥有了这份地产。他们认为建筑一排农舍会对这块地有所改观，于是就把这儿租借给一些体面的居民。只要租借者盖起自己的农舍，并且在去世后能完好无损地把房子交上来，那么，在他活着期间就只需缴纳一点象征性的租金。

渐渐地，那些建起农舍的人或者通过买卖，或者通过交换，都把自己的契约转让给农夫斯普林罗夫的父亲。有些住户通过向庄园主交钱，延长了租住期。这样，所有的租约都到了农夫斯普林罗夫手里。这是他为日后养老而未雨绸缪的主要方法之一。

管家对他们下面的谈话产生了兴趣——

"别那么难过，爸爸，这都有保险呢。"

这是爱德华口气焦虑地在劝慰父亲。

"你错了，爱德华。都没有投保。"老人阴郁地说。

"没有?"儿子问道。

"什么也没有!"农夫道。

"在赫尔默保险公司，不是吗?"

"是都在那儿投保了。但是，几年来对茅草房屋的保险金一直在涨。六个月前，这家公司就像其他两三家火灾保险公司一样，也索性不再给上保险了。他们说，这是因为茅草房实在不可靠，潜藏着巨大的危险。从那时候呢，我就一直打算到其他保险公司去看看，但是一直都没去。谁会料到这场大火?"

"你还记得那些契约的条款吗?"爱德华更加不安地问道。

"不,记不清了。"他的父亲有些心神不宁。

"契约在哪儿?"

"就在那个书桌里。所以放着那么多家具不管,而先把它抢出来。"

"好,我们得马上去看看。"

"你要什么?"

"钥匙。"

他们走到南边侧廊。从洗礼盘里拿上蜡烛,然后过去打开放在门廊一角的书桌。两个人都弯下腰,爱德华举着蜡烛,他的父亲从一个抽屉中拿出几张羊皮纸,然后把第一张在他面前打开。

"你来读吧,泰德,没有眼镜我看不清。这一张就够了,所有的契约都是一样的。"

爱德华拿过羊皮纸,有一阵读得很快,而且听不清楚。可是读到下一段的时候却缓慢而洪亮。

> 兹有立约人约翰·斯普林罗夫为其自己及其继承的决策人和主管人,与立约人杰拉德·菲尔考特·阿尔克利芙及其继承人和受约人订立如下条款:在上述期限内,约翰·斯普林罗夫及其继承人和受约人应付给杰拉德·菲尔考特·阿尔克利芙及其继承人租金,年租金为十先令六便士……上述金额可分几次付清。另外,在上述期间内,房屋应得到良好而合理的修缮,并保持上述农舍、住房及其他所有附属建筑没有倒塌现象,若有发生,须及时重建。因此,在每个方面都要无一例外地予以良好而适当的维修,现决定将上述这些状态良好的房屋转让给杰拉德·菲尔考特·阿尔克利芙及其继承人和受约人。

他们合上书桌,转身向教堂门口走去。两个人始终一言不发。

曼斯顿也已从阴暗的侧廊走出来。尽管农夫自己心烦意乱，但想到管家丧妻的巨大悲痛，老人本能地产生一丝敬意，宽厚仁慈的心中涌起一阵同情。于是他站到了一边。这样的话，曼斯顿就可以不必跟他们讲话，静静走出教堂。

"他是谁?"曼斯顿走过来时，爱德华轻声问他父亲。

"曼斯顿先生，这儿的管家。"

曼斯顿走近了，他从小斯普林罗夫身边走过，他们的脸几乎碰到一起了。这时候，外面的废墟上依然有火苗在燃烧。一股强烈的火焰跳跃上来，把每一个正在穿过口殿的人影子都拉长了，跳跃的影子一直印到对面的墙壁上。两人对视的时候，发现火苗把对方的眼睛也照亮了。爱德华从一封家乡的来信中得知了管家对塞西利亚的热烈感情，也知道他很令人费解地压制着这份感情。后来，他的婚姻解释了这一切。现在，这个婚姻已经不存在了，爱德华意识到了这个男人重新获得的自由，对他本能地产生了敌意——他自己也说不清是为什么。管家也清楚塞西利亚对爱德华的依恋之情，他目光犀利、神秘莫测地看了他一眼。

7. 凌晨一点至二点

曼斯顿独自一人回到家中，内心交织着奇怪的感情。他一进家门，就打发他的女仆回到自己家去，然后立刻上楼到了自己的卧室。

在一些极端的场合中，人性的本能使人渴望向某个神灵或圣人倾诉内心世界。而这个神灵和圣人则在一些沮丧乏味的时候被抛在一边，代而冠之以命运，抑或天律的名义。世俗的理念难以压制这种本能，尤其是当这种本能与感官的欲望结合在一起时，就更加无法遏制。曼斯顿很自私、很残酷地，然而却是发自内心地、无法言表地感谢这场刚刚发生的灾难。几乎是二十年来第一次，他跪倒在自己的床边,再也无法遏制自己强烈的感情。

过了很长时间,他才慢慢站起来。他走到窗边,好像刚刚想起来他与今夜这一惨剧密切相关,他必须有点表示。

他立刻离开家朝火场走去。他赶到时,正好听见教区长还在安排几个男人守在那里,一直到天亮。灰烬依然在燃烧着,红彤彤的。曼斯顿发现在夜里这个时候,要找什么也是徒劳。于是他又朝家里走去。教区长一路陪着他。教区长一直都在甚为关切地劝他暂时离开火场,并且保证说,只要三贩客栈那儿的灰烬冷却下来,人们能够走进去,他们就会仔细地寻找他那不幸妻子的遗物。

于是曼斯回到家中,等待着天明。

第十一章　五天里的事件

1. 十一月二十九日

　　天刚蒙蒙亮，人们就开始寻找了，可是到了九点一刻仍然毫无结果。曼斯顿只吃了一点点早餐，便走上旧宅院和新宅院之间的山谷。他要与阿尔克利芙小姐谈一谈。

　　他在半路碰到了她，她正打算去安慰安慰他，并且安排庄园里每个男人都归他调度。这样的话，寻找他那死去的、被烧毁的妻子的工作便一刻也不会耽搁。

　　他陪同她回到了住所。一开始他们谈了那可怜的妇人的死，似乎她的死必然会给做丈夫的带来深深的伤痛。说过这些按照社会惯例应该说的话后，他们便开始谈论火灾造成的物质损失，以及最好应该采取哪些步骤进行补救。

　　等到他们走进她的私人房间，她对他讲话的态度又变得生硬、刻薄起来。这天早晨，他的举手投足间有一种特别的、不同寻常的东西，让阿尔克利芙小姐刚才没有那样讲话。她一向偏爱的这个人举止风度与往日有所不同，而她也说不清是什么样的变化。总之他完全变了一个人。

　　"你真的为你可怜的太太难过吗?"她问。

　　"嗯，难过。"他简短地回答。

　　"不过是像对任何一个暴死的人那样吧?"

　　他坦言承认——"因为她不是个好女人。"他又加了一句。

"可怜的人儿已经死了。这样说她让我觉得很难过。"阿尔克利芙小姐的话里含着责备之意。

"为什么?"他问,"如果她并不值得称赞,我为什么要说她好呢? 我一直很敬佩斯特恩①在他的一封信中说的一句话——'理智和圣经都没有要求我们只能赞颂死者。'我就是照着这句话做的。还有,东家,"他稍稍想了一会儿,继续说道,"我可以,也许可以希望你会支持我,或者说不要阻拦我,去努力赢得你身边一个年轻姑娘的爱。对这个人,我倾慕已久了。"

"塞西利亚!"

"对,塞西利亚。"

"你一直在爱着塞西利亚?"

"是的。"

她最初觉得甚是惊讶,之后便激动异常。她一下子从座位上站起来,踱到屋子的另一头。管家静静地看着,然后又补充道:"我一直在爱她,现在依然爱她。"

她走近他,若有所思地端详着他的脸,一只手犹犹豫豫地摆动着。

"那么,你之所以迟迟不向塞西利亚求爱,这秘密的婚姻才是真正的、惟一的原因。他们这样告诉我,全村的人也都在这么说,而根本不是你对她的魅力无动于衷。"她的口气半是相信,半是询问,但丝毫没有嫉妒的成分。

"是的,"他说,"这并没有什么不光彩的。让我裹足不前的只有一个原因——一种道德感。而且,东家,你可能并不因此而夸奖我。"他说后面这句话的时候,语气和神情中却流露出一种骄气。

阿尔克利芙小姐保持着沉默。

"那么现在,"他继续说;"我想冒着冲撞您的危险,对我近来

---

① 劳伦斯·斯特恩(1713—1768),《项狄传》的作者。——原注

的行为说上一句公道话。我之所以服从您的安排,答应给我的前妻写信,而且跟她一起生活,并不是因为我贪图钱财,希望留住这个比以往都舒适自在的职位,而是因为我对塞西利亚的感情已经一发不可收。尽管我时常感到这样做是脆弱、愚蠢,甚至是邪恶的表现,但这份感情仍然促使我想方设法和她接近,虽然我已经是个有妇之夫。"

他等着她开口,可她一言不发。于是他又继续说下去,

"我要赢得塞西利亚的爱,可是有个很大的障碍。"

"没错,爱德华·斯普林罗夫。"她静静地说:"我知道,我以前的确希望他们能够结合,他们之间闹了点小矛盾,不过很快就会和好的。除非——"她说着,似乎没有认真听曼斯顿刚才的话。

"他已经跟别人订婚了,而且要结婚了。"管家说。

"唔!"她说:"你是指他住在皮克山的表姐吧,这对我们无济于事。他现在回家来就是要跟她解除婚约的。"

"他绝不能解除婚约。"曼斯顿说,语气坚决而平静。

他的语气吸引了她,令她震惊。她回过神来,便傲慢地说:"喔,这是你的事,不是我的。尽管我希望会看到她成为你的妻子,可是我不能为此做出什么不光彩的事儿来。"

"但是这必须成为你的事。"他的声音强硬而且沉稳。他直视着她的眼睛,好像从那儿看到了她过去的一切。

女人脸上流露出那种独特的心绪纷乱的表情,是最难用语言描绘的。阿尔克利芙小姐就是这个样子。她一直都在极力扶持另一个人,这时却突然开始怀疑这样做会损害自己的地位。阿尔克利芙小姐就以那种复杂的表情看着管家。

"你——知道——我的——一些事?"她结结巴巴地说。

"我全都知道。"

"你那该死的太太! 她写信说她不会告诉你!"她脱口而出。"她就一天也憋不住吗?"她想了想又说道,不过已不再像是对陌

生人讲话，"我不会让步的，我并没有犯罪。尽管我当时想拒绝她，却因为一时的软弱而屈从了她的威胁。主要是因为我猜不透她是怎么知道的。哼！我不会再容忍任何威胁了。喔，你能吓住我吗？"她又轻轻地加上一句。似乎此刻她忘记了她一直在跟谁说话。

"我的恋爱一定会成为你的事。"他重复道，目光依然紧紧注视着她。

她一时气得说不出话来。不过她倒不是因为秘密被人发现而生气。"你怎么能转而责怪我。我想方设法把你弄到这儿来——我想方设法让你赢得她，直到我发现你原来结了婚。哦，你怎么能！哦……哦！"她哭了起来。像她这样性情的人，哭起来就像男人哭的时候那么令人心伤。

"你把我弄到这儿来，是很糟糕的伎俩，对保守你的秘密极其不利——这是天底下最荒唐事儿，"他没去理会她的悲伤，径自说道，"我什么都知道，只是不知道那个人的具体身份。我一发现我到这儿来是策划好的，而不是偶然的，我就立刻注意上你了。所有的一切，只需要生活中有一点点迹象，就会把一大堆的猜测连成一个有机的整体。"

"伎俩！——你怎么能说是伎俩？你想想，好好想想！你怎么能威胁我，你知道——你知道你不威胁我，我也是乐意帮你的！"

"是的，是的，我想你会的，"他语气温和了，"但是这许多、许多年来，你的漠不关心让我心存疑虑！"

"不，不是漠不关心——我不得不保持沉默：那时候我父亲还活着。"

他抓住她的手，轻轻地握在手里。

"现在，你听好。"当她平静下来后，他又说道，不过语气更加温和，更有人情味。"斯普林罗夫必须和那个跟他订婚的女人结婚,你能让他这样做,不过办法只有一个。"

"哦,别说得这样严肃,埃涅阿斯!"

"你知道吗? 在过去的两三年里,他父亲的生意并不兴旺。"

"有一两次,我只是听别人说起过。不过他的房租都按时付了,对吧?"

"哦,没错。你知道关于那些已经烧毁的房屋的租借条款吗?"他问道。接着他向她解释说,依据那些条款,她甚至可以强迫他把每座房子都重新盖起来。"另外就是,我知道这场火灾的原因再清楚不过,完全是由于疏忽大意。"

"我不希望重建那些房屋,你知道我父亲曾经有这样的意思,就是那些房子一塌了,就立刻清理好那块地方,改成园子的一个新的入口。"

"是的,可这并不影响你的支配地位。在某种程度上,农夫斯普林罗夫受你控制,这对他可不是闹着玩的。"

"我不会这么做——这是个阴谋。"

"为我也不肯吗?"他急切地问。

她脸色一变。

"我现在不是威胁你,而是恳求你。"他说。

"因为你要想的话,你还是可以威胁我,"她不无哀伤地回答,"可是为什么要这样呢? ——在你还没认识她之前,我就一直非常希望你们能成为夫妻。我该怎么做呢?"

"几乎没什么,很简单。一两天之内我会见到老斯普林罗夫,我就告诉他,他应该把房子重新盖起来。你会见到小斯普林罗夫吧。一定要亲自见他,要让他觉得你的提议不过是你一时的冲动而已,你或者他总会把话题转到房子上来的。要重建那些房子至少需要六百英镑。他几乎肯定会说,我们这样死咬住房契,坚持让他们重新盖房,实在有些不近人情。你就告诉他,你本人根本没有想过把他父亲那样的老房客逼得如此痛苦——你没有强逼他们盖房，只是要他们交出租契而已。然后您深表同情地谈起他的表姐，说您很尊重她，也很喜爱她，而且你知道她心底的秘密。她因为希望总是得不到满足，非常忧伤，你劝他和她结婚，因为她是他的未婚妻，也是你的朋友。告诉他你会因此而再次考虑一下他父亲的处境。不要太急于提出结婚的日期，否则他便会怀疑你不是出于女人的同情，而是另有动机。劝诱他给她一个允诺，答应她在年底娶她为妻。他一应承下来，就让他写信给塞西利亚，说他要和她一刀两断。"

"塞西利亚已经请求他这样做了。"

"那就更好了——还要告诉塞西利亚，他就要实践自己多年的诺言，要与他表姐结为秦晋之好。如果你认为有必要的话，你也可以说，在知道我已有太太之前，塞西得亚对我并不是无动于衷的。在家里我还留着一张字条，我可以拿给你看看，那是我第一次见到她那个晚上她写给我的。那纸条看起来颇有情意。相信我，他会放弃她的。他和阿迪莱德·海茵顿结婚之后，就可以劝说塞西利亚嫁给我——在他们结婚之前也行。女人的自尊很容易受到伤害。"

"我是不是最好给尼特林顿先生写封信，打听一下关于这房子的具体的条文规定？"

"喔，不用，这倒不用急。我们对这事了解得很清楚——谈谈大体的条款绝对没问题。而且我希望在小斯普林罗夫再次离开家之前，给他施加压力。"

说完之后，他沉浸在深思之中。他的眼睛百无聊赖地看着地板的花型。她在一旁长时间地偷觑他，内心涌起一丝悲伤。他不顾塞西利亚·阿尔克利芙就在身旁，径自低语着："没错，没错，她会是我的。"终于，他抬起他那探询的眼睛。

"我会尽力的，埃涅阿斯。"她答道。

说完这些话，曼斯顿离开这里，又朝黑乎乎的废墟走去。在那儿，人们还在细心地翻找着。

2.十一月二十九日至十二月二日

三贩客栈余火未尽，浓烟依然阵阵飘荡，似乎在告诉人们，就算那些搜寻者的灯火能够照到那不幸的曼斯顿太太的遗骸，他们也不会发现什么。

坚硬而干燥的橡木和栗木都烧成了大堆的木炭和灰烬，跟那些茅草灰混在一起。这堆灰烬的里面依然有余火。从外表上看黑乎乎的，似乎早已燃尽。可是只要有什么风吹草动，就会散发出阵阵火星和朵朵火苗。尽管余烬仍炽热难当，人们还是执着地希望找到些尸体的遗迹。在曼斯顿的指挥下，人们不间断地找了三十个小时，终于找到了足够的东西，证明她的死已无可置疑。

那些令人感伤的遗物包括她的手表，一串钥匙，几枚硬币，还有两块烧焦变黑的骨头。

两天之后，官方来调查曼斯顿太太的死因。调查会在旭日升客栈举行，由验尸官弗洛伊先生以及一个由当地主要居民组成的陪审团查证。这个村子中仅存的一家小客栈被挤得水泄不通。邻近的雇工以及他们有钱的雇主都来了。人们只要能抽出一个小时的休息时间，就都跑来旁听。

陪审团查看了那些令人心酸却又少得可怜的遗物。这些遗物用细白布包着，放在灵柩的正中央。按照曼斯顿的要求，灵柩做得很精致，四周绕着白色的丝绸。精心摆放的鲜花和常青树几乎覆盖了整个灵柩——这也是曼斯顿亲手布置的。

亚伯拉罕·布朗来自伦敦的霍克里顿。他须发全白，脸上没有一点儿红润之色，使他那苍苍白发看起来让人不自在。他发誓并且证明在他提到的地址那儿，他拥有一幢可供寄宿的房舍。距这场火灾发生不到一个月的一个星期六,有一个女士到他那里。她带的行李很少。就住在第一层的起居室里。因为她提前预付了一星期的房租,所以他没有问她从哪儿来。不过她自称是曼斯顿太太。她还说,如果他想证实她的身份,可以去查问住在响水山庄的曼斯顿先生。她在那儿住了三个星期,很少出门。这期间曾经有一夜未归。三个星期后,十一月二十八日,大约是中午十二点钟的时候,她乘一辆四轮马车离开。临行时她告诉驾车人,她要去滑铁卢车站。她付了所有的租金,包括下一个星期的。因为她并没有在离开前一个星期事先声明,不过他只拿了一半。她戴着厚厚的黑色面纱,穿着一件灰色的防水斗篷。她离开的时候,行李包括两只箱子。其中一只是普通的松木做的,上面还镶着涂黑色油漆的压板。另一只用帆布包着。

卡里福德路车站的搬运工约瑟夫·奇尼证实,他看见曼斯顿太太于二十八日晚从火车的二等车厢下车。她的衣着就跟上一位证人描述的一样。她的行李从运货车中往下搬的时候,她就站在他身边。那些行李都被放在了寄存处,其中一个是镶着压板的松木箱子。另一只裹在帆布里。她看到没有人接她,似乎有些不知所措。她请他给找个人帮她拿包,陪着她到响水山庄曼斯顿先生的住所去。那时候他刚好干完活儿,就亲自陪她去了。证人接着又重复了他和曼斯顿太太在路上的谈话,并且证明由于曼斯顿先生的房子锁着,他便送她到三贩客栈的门口。

下一个传的是农夫斯普林罗夫。他走进来的时候,人群中一阵窃窃私语。人们又是惊讶,又是同情。

前几天发生的事情对他那紧张而多虑的性情产生了很大影响。他眼窝深陷,原本红润的脸颊上染上一抹浓重的红色,好像经历了一场大病。他讲话的时候,现场鸦雀无声。

他陈述道,他到门口去迎接曼斯顿太太,然后请她到客厅。她并没有去,女仆上楼去看房间是否准备好的时候,她就站在过道里。女仆下楼来，走到楼梯的中间，她便跟着去了房间。他跟她说的话总共还不到十个字。

后来，他站在门口听他儿子是不是回来了。那时候，他看到她房间的灯灭了，一开始时还看见她的影子走来走去。

验尸官："从她的影子看，她是不是在脱衣服呢？"

斯普林罗夫："说不准。我也没有刻意去看。那影子来回移动，她也许是在脱衣，也许只是在房间里踱来踱去。"

马夫的妻子，那儿的女仆菲特勒太太说，她领着曼斯顿太太进了房间，把蜡烛放下就出去了。曼斯顿太太请她端一大杯白兰地来，其余便什么也没说。她便出去为她倒了一杯，端上楼，放到梳妆台上。

验尸官："你回去的时候曼斯顿太太开始脱衣了吗？"

"没有，先生。她正在床上坐着，衣服一件也没脱，就像刚进门时一样。"

"你离开之前她开始脱衣了吗？"

"确切地说不是在我离开之前，而是当我一关上门，走到门外的时候，我听到她的靴子落到地上的声音，就像脱掉时那样。"

"她的面色疲惫而且困倦吗？"

"我说不准。因为她还戴着帽子，蒙着面纱。好像在三贩客栈让人看见，她觉得很害羞，很难为情似的。"

"你还听到或看到其他的事没有？"

"没有了，先生。"

曼斯顿的临时女仆克里凯特夫人说，她遵照曼斯顿先生的吩咐，把屋子里的一切都收拾得舒舒服服的，因为曼斯顿太太星期一晚上要到。曼斯顿先生告诉她，他和他太太会回来得很晚，大约在十一点到十二点之间。他还告诉她把晚饭准备好。她没想到曼斯顿夫人会来得那么早，所以就到女邮信员李特太太家了，因为她有件重要的事找她。

曼斯顿先生证明,他在查看《布莱特肖铁路运行指南》的时候,把火车到站的时间搞错了,所以她来的时候他没能接她。找到的那只破碎的表是她的——他知道里面的表盘上有一道划痕,而且还有别的标记。那串钥匙也是她的——其中有两把钥匙可以打开箱子上的锁。

弗鲁克斯先生是切特伍德庄园主克雷顿菲尔德地主的代理人。他说,曼斯顿先生在谈妥一天的事务之后,便请求晚上能早点离开,因为他要去卡里福德路车站去接他的太太。他说他太太是乘那天晚上的末班车来。

外科医生说,那些遗骸是人的遗骨。那一小块似乎是腰椎骨,另一块像是股骨头。不过它们烧得太厉害了,所以不可能说清是男人的还是女人的,同时,并没有确切的证据证明那不是女人的遗骨。他不相信她是被火烧死的。他认为是西边山墙的倒塌把她砸在下面。由于山墙是木头的,再加上木制的地板,所以墙一塌便燃烧起来,她的尸体随之烧毁。

又有两三个证人做了并不重要的证明。

验尸官做了总结。陪审团毫不犹豫地认为,死者曼斯顿太太已在三贩客栈的这场偶然的大火中不幸丧生。

3. 十二月二日下午

问询结束之后,斯普林罗夫先生走出旭日升客栈的大门。曼斯顿走在他的旁边,已经到了约有一箭之遥的篱笆旁的台阶那儿。

"嗨,斯普林罗夫先生。无论谁碰到这种事,都够让人难受的。"

"无论谁,"老农夫话语中含着深深的悲伤:"对我来说这太痛苦了。每天早上天一亮,我就不知道该怎么度过。我想起了那句话,'你因为你心中所恐惧的,眼里所看见的,早晨必说,巴不得到晚上才好;晚上必说,巴不得到早晨才好。'"①他哽咽难言。

"啊——的确如此。我自己也读过《申命记》。"曼斯顿说。

"但是跟你的相比,我的损失就不算什么了。"农夫继续说。

"不算什么。不过我还是同情你。我要是连这点同情心都没有,我就太有点铁石心肠了,尽管我自己的苦楚也是那么沉痛,那么深刻。事实上,虽然性质不同,但我的丧妻之痛让我更加深刻地体会到你的痛苦。"

"要把房子在原地建起来,你觉得要多少钱?"

"我想大概要六七百英镑。"

"如果按照法律条文做的话……"老人说道,声音更加焦虑不安。

"是的,一点儿没错。"

"阿尔克利芙小姐打算让我怎么做,你知道她的想法吗?"

"喔,一般说来,我对她的想法并不太清楚。但是,在这件事上,我相信她是相当坚决的。考虑到她会因此得到一些新房子,她可能会分担六分之一或八分之一的金额。不过我想不会再多了。"

管家走到台阶上。斯普林罗夫则低着头,步履沉重地沿着大路朝他侄女的房子走去。虽然爱德华颇不情愿,他们还是在那儿暂时住了下来。

管家这番话的话外之音,他很快就体会到了。几乎整整一个下午,他都和阿迪莱德还有爱德华待在屋子里。可是他除了"哼"、"啊"地表示应答之外,便一言不发。爱德华总是发现他的眼睛不是凝视着墙壁,便是盯着地板,完全没有意识到别人的存在。他像平常一样吃了晚餐,不过一直是面无表情,心不在焉。

---

① 语出《旧约·申命记》的第28章。——原注

4.十二月三日

第二天清晨他依然情绪低落。到了下午,他的儿子便担忧起来。他终于从他父亲口中得知,这都是因为他跟管家的那番话引起的。

"简直胡说,他什么都不知道,"他怒火中烧,"我要亲自去见阿尔克利芙小姐。答应我,爸爸,不要相信阿尔克利芙小姐会做出这种不公正的事儿来。等我回来亲口告诉你,你再相信也不迟。"

爱德华立刻动身去响水山庄。他沿着大路大踏步走去,直到一个水闸门才停下来,那儿有一条小径通向庄园宅院。在那儿他靠在栅栏上待了一会儿,默想着最好应该用什么方式打开话题,同时心不在焉地眺望着眼前的景色。虽然这景色后来令他久久难忘,但当时他却视若未见,毫不在意。时值深秋,金黄遍野,金光闪耀。在这个时节,晨光和暮色似乎交融在一起,正午的炽热消失得无影无踪。这明朗的金色阳光把阿尔克利芙小姐也吸引出来,她这时正朝着村子这边缓缓走来。斯普林罗夫正左右踌躇之际,听到种植园后传来女子的裙裾声。栗子树的树枝上许多带刺的果壳和树叶落在小径上,裙裾划过时便沙沙作响。不一会儿,她就站在了他的面前。

他恭恭敬敬地跟她打了招呼,正想请求跟她谈一会儿,她却径直谈起了那场火灾。"这对你父亲来说,真是太不幸了。"她说:"我听说最近他的保险也终止了。"

"是的,东家。你可能也意识到,依照他手里的那些一般条款,再加上这场火灾,他必须把那一整排房子重建起来。要么他就会成为这座庄园的债务人,欠你几百英镑。"

她点点头。"我一直在考虑这件事,"她继续说。然后就把管家那番话的基本意思重复了一遍。她讲话的时候,斯普林罗夫脑海中一阵翻腾,还有些迷惑不解。但是她还没有说完,他的眼神已变得清醒锐利。他直视着她。

"我不接受你的免除赔偿的条件。"

"这根本不是条件。"

"哼,不管是不是,这些话都是毫无理由。"

"根本不是——是因为你们家的疏忽大意,那房子才烧着的。"

"我不是指房子——在婚姻这件事上,你自然最有发言权。可是你对我,相对而言,还算是个陌生人,你根本没权力就这个非常微妙的话题提出你的意见和希望,这件事与别人无关,只是格雷小姐、海茵顿小姐和我之间的事。"

像大多数处于她这样地位的人一样,阿尔克利芙小姐显然没有意识到她的一个佃户,一个下等人的儿子能成为受过教育的人。他已经开始意识到自己的个性,开始用一种反叛陈规旧俗的观点来看待社会。这一切已远远超出了卡里福德教区的农夫们的水平。因此对不同阶层的从属关系,他有着一个进步人士的完全叛世逆俗的看法。斯普林罗夫已经与表姐阿迪莱德订婚,但他又深深爱着塞西利亚,在这两者之间他进退维谷。他希望能体面地处理好,但他也非常清楚地意识到这是一个多么错综复杂的问题。所以任何人只要一提及这件事,他就会变得格外敏感。他对阿尔克利芙小姐讲话时已相当激动。

阿尔克利芙小姐也是个情绪一激动便不管不顾的人。她似乎已准备容忍一声冷漠的拒绝,但是她倨傲不逊的性格却使她对一声批评、一句指责忿懑不已。于是,曼斯顿那不可告人的目的原本只是强加给她的,现在却成了她自觉自愿、全力以赴要达到的目的。

在这种情况下,一个暴怒的男人会放弃劝说而采取明显的强迫方式,而一个暴怒的女人则会不择手段,想出一些大胆的计谋。

以阿尔克利芙小姐的顽固,再加上她要维持女主人的颜面,她就不惜采取一种卑劣的手段。而正是这卑劣的手段让她有生之年备受良心的谴责。

"我就不明白了,斯普林罗夫先生,"她说:"我完全不是你所说的那种陌生人,不管怎么说,我对你的家庭的了解已经有许多年了吧。对于格雷小姐嘛,我了解的尤为清楚,我还知道她对这件事的想法。"

迷茫的爱使我们像老妇人一样轻信,一样好奇。爱德华自己也承认,就算通过这样一条危险的途径,他还是愿意了解塞西利亚的想法。

"我收到她的一封信,"他故作冷淡地说,"那封信清清楚楚说明了她的想法。"

"你认为她还爱你?喔,是啊,当然你会这么认为——任何男人都是这样。"

"我是有理由的。"他无法再像刚才那样故作漠然了。

"我倒想听听是什么理由?"她说,语气含着嘲讽和傲慢。

爱德华觉得他正在一点一点地容许她做一件自己极其反感的事。但是事实上,他的对手像女王一样仪态雍容,而且她虽过了如花岁月,依然美丽动人,依然能打动感觉敏锐的男人。就像玛丽·斯图亚特迷惑了义愤填膺的清教徒一样,阿尔克利芙小姐的风姿吸引了他,使他容忍她。于是他又诚实地回答了她的问题。

"最好的理由是——她来信中的语气。"

"嗬,斯普林罗夫先生!"

"不,阿尔克利芙小姐!格雷小姐希望我们以后形同陌路,而实际原因很简单,亲密只能让令人心碎的纠葛更加苦恼。而不是因为没有爱——爱只是被压抑了而已。"

"你还不明白吧。一个女人像这样抛弃一个男人的时候,总会因她将给对方带来的痛苦而觉得遗憾,于是她的语气便会温和些。可这又常被人误解为是爱情受到了压抑。"阿尔克利芙小姐说道。她话语温存，却笑里藏刀。

塞西利亚的语气模棱两可，而这种解释是他从来没有想过的。他太心无城府，因此没去否认。

"我从来没有这么想过。"他说。

"你不相信吗？"

"不信。除非你还能找到别的什么证据来证明。"

她沉默片刻，便又有些犹疑地开口道："我的意思是——我从没想过向你坦言这件事——我的意思是劝劝你实现你对海茵顿小姐许下的承诺，并不是只为了她和你（虽然有一点）。我全身心地爱着塞西利亚，跟你相比我甚至更加希望看到她快乐幸福。我本不想把她的名字也扯到这件事里来。但我不得不说，她写那封断交信——那封非常决绝的断交信——的原因，并不是因为你的订婚。她也不小了，也知道解除婚约就跟订下婚约一样容易。她写那封信是因为她爱上了另一个男人，非常突然地，而且并没有想过或希望嫁给他，但却是用情至深。"

"是谁？"

"曼斯顿先生。"

"天啊——！我一会儿也听不下去了，东家。嗨，她那时候还没见过他呢。"

"她见过。他是在她给你写信的前一天到的这里。如果有必要的话，我可以向你证明，就在那一天塞西利亚主动到他那儿去了，尽管这没什么不对，也无可非议。她在那儿待了两个小时，又是弹琴，又是唱歌。她一离开他那里就马上回了家，给你写信说她不会再见你了。这完完全全是因为她见到了他，并且不顾一切地爱上了他。这对一个年轻姑娘来说是再自然不过的事了，因为他是这个地区最英俊的男人。为什么在这之前她没有给你写信呢？"

"因为我是那么——因为在那之前她还不知道我和我表姐之间的关系。"

"我却肯定地认为她知道。"

"为什么?"

"因为她到这里来陪伴我的第一天,我就亲口清清楚楚地告诉了她。"

"哦,你到底想要告诉我什么? 这——那天格雷小姐写信给我,告诉我最好就此分手,她就在那一天遇到了一个男人——?"

"一个相当英俊而且有才干的男人。"

"是的,这点我承认。"

"而且就在她和他见面之后给你写了信。"

"是的,就在她见他之后。"

"而且她还和他独处一室。"

"这并没什么。"

"而且待在那里跟他弹琴唱歌。"

"就算是这样,"他说,"也许是因为什么偶然的因素。"

"而且就在她给你写断交信的同时,她还写了另一封信,提出和他秘密约会。"

"决不会的,老天作证,东家,决不会的。"

"你说什么,先生?"

"决不会的!"

她对此嗤之以鼻。

"你的话一点儿都不可信;但是我决心证明一个贵妇的话是可信的,尽管这件事与你和她本人都不相干。你既然肯定她给他写过一封有关约会的信,那么,如果曼斯顿先生还保留着的话,希望他能体谅我的心情,把信借给我看看。"

"另外,"爱德华继续说,"一个结了婚的男人,怎么能去诱使一个年轻女孩给他写你说的那种信呢?"

她的脸微微一红。

"这——这我就什么也不知道了。"她结结巴巴地说,"不过,塞西利亚当然无论如何也想不到他已经结了婚,就像我和教区里其他人一样。"

"她当然想不到。"

"而且我有理由相信他后来直截了当地把事实告诉了她,而她不能让自己的名声受到连累,也不会允许他这样做。众所周知,他很艰难,而且很诚实地抵御她的魅力。即使这份感情并没因此而冷却,至少他成功地掩饰住了他的感情。"

"我们希望他是这样。"

"不过现在情况变了。"

"变得还不小呢。"他心不在焉地嘟囔了一句。

"你必须记着,"她更加有说服力地说,"格雷小姐完全可以按照她的意愿,按照她心里所想的去做。"

由于她强有力的断言,她发现爱德华的信心的确有些动摇,于是她怒气渐消,心中颇为得意。

爱德华的思绪又飞回到他父亲那里。他是为他才来见她的。这样的唇枪舌剑令他非常厌恶。

"我不便再打搅你了,东家,"他沮丧地说:"我们的谈话结果让我很是伤心。"

"别这样想,"她说,"别误会我的意思。我比你年长得多,所以我了解很多事情。"

爱德华满心痛苦,疑虑重重,同时又非常后悔。是他燃起了父亲的希望,却又不可能将它实现。他缓慢地走进村子,朝他表姐家走去。老农夫在门口急切地等待他。他已经在门口等了半个多小时了。一见到儿子,他眼睛一亮:"喂,泰德,她怎么说?"他问。他的语气甚为乐观,却让听者感到悲伤。因为不管怎么样,这些话都不可避免地会给说话人带来深深的失望。

"没什么值得我们大惊小怪的。"爱德华强挤出一副笑容，说道。

"我们还必须重建吗？"

"看来必须重建，爸爸。"

老人的眼睛掠过远方，然后一言不发地转身进屋去了。他心中的希望又灰飞烟灭了。爱德华走到屋里，发现父亲打开书架，双手颤抖着展开那些契约，却又看也不看便把它们重新折好，放到壁龛上，然后又把它们拿开。

阿迪莱德也在房间里，她看着老农夫，忧心忡忡地对爱德华说：

"希望这不会要了可怜的叔叔的命，爱德华！要是他有点什么闪失我们该怎么办呢？他是你和我在这世界上惟一的亲人了。"这一点是千真万确的。不知怎么，这句话让爱德华觉得他和她更加息息相关。

她又说道："就在火灾的前一天，他还满怀希望地说，我们结婚后，他无论如何不会让任何人把我和你分开。"

爱德华心中第一次涌起一阵深深的疑惑。他一心要拒绝阿尔克利芙小姐提出的选择条件，这样做是不是正确呢？这是自私还是独立？他只考虑自己的心境，却丝毫没有考虑他父亲的心中是否安宁！

老人一直到晚饭时才开始讲话。他一开口便无休无止地问他儿子一些异想天开的问题，都是关于怎样才能劝说阿尔克利芙小姐听进更仁慈些的条件。他现在谈起她，不再像是谈一个不公正的女人，而是像在谈命运女神拉基西斯①。任何人都不应谴责这

---

① 拉基西斯，命运女神。希腊人和罗马人认为，共有三位命运女神掌管人的生死。拉基西斯专司生命之线的长度，人寿尽时，纺线即断。另两位女神一司纺线，一司割线。——原注

位女神的做法。他热切地说着，有一次转过脸来，眼睛直视着爱德华的脸，瞳仁张得大大的，脸色怪异，让人看了心痛。

"要是她会同意该多好啊!"这句话他反反复复地说了一百遍，使听者更增悲伤。

门口响起一阵礼貌的敲门声，简拿着一封信走了进来，信上写着——

　　小爱德华·斯普林罗夫先生

"是响水山庄的查尔斯送来的。"她说。

"阿尔克利芙小姐的笔迹。"爱德华自己还没认出来，老斯普林罗夫便抢先说，"现在好了，她是要提个建议。她不想在那儿建房子了，而是要在那儿开辟一条进园子的路。"

爱德华打开信，扫了一眼内容。他尽最大努力克制着自己说道——

"只有信封是阿尔克利芙小姐写的，内容和火灾无关。没想到她今天晚上就不怕麻烦地派人送来。"

他父亲心不在焉地看着他，然后转过脸去。很快他们便上床休息了。爱德华在卧室独自一人时才打开信，去读那些在他们面前不敢提及的内容。

信封里还装着一枚信封，是塞西利亚的笔迹，信上的地址是——"旧庄园主宅院，曼斯顿先生"。里面是塞西利亚因雷雨在他房中滞留之后写给他的纸条。

　　　　我答应过你七点钟与你在瀑布那儿会面。可我觉得我做不到。当时的心情使我不能自制了。

　　　　　　　　　　　　　　　　塞·格雷
　　　　　　　　　　　　　　　　响水山庄
　　　　　　　　　　　　　　　　九月二十日

当语言只会成为累赘时，阿尔克利芙小姐的沉默便比表达任何看法都十倍地令人信服,所以阿尔克利芙小姐在信中只字未写。

于是他一点一点回忆起今天下午他和阿尔克利芙小姐关于塞西利亚感情的所有谈论。他的思绪一片混乱,这种痛苦的体验让他自然而然地得出结论:既然阿尔克利芙小姐对这件事情的结果的描述是可信的,那么她对其原因的假设也一定是正确的。也就是说,他已经相信塞西利亚——他一直认为是忠贞不贰的塞西利亚——面对曼斯顿异常俊美的面庞和出色的身材,无论如何也不会无动于衷。

塞西利亚放任自己爱上这位新来的人,而不顾他根本无法自由回报她的情意。他能因为这种过失,这种不适当的爱,而责备她吗? 不能。他一刻也没有怀疑过,这份爱情的出现只是因为塞西利亚固有的天真和冲动。在自己意识到之前,她的心已经飞走——她不顾自己的存在,在对曼斯顿一无所知的情况下,她的心已经飞向了他。可能塞西利亚写给他的那封信,便是她头一次心有所感的结果。如果不是有一个情有可原的事实,他会毫不犹豫地称曼斯顿为无赖。整个教区的人都知道,爱德华也间接得知,曼斯顿作为一个已婚男人,在到来的最初几天,的确一直在竭力躲避塞西利亚,以逃避她那无法抗拒的美丽和她投过来的令人无法自拔的眼神——也避免自己的目光在她身上停留。

他从外衣口袋里拿出一个褶皱的有些磨损的信封,里面是塞西利亚写给他的信。斯普林罗夫打开信,读了一遍。在信里,他被严辞责备并被抛弃。信上的日期和写给曼斯顿的那封信相同,而且信中还有一句话:"我在考虑了整整一天之后。"这样,便让人很有理由相信,塞西利亚是在给总管写完信之后,才提笔给他写信的。而且那封信在他看来是那么含情脉脉,比写给自己这封甜蜜得多。

尽管他深怪她感情的易变,却并不怀疑在布迪茅斯时她的确对他情有独钟。不过那只是一种昙花一现、浅如浮萍的感情——

而不是完美的爱情。

> 爱算不得爱，
> 要是人家心变了，它也变得①

但这并不是轻浮，她心里的确萌生了感情，之后又烟消云散。如果他对她的爱也能这样轻易地飞逝而去，不留什么痕迹，那么他就不会这样心乱如麻了。

阿尔克利芙小姐对这件事极为关切，居然立即到曼斯顿那里取回这封信，并竭力劝说他娶他的表姐，这就只能理解为塞西利亚的确爱上了管家。

5．十二月四日

爱德华不知道自己是怎样熬过这一夜的。他焦躁不安地翻来覆去，太阳穴的血管在剧烈地跳动，耳旁也一阵阵鸣响。

天还没亮，他就穿好衣服，走到外面的楼梯平台上。他发现父亲的卧室也开着门。爱德华想着，父亲准是像往常一样轻手轻脚地起了床，到地里去招呼农工们干活了。

可是大门依然闩着，他走进前厅，前厅空无一人。他脑中跳出一个新的想法，于是他转过身，绕到后面的厅里，那里面放着从火中抢救出来的那些残缺不全的东西。他从门口向里面看去，屋里的百叶窗半开着，他看到父亲就坐在窗旁，斜靠着书桌，胳膊肘抵在书桌的折板上，双手紧扣着前额，身体弯曲得几乎折在一起。在他身边，是那摞怪异可怕、但叠得整整齐齐的羊皮纸——那些已毁房屋的契约。

爱德华进屋的时候，他抬头看了看。黎明的微光照在他脸上，

---

① 语出莎士比亚十四行诗第一百一十六首。——原注

他倦怠地开口道："爱德华，你怎么起这么早？"

"我很担心，睡不着。"

老农夫又转过脸看着桌上的契约，似乎深陷在沉思中。过了一两分钟，他眼睛也没抬，便又道：

"这不是我们能够承受的，泰德——我们负担不起！泰德，这会要了我的命。并不仅仅因为这些损失——还有我的疏忽大意，忽略了保险，什么都忽略了。我永远不会借钱的。现在真是悲惨。上帝救救我们——真是悲惨！"

爱德华没有说话，依然目不转睛地望着窗外那阴郁的黎明。

"泰德，"老农夫继续说，"一场大火把我家烧得乱七八糟，这让我对什么事都感觉非常不安，非常疑虑。还有一件事让我烦心——我们跟你表姐住在一起，把她家挤得满满的，这肯定给她带来很多不便。她倒是说并不介意。最近你跟她谈起过什么时候结婚吗？"

"最近没说过。"

"嗯。现在我们住在一起，你最好跟她说说。你知道，她一直耐心地等待了这么长时间，你从来没有跟她提这件事。但你迟早得说的，我觉得现在说正合适，再说你也应该准备好了。如果你哪天早晨跟她走进教堂，把事办了，然后我们继续住在这儿，事情就简单多了。如果你不结婚的话，我就得尽快找幢房子。山上有两块不动产，我和她妈妈各有一块，哪一块都不小，要把它们重新合到一起就可观了，如果能办到，也会让我心里轻松不少。你考虑考虑，好不好，泰德？"

他的心思深深地集中在这个令人心焦的话题上。这时候他觉得精疲力竭，便停下来，焦虑地看着儿子。

"好，我会的。"爱德华说。

"我今天早晨要到大宅院见她。"老农夫接着说，他的思绪又回到原来的问题上。"我必须知道这件事的实情，什么时间，什么地点。我其实不想见她，但我宁愿跟她谈，也不愿意跟总管谈。不知她会怎么对我说。"

爱德华非常清楚她会说什么。如果父亲问她，他该怎么做，什么时候做，她就会简简单单地把他打发到曼斯顿那里去。按她的性格，她一旦说出了自己的决定便不改变。如果父亲跟她说，他的儿子终于决定今年娶他的表姐，并且就此许下诺言，那她就会说："斯普林罗夫先生，房子已经烧了，就让这事过去吧。别再为这事烦心了。"

他已经拿定主意，便平静地说："爸爸，你跟阿尔克利芙小姐说话时，告诉她我已经征求了阿迪莱德的意见，看她是否愿意下一个圣诞节跟我结婚。她对我们的结合很感兴趣，这个消息可能会让她高兴的。"

"但她还得冷酷无情地和我谈起她的财产。"农夫嘟囔道，"好吧，泰德，我会告诉她。"

6. 十二月五日

在女子的内心深处，总有许多自相矛盾的思想情感。此时，塞西利亚胸中就澎湃着两种完全对立的情绪。

这是一个暗淡的早晨。老斯普林罗夫先生在前一天早晨去见过阿尔克利芙小姐之后，爱德华的预料得到了证实。这天早晨，塞西利亚比往常早起了一个小时，坐在一楼的一间精巧别致的小起居室窗前。这间小屋是阿尔克利芙小姐拨给塞西利亚使用的，不知是出于体贴还是心血来潮。在这里塞西利亚不必违拗心意，被迫去见阿尔克利芙小姐。这时候，她手托脸颊，望着窗外阴郁灰暗的天空。火炉刚刚点燃，跳动的火苗发出黄色的微光，照在她的脸和脖颈的一侧，摇曳不定，像一只翻飞的蝴蝶，正好和她同样姣美的脸颊的另一侧形成鲜明的对照。那一侧沐浴在透窗而入的清冷、微弱的晨光里。百叶窗上的阴影像精灵一样跳跃着，悒郁而狰狞。

刚刚提到的两种矛盾心情是这样的：两个月前她给爱德华写绝交信的口气极为决绝和不容置疑，而她现在却期待着某种答复，但不是一个她认为并不热烈地爱她的人所能给予的答复。因为如果他确实热烈地爱着她，他会发现她那封看似直截了当的信中，实际上是留有余地的。她之所以期待着这个星期的某个清晨收到来信，是因为她听说他已回到卡里福德。她柔情脉脉地推想，他在离开之前会请求跟她见一面的。也正是因为如此，在过去的几天当中，她总是在邮差到来之前便在床上躺不住了。

时钟指向了七点半。她看到园子里那光秃秃的树枝后面，出现了邮递员的身影。他穿过小门，潜没在灌木丛中，接着又出现在草坪上，他看也不看地大步穿过草坪——乡村邮递员总是这样——然后来到门廊。她听到他叮当一声把邮包放在凳子上，便一步也不耽搁地转身朝村子走去。

接着男仆打开门，把邮包拿进屋里，拿上楼来，放到阿尔克利芙小姐的梳妆间门口的平板上。她只听声音就能想象出整个过程。

她有种预感，她终于盼来的那封信就在这个邮包里。可是，这时她却愈来愈缺乏信心。她暗暗地想："他是请求见我！可能他是请求见我！我希望他是请求见我！"

八点差一刻，阿尔克利芙小姐的铃声响了——比往常要早得多。"她一定是听到邮包到了。"姑娘自语道。她厌倦了窗外凄冷的景色，转身走到火炉旁，又开始对未来的画面浮想联翩。

一声敲门声，女仆走了进来。"阿尔克利芙小姐醒了，"她说，"她问你是否能过去一下。"

"我这就跑过去。"塞西利亚说。话音未落，她就一阵风似的飞远了。"真是幸运，"她说："我立刻就可以看到邮包里的信件了。"

她从桌子上拿过邮包，走进阿尔克利芙小姐的卧室，拉起窗帘，转身看着床上的阿尔克利芙小姐，心里计算着再过多长时间她才能看到她的信。

"嗨，亲爱的，你好吗？我真高兴你来看我，"阿尔克利芙小姐说，"你要是愿意的话，孩子，今天早晨你可以打开邮包。"她继续说着，同时很不自然地打了个呵欠。

"真奇怪！"塞西利亚暗想："好像她知道今天可能会有我的来信似的。"

阿尔克利芙小姐观察着塞西利亚的表情，见她双手颤抖地打开邮包，看到里面有一封写给她的信，是爱德华的笔迹。这是在前天，他公正、因而也是痛苦地审视了他自己、他父亲、他表姐阿迪莱德，还有他认为也是塞西利亚的处境，做出决定后写给塞西利亚的。

倨傲不逊的女东家看到，她面前这位年轻姑娘那生动的面庞，由于痛苦而突然变得苍白凄楚。她内心也猛地一沉，一股悔意油然而生。

爱德华在信里主要是说："你说得很对，我们永不再见才是最明智也是惟一适宜的选择。也许我再说也是枉然，可是我跟你一样，为过去那段时光感到深深的遗憾。"

第十二章　十个月里的事件

1. 十二月至四月

时光日复一日地飞逝而去。圣诞节过去了,暮色暗淡的沉闷冬季渐渐被傍晚明亮但更加沉闷的冬季所取代。然后春雨如酥,冰雪消融,进而便是春风习习,尘雾飞扬。绵绵的雨季到了——那是有着粉红色的黎明和灰白色落日的季节。四月的第三个星期,布谷鸟啼声啾啾,第四个星期,夜莺也开始一展歌喉。

爱德华·斯普林罗夫专心在他伦敦的新事务所做事。整个卡里福德地区的人们都已知道,已订过婚的爱德华和阿迪莱德·海茵顿小姐将于年底正式成婚。

在收到那封果断的来信之后,塞西利亚只见过一次她在碧波荡漾的布迪茅斯那段悠然的日子里结识的情人。那是在教堂里,爱德华就坐在海茵顿小姐身边。

这次相遇纯属偶然。斯普林罗夫到教堂来的时候,满心以为塞西利亚已经和阿尔克利芙小姐离开了。整个做礼拜的过程中,他都没有意识到她的存在。

意识到内心最珍视的情感被别人轻慢,让敏感的心灵苦不堪言,每每这种时刻,那在其他时候被称为“九天飘来的女郎”,“快乐的良友”的音乐,则完完全全成为敌人——让人烦躁,让人迷惑。做礼拜的人们唱起了第一首圣歌。歌词是这样的——

像一株亭亭玉树,相伴流水悠悠,

每到秋日便有累累硕果，

　　他也会枝繁叶茂，心中所有

　　理想都在等候成功。①

　　塞西利亚的嘴唇动也不动，一个字也没有唱出来，可是心中却清晰地哼着每个音符。她把这祝福的歌唱给他。纵然他坐在她的情敌身旁，她又怎能不从内心深处为他祈祷呢？

　　真正意义上的高尚是对一个女人在得意忘形的情况下那些小聪明伎俩的道德补偿。这种高尚表现在她平素那种极端的痴愚上，她那种完全的无能为力，以致无法做到起码的公正上，还有她能运用男人们根本不具备的那种有悖逻辑的本领上。这种本领不仅体现在接吻上，也体现在她谨慎遵守"山上宝训"中宣扬的自我牺牲的教义，从而乐于承担痛苦上。

　　而爱德华则有点像跟他性情相近的其他男人，对他们来说，在感情上瞻前顾后有点不大光彩。这种有违心意的既定的爱情本身也有它的可取之处——他在翻看他表姐的书时，像是读贺拉斯②的抒情诗一样，内心宁静，漠然无感，而不会像读赞美诗那样情思涌动，心潮澎湃——

　　啊，你怎能与她媲美，

　　她的明眸将爱情点燃，

　　她的呼吸让爱火增辉，

　　我的灵魂便随她飘飞！③

　　于是，塞西利亚没有让他看见自己，便提早悄悄走出教堂回家去了。风琴弹出的乐曲依然在耳边回响。她顽强地想把心里的嫉

---

① 　N. 泰特和 N. 布兰迪所编的圣歌中的一首。——原注
② 　贺拉斯（公元前 65—公元前 8），古罗马诗人、文艺评论家。他的诗歌内容庄重、严肃。
③ 　选自贺拉斯的颂歌第四卷第十三首。——原注

妒压抑下去,却是徒劳。"以我的性情,我比她更能体会热烈的情感,比她要强得多!她欣赏不了他的所有优点——她永远也不会!这样想来,现在对我来说,他似乎是我实实在在的拥有,而对她来说,他则是虚幻的。"这时候她可不那么高尚了。

尽管如此,她还是一直努力压抑自己心中的痛楚和苦涩。渐渐地,这种情绪变得淡了。最后,她甚至希望她那失去的情人和她的情敌会真心相爱。

这次相遇,以及这份柔情都成了过去。在这同时,曼斯顿不断地出现在她眼前。十一月份那场不幸之后很长一段时间,他一直沉默寡言,举止克制。但他并没有假装伤心,因为他就没有这种感觉。一开始,他妻子的死似乎令他精神恍惚,所以他对塞西利亚不太在意,可他的精神恍惚不是由于沉痛和哀伤,而是由于这是个出乎意料的变故。他的举止始终保持着一种不温不火的和善恭敬。后来,当那场灾难逐渐被人们淡忘时,他便对塞西利亚全然换了一种面孔,他的一举一动都努力想抹掉塞西利亚关于他的记忆——相对而言,她比他更加无依无靠。他让她充分意识到自己是个成熟女性,不要去想目前的处境。一有机会,他就立刻去给她帮助。他无时无刻不在讨她喜欢,给她关心,但他也不表现得过于殷勤。就这样,他理所当然地赢得了她的信任,成了她的朋友。他也轻而易举地让那段逝去的爱成了过往,再没有旧情复燃。

整个阳春时节,日子就这样一天天过去。第二步棋却是阿尔克利芙小姐替他走的。

2. 五月三日

阿尔克利芙小姐带塞西利亚到一幢叫做"神殿"的避暑别墅去。这座别墅建在山庄附近的私人土地上,外观像一座希腊神庙。在那儿可以俯瞰湖面。湖上有座小岛,岛上古树苍苍,宁静的树影倒映在光滑平静的水面上。一老一少两位女士在这里停下来,沉浸在美丽的景色之中。

时值五月——正是春光明媚。杜鹃、歌雀、乌鸫、歌鸫竞相鸣唱,啁啾婉转。苹果花瓣飘落到路面上,如同片片雪花,淡淡的晶莹的露珠在草叶和花瓣上闪亮。两只天鹅悠悠滑进她们的视野,穿过水面,朝她们飞来。

"它们好像非常随意地朝我们飞来了——完全是无意识的——是吧?"塞西利亚边说,边看着天鹅那优雅的飞行。

"是的。不过你要是仔细地看,就会发现它们的尾部恰恰掠过水面。它们是用尽了全力的。"

"我宁愿不去看,那会破坏了天鹅在我们心目中的形象。我们一向以为天鹅很优雅高傲,是不受驱使的。"

"的确如此,我们有时都是'无意识的'。哈,这倒让我想起一件事。"

"什么事?"

"是一个人正无意识地接近你。"

塞西利亚看着阿尔克利芙小姐的脸,眼睛瞪得大大的,惊异的表情清晰地写在脸上。自从曼斯顿太太突然出现并随即去世后,塞西利亚就从未把曼斯顿先生看成是个情人。太太的过世,尤其是这样的暴死,在她看来是伤心欲绝的痛事。

"是男人还是女人呢?"她非常率直地问道。

"是曼斯顿先生。"阿尔克利芙小姐静静地答道。

"曼斯顿先生现在对我感兴趣?"塞西利亚站在那儿,惊讶地凝视着阿尔克利芙小姐。

"你还不知道吗?"

"我当然不知道。哟,他可怜的太太才死了六个月呀。"

"这个他当然知道,可是爱情是不受时间、方法和规则所左右的,否则就不会有人发明出'坠入情网'这个词了。正是由于你说的那个原因，他还不想真让别人看出他的爱。他对自己，对我们都竭力掩盖，但是这爱是的确存在的——而且至深至切，我向你保证。"

"那么我想，如果他真是情不自禁，那倒也没什么恶意。"塞西利亚天真地说。接着开始默默思量。

"当然他没有恶意——这点你很清楚。他死去的太太是他的一个负担，也给他带来了麻烦。这可能对你们两个都有好处。"

塞西利亚猛然想起，就是这同一个女人——阿尔克利芙小姐，在曼斯顿到来之前，也像这样直截了当地说出过爱德华的想法，这让她一时语塞。

"喂，别这样看我，老天啊！"阿尔克利芙小姐说，"你的眼神那么犀利，充满责备，差不多能置人于死地。我真是这么觉得！"

爱德华的形象一旦出现在这位年轻姑娘的脑海中，便挥之不去。她想独自一人待一会儿。

"你还要我在这儿吗？"

"得啦，得啦，你想走开好好地哭一场，"阿尔克利芙小姐握着她的手说，"但是你不可以，我亲爱的，过去的事没有什么令你遗憾的。曼斯顿先生对待他太太，对待你的品行一直是令人敬佩的，而斯普林罗夫对待他的未婚妻，对待你的态度呢，你比较比较就会明白，哪一个更值得你放在心上。"

3. 从五月四日到六月二十一日

为了得到塞西利亚，曼斯顿又采取了第二个步骤。这一次是明明白白的求婚。塞西利亚心怀忧伤，颇感茫然。曼斯顿为了要见到她只好精心地安排。尽管塞西利亚也许无意爱他，但对于一个颇具审美力的女子来说，要对一个英俊异常、天资聪慧的男子产生绝对的反感也是不大可能的。因此，对于他费尽心机来与她相遇并主动交谈,塞西利亚并没有感到惊慌。

出入教堂是他最好的机会,曼斯顿现在对宗教相当虔诚。人们总说任何理由也不能使一个男人皈依宗教,不过有一个办法能让英国的任何一个老底嘉人①手捧祈祷书,成为一个狂热的教徒,这就是让他害上相思病,并且告诉他在教堂的长椅上可以见到他的心上人。

曼斯顿在他一系列的追求方案中,又加上一条,就是说些令人销魂的奉承话,而且要时时说,处处说。要让这些话稍纵即逝,捉摸不定;要让她即便当下感觉到了,却永远不能找到。恰如诗人华兹华斯笔下的那种"飘荡的声音"②。为了使他的话更有效,他便会找个陪衬。他对她颇有哲理地谈起女性姿容的易逝——只有美丽的外表是多么微不足道。他认为在所有女人的梳妆镜上都应该写上一条谚语"行为漂亮才是真漂亮"。"你的行为,你的举止,你的心地令我倾慕,"他故作伤感地说,"这些才是美之所在。虽然在我看来,它们注定会消失,归入虚无的。可怜的眼睛,可怜的嘴,可怜的脸庞,可怜的姑娘!'二十年后她的光彩将飞向何处?'我说,'一百年后她的光彩又将归于何方?'于是我又想如果你的光彩只是一时,之后便永远永远地消散,这也太残忍了。如果你也像我一样平平常常地死去,会被埋葬;并成为树根和虫子的营养物;被彻底遗忘并归入尘土;然后成为教堂墓地中的一片草叶或常春藤叶,这让我觉得有些难以想象,黯然神伤。因此格雷小姐,当我想到你虽然可爱,却也会随芸芸众生飘散,我就很为你惋惜。于是我这时感受到的爱要比开始更加美好、更加稳固、更加长久、更加永恒。"说到这儿,他那俊美的眼中又一次闪烁着热烈的光彩。

就这样,他冒昧地以这种委婉的方式表白,提出求婚。

---

① 老底嘉人,老底嘉的居民,特别指早期的基督教居民。他们由于态度不冷不热而受指责。典出《新约·启示录》的第 3 章。——原注
② 语出华兹华斯(1770—1850)的诗《致布谷鸟》中的第一节。——原注

而她也以同样委婉的方式暗示,她还没有那么爱他,不能接受他的求婚。

他没有想到她会真的予以拒绝,他觉得他真是愚蠢至极。他诅咒自己,怎么竟会对一个贵妇人的侍女神魂颠倒。一旦教区的人知道了她拒绝他的求婚的消息,他们便会抓住这个机会嘲笑他,并理所当然地小觑他往日的声名。他回到他居住的那幢旧宅院,心情不宁地在后院走来走去。接着他又转身走到一边,胳膊扒在角落里一只接雨水的大桶边缘,向里看去。桶中的水凝滞不动,水平如镜,他的脸庞倒映其中,染上了一层淡淡的绿晕,好像柯勒乔①的裸体画。阳光掠过桶板斜射在静静的水面上,使得那一洼水异常清晰。水中有成百上千个小生物,尽管它们只有头或尾,抑或至多只有头和尾,并且命中注定要在二十四小时内死去,但它们却在那水中欢腾跳跃,做着各种动作,快乐无比,幸福至极。

"去他的什么名声吧!为什么我就不能在短短的有生之年快活如意呢?让教区的人嘲笑我的失败吧,让他们笑吧。我要得到她,我要千方百计地得到她!"

事实上,塞西利亚虽然涉世未深,但她开始对爱德华,后来对曼斯顿采取的态度,却正与一个资深的传教士为了让人们不断追随自己而可能采取的最老练的手段不谋而合。对所有男人而言,有一个既定的、众所周知的规则。这就是,要冷落一个受宠爱的男人,而宠爱一个受冷落的男人。要赢得一个男人,这两种方法都适用。把对斯普林罗夫的鼓励放到曼斯顿身上,会令他满不在乎,而把对曼斯顿的拒绝放到爱德华身上,则会令他一开始便逃避退缩。她的那种完全的无动于衷,却点燃了曼斯顿的热情,把他的骄傲击得粉碎。对他来说,这个一文不名但又难以打动的姑娘比一位多

---

① 柯勒乔(1494—1534),意大利文艺复兴时期重要画家,作品多以宗教和神话为题材。——原注

情善感的公主还要宝贵。

4. 从六月二十一日至七月底

与此同时,塞西利亚收到了她哥哥的来信。这封信第一次明确地说明了情况,使得近一年笼罩在他们心头的那片若隐若现的、不及手掌大的阴云骤然变大,立刻便给整个天空都蒙上了一层浓重的阴影。

　　亲爱的妹妹——有件小事我一直拖着没有告诉你,这件事虽不致令人惊慌却也是足够让人心烦意乱了,我实在不该再向你隐瞒了。最近一段时间我又为腿跛而苦恼。我是我们去路尔温德湾的时候第一次明显地感到这种病痛的,后来在那天清晨我们离开响水山庄时也感觉到了。这是在我左腿的膝盖与脚踝之间一种异常的疼痛。一个月前你到我这儿待了半个小时,你还开玩笑说我走路像个老人了,那次我刚刚觉察到一些新的症状,还轻松地对你说,我觉得这算不得什么。我想几天之后症状会消失的。从那次起,这种症状便加重了,但我依然能够在办公室工作,依然能坐在凳子上。我最害怕的就是格拉菲尔德先生很快就要派我到野外去测量,而我别无选择,只好推辞。不管怎样,我们希望一切平安无事。我想不出这疼痛是怎么出现的,根源是什么或将会发展成什么样。如果不见好转的话,我就会在一两天内再给你写信的……——爱你的哥哥。

欧文
布迪茅斯·雷吉斯
星期六

她写了回信,乞求他告诉她最糟糕的真相。她能承受真相,但她永远难以忍受悬心和忧虑。两天后她哥哥又来了一封信,信中附加了一段话——

> 在你来信之前,我就已然下定决心告诉你最糟的情况,我向你保证这是最糟的。我信守诺言,什么也没有对你隐瞒——这样你就不会因为害怕我的情况更糟而身心憔悴。今天早晨,我第一次不得不待在家里。不要因此而害怕,亲爱的塞西利亚。我所需要的就是休息而已。现在我好好调养一个星期,就可能半年不会得病。

她去看过他一次,之后他又写信——

> 切斯曼医生来看过我,他说我的病是由某种风湿引起的。我现在正在接受适当的治疗。我的腿和脚放在热糖水里,用了一些擦剂,还要用一个护垫使劲地磨擦。他说很快我就会完全康复了。我病一好就坐火车去看你。要是阿尔克利芙小姐再为你的离开而抱怨的话,你就别费心来看我了,因为我很快会好起来……这个周末我再给你写信。

到了周末,信又来了——

> 我很难过地告诉你,我的病情不如先前好了,治疗的过程也遇到了障碍。我这样说是因为你在收到上次的信后,听到这个消息一定觉得很沮丧。按照风湿病的疗法接受了几天的治疗后(有几次治疗时拿一根长针扎我),我看出切斯曼医生面带狐疑之色,于是我就要求他再找个医术高明的医生来。他们商议之后告诉我,我患的病根本不是风湿,而是丹毒。他们便像对待一件迥然不同的事情一样,又采取了一种完全不同的治疗方法。现在他整天就用些起疱剂、药剂还有淀粉——当然,除此之外还有药。
>
> 格拉菲尔德先生已经来探询过我的情况。他说他不得不

另找一位设计员接替我。尽管这是理所当然、不可避免的事，但我还是很难过。

一个月过去了，在这期间，塞西利亚在她可以支配的有限时间里，尽量去看望他。她以一个女子特有的坚韧，竭力让自己面带笑容，不让他感到一丝忧伤。随后，他又寄来一封信，告诉她另外一些实情——

> 医生发觉他们的治疗方案又错了。他们查不出这是什么病。噢，塞西利亚！我真希望他们知道！这种焦虑要把我拖垮了。阿尔克利芙小姐能放你几天假吗？一定要来看我。这样我们就能商量一下最好的办法。很抱歉我发牢骚，但我确实是心力交瘁了。

塞西利亚去见阿尔克利芙小姐，并把哥哥病情的令人心忧的转变告诉了她。阿尔克利芙小姐立刻说塞西利亚可以去，并说她愿意提供一切力所能及的帮助。塞西利亚转身离开房间，想要匆匆赶往车站的时候，眼睛里已是泪珠莹莹，满含感激之情。

"噢，塞西利亚，"阿尔克利芙小姐又把她叫了回来，"我只说一句话，曼斯顿先生最近跟你谈过话吗？"

"是的。"塞西利亚答道，由于畏怯而面色发红。

"他求婚了？"

"是的。"

"你拒绝了！"

"是的。"

"哧，哧！你要听听我的劝告。"阿尔克利芙小姐坚决地说，"在他改变主意之前接受他。他向你提出这个解决终身大事的机会很可能不会再有了。他的地位不错，生活也有保障。做他的太太会幸福的。你可能不敢肯定你在疯狂地爱着他，可也许你拿不准自己的情感呢？我还是个孩子的时候，我爸爸在教我玩桥牌时就常说，'心存疑虑时就赢了一局！'对于一个女子的婚姻问题，这句话真是太重要了。拒绝一个男人，你就要冒再也得不到他的求婚的危险。"

"那你是个女孩子的时候，为什么没能赢了这一局呢？"塞西利亚问。

"嗨，你这没礼貌的姑娘，我又不是教科书。"阿尔克利芙小姐说着，脸上像火在燃烧。

塞西利亚心里窃笑了。

"我是想说，"阿尔克利芙小姐又非常严肃地说，"曼斯顿先生怀着对你最温柔的关爱等待着你，你却视而不见，似乎这完全令你不屑一顾。想一想，如果你是曼斯顿太太的话，你那患病的哥哥会受到多少益处。你给他一些鼓励会让我非常高兴的。你明白吗，亲爱的塞西？"

塞西利亚一言不发。

"还有，"阿尔克利芙小姐更加强调地说，"只要你答应在今年的什么时候接受他的求婚，我就会给你哥哥特殊的照顾。你听到了吗，塞西利亚？"

"是的。"她低声说，之后走出房间。

她到布迪茅斯去陪了她哥哥一整天，返回响水山庄的时候心情异常痛苦，内心充满了不祥的预感。欧文看上去惊人地苍白和消瘦——比她以往看到的欧文都更加苍白、更加消瘦。兄妹两人商定，尽管他们那点微薄的积蓄已渐渐花完，他们还是要再请一名外科医生。时间就是一切。

在下一封信中欧文把结果告诉了她——

> 三位医生齐心合力，我希望他们终于找出了病根所在。他们对患处进行了探查，发现秘密在骨头上。三天前我做了手术把病灶摘除了（是在服用麻醉剂之后）……感谢上帝一切都过去了。尽管我还很虚弱，但精神却好多了。我想知道

我什么时候才能工作。我问医生至少需要多长时间，我说一个月？他们摇头；我说一年？他们说没那么长。六个月？我又问。他们没有或者是无法回答我，不过这不必担心。

你若是有半天空闲，就来陪陪我吧。因为时间过得真慢，让人心焦。噢，塞西利亚，你想象不出有多么让人心烦！

她去了。她刚一离开，阿尔克利芙小姐就给住在旧宅院的曼斯顿送了口信。当像往常一样身心疲惫的塞西利亚回来时，却发现曼斯顿在车站等她。他客气地问她是否可以让他陪她到响水山庄。她默许了。路上，他询问了有关她哥哥病情的一些详情。她告诉他，她哥哥要恢复到从前还要多长时间，还告诉她哥哥的住所是多么不舒服。

曼斯顿沉默了一会儿，之后颇为冲动地说："格雷小姐，我不想转弯抹角——我爱你——这你是知道的。人们说，在爱情上用一些策略是无可厚非的，现在我也迫不得已要这样做。原谅我，因为我无法控制自己。在你觉得合适的任何时间，只要你答应做我的太太——只要你说了，时间再长我也不介意——然后你就会发现你哥哥得到了很好的照顾。"

她有生以来第一次对身边这个英俊的男人产生了一种恐惧。他竟然这样自私自利地提出要求，外表上看他似乎心情宁静，举止优雅，但却不时地放射出炽烈的热情，把人灼伤。她躲避着他对她垂涎已久的火热情感意识到把爱情当做交易是多么可耻。

"我的确不爱你，曼斯顿先生。"她冷冷地回答。

5. 八月一日至二十七日

夏末那长长的、阳光和煦的白昼中，从布迪茅斯捎来的仍旧只是令人心焦的消息。塞西利亚依旧忧心忡忡地去看望她哥哥。

无论在身体上还是在精神上，她都明显地衰弱了。曼斯顿依旧执著地求婚，不过比以往更加婉转。因为他看出来塞西利亚对于公开的进攻总能够出人意料地应付自如。他要做的就是采取西西里游戏中的一系列大胆行为——

> 他像一位围攻城堡的指挥官
> 目标是山坡上那铜墙铁壁的城垣
> 他犀利的目光审度每一次攻击，
> 　各种对策都一一尝试，
> 　只为能够智取，不用武力。①

阿尔克利芙小姐比以往更加明确地表示，她本人是否给予欧文援助，完全取决于塞西利亚允婚与否。重重的困扰及内心的折磨，使塞西利亚对曼斯顿的纠缠的回复也不像从前那样不容置疑。她的回答时而坚决，时而犹豫，都是随着欧文的病情变化而变化。要是能把她那令人心生恻隐的摇摆不定的心情记录下来，那么她内心承受的痛苦丝毫不逊于德·昆西②在日记中详细记录的他与鸦片斗争的过程——而且可能她的情形更加显著，因为在她的历程中不只是数字的记载，而是令人震撼的戏剧性的力量。她就这样恹恹倦倦、乏味无聊地熬过了这个月。每星期天，她就在教堂听那几章耳熟能详的有关以利亚和以利沙③经历饥荒和干旱的故事；在其他时候则听着酷热而阳光充足的房间里苍蝇的嗡嗡声。"日子一天天重复，毫无新意。"整个世界展现给她的似乎就是极

---

① 选自维吉尔（公元前70—公元前19）的长诗《埃涅伊特》第四卷。德莱顿的译文是以"和"开始，而不是"他"。哈代在《一个女继承人生活中的轻率行为》中一字不差地引用了这几行诗作为卷首语。——原注

② 德·昆西（1785—1859），英国散文作家和评论家，以作品《一个英国鸦片服用者的自白》而闻名。——原注

③ 以利亚和以利沙均为以色列的先知，以利沙是以利亚的门徒，见《旧约·列王纪》。这里哈代的叙述与一八六五年的教堂日志完全吻合。那一年的八月，礼拜时规定的内容为《列王纪上》和《列王纪下》中提到的以利亚和以利沙的故事。——原注

端的倦怠。

她就这样打发着光阴。有一天下午，她正跟哥哥在一起的时候，遇到了那位外科医生，她恳求他对她说明有关欧文的真实情况。

他回答说，第一次手术恐怕并不彻底。尽管伤口已经愈合，但是还有必要再做一次手术。除非病灶能自然而然地痊愈，但自愈过程所需的时间可能是极不尽人意的。

"需要多长时间呢？"她问。

"很难说，大约要一年或两年。"

"那么他要是愿意人为摘除呢？"

"那么他只需四个月或六个月就可以康复。"

他们两个剩余的积蓄，再加上他借的一笔钱，也不够维持他这段治疗期的一半的时间。要与这场厄运做斗争，她面前有两条路——一是与曼斯顿订婚，二是把欧文送到乡村医院中去。

她就这样惊恐不安地被逼入困境。她心慌意乱、战战兢兢地寻找着脱身的时机。即使这时，她依然不想成为曼斯顿的太太。于是，这只可怜的小鸟试着去问问阿尔克利芙小姐，看欧文在乡村医院有没有可能得到良好的医治。

"乡村医院！"阿尔克利芙小姐说："哎呀，那只不过是屠宰场的别名罢了——至少治疗外科病症是这样。当然了，你身体的哪个部位要是断成了两截，他们确实会给你按照时尚的样子接好，但是接得都是歪歪扭扭，丑陋无比，所以你还会再弄断的。"接着她又吓唬这位好奇而且焦虑的年轻姑娘，给她讲了一些可怕的故事，都是关于那些穷人的胳膊和腿怎样在眨眼间被锯断。尤其是那些康复治疗，会是多么漫长而乏味的事情。

"你知道我是多么想帮助你，塞西利亚。"她又满怀责备地补充道："这你是清楚的。你怎么这么固执？为什么你这样自私，要把这能够摆脱困境的显而易见、不失体面，而且是惟一一条表现你做妹妹的关切之情的路堵住呢？依我的看法，我可不能赞同你，不，我不能。"

曼斯顿又一次提出求婚，她又一次予以拒绝，但是这次口气却软弱下来，看得出她的内心在进行着斗争。曼斯顿眼前一亮，他有生以来第一百次发现，只要进行得有条不紊，那么锲而不舍的努力是女性无法抵御的。

6. 八月二十七日

三天之后，她又去布迪茅斯。她一到那儿，就惊讶地发现管家已经来过。他不请自来，见到了她哥哥。他带来了一些美味食品。欧文热情洋溢地谈起曼斯顿，以及他这次随意的、非正式的拜访。他不能拒绝任何人、任何形式的来访，曼斯顿的到访帮助他打发漫漫长日的乏味时光。而且，他随身带来的篮子也表明了他的关心。欧文从前除了感受过妹妹的关心外，很少体会到别的情感，而这种关心则会让所有的病人心生感激。

他怎么会明白，在献上的十分之一的薄荷、茴香及芹菜之中，蕴藏着还未做的重要的事情呢？①

她回去的时候，管家又一次到卡里福德路车站接她。她没有像上次那样冷漠。她内心的矛盾令她感到尴尬。她结结巴巴地低声对他的探望表示了谢意。他则又提出同样的请求——送她回家。

他已经觉察到把对她哥哥的关心作为一种条件是错误的，于是他急于抹去这种印象。"尽管我是把为你哥哥——我的朋友带来益处当成条件提出的求婚，这似乎是仰仗着我的东家的眷顾，"

---

① 典出《新约·马太福音》的第 23 章。伪善的文人和法利赛人献上了十分之一的薄荷、茴香及芹菜，却忽略了律法上更重要的事，就是公义、怜悯、信实。——原注

在路上他柔情地低语，"可是从良心上，我却不能当真如此。我是出于对爱情自私的冲动才说那种话的，你选择我也好，不选择也罢，我都会全心全意地爱你，都会关心你哥哥……格雷小姐，塞西利亚，我愿为你做一切。"他继续热切地表白，"我要给你快乐——真的，我会的。"

一方面，她看到由于身边这个男人的无私关爱，她可怜的、深爱着的欧文会从疾病和烦恼中解脱出来；另一方面，她又看到她强制自己忍受贫穷，会导致她哥哥的死亡。嫁给身边这个男人显然顺理成章，而拒绝他则无礼而冒失，这样说是有充分理由的。但是就算表面上有一百个理由，实质上在其后面仍有更重要的原因——那就是一个女人的感恩图报之心和本性的善良。

她的这些思想活动都明明白白地写在她生动的脸上。他注意到了，而且抓住了这个机会。

前面草地的中央有一个旧磨坊地基的废墟。在灰白色的、几乎被蒿草遮掩的石砌之间（这些石砌是仅存的砖石建筑），水声潺潺，从磨坊的水池直流向低地。水面上密密地覆盖着宽大的树叶，构成了一幅植物世界特有的明媚画卷。在右面，太阳渐渐沉下地平线，橘红色和淡紫色的云层下面，柔和的阳光平缓地照在地上。天空呈现淡淡的、轻柔的绿色，地球上一切朝向太阳的物体全都沐浴在紫色的暮霭里。一群萤火虫从暮色中幽幽飞起，闪着点点亮光，好像燃起的颗颗火星，随后又飘然远去。

沉静的暮色使她悄然无语、非常温顺。湿润的空气让她只想静静站在那里，平坦如画的景色让她、也让她这种情绪的人为之怦然心动，于是便感觉到一种彻底的平等。地球上的一切都交融为一个整体，再没有什么能高高在上。

他走近她。他们的衣服碰到一起。"你能试着爱我吗？一定要试着爱我啊！"他握握她的手柔声絮语。他以前从未握过她的手。她能感觉在他紧紧握住的时候，他的手猛烈地颤抖。

想想他对哥哥的关心,他对自己的爱意,再想想爱德华的三心二意,难道她还能拒绝让他握她的手吗?他的手颤抖得那么厉害,是多么令人同情——这都是因为她!她应该把手抽回吗?她要想一想,她就这样思量、犹豫着。她极目望去,想看看在湿软地带的一片秋日暮霭中,她能够看多远。她看到了草丛中间仍有些残断的篱笆,没有明显的头尾,再也没有什么作用,再也没有什么价值。只是一座"潮湿的旧花园"的遗迹而已。浓密的曼德拉草已经把它遮掩,把它隐藏。颇为奇怪的是,她似乎听到了篱笆挣扎的喊声……她应该把手抽回吗?不能,她现在不能抽回了,已经太晚了。这个动作可不意味着拒绝。她感觉自己好像是在一艘无桨的舟里,闭着双眼任小舟顺水漂流——她不知何去何从。

他在她手上轻轻一捏,然后松开了。

之后他似乎又要旧话重提。不,今天晚上他并不打算恳切地求婚,再暂缓一下吧。

7. 九月初的时光

又是星期六,塞西利亚因为一些小事去村里的邮局。那是一座灰色的农舍,门口两侧的茉莉花开得正盛。塞西利亚没有立刻进屋,她停下来欣赏怡人悦目的景致。直到屋角后面的砾石地面上响起了脚步声,她才离开花丛,进了邮局。屋里没有人,她能听到孀妇李特太太,也就是女邮差,在她头顶上走来走去的声音。塞西利亚想走到楼梯口去喊李特太太。可她还没来得及过去,另一个影子便出现在半掩的门口。曼斯顿走了进来。

"我们是为同一件事。"他风度翩翩地说。

"我去叫她。"塞西利亚说着便匆匆走到楼梯口。

"等一下,"他飞快地走到她身边,"等一下再叫。"他又说。

可是她话已出口:"李特太太!"

他抓住塞西利亚的手,温柔地吻了一下,又把她的手轻轻放回。

那天早晨,她在仔细考虑了自己的处境之后,便决心阻止曼斯顿更亲密的举动。这时,责备之辞已在嘴边了。但事情就是这么巧,她还没来得及说出口,李特太太却已走下最后一级楼梯了。她反驳的话语只好收回。

与她相处时他总是表现得很诡秘狡猾。他很快办完了自己的事,便跟她道了再见。他的语气中虽有些许爱意,却又相伴着纯粹着礼貌。在她看来,他只是举止文雅地告别而已。随后他便离开了邮局。他没有让她有机会拒绝他陪她回家,也没有让她对他刚刚吻了她的手的举动提出异议。

下个星期五她又收到了哥哥的来信。他在信中告诉她,为了不给她带来不必要的忧愁,他前些时候在极度悲伤的情况下借了几英镑。一星期前,他说,债主没完没了地逼债。但是他写信的这一天,债主却告诉他不用急着还债了。因为"他妹妹的未婚夫已经为这笔钱作保"。"他是曼斯顿先生吗?告诉我,塞西利亚。"欧文说。

他还提到,一个没留姓名的人租了一辆轮椅,供他专用,尽管他还远没有恢复到能使用这样的奢侈品。"是曼斯顿先生做的吗?"他询问道。

她再不能听任自己这样茫然无措,逃避现实,而去相信时间会带来答案了。事情已经到了紧要关头,她必须在理智和情感之间做出决断。她的心几乎要爆炸了,她多么渴望她已过世的妈妈回到身边,哪怕只有一分钟。妈妈会慈爱地劝慰她,帮助她渡过这一大难关。

在她心中,令她感到有些不可思议的是,爱德华仍然像从前一样占据着她的情感。她觉得在布迪茅斯时他对她所做的一切很是残酷,后来他那么不把自己放在心上也很残酷。她知道他已扼杀了对自己的爱——她已完全失去了他的爱。可是尽管如此,她却情不自禁地乐于重温那已成了过去的苦痛,任凭自己时常为那段情感心如刀割。

"如果我有钱的话,"她想,"我就会听任自己沉浸在忧郁之中,永远对他忠心不贰,并且不让他知道。"

但她转念一想,首先她是无家可归,寄人篱下。在这种绝望的情形中,怎样才更实际、更明智呢?要想给自己找一个避风港湾,不再忍受贫穷,要想有能力帮助哥哥欧文,那就得去做曼斯顿先生的太太。

可她不爱他。

但是没有家的爱是什么?是痛苦。没有爱的家是什么?哎,尽管爱情淡薄,但毕竟是个家啊。

"是的,"她想:"常识督促我嫁给曼斯顿先生。"

她还能说得更体面高尚一点吗?

随着爱德华在她的心中死去,她已了无牵挂。那么,她是否还有必要,或者说是否还应该像过去她的心灵整个被这份感情占据时那样,去精心地看护它,照料它呢?

现在,她只要做出一点点牺牲,便至少可以给两个人都带来幸福,这两个人的感情都没有受到伤害。她愿意给这两个远比她自己重要的生命带去快乐。

"是的,"她又说:"就连基督教教义都督促我嫁给曼斯顿先生。"

塞西利亚一经说服自己在这件事上要有一种崇高的自我牺牲精神,便对这种想法感到甚为满意。她已经被这些无休无止的烦心事搞得身心交瘁,于是她故意地麻痹自己,不去考虑未来的事,像容易冲动的人在这种情况下都会做的那样,她把这种麻痹看成是真正的顺从和忠诚。

第二天,曼斯顿又遇到了她。的确,现在再不需要躲避他了。

他们在瀑布旁边园子里的一片洼地谈了片刻，低垂的欧椴树遮蔽在周围。他说他比以前任何时候都更有权得到她，她默许了。于是他弯下身吻了她的前额。

晚上睡觉前，她给欧文写信，向他解释这一切。天已经太晚了，邮差不会再来，她便把信放在壁炉上，准备第二天再寄。

星期天早晨她又收到前天欧文那封信的一个紧急的附言：——

亲爱的塞西利亚：

我收到了曼斯顿的一封既坦诚又友好的信。他向我坦言他目前的处境，以及他想追求你的愿望。你不能爱他吗？为什么不能？试试吧，因为他是个好人。不仅如此，他还是个很有教养的人。想一想，如果你继续目前的生活，那么等待你的将来的生活会是多么乏味，多么辛苦。除了婚姻之外，你还看到有什么逃避的办法吗？我看不到。不要违背你的心意，塞西利亚，但也要明智些——永远深爱你的

欧文

一八六五年九月九日

她觉得，他可能也用同样赞美的语言给曼斯顿回了信。她确信那一天会决定她的命运，然而

爱真像傻瓜，①

即便是现在，她心头依然存着一线希望。她希望在最后关头会发生什么事情，来阻止她经过深思熟虑才决定的打算，并抚慰她竭尽全力去抑制的旧日情感。

_____

① 语出莎士比亚第五十七首十四行诗。

8. 九月十日

三一节过后的第十三日是星期天，那天下午在卡里福德教堂的礼拜快要结束了，人们正在唱"晚安曲"。

曼斯顿依然像往常一样，坐在离阿尔克利芙小姐和塞西利亚的教堂包厢靠前两个座位的地方。

在塞西利亚看来，秋日晚祷中通常流露出的忧郁，在今天这种特殊场合中显得更重了几分。她看着站在那里唱歌的人们，他们的身体像微风中的松树林一样前后摇摆；接着，她看着也在唱歌的村里的孩子们，他们的头倾向一边，眼光无精打采地追寻着旧墙面上的裂纹，抑或追随着远处的树枝或小鸟的一举一动。他们面容呆滞，几乎到了痛苦的程度。然后，她又看看曼斯顿，他已经在意味深长地打量着她。

"今天晚上就会求婚了。"她在心中自语。过了一会儿，人们唱完了颂歌，开始慢慢往外走。曼斯顿沿着过道，走到塞西利亚的座位对面，她会从那儿走下。这样一直到门口，他们就可以一起走了。阿尔利克芙小姐在后面磨蹭着。

"别着急。"当塞西利亚打算像往常一样走上通往山庄的便道时，他开口道："你能不能转到这边来，等阿尔利克芙小姐过去呢？"

她现在不好拒绝。他们拐到左边一条幽僻的小径上。这条小径绕过一丛茂密的木桂树，通向教堂墓地的另一个门。他们走得很慢。等到他们走到门口时，教堂已经关了。他们恰好碰到拿着一串钥匙的教堂司事。

"我们想进去待一会儿。"曼斯顿对他说。然后他很唐突地拿过钥匙："我们回来时再把钥匙还给你。"

教堂司事点头同意了。塞西利亚和曼斯顿走到门廊，登上教堂的中殿。

两人一言不发,没有去打破这弥漫在他们四周的沉寂。这里的一切都表现出衰败的痕迹:落日那橘红色的余辉从西边的窗子淡淡地洒进来,提醒人们白天的喧闹快乐已经散尽。发霉的墙壁,凹凸不平的石子路面,虫蛀的长椅,刚刚人去楼空的凄凉,暮色中聚集起来的湿漉漉、阴森森的空气,都让塞西利亚感到比坟墓还要凄清阴郁。

"这地方让你有什么感觉?"她终于开口,语气甚是哀伤。

"我觉得我必须诚实。因为在这样一个纷杂的世界中,我靠施展计谋却一无所获,失望之极。"他说话也有一种很悲凉的意味,不知是故意如此还是有其他原因。

"我觉得在这样一个世界中走过简直是耻辱。"她低声呢喃:"这是我的感触。但是却没有什么让我觉得应该真诚的。"

他双手握住她的手,低头看她的眼睛。

"有时候我很同情你。"他语气更重地说。

"可能我值得同情。但是值得同情的人很多,你为什么要同情我?"

"我觉得你有时候使自己陷入没有必要的忧伤之中。"

"不是没必要。"

"是的,没必要。为什么你和你哥哥这样彼此分开呢?你完全可以让他跟你在一起,直到他完全康复。"

"这不可能。"她说着,转过身去。

他继续说:"我觉得我们能做的惟一真正合适的事就是让他暂时离开布迪茅斯。我一直在想,能否安排他搬到我的房子里住上几个星期,那儿离你只有四分之一英里,这样该多让人欣慰呀!"

"也许会吧。"

他立刻走到她的面前,更紧地握住了她的手,然后继续说:

"塞西利亚,为什么你说'也许会吧'？语气听起来这么心不在焉,而且根本不大相信？我想让他到这里来,我想让他也成为我的哥哥。让他来吧,你也嫁给我！没有你我无法生活,喔,塞西利亚,我亲爱的,我的爱,来做我的太太吧！"

在说最后几个字的时候,他的声音渐渐成了一种呢喃。音细如丝,却情烈如火。他的脸愈来愈靠近她。

她坚决而清晰地说:"我会的。"

"下个月?"他来不及喘息,马上问道。

"不,不是下个月。"

"下下个月?"

"不。"

"十二月？圣诞节？说呀?"

"我并不在意。"

"喔,亲爱的人！"他几乎要吻到她那苍白、冰冷的唇了,可她匆匆地用手遮住了。

"不要吻我——至少现在不要在这里！"她轻声哀求道。

"为什么?"

"我们离上帝太近了。"

他猛然一惊,脸一下子涨红了。"离上帝近"这几个词她说得那么重,从高坛尽头直至整个空荡荡的教堂内都回荡着她的声音。

"你说什么哪！"他大声道:"一个纯洁的吻对这个地方没有丝毫的亵渎！"

"不,"她回答道,心潮起伏。"我不知道我怎么突然这样说——我也说不清我是怎样说出口的。你能原谅我吗?"

"我不知道你的心思怎么说'能'？而我心里又希望能够原谅,又怎么说'不'?"他又恢复了理智。

"我不知道。"她出神地轻声低语。

"那我说'能原谅',"他巧妙地回答,"假想我们得到宽恕,比假想我们并没有罪过更令人惬意,你会得到这种惬意。"

她没有回答,他们慢慢走出教堂。这时候教堂几乎笼罩在黑暗之中了,显示出极端的悲凉。他锁门时,她站在他身边。然后又挽住他伸过来的胳臂,跟他一起缓缓地走出教堂墓地。他们又一起走回家。重要的问题已经解决了,但她仍坚持谈论一些不相干的话题。

"那么,就是圣诞节。"在灌木丛边将要分手时,他说道。

"我是指'旧历圣诞节'。"①她推托道。

"嗨,人们通常可不会这样理解圣诞节。"

"不是,可我觉得到那时我才觉得最好。"她似乎还在本能地把婚期拖到最晚。

"很好,我的爱!"他温柔地说:"就是晚两个星期,没关系。旧历圣诞节。"

9. 九月十一日

"啊呀,那天是个星期五!"②

她坐在一个小脚凳上,目不转睛地看着壁炉中的火苗。那是管家成功地求婚后的第二个下午。

"我想我是不是应该跑过园子告诉他那天是个星期五?"她自言自语地说。她站起身,看了看旁边的帽子,又看看窗外那幢旧宅的方向。不管合适与否,她都必须不顾一切危险,消除掉这种巧合所招致的令人不悦但又无根无据的感觉。于是她马上离开房间去

---

① 旧历圣诞节,在一月六日。英国于一七五二年采纳新历法的时候,需要从日历中减掉十一天。这样,就把一月六日移到了上一年的十二月二十五日。——原注

② 星期五有不祥之意,因为耶稣在星期五受难,夏娃在星期五吃了禁果。——原注

找他。

曼斯顿正在贮木场里看那些锯工干活。塞西利亚踌躇再三地走过去。还差几码远的时候她的脚步变得轻快起来。而这时她也看清了他的面部表情，心里便几乎希望自己这次根本没有来找他，在工作时他可能会很严厉。

"那天是个星期五。"她开门见山地说，语气有些慌乱。

"这边来！"曼斯顿说。一时间他的口气改变不过来，他仍旧像对他的工人说话时一样。他把胳膊给她，带她走到林荫路后面。这时候他又是个情人了。"是个星期五，是嘛，亲爱的？你不介意是星期五，是吧？这太荒唐了。"

"不是很在意，一点不错——可是要是换个日子呢？"

"嗯，那就旧历的圣诞节前一天吧，旧历的圣诞节前一天行吗？"

"好吧，旧历的圣诞节前一天。"

"这次你的话是当真，不会再更改了吧？"

"当然，我保证我的话是认真的。我要不当真我就不会答应跟你结婚了。别指望我会答应。"她的话里含有一种令人敬畏的尊严。

"别因为我的话生气呀，亲爱的。你能想到一个热切的男人为了表示内心对爱情的焦虑，会有多么糟糕吗？"

"不，不能。"她不能再说什么了。每当他这样用分析的口吻来谈论自己的天性时，她便觉得心里难受，想离开他。这个时刻，还有离宅院很近的事实，都给了她逃避的理由。"我必须要跟阿尔克利芙小姐在一起了——你能原谅我这样来去匆匆吗？"她柔声问道。他还没有回答，她已经抽身离去了。

"塞西利亚，我刚才看见你在林荫道那儿飞快地从一个人身边跑开了，那个人是曼斯顿先生吗？"当塞西利亚见到阿尔克利芙小姐时，她这样问道。

"是。"

"是，嗨，为什么就这么一个字。我讨厌你这样沉默寡言，只会'是''是''是'。我什么都跟你说，可你却对我什么都不说，嘴巴像封了蜡一样。"

"我离开他是因为我要到这儿来。"

"多么新鲜而煞有介事的说法！好了，日子订下了吗？"

"在旧历圣诞夜。"

"在旧历圣诞节前一天。"阿尔克利芙小姐把塞西利亚拉到自己面前，两只手分别握着她的两只手，"那时你就会是新娘子了！"她缓慢地说，同时用挑剔的眼光看着年轻姑娘那张圆圆的娇嫩脸庞，若有所思。

两人都为这一想法感到面色发红。不过阿尔克利芙小姐接着又缓慢而有力地说了一番话。让两个人脸上的红晕悄然逝去。

阿尔克利芙小姐又威严地继续说道："你说'旧历圣诞节前一天'的样子可不像一个未婚妻。你也没有心情激动地接受我的祝福，祝你有个幸福的未来……离那一天还差几个星期？"

"我还没有算呢。"

"没算？真奇怪，一个女孩子竟然没算算还有多少星期？看来我必须管这件事了。在这件事上，你还太像个孩子，或者是吓着了，或者是你太傻呀，或是因为其他原因。给我拿日记本来，我们马上就算一算。"

塞西利亚默不作声地把日记本拿来。

阿尔克利芙小姐打开日记本，翻到有日历的那一页。她数了十六个星期，就到了十二月三十一日——是个星期天，塞西利亚站在旁边，看上去对这些并不感兴趣。

"十六个星期之后是十二月三十一日，让我算算，星期一是一月一日，星期二是二号，星期三是三号，星期四是四号，星期五是五号——你选的日子是星期五，真奇怪！"

"应该是星期四吧!"塞西利亚说。

"不,旧历圣诞节是星期六。"

她刚才因为心绪不宁,所以算错了。"嗳,非得是个星期五。"她低声嘟囔,颇为出神。

"不,当然得改改日子,"阿尔克利芙小姐轻松地说,"星期五并没有什么不好,不过像你这样的人会觉得有些不吉利——说实话,我自己也不会选个星期五结婚的。其他哪天都行呀。"

"我不会改了。"塞西利亚坚决地说:"已经改过一次了,就这样吧。"

第十三章　一天里的事件

1.一月五日破晓之前

中间的这几个星期我们略去不记。故事的时间便向前推移了三个来月。

清晨起来塞西利亚就会是一个男人的太太了。这个男人在面前时,她为之着迷,为之情不自已,而这个男人不在面前时,她几乎觉得畏惧。已经午夜了,塞西利亚躺在她的小床上,竭力想入睡,却只是徒劳。

她回忆起过去那虽然短暂,却又纷繁曲折的几年,又想起她所处的这个新的起点。就像是轻纱将舞台布景遮住,岁月的流逝也使爱德华的形象日渐模糊,但他愈来愈微弱的声音依然依稀可闻。她不会承认,在她内心深处,依然有块小小的温柔之处,珍藏着对他鲜活的记忆;但她很平静地承认,接近曼斯顿时的感情是无论如何也不会被称作和婚姻有关。

"我为什么要跟他结婚呢?"她对自己说:"因为欧文,亲爱的欧文,我的哥哥,他希望我嫁给他。因为曼斯顿一直以来,包括现在,对欧文和我都很关心。'行为要顺应常理。'欧文说,'而且贫穷带来的痛苦有多可怕,每年都会有成千上万女子像你一样为同一个原因结婚,为了得到一个家。而且再平常不过的,为了物质的舒适。就算不是幸福无比,但毕竟能大大地改善生活状况,而不再是难以忍受。'

"我想,他这样说是对的。喔,要是人们知道如风中芦苇般孤苦无依的女子心中对未来的胆怯与忧虑,就像我这样,那么,他们就不会把这种逆来顺受称作想方设法得到一个丈夫了。想方设法地结婚? 我宁可想方设法地去死! 我知道我心中并不快乐,我知道如果只是事关我自己,那我宁愿终生不嫁。但是如果另外的选择能让那些比我更重要的人快乐的话,那我为什么要过多地考虑自己的幸福呢?"

她就这样漫无目的地沉思冥想着,脑海中翻来覆去闪现出她的未婚夫和阿尔克利芙小姐之间的令人费解的联系。这时候她听到了墙外面有一种低沉的声音。她觉得那声音不是刮风引起的。在她生命的关键时期,她似乎是注定了要遭受这种干扰。"真是奇怪,"她想着:"恰如我在这儿的第一夜,在响水山庄的最后一夜也要受这种滋扰。而中间的日子则没有这种声音。"

随着时间一分一分过去,声音也在渐渐增强。听起来像有人拿着一把树枝在她窗下抽打墙壁。她情愿离开这儿,到一个女仆的房里去休息,不过毫无疑问她们都睡着了。

房子里可能醒着的惟一的人,或者说惟一能够理解她紧张心情的人是阿尔克利芙小姐。不过尽管她在阿尔克利芙小姐的房间里总是受到欢迎,但她从来就不愿去。阿尔克利芙小姐总是不顾她的意愿,强迫她过去。

那持续不断的树枝抽打墙壁的声音愈来愈响了,还夹杂着嘎吱嘎吱的响声,以及像骰子相互碰撞时的那种哗啦声。风愈来愈猛。接着第一次响起了劈啪作响的声音,然后是什么东西坠落的声音。现在这谜一样的声音渐渐可以辨认出来了,那是外面一棵大树上的树枝断裂并落到地上的声音。打在墙上的劈啪声,以及夹杂的哗啦声从那时候便停了下来。

嗨,是大树发出的声音。不过令人费解的是,这些树在风最猛烈的时候也从没碰到过墙壁,而且树木也不会发出像人击打响板或是摇动骰子那样的声音。

她想："难道是命运要告诉我，就像上一次一样，与这些声音相关的一些事情会影响我的未来？"

怀着这种疑团，她不安地睡着了。她梦到自己像被绑在绞刑架上的罪犯一样被拴在绳子上的干骨头抽打着，每打一下就哗啦啦作响。她晃动着，退缩着，想避开每一次打击。绳子都落到了她被捆绑着的墙壁上。行刑人带着面具，她看不清他的脸。但是看身材像是曼斯顿。

"谢天谢地！"当她醒来看到透过窗帘已微微有一丝光亮时，不禁说道。"那些声音是怎么回事呢？"搞清这个问题似乎比她当天的婚礼还重要。

她把窗帘拉到一边，往外看去。一切都明明白白了。昨天晚上从北部刮来刺骨的寒风，所以一直阴雨绵绵，天也黑得很早。现在，风雨带来的后果已经显而易见，绵绵的阴雨依然下着，但树木和落木都坠满了冰柱，这种景象她以前从未见过。一根如针般粗细的枝芽，现在裹着厚厚的冰，都有她的手指粗了。因为这种闪闪发光的负累非常沉重，所以园子里的所有树枝几乎垂到了地面。庄园里的路像是一面梳妆镜。许多树枝不堪重压折断下来，堆积在结冰的草地上。她看到对面离她最近的树上，有一块新鲜的黄色瘢痕，说明昨夜令她惊恐的树枝就是从那里断裂下来的。

"我永远不会相信这是真的。"她望着那些低垂的树枝，不禁感慨道，"这些树已经弯得不成样子，却依然没有断裂。"她盯着一条小树枝，看着白茫茫的雾气又形成一滴水珠，落在上面。水滴滚落到最低点时，便像其他水珠一样凝结成冰。

"或许我就恰似这水珠，"她继续想着，"今天上午我就要结婚了——除非自然女神不同意这桩婚事，设下障碍来阻止。我的婚礼真的可能在这样的天气中举行吗？"

2. 上　午

她的哥哥一直跟曼斯顿一起住在旧宅里。与医生的看法相反的是，伤口在第一次手术后就愈合了。尽管他只能依靠 T 型架四处走走，或是搭上车，或是在轮椅中缓缓移动，但他的腿已渐渐有劲儿了。

阿尔克利芙小姐安排塞西利亚从响水山庄出嫁，没有同意塞西利亚最初的意见——从布迪茅斯她哥哥的住处出嫁。欧文看来也喜欢阿尔克利芙小姐的安排。这位性情变幻莫测的老小姐近来沉湎于考虑这场婚礼，并表现出比第一次听到这个消息时更加激动，更加热心的样子。看起来她决心要力所能及地做一切事情，使婚礼的每一个细节都令人满意，完美无缺，这也是符合她高高在上的地位的。

可是天气却似乎是对整个准备工作的断然否定。八点钟的时候，马车夫几乎是匍匐着爬进了大宅，进了厨房。他背冲着火站着，因步行的艰难劳累而气喘吁吁。

在这样一个早晨，厨房显然是响水山庄里最快乐的地方。熊熊炉火像太阳一样，是整个工作的中心。温暖的火光照射在每个佣人身上。佣人们恰似行星般围着炉火转来转去。一排排一堆堆擦得锃亮的金属器皿与摇曳不定的微弱火光竞相斗亮，光线映照在对面的墙壁上。所有的光亮加在一起，使得外面微微的晨光黯然失色。再走近一步，一股新采集的牧草的芬芳不禁使人神清气爽。看到那胖乎乎的厨娘也令人眼前一亮，她生气勃勃，系着白围裙，满身面粉——看上去就像她精心烹制的食品一样鲜美可口。厨房女佣和洗涤女工像她的卫星，在她身边协助帮忙。轻微的响声不绝于耳——转动烤具的咔哒声，火苗的劈啪声，还有妇女们踩在石头地板上的轻轻碰触声。

马车夫清了清嗓子，把脚叉开，更稳当地搭在壁炉边上，眼睛盯着备餐桌最里面的角落里的一个小盘。

"今天上午的婚礼没法举行——我是这么看的。事实上，这根本就不可能。"他突然说道。好像在他脑子里那一个完整的思想里，这句话只是一个残缺的片断。

女厨工正用一根长长的烤叉烤一片面包。她伸展手臂够向炉火，像在滑稽地模仿击剑时的侧击动作。

"外面天气不好，是不是？"她问道，一边颇为怜惜地扫了扫准备好的东西。

"不好？不管是出身多么高贵，还是出身多么低微，谁都无法在地面上站稳。要想登上小山去教堂，那简直是荒唐到了极点。我说的是步行的人。要说到马或马车，想一想简直就要了命。我要把这消息赶紧告诉吃早饭的东家，并且说明这是铁的事实……看，克里凯特执事和约翰·戴艾来了！看看他们，就能想象出婚礼会是什么样子。"

所有的眼睛都转向了窗子，执事和园丁正穿过院子，两个人都屈着身，弯着腰，像彼勒和尼波①一样。

"就算把整个村里的马腿都摔断，你也得去。"厨娘说着，眼睛从镜片后抬起，用火钳把烤箱的门打开，往里挑剔地看了一眼，又"哐"的一声把门关上了。

"哦，哦！为什么我得去呢？"马车夫瞥见执事和园丁刚刚进来，便开口问道，好让他们听见。

"因为这是曼斯顿先生的事。你见过他为了某种天气的原因而放弃过什么吗？或者是因为天地之间的什么大事放弃过吗？"

"——这个早晨——就像这个样子！"克里凯特执事兴致勃勃地插话道，一边看也不看火，便走到火前暖手。"你说曼斯顿先生

---

① 彼勒和尼波，典出《旧约·以赛亚书》第46章。——原注

不会为天地间的任何事而放弃,是吗? 你应该说得更简练点,为了阿尔克利芙小姐,他会把天地间的事看得一文不值。不过婚礼还是应该推一推,推迟一件事不等于取消,如果那件事是个女人。噢,不会的,不会的。"

现在马车夫和园丁自然而然地退居成配角了。厨娘正把牛奶滴入大浅盘中面粉正中央的凹处,这时她尖声道:

"可能就会这样举行的,她什么都无所谓。"

"去他的,我那些旧想法! 可能会这样的。我有一点儿新闻——我觉得话到嘴边了。不过这是个秘密,可不是谣言,注意,这可不是谣言。嗨,海茵顿小姐昨天去度假了。"

"真的?"厨娘问道,一脸的不解和好奇。

"就这些吗?"

"别那么神秘兮兮的——如果就这些,倒把你从罪恶中解脱出来了。免得你信口胡诌一个女人的前程,我非得拿汤勺敲碎你的脑壳不可!"

"喂,还有呐,昨天夜里我回家时,我太太说,阿迪莱德小姐今天早晨去度假了。她说(我太太),'她挺神气地去奈瑟明顿,去见她选中的男人,然后结婚了。'"

"结婚了? 什么,我的天哪,斯普林罗夫来了吗?"

"斯普林罗夫,不——不——斯普林罗夫跟这事无关——是农夫鲍伦斯。他们俩这两三个月来一直躲躲闪闪的。斯普林罗夫一直对娶她不当回事,老是吞吞吐吐地不痛快,她就不声不响地彻底离开了他。就该这么对他。我一点也不怪那小女子。"

"鲍伦斯农夫年龄大得可以做她父亲。"

"嗳,没错。而且还比她的十个父亲都有钱。人们说他特别富,跟每家银行都有业务,他用半品脱的杯子来数钱。"

"天啊,要是我嫁给他就好了,我多么希望是我呀!"洗碗女工说。

"是啊,这是我们听说过的最干脆利落的事儿。"执事接着说。他目光冷静,似乎在客观地对事情的进程做评价。"没有一个人知道,我太太还是整个教区惟一的知情人。海茵顿小姐从婚礼上回来,便去找了曼斯顿先生。她那个得意洋洋的劲儿! 她说她是鲍伦斯太太。不过如果他希望的话,她会一直租赁那所房子,直到按照常规在租期满时给她发通知的时候,或直到他找到另外的房客为止。"

　　"这倒像她那独立的个性。"厨娘道。

　　"嗯,不管独立不独立,她现在是鲍伦斯太太了。啊,我永远都不会忘记有一回我路过农夫鲍伦斯的花园——很多年前的事了,很多年前。当时他正在收土豆。我那时还是个快活的小伙子——非常非常快活——因为我那时还没有担任圣职,所以不像现在这样会使我感到内疚。'农夫,'我说,'看起来今年的土豆很小,是不是?''噢,不是,克里凯特,'他说,'有些相当大。'他是个很迟钝的人——农夫鲍伦斯是这样——他总是这样。不过,这没什么要紧,他娶了一个精明的女人。如果我没有说错的话,她会带给他一个相当好的家庭,养活一大家子人。"

　　"哎呀,这有什么,这也是天意,"洗碗女工说:"万能的上帝总是在送来面包的同时也送来了孩子。"

　　"却总是给这家送来面包,却给另一户送去孩子。不过,我想我能理解为什么海茵顿小姐在昨天结婚。你的年轻小姐,还有那一位,都在小斯普林罗夫的问题上挡了对方的道。我猜想,当阿迪·海茵顿发现格雷小姐不想和斯普林罗夫结婚了,她就想要赶在她原来的情敌之前也跟别人结婚。这就是年轻姑娘们的逻辑,同样也是她们的险恶之处。"

　　由于某个男人的偏爱,女人们便很恶毒地互相攻击、诋毁对方,但她们也可以立刻齐心协力地去对付这个男人的攻击。"那,我只告诉你一件事，"厨娘一边拿着打蛋器打鸡蛋，一边说。随着鸡蛋的搅动，她的话音也发颤。"不管姑娘们的逻辑是什么，也不管她们的险恶之处是什么，我只知道即使到了现在，如果塞西利亚·格雷现在知道小斯普林罗夫又自由了，她也一定会毫不犹豫地抛下曼斯顿，去找斯普林罗夫。"

"不，不，不会是现在。"马车夫像个调解人似的插话道，"如果说有哪个姑娘很讲信用的话，那就是她。没有海茵顿小姐的那些花招，她也会忠于曼斯顿的。"

"得啦。"

"婚礼没有结束前什么都不要讲，看在上帝的分上，"执事继续说："如果我的消息像这样在关键时刻走露了风声，阿尔克利芙小姐肯定会把我绞死，把我撕碎的。"

"那你就让你太太把你关在小屋里，关上一两个小时。要不，就算她不说，你也会自己说出去，让整个教区的人都知道。真是个可怜的婆婆妈妈的家伙！"

"你就不应该先说出来，执事。我早就知道会这样。"园丁悄声安慰执事那受到严重伤害的一点点自尊。

执事转过脸，冲着炉火笑了笑，开始暖另一只手。

3. 中　午

天气渐渐转好了。半小时后冰开始迅速融化。到十点钟的时候，路面虽然仍有危险，但是响水山庄的人们要走上半英里的路程已经不成问题了。浓密的乌云布满了整个天空。尽管屋内的空气依然寒意袭人，但户外的空气却变得潮湿而温暖了。

人们到了教堂，穿过中殿。狭窄的窗户上的深色玻璃给这个清晨蒙上了阴晦的色彩，似乎在教堂里，夜色还未褪去。接着，典礼开始了。惟一令人感到温暖振奋的是新郎。整个上午他都显得容光焕发，洋溢着新婚的喜悦，像斯宾塞①似的。

在这一重要时刻，塞西利亚和他一样沉稳，但表情却像周围的空气一样，冷冰冰的。为数不多的来参加婚礼的人举止谈吐都很拘谨。从教堂中殿偶尔传来几声咳嗽，尽管天气恶劣，他们还是聚集到这里，来见证塞西利亚姑娘时代的结束。许多穷人都喜欢她，他们为她的成功而心生怜悯，因为她站在那里，与其说是塞西利亚·格雷，倒不如说她是一尊雕像。

然而她却经过了精心梳妆，光彩照人。这在男人看来真是不可思议，自相矛盾——一种令人伤心、令人困惑的自相矛盾。性别的不同就等于性格的不同，这样说有什么根据吗？肯定有一个根据——并不是普遍认可的。根据不在于头脑中考虑了多少事情，而在于对所考虑之事所持的态度。一个浮华的没有男子气的男人可能会比女人花费更长的时间搭配他的服装。就是这样他脑子里也没有崇拜衣物的念头——衣物不过还是在某些场合下的遮身之物。而对塞西利亚则不同了，在她内心深处，她对生命都漠不关心了，可她依然有一种本能，这种本能和她的心情无关。这就是对那些微不足道的细节非常在意——她的长裙，她的鲜花，她的面纱，还有她的手套。

很快，必说不可的话说了——再也擦不掉的字迹也写下了。他们走出了祈祷室。为了能让他们签字，必须点上蜡烛。他们回到教堂里来的时候，烛光从小小的敞开的门里照射过来，穿过圣坛，照在南侧的一块黑色的栗板围屏上。那块围屏是过去某个姓阿尔克利芙的人为了得到心灵的安宁而建造的。围屏把教堂同一个附属教堂，或者叫小教堂分隔开来。围屏被烛光照亮，透过镂雕的屏风可以看到，在小教堂里，有斜倚着的、盘着双腿的骑士雕像，

---

① 爱德蒙·斯宾塞（1552—1599），英国诗人。以长篇寓言诗《仙后》著称，写过两首优美的《结婚曲》。——原注

由于时间的风化变得潮湿发青。雕像上面是一个硕大而古典的纪念碑，用沉重的灰白色的大理石雕成。上面也刻着阿尔克利芙家族的名字。

正靠在——或者说是吊在纪念碑上的，是爱德华·斯普林罗夫，抑或是他的幽灵。

他躲在围屏后面，惨淡的日光根本不可能让别人见到他。但是前方突如其来的烛光使他暴露了，也让那些目光游移到这个方向的人大吃一惊。他们看到的景象令人悲哀——那是言语不能表达的悲哀。他的眼睛大大的，眼圈铁青，脸色苍白，像是疾病缠身，头发干燥蓬乱，嘴唇张着，似乎已不能呼吸。他的身材瘦弱得如幽灵一般，似乎不能控制自己的行为。

曼斯顿没看到他，塞西利亚看见了。一年半的分离，一年左右的沉寂，已使她的心灵创伤渐渐愈合。而在这一瞬间，却又使一切付诸东流。四目交汇的刹那，往日的热情又神奇地复燃——这样的情况在女子身上体现得更为普遍，在感情受到压抑的女子身上则再平常不过了。塞西利亚心中又涌起了这份热情——那么卓然傲世。对她而言，这与其说是旧情感的复苏，不如说是新爱意的萌生。

为有个家而结婚——多么荒唐可笑！

据说，能够重新点燃一个姑娘心中旧日爱情之火的最有效的方式有两个。一是两人的破裂是由于姑娘自身的冷落，而分手后却又看到她的情人心情愉悦，笑意盈盈；二是两人破裂是由于他的漠然，而分手后姑娘却又看到他因自己的过错而饱受折磨。如果他表现得问心无愧，快乐轻松，那她就会责怪他；如果他因为深深的内疚而痛苦不堪，那她就会责怪自己了。塞西利亚现在就在深深责怪着自己。

一开始，塞西利亚脸上流露一种痛楚的表情，可以看出她在压抑着内心的苦痛。可是不久，她就再也压抑不住了。当他们走出门廊的时候,她突然低沉而清晰地夺口而出:"他要死了——死了! 哦! 上帝,救救我们!"她身体一沉,要不是曼斯顿拽住她,她就跌倒在地上了。领头的伴娘赶快递来她的香料嗅瓶。

"她说什么?"曼斯顿问道。

欧文是惟一听清她的话的人,可是他内心深深地震了一下,或者说很是吃惊,也没顾得上回答。塞西利亚没有晕倒,很快恢复了自我克制的能力。由于这一拖延,欧文便得了空儿回到幽灵出现的地方。他觉得斯普林罗夫这样做是非法骚扰,他不由得怒火中烧。

但是爱德华已经不在小教堂。正如他悄悄地来,他又悄悄地走了。没人知道他是怎么离开的,又去向了哪里。

4. 下　午

几乎可以相信,塞西利亚那种特有的思索方式发生了蜕变,她自我牺牲的念头一去不返了。

参加婚礼的人们回到山庄。欧文抓住个机会,把她妹妹拽到一边,私下跟她谈起刚才发生的事。塞西利亚的表情坚韧、不驯、不真实——他以前从未见过。这种表情也令他不安。他对她说话的态度很严厉,也很伤感。

"塞西利亚,"他说:"我明白你为什么会有这种感觉。但是记住这一点,这是不可原谅的。你应该成熟起来,控制住自己的热情。记住你是谁的太太,像斯普林罗夫那样卑鄙的小人你应该彻底忘掉。他根本就不该到这儿来。你完全错了,塞西利亚,我对你很气愤——非常气愤。"

"那就快说为我感到羞耻。"她忿忿地回答。

"我为你感到羞耻,"他气愤地反驳道,"那么你还是旧情未断?"

"欧文，"她顿了顿，唇颤抖着，已经激动得流不出眼泪。"是的，欧文，的确旧情未断，我就实话实说吧。我不再遮遮盖盖，我向你承认。昨天夜里我自己不敢承认，因为我没有意识到。我用我全部的力、全部的心、全部的灵爱着斯普林罗夫。你会说我任性，对不对？我不在乎，我现在什么都不在乎了！"她冷冰冰地看着他的脸，言语甚是平静。

"好了，可怜的塞西利亚，别这样说！"他说，对她的态度感到震惊。

"我原以为我根本不爱他了。"她依然异常激动地说："自从我们相遇，已经过去一年半了，我可以平静地走过他家花园的门口而不去想他，在教堂里看到他的座位也心如止水。但是今天早上看到他——他因为爱我太深而快死了——我知道是因为爱我！我能忍住不去爱他吗？不，我不能。我要去爱他，什么也不在乎！我们是因为中了某种圈套才分手的——我知道是这么回事。哦，就是死我也不在乎！"

他一把抱住她。"很多女人就这样毁了自己，"他说："也给爱她的人带来耻辱。就是因为像你现在这样冲动。我会和你一样声名扫地。看起来我不管怎样竭尽全力来洗掉我们身上的污点，一切注定要毁于一旦了。"他说这番话时，嗓音都变得沙哑了。

惟有这一点使她的心为之一动。自从她见到爱德华，她就只想着他和她自己。欧文——她的名声——地位——前途似乎都不存在了。

"无论如何我会控制住自己，不会成为你的耻辱。"她说。

"还有，你对社会的责任，你身边的人都要求你无论如何做个好太太。试着去爱你的丈夫。"

"是的，我对社会的责任。"她低声道，"可是啊，欧文，光靠对所有人都绝对诚实来调节我们外在的和内在的生活，这是很难做到的。要为多数人的利益着想，而不是迁就你自己的意愿，这或许是对的。可是当你想到,只有你自己存在,你才有可能对大多数人负责,这又怎么解释呢?我们认识的人中,有谁对我们表示关心呢?没有谁。我又想起我那些熟人,他们现在会看着我,恶意地嘲笑我,谴责我(他们会知道我在这件事上是多么脆弱无助吗?)。而且随着时光流逝,有一天我死了,永远地离去了,很可能会有一些口音啦,歌声啦,或是想法跟从前的我相像的人,令他们想起我过去的音容笑貌。这样会使他们的心有所触动,明白不该这么轻易地责怪我。他们回想起从前,会说:'可怜的姑娘。'他们觉得这样就已经对我很公允了。但是他们永远永远也不会意识到那是我惟一的生存机会,也是我惟一的尽义务的机会。他们也不会感到对他们来说只是一闪而过的念头,只是轻易出口的几个字'可怜的姑娘',对我来说却是整个的一生。所有流逝过的分分秒秒,以及那些特别的时光,所有的希冀与恐惧、微笑、私语、泪水:这是我的世界。在我的生命历程中,不论我怎样地关心他们,我对他们来说似乎只是他们脑海中的那个模样。没有谁能真正与他人性情交融。这一点真让人心痛。"

"是啊,可我们无能为力。"欧文说。

"可是我们不能待在这儿。"她一边继续说着,一边惊跳起来离去。"别人会找我们的。我会尽力而为的,欧文——真的,我会的。"

考虑到路面情况很糟糕,人们决定让这对新婚夫妇尽量晚些走,只要能赶上一趟合适的晚班火车就可以了。他们那一夜的目的地是南安普敦。第二天一早他们要穿过海峡到阿弗尔,之后去巴黎做新婚旅行。塞西利亚从未去过巴黎。

到了下午,行李已经打点好了。塞西利亚坐立不安,在哪儿也待不住。阿尔克利芙小姐虽然没怎么参加这一天的活动,却也可以说她凭直觉就感受到了发生的事情。她就那一次把塞西利亚——她所照管的人——的激动不安看成是对婚礼的自然反应。

曼斯顿自己则恰如人们所想的那样，纵情欢乐。

　　塞西利亚最后一个人溜溜达达进了暖房。一进暖房，她就想她应该跑到花园外边的温室去看看。她一时心血来潮，很想最后看一眼那些熟悉的花草，繁茂的枝叶。她套上鞋罩，就朝那儿走去。周围一个人影都没有。园丁正在为庆祝婚礼尽情欢乐呢。

　　一个宽厚的、高洁的灵魂若是想着别人的幸福，那么他们的幸福感要比别人强烈得多。园丁想着："他们多幸福啊！"这想法使他比他们还要幸福。

　　离了暖房，她正打算回到屋里去，突然又觉得这段独处的时光会是她最后的自由，于是便想稍稍将其延长。她静静地站着，在她周围，植物的叶子已经卷曲，花床被稻草覆盖，果树只剩下光秃秃的枝丫。这一片冬日景象，她视而不见。花园呈坡形，山坡的脚下是一条细细的小河，把花园与草坪一分为二。从大宅那里，一点也看不见花园。

　　在河对岸的公用小路上，一个男人在徘徊。真是不可思议，她认得那人的身材。此刻，她还没有忘记在欧文面前下的决心。她希望那不是偷走她的心，并且仍然拥有她的心的人。他已经宣称他将永远走出她的视线，那到底为什么又再度露面呢？

　　她匆匆躲了起来，她的藏身之处是花园的最低点，也是离河最近的地方。茂密的常春藤缠绕着一株巨大的枯树，早晨沉重的冰柱压弯了树枝，使得树枝低低地垂向水面。树周围的水比较深，流淌缓慢。这棵树挡住了河对岸的行人的视线。

　　她怯怯地等待着。这种羞怯感愈来愈强烈。她不允许自己看他——她会听到他走过，那时候再抬头看是不是爱德华。

　　但是，在她还未听到声音前，她却看到在树下的水面上现出一个倒影，树枝低垂，掩映着小路，也遮蔽住小路上的景物。但是它们在水中的倒影却出现在树枝下面。看倒影是她远远看到的那个人。不过那只是个倒影，她无法清晰地辨认出来。

他正在看着大宅高处的窗子——那是她的窗子——是爱德华，真的吗？如果是他，那么他也许是想说一两句道别的话。他走近了，目光凝视着水面，脚步迟缓。她几乎肯定那个人正是爱德华。她隐蔽得更深了。扪心自问，她是不该见他的。但她突然问自己："我能看到他的倒影，那他是不是也可能看到我的倒影呢？当然能看见！"

他正看着水中的她。

她现在再也忍不住了，她走了出来。他也从对岸的树丛中走出，站到她面前。正是爱德华·斯普林罗夫。在看到水中的倒影之前，他做梦也没有想到他们有生之年还会再次相见。

"塞西利亚！"

"斯普林罗夫先生。"她隔着小河低声说。

他第一个开口。

"既然我们相遇了，我想在我们完全成为陌路人之前告诉你一件事。"

"不——现在不要——我并不想说话——这是不对的，爱德华。"她急匆匆地说着，徒劳地摇手。

"一句解释的话也不想听吗？"他恳求道，"不要把我想得那么坏，觉得我是想把你引入歧途。好了，走吧——这样更好些。"

他们的目光又相遇了。她几乎哽咽难言。哦，她多么想——又多么怕——听到他的解释。

"怎么回事？"她按捺不住。

"今天早上我到教堂去，并不是想使你痛苦。我不是，塞西利亚，我有话要对你说，在你还没有——结婚的时候。"

他走近她，继续说："你知道发生了什么事吗？你肯定知道吧？——我表姐结婚了，我自由了。"

"结婚了——不是跟你？"塞西利亚有气无力地颤声道。

"是的，她昨天结的婚！她遇到了一个有钱人，便把我给抛弃了。她说她永远不会抛弃一个外人，但是抛弃我，她只是行使任何人都拥有的怠慢亲人的权力。不过现在这已无所谓了。我是来问你是否……但是太迟了。"

"可是爱德华，这算什么，这算什么！"她愤怒地大声责备，"你为什么要离开我回到她身边呢？你为什么给我写了那么一封残酷、残酷之极的信，差点要了我的命！"

"塞西利亚，怎么，你渐渐爱上——喜欢上曼斯顿先生了，你还和我有什么联系——你又怎么会在乎我呢？我这样做很自然呀？"

"哦不——永不！我爱你——只有你——不是他——永远是你——直到最近——我现在试着去爱他。"

"不可能这样！阿尔克利芙小姐告诉我你再也不愿听到我的任何消息了——并且证明给我看！"爱德华说。

"根本不会！她怎么可能。"

"她的确如此啊，塞西利亚，她给我送来一封信——你写给曼斯顿先生的一封情书。"

"我写的一封情书？"

"是啊，一封情书——你不能在那个时候见他了，你说，你感到抱歉，不过你对他的感情使你忘记了现实。"

听到自己那封信的含义被这样曲解，不幸的姑娘思绪乱成一团，不知该如何解释。过了一会儿，她缓缓说出真相，痛楚万分地道出已经太迟的解释。塞西利亚立刻被一种深深的绝望感紧紧攫住——她的婚姻已是铁的事实，不容更改了。她甚至没想想阿尔克利芙小姐是筹划者呢，还是受骗者。

斯普林罗夫可不是这样。他看穿了所有的诡计。这种半是歪曲，半是事实的诈术比直截了当的谎言还要恶毒。这足以使他们两人在对方心中的位置发生变化。他从心底诅咒给他和他心上人带来如此痛苦的那个女人和那个男人。但是他不能向可怜的姑娘揭示得太多，不然会给她的未来带来更多的苦痛。她永远都不会知道这整个的阴谋的。

"那时我对自己的未来已毫不介意，"爱德华说："阿尔克利芙小姐督促我要信守我与我表姐阿迪莱德订下的婚约。现在你已经结婚了，我也不告诉你是怎么回事了，只想说明是因为我爸爸的缘故。既然不允许我想你，那我还会在意什么呢？我爸爸给我来的一封信，告诉我我表姐结婚的事。他的信也使我重新产生了你依然爱我的念头。他说尽管你快结婚了——在旧历圣诞节那一天——也就是明天——他怀着怜悯注意到你的神色。他觉得你还爱着我。这对我就足够了——我坐最早的一班火车来，想着在今天的什么时候见到你。我原来想的是今天，你结婚之前，希望你——不过也不敢抱太大的希望——劝说你嫁给我。我从车站匆匆赶来，我到村子的时候，看到没事的人们都三三两两聚在教堂周围。通向大宅的边门也开放了。我从教堂的小门跑进去，看到你刚从祈祷室走出。我到得太迟了。我现在告诉你，我现在必须得告诉你。哦，我失去的爱，我活着心满意足了——死也心满意足了！"

"都是怪我，爱德华，怪我，"她凄楚地说："他们告诉我，我会穷得一无分文，我会夜不安眠。这些话不断地在我耳边重复，直到我相信——

> 世人习俗亦可取，
> 当人心生反抗时，
> 它使人们守规矩。[1]

不过是谁施加的影响，是谁劝说的，我不想再多谈了。毕竟行动是我做出的。爱德华，我结婚是为了逃避，不再使我的生活完全

---

[1] 罗伯特·布朗宁（1812—1889）的诗《全身雕像与半身雕像》第四十六段第三至第五行。——原注

依靠随心所欲的阿尔克利芙小姐,或是别的像她那样的人。我看得很清楚,要是我们还有一个可以叫做家的地方,那么依靠别人还是可以忍受的。可是要是只依靠别人,而没有一个让心灵停泊的港湾——哦,那是多么痛苦,多么烦乱啊!……但是若不是让我痛苦地相信你背信弃义,那么所有这些劝说都是枉然。是这一点对我起了作用,使我改变!你被认为与我毫不相干,而曼斯顿又始终如一地友好。算了,婚已经结了,我必须遵从它。——我永远不会让他知道我不爱他——永远,如果事情就像这样别再变化,如果你真的能忘记我,和别的女子结婚,那我就会更愿意承受。我真希望我不知道这些真相!但是我们的一生会是怎样?让我们勇敢起来,爱德华,带着尊严走完有生之年。有生之年不会太长的,哦,我希望不会太长……好了,再见,再见!"

"我希望我能走近你,摸摸你,就一下。"斯普林罗夫请求道。他努力让自己的声音坚定而且清晰,但却只是徒劳。

他们看看小河,又看看河底。一群小鱼游过多沙的河底,像是白鼬皮上黑色的波纹。小河虽然很窄,但河水却挺深,而且没有桥。

"塞西利亚,伸出手来,我必须要碰到你。"

她走到河边,向他伸出手,但是够不着。小河太宽了。

"算了,"塞西利亚由于痛苦语不成声,"我必须走了,上帝保佑你,庇护你,我的爱德华!上帝保佑你!"

"我必须摸到你,我必须握握你的手。"他说。

他们走得近些——更近一些——再近些——他们的手指碰到一起。这是一次长时间的紧紧的握手。两只手一动不动,握得那么紧,两个人都能感觉到对方的脉搏在自己的手中跳动。

"我的塞西利亚,我被偷走的小羊羔!"

她那双忧郁的大眼睛无声地道了再见。然后她便转过身,头也不回地跑上花园。他们之间的一切都结束了。河水依旧缓缓地、静静地流淌。小鱼们又聚回它们喜爱的地点，好像一切都没有发生。

从她的表情和举止上，屋里没有人猜到深深的痛苦正咬噬着她的心，没有人看出她已伤心欲绝。在这种时候，一个女人不会像突然受到惊吓时那样晕倒，哭泣或是尖叫。这种痛苦难以言喻。这种细腻的、特别的心灵苦痛刺痛着她，可她依然像以前一样穿梭在熟人之间，努力使自己的举止像往常一样，最多被人认为只是有些没精打采。

5. 下午二点半至五点

欧文伴着这对新人到了火车站。他下了单驾马车，倚着他的T型拐杖，焦急地准备在火车启动时看他妹妹最后一眼。

夫妇二人正要走进车厢的时候，看见有一个搬运工不停地偷眼看他们。那个人脸色苍白，显然病得很厉害。

"看那个可怜的病人，"塞西利亚甚为同情地说："他真不该在这儿呀。"

"他今天特别古怪，夫人，特别古怪，"另一个搬运工回答，"别人跟他说话他也听不进，好像是头晕，又像是心里有事。他像这样子有一个月了，但是今天最厉害。"

"可怜的人。"

今天是她有生以来最不诚实、最不幸的一天。她抑制不住内心的渴望——她要做点正直的事情。她朝那个人走过去，给了他一些钱。并且告诉他派人到旧庄园宅院那儿拿些酒或别的他想要的东西。

火车渐渐启动，那个人颤抖着，语无伦次地嘟囔着致谢。欧文挥着手，塞西利亚回头朝他微笑，好像她全然不知她的心一直在哭泣。

欧文坐车回到旧宅。但是在这孤寂的房子里他却无法安宁。他的良心开始责备自己,他觉得自己有些专横跋扈地迫使妹妹结了婚。他挂上 T 型拐杖,走出大门,在泥泞的路上散步。他毫无目的,只为了打发时间。

那时正是日薄西山,白天又低又浓的阴云从西方散去,落日的余辉引来几只小鸟的啁啾。欧文慢慢地沿着小路朝瀑布走去。他在那儿徘徊不已,一直到那里的孤寂使他感到压抑。于是,他走上大路,准备回村,他心中一片伤感。不由得自语道:

"如果被称作预感的感情曾有过什么含义的话——尽管我并不相信——那么我今天就有这种预感……可怜的塞西利亚!"

这时候,落日的余辉中现出一个人的头和肩,渐渐走进欧文的视线。那是老斯普林罗夫先生。因为去年以来,欧文几次到过响水山庄,所以他们彼此都很熟了。农夫询问欧文的脚的康复情况。看到他又能敏捷地行走他很高兴。

"你儿子好吗?"欧文干巴巴地问道。

"他在家呐,在炉火边坐着,"农夫颇为伤心地说:"天知道他今天早晨是从哪儿溜回家的。他就在那闷闷不乐地坐着,想啊,想啊,使劲按着他的头,我也禁不住为他难过。"

"他结婚了吗?"欧文问道。塞西利亚因为害怕,没有把他们在花园里的见面告诉他。

"没有。我一点也搞不懂是怎么回事……哦!爱德华也是,开始是许下这么个承诺;他现在成了一个粗心大意的家伙——还不到一个月呀。嗨,格雷先生,我知道什么是主要原因——要不是因为那件伤心的事,他可能已经结婚了。不过还是少谈他为好。要是阿尔克利芙小姐坚持履行租约里的条件,我们真不知该怎么办。你的妹夫,管家先生,也为减轻我们的负担帮了忙。这我知道,我从心里感激他。"他停下来,看看天空。

"你听说什么事儿了吗?"他突然问道,"我就是出来打听打听。"

"我什么也没听说。"

"虽然我不知道是什么事，但是相当严重。目前为止，我只是听到有一个人出现了——跟这个教区的某个人有很大的关系。"

就是对那些丝毫不相信预感和暗示的人来说，这件事看上去也够离奇古怪的。可欧文的心里却根本没有想到与这件事相关的某个人可能就是他，或是与他有关系的人。但是即将尽人皆知的这件事，除了不比死亡更可怖之外，比其他任何事情都令人震惊。而与这件事息息相关的就是他希望比自己更幸福的那位女子。多年后，每当他想到半小时后传到他脑子中的消息带来的影响，就连他这个讲求实效、非常理智的人，也不由地问自己，在听完农夫的话之后，他怎么可以那样悠然自得、无牵无挂地走向村里。"在预知一切的上帝眼里，我真是愚蠢、自私到了极点。"后来的日子里，他常常这样说："哥伦布在发现新大陆的前夜也不是这样毫无意识。"

又说了几句寒暄客套的话后，农夫便走了。正如前文所说，欧文缓慢而满不在乎地朝村里走去。

干活的人刚刚收了工。他们穿过园子大门，走到欧文缓缓走来的那条街上。他们陆陆续续走着，热切地交流着，就要转身各自回家了。但是一看见他，他们便意味深长地相互看着，停下来不走了。他走上大路，站在村中绿地的边上。对面是一排农舍。接着他朝右转过身来。欧文一转身，所有的目光便都移开了。有一两个人匆匆进了屋，之后又同他们的太太站在门阶上。他们一边打量着他，一边谈着什么，像是有什么事不知如何处理。

"如果他们需要我，肯定会招呼我呀。"他想着，愈来愈纳闷。他觉得他们的谈话一定和他有关。

第一个走过来的是个小男孩。

"发生什么事了？"欧文问。

“噢，有个人对宗教虔诚得要发疯了，已派人请牧师了。”

“就这些？”

“是的，先生，他希望他死掉，他说，他那么希望死，都有点疯了。在兰汉姆先生来之前就是这样。”

“他是谁？”

“约瑟夫·奇尼，一个铁路搬运工。他总是在夜里干活。”

“哦——就是今天下午生病的那个人。还有啊，让他到旧宅来拿点吃的什么的，可是他没来。有别的事吗？——跟今天的婚礼有关的事。”

“没有，先生。”

欧文琢磨着，看起来把他自己和这件事联在一起的原因大约是塞西利亚对那个人的友好举动。他转身朝家走去，他的心情更平静了——但他对这个解释也并不太满意。他选择的回家的路穿过乳牛场。他打开了大门。

而在这五分钟之前，爱德华·斯普林罗夫正在察看他父亲的一块地。这块地在一英里半之外的一个只有三四间农舍的小村外，地头与收税路路口相邻。

爱德华走上大路，就看到从卡斯特桥来的送信人过来了。送信人跳下车去付路费。这时他认出了斯普林罗夫。“这可真是你们村的一次大乱子，先生。”他说：“我想你还不知道吧？”

“什么？”斯普林罗夫说。

送信人付过钱后，朝爱德华走来。在爱德华耳边颇为信任地耳语了一句话，便猛地跳上车，对斯普林罗夫意味深长地使劲点点头，咯吱咯吱驾车走了。

听到这个消息，爱德华脸都白了。他的第一个念头就是：“把她接回来。”

第二个念头——欧文·格雷知道这件事吗？可能这时候他已经知道了。但是他不能让世界上他最爱的女人承受任何可能的危险,无论如何,他要完全保证她哥哥知道这件事,他要亲口告诉他。

他立刻朝旧宅的方向跑去。

小路穿过一片耕地,每到秋季人们就把它和周围的地一起翻耕。之后又渐渐重新踩平。冰雪的消融使得耕地非常松软,他每踩一脚都会带起一块块的泥土。他速度很快,泥都溅在他身上,好像是执意地要阻碍他。这使得他跑起来要比平素要付出十倍的努力。

但他一直跑着——上山,下山,速度始终未变——就好像一片云影。跟欧文一样,最近的路也要通过乳牛场。欧文走进乳牛场的时候,正看到爱德华的身影从对面的山上飞快跑下,离他大约二三百码远。欧文从奶牛中间穿过。

那个时候,乳牛场主正在对他周围的挤奶工人和挤奶女工大声地谈着什么引人入胜的话题。欧文走过的时候他抬头看了看,便立刻闭上了嘴。

欧文走近他说道:

"我听说发生了一件很离奇的事,我想那个人没有精神错乱吧?"

"不是他——他明白得很。"乳牛场主说完,又停下来。他这个人跟同伴们总是话不绝口,跟生人却是冷冷淡淡,寡言少语。

"真是奇尼,那个铁路搬运工吗?"

"正是他,先生。"挤奶的男女工人们蹲在奶牛下面,都全神贯注地听他们的谈话。他们让牛奶轻轻贴着桶边流入,挤奶也没什么规律了。

欧文再也憋不住了,他心里很怕别人是在嘲弄他。"人们好像都在看我,似乎有什么严重的事跟我有关,是这件蠢事,还是别的什么?"

"怎么,先生,跟你有关的这样一件奇怪的事,你知道的应该最清楚啊。"

"什么奇怪的事。"

"你真不知道！他对兰汉姆牧师的忏悔呀！"

"他忏悔什么？告诉我。"

"你要是真不知道，那我就告诉你。去年着火的那天晚上，他像往常一样在车站值夜班，要不然他不会知道的。"

"知道什么？看在上帝的分上，快说吧？"

就在这个时候，乳牛场一东一西两个门，几乎是同时砰的一声响。

一边是教区长，另一边是斯普林罗夫。两个人大步走过乳牛场。

爱德华离得最近，也最先开口。他压低声音说："你妹妹的婚姻是非法的！他的第一个太太还活着！我不知道是怎么被发现的！"

"啊，终于找到你了，格雷先生，谢天谢地！"教区长气喘吁吁地说："我去了旧宅，也到过阿尔克利芙小姐那儿找你——出了件非常奇怪的事。"他对欧文招招手，之后又对斯普林罗夫使使眼色。三个人走到了一边。

"车站的一名搬运工，他是个古怪的、神经质的人。他整整一天都古里古怪的，就是不肯回家。好像今天下午你妹妹对他很友善。她和她丈夫走后，他就继续干活，从行李车上搬东西。嗨，他干活碍手碍脚的，好像根本不知道在干什么，后来人们就把他送回家了。接着他就要见我，我立刻就去了，他说他心里有事，并且讲了出来。去年十一月着火的那天，火势渐渐控制住的时候，他正自己待在搬运工休息室里，快睡着了。这时有人来到车站想把门打开。他出去一看，那个人正是他那天晚上陪着去卡里福德村的曼斯顿太太。她问他到伦敦去的下趟车几点开。他告诉她第二天早晨第一趟去伦敦的车是六点十五分从布迪茅斯发出的。不过那是趟快车，在卡里福德路不停——要到安格尔伯利才停。她问：'到安格尔伯利还有多远?'他告诉了她,她致过谢就沿着铁路线走了。没过一会儿她又跑回来,拿出钱包:'在任何情况下都不要在村里或任何地方说我来过这儿,关于我一个字也别说——我到这儿来真是耻辱。'搬运工答应了。她拿出两枚金币,'把手放在候车室的《新约》上发誓。'她说:'我会付你这些钱。'他拿了书把手放在上面发了誓,接受了她的钱,她便走了。搬运工五点半下了班。在这期间他一直保持沉默,但是他最近听到的消息使他脆弱的心非常沉重,他的良心也很不安。而婚期越近,他就越不敢说。实实在在的婚姻让他痛悔不已,他说你妹妹后来对他的友善,像插在他心中的一把刀子,他觉得他毁了她。"

"可这有什么用呢? 他为什么不早说?"欧文大声叫道。

"昨天他的确去了我家两次,"教区长继续说:"好像是决心放下心中的负担。可两次我都不在家——他也没有留下什么话,但他们说,虽然他的目标没实现,可他看上去像很是宽慰。他还说昨天夜里他决心到旧宅去找你——他动身了,到了门口,但却没敢敲门——后来他又回家了。"

"这下子附近那些爱传小道消息的人可有的说了。"欧文充满怨恨地说:"偏偏不早说出来——这是犯罪行为!"

"哎,性格软弱的人就是这样反复无常。其实我们早应该想到,那女人很可能是逃脱了,没有被烧死——"

"你当然应该立刻去找曼斯顿先生,问问他这都是怎么回事?"爱德华插话道。

"我当然会去! 他要不是她丈夫,就没有权利带我妹妹走。"欧文说:"我得去把他们分开。"

"你当然得去。"教区长说。

"那个人在哪儿?"

"在他的小屋里。"

"找他也没什么用。我必须动身去追他们——当着曼斯顿的面解决这件事。让他给提供更多的、确切的证据,证明他第一个太太已死。我想上行的火车很快就有。"

"他们去哪儿了?"爱德华问。

"去巴黎——今天下午到了南安普敦。明天一早继续赶路。"

"南安普敦的什么地方?"

"我真的不知道——某家旅店吧。我只有他们巴黎的地址,不过我打听打听会找到他们的。"

这时候教区长拿出了他的袖珍书,打开第一页。他习惯每个月都在书里贴一张列车时刻表——从当地的报纸上剪下来的。

"下午的快车刚开走,"他把书摊平,说道:"下一趟去南安普敦的车是五点五十分。现在还有——让我看看——四十五分钟时间。格雷先生,我建议你先跟我一起到搬运工的小屋去,我把他说出的事简要地写下来,让他签上字。这样你在干预曼斯顿太太和曼斯顿先生之间的事情时就有更好的理由,比你只带一个道听途说的故事去找他们要好得多。"

这个建议还不错。"好吧,在火车出发前我们还有时间。"欧文说。

爱德华一直在不安地思忖着。

"让我替你去南安普敦吧? 你的腿不方便。"他突然对欧文说。

"非常感谢你,不过我想我不能接受你的提议,"欧文冷冷地说,"曼斯顿先生是个体面人,我最好亲自见他。"

"这是当然,"兰汉姆先生说:"他自己也完全相信他太太已经死了。"

"又有谁不信呢?"欧文说,"我们必须用很友好的方式告诉他这个消息,并询问其他的证据,斯普林罗夫在这种场合出现根本不合适!"欧文的口气仍是冷冷的,一想起他妹妹与爱德华之间的相互依恋就让他甚为不悦。

"你根本找不到他们，"爱德华说："你从未去过南安普敦。我对那儿却了如指掌。"

"这没有什么，"教区长说："他可以雇辆出租马车。去办这件事当然是格雷先生合适了。"

"等一下，我发份电报，让他们一到就在站台上等我。"欧文说："就是说，如果他们的火车还没到的话。"

兰汉姆先生又拿出他的袖珍书，"两点半的火车已经在一刻钟前到达南安普敦了。"

在车站拦住他们是来不及了。教区长建议说，还是有必要给"南安普敦所有体面的旅馆"发份电报，万一能找到他们，就省了欧文很大麻烦，免得他一个人在那儿找。

"我去发电报，你们去找那个人。"爱德华说——这个提议被采纳了，格雷和教区长转身朝搬运工的住所走去。

爱德华匆匆忙忙走上通往车站的大路，去发电报。路上他仍在不安地想着，欧文即将采取的所有行动都是基于假设。在这种情况下，如果曼斯顿确是善意，那他自然会乐于接受任何安排，来澄清这个疑团。"但是，"爱德华想，"假设——上帝原谅我——我禁不住这样假设——要是曼斯顿不是个值得尊敬的人，那么像欧文这样年轻又没有经验的人会怎么办呢？他会不会被这样那样虚伪的故事蒙蔽，听从曼斯顿的安排，让婚姻维持，直到曼斯顿厌倦了可怜的塞西利亚？到后来事情的真相暴露，会无法弥补地毁掉他们的前程，玷污他们的名声？"

不过，他还是把该办的事办了。在电报上，他以欧文的名义对曼斯顿提了简单的要求，如果他珍视名声的话，就到南安普敦的月台上去等欧文。按照提议，电报发向很多旅馆，爱德华对发电报的工作人员保证，只要跟寻找相关，费用会分文不少地付清的。

电报刚刚发出去，他的心就猛地一沉。他没有考虑到发了电报后会发生什么事。或许曼斯顿一直都知道他第一个太太还活着,那么这封电报就会事先给他个警告,使他能够更轻易地击败欧文。

机器还在不停地啪嗒啦嗒地发那一连串的电文时,爱德华听到外面车棚下一声强有力的冲击声,跟着是长长的铿锵有力的嘎吱声,那是火车悄悄进站了,而且是上行火车。跟着铃声响了,那肯定是一趟客车。

可是售票处的窗口却关着。

"嗨,嗨,约翰,晚点十七分钟,前面还有三站,还下坡行车吗?"这是站长的声音,而回答声则像是制动员的。

"是啊,铁轨另一侧的冰一化,一路上都是雾气,铁轨也像玻璃那么滑。我们只好把火车分为两部分了。"

"还有人坐四点四十五分的快车吗?"有声音接着问,几个早就等在另一侧的乘客都立刻上车了。

一个确定无疑的想法突然闪现在爱德华的脑海,接着有一个愿望攫住了他的心。那个确定的想法——由于突然闪现,不免让人震惊——就是曼斯顿是个恶棍,他早就发现他的太太还活着,并且哄诱她不要出现,这样他就能拥有塞西利亚。爱德华的愿望是——立刻乘坐这趟要开启的火车,在曼斯顿通过电文得知有人要从卡里福德去找他之前找到他——大胆地指控他的罪行,并根据随之而出现的慌乱找到这桩离奇怪事的答案,同时使塞西利亚得到解脱。

开车的时间马上就要到了,票房的门也锁上了。制动员吹哨儿的一刹那,爱德华冲出来,打开车厢的门跳了上去。火车慢慢启动,很快就看不见他了。

在恋爱过程中,有一条奇特的界线。如果这条界线不被称作感情初始的狂热激情,那就是一种拥有的渴望。爱德华却早已过了这个时期。此时,在男子的心目中,倾慕已经升华为诚挚的友情。对他而言,塞西利亚在语气、气质、表情上都发生了变化。从前谈到心上人时说"她"，现在则说"我们"；从前眼神里饱含顺从服帖，如今则是忧虑和关切；从前总是对对方抱着挑剔的态度，现在则是温情的相助；从前是在跳舞时考验对方的脚步，如今却再不会让它受伤受累；那曾经受到挑剔的音调、举止和服饰，现在变成了特别维护的对象。

6. 下午五点至八点

爱德华坐在火车里，心绪逐渐冷静下来，这时他才想起自己拿不出任何证据，没有合法权利去质问曼斯顿或是干预他们夫妻间的事。他现在明白教区长让搬运工在忏悔书上签字是很明智的。那份文件也不是临终忏悔——可能在法律上没有任何价值——但欧文会拿着它。只有欧文——塞西利亚理所当然的监护人——才可能将他们分开，而且是仅凭这种未经证明的可能性，抑或仅应被称作白痴的幻觉。可是爱德华和教区长一样，也确信搬运工讲的事情是真实的。他在空荡荡的车厢里踱来踱去。随着火车穿过黑魆魆的遍布石南花的平原，穿过迷宫般的树林，又穿过呜咽的矮树丛，爱德华已下定决心，他要勇敢地站在曼斯顿面前，在收到电报到欧文的火车到站这段关键的时刻，质问他所犯下的罪行。之后他就见机行事，而且做好准备，不管发生什么紧急情况，他都协助欧文。

七点三十三分，他站在了南安普敦站的月台上。整整的比欧文乘的火车提前了一个小时到站。

在车站他只略作询问，便进城去了。他内心太焦躁，根本无心仔细地打探，认真地考虑。

仅过了半小时，他就已经到过七家或大或小的旅店或客栈。在每一处他都问了同样的问题，也总是得到同样的回答——没有叫这个名字的人，也没有他所描述的那个人来过。他们要是没记错的话,电报局的小伙子来过,也是打听同两个人。

他仔细思忖了一番,突然痛苦地想到他们可能决定乘坐夜间渡船,穿过海峡。于是,他匆匆赶往另一城区,在一些更古朴、静谧的旅店里查询。不论他走到哪儿,他满脸的污渍和一脸的倦容使他看上去不是很礼貌,便很少得到礼貌的对待,这就更增加了他问讯的难度。在这个地区,他询问了三家旅店,答复都跟从前一样。最近的教堂的钟打了八点的时候,他走进了第四家旅店。

"今天晚上有没有一个个子高高的叫曼斯顿的先生,还有他年轻的太太来过?"他又问,这句话他太过熟悉,以致他听起来觉得怪怪的。

"你是不是指一对新婚夫妇?"

"是的,不过我可没这么说。"

"他们订了一间起居室,一间卧房,在十三号。"

"他们在吗?"

"我不知道。伊莱沙!"

"哎,夫人。"

"去看看十三号有人吗?——那位先生和他的太太。"

"是的,夫人。"

"有他们的电报吗?"女招待走开时,他又问道。

"没有——据我所知没有。"

"的确有人来过,来问曼斯特先生和太太,或者是类似这样的名字,问他们今天晚上在不在这儿。"后面的雅间中有声音传来。

"接到这个口信了吗?"

"当然没有——那时候他们还不在这儿——他们半小时后才到。来查问的那个人也没留下口信。他们来的时候,我告诉了他们——或者和他们的名字相似的人,有人来找过他们。可是他们好像根本不明白这是怎么回事,于是事情就这么撂下了。"

女招待回来了,"先生不在,夫人在呢。我怎么通报呢?"

"不用了。"爱德华说。现在他必须好好想想该怎么办,除了希望协助欧文外,他寻找他们的目的是要见到曼斯顿,直截了当地要他做出解释,当着塞西利亚的面证实那封电报的内容,以防止管家编个故事欺骗塞西利亚,或是在欧文来时设法躲避。但是现在事情和他所预料的有两大出入。一是电报还未到,二是塞西利亚独自一人在屋里。

他犹豫不决,不知在曼斯顿不在时去打扰她合不合适。另外,楼梯下的女人也能看到他,他的闯入会显得很唐突——而且曼斯顿随时都可能回来。他当然应该按照他原来打算的去拜访她,等待曼斯顿,随时准备责备他。但是这又不太合适,他这样想是因为他假设塞西利亚没有结婚。如果他第一位太太真的死了呢——他这样一想就觉得难受——那么塞西利亚作为管家的太太,就会在今后的岁月——也许马上——因为她旧情人的介入而蒙受侮辱,遭到虐待。

是的,这个消息由她哥哥欧文宣布最合适,也最安全。他也该到了。

可是他一转身,却发现楼梯和走廊上一个人都没有。侍者们早已把他和他的事忘得一干二净,好像根本没发生过。在他和塞西利亚之间绝对没有阻碍了。这时候理智变得软弱无力,他必须见到她——不管是对是错,不管对曼斯顿公平不公平——也不管是不是会冒犯她哥哥。他必须第一个告诉她这件令人瞠目的事情。有谁像他一样爱她!他回转身,轻轻穿过大厅,一步两阶地上了楼,沿着走廊,直走到十三号门前。

他轻轻敲门,没人回答。

他要想在曼斯顿回来之前跟塞西利亚说话,就不能再浪费时间了。他转动门把手,往屋里看去。桌上烛光昏暗,可以看到桌上摊开着一些纸和笔,主要的光线来自炉火。火光被一个熟悉的、柔美的身影挡住。她的头、她的肩——对他永远是那样珍贵。

7. 晚上七点四十五分

有一种状态——大约可以叫做心事重重——这时一个人的心灵,尤其是一个女人的心灵,完全流露在外表上,内心的感受明明白白写在脸上。这时候,那种无形的气质似乎比身体本身更清晰可见,塞西利亚现在就是这种表情。她正在遐想在布迪茅斯海湾的那些旧日时光,那些愉悦的夜晚吗?她幽幽的冥想使她未能听到敲门声。

"塞西利亚!"爱德华柔声叫道。

她垂下手,转过头来。很显然她觉得来人只能是曼斯顿,但是声音又让她觉得纳闷。

此时,斯普林罗夫已忘记了他的身份——也忘记了她的——甚至忘记了他是来询问曼斯顿是否有其他证据证明他是鳏夫——他什么都忘了——于是,他没有做任何铺垫,便直接说了结果。

"你不是他的太太,塞西利亚——走吧,他太太还活着!"他激动不已地低声嚷道,"欧文马上就到了。"

她惊跳起来,首先听清了这则消息,接着又认出了带来消息的人。"不是他太太?怎么回事——什么——谁还活着?"她渐渐明白过来,"我该怎么办呢?爱德华,是你!你怎么来了?欧文在哪儿?"

"曼斯顿跟你说过什么,能够证明他另一个太太已经死了吗?快告诉我。"

"没有——我们从没谈起过这件事。我哥哥欧文在哪儿?我要见他,我要见他!"

"他就来了。到车站去接他——去吧,"他恳求道,"如果曼斯顿回来,他不会让你我在一起,我什么都不是。"他愤愤地补充道。他感到她的话里有淡淡的责备。

"曼斯顿先生只是出去寄他刚写的信了。"她说。她还没有确切地意识到该做什么,就胡乱地找她的帽子和斗篷,然后开始穿戴。她正系着的时候,突然神经质地叫了一声。

　　"不,我不跟你出去。"她说着,把那些东西猛地扔掉。她跑到门口,又飞快地跑过走廊,下楼去了。

　　"给我一间单人房——只是一个人的。"她气喘吁吁地对下面的一个人说。

　　"十二号房是单人的,夫人,没有人住。"有个声音诧异地说。

　　她没有等人引路,就匆匆又上了楼,飞快地跑过走廊,进了十二号房,然后关上门。爱德华听到她抽噎着说:

　　"除了欧文我任何人都不见——任何人!"

　　"他很快就来了。"斯普林罗夫靠近窗格说了一句,便朝楼梯走去。他见过她了,这就够了。

　　他下了楼,走到街上,急急忙忙去车站接欧文。

　　再说这位得到消息的可怜的姑娘,脑子里已经乱作一团,她听到爱德华的脚步声渐渐远去,便一头扑在床上。她突然间谁都不想见,这一天来她经历的一幕一幕使她无论在精神上,还是肉体上都承受了前所未有的压力,使她疲惫不堪,使她对她理所当然的身份感到更加胆怯和不安。第一个曼斯顿太太还活着!她反复思考着爱德华告诉她的这个简单的事实,直到由于用脑过度,头都快裂开了。渐渐地,她很自然地把对这个事实的发现和对丈夫的怀疑联系起来,她怀疑她丈夫背叛。尽管这并没有事实依据,可这个念头使她对他本人的恐惧感油然而生。

　　"他要是进来抓住我怎么办!"她开始只是狂乱的猜测,逐渐地变成了对他的出现,尤其是对他火辣辣的目光的真真切切的恐惧。她又激动不已地站起来,依然神经质地叫了一声。不,她不能单独与曼斯顿的双目相对,只有她哥哥在场时才行。

　　想到这儿,她几乎有些神志昏乱。她跑到门口,把门闩上,她要阻止任何破坏她的意图的可能。在她还没搞清自己的身份前，她不想见任何人，也不愿让别人见到她。

8. 晚上八点

屋里一片黑暗，塞西利亚摸索着走到床头。她找到了拴铃的绳子，拽了一下。很快，女房东亲自跑来了，她很想知道这些奇怪之极的举动到底是因为什么。女房东想转动门把手，可塞西利亚不肯开门。"曼斯顿先生回来的时候请告诉他我病了，"她在屋里说："我不能见他。"

"好，我会的，夫人。"女房东说："你要生火吗？"

"不，谢谢你。"

"不要蜡烛吗？"

"一支也不要，谢谢你。"

"别的也不要吗？"

"什么也不要。"

女房东退了下去，她想她的房客准是有点不正常。

大约过了五分钟，曼斯顿回来了。他立刻上楼走进起居室，满心希望在那儿看到他太太。他四处看了看，便拉响了铃，于是知道了塞西利亚留的话，也知道她病得很厉害，不能见人。

"她在十二号房。"女招待又补充了一句。

曼斯顿非常吃惊，他敲敲门："塞西利亚！"

"我不舒服，不能见你。"她说。

"你病得厉害吗，亲爱的？应该没事吧？"

"不，不厉害。"

"让我进去，我去找个医生。"

"不，医生我也不见。"

"她不会开门，先生，给谁也不开！"女招待说。她颇为疑惑地等待着。

"闭嘴,走开!"曼斯顿说着,猛地拍了门一下。

女招待一溜烟不见了。

"喂,塞西利亚,这样很傻——真的——不肯开门。我真猜不透你怎么了。就是医生见不到你,也不会知道你的情况呀。"

她每次拒绝,都令他的声音越来越颤抖。但他实在无法劝说她出来面对他。曼斯顿讨厌这个样子,便回到了起居室,心中怒火中烧,却又迷惑不解。

塞西利亚在隔壁的房间里能听到他踱来踱去。她想:"假如他坚持要见我——他可能——可能会破门而入!"这种念头越来越强烈。她蜷缩在一个角落里,有些昏昏欲睡。不过耳朵却很警觉,能听到最轻微的声音。理智无法使她摒弃脑海中狂乱的、想入非非的念头。那就是,曼斯顿和旅店中的所有人都站在门外,等着嘲笑她,奚落她。

9. 晚上八点半至十一点

与此同时,斯普林罗夫在火车站的月台上大步地踱来踱去。八点半——欧文乘坐的火车到站的时间——到了又过去,火车却没有出现。

"八点半的火车什么时候到?"他问一个正在打扫台阶上的泥土的人。

"九点之前到不了。"

"怎么回事?"

"圣诞节期间嘛,你知道,总是这样的。人们到各处去看朋友,圣诞节前一天的时候,火车就像这个样子了,这种情况还会持续一星期。"

爱德华依旧在过道风很大的屋顶下踱步。他觉得自己一秒钟也不能离开这儿。一心只想着见到欧文,告诉他塞西利亚的行踪。他总是假想如果他一转身,欧文便会在他看不见时离开车站,消失在大街上。

又一个小时过去了,已经十点钟了。"什么时候才会到呢?"爱德华去问电报员。

"三十五分钟后。火车现在在里——。有些额外的乘客,今天铁轨的情况也不好。"

终于,差一刻十一点,火车进站了。

第一个从车上下来的就是欧文,他看上去脸色苍白,冰冷,他随意扫了一眼几乎是空荡荡的月台,便匆匆朝出口走去。就在这时候他的目光落到爱德华身上。突然见到朋友,他很是困惑,一时说不出话来。

"我在这儿,格雷先生,"爱德华高兴地说:"我已见过塞西利亚,这两三个小时她一直在等你。"

欧文抓住爱德华的手,使劲攥着,默默地看着他。他就这样全神贯注地看着,过了几分钟,他才想起来问斯普林罗夫怎么会比他先到。

10. 晚上十一点

他们一到旅店的门口,便商定他们两个人中只有欧文进去,爱德华在外面等着。欧文一直没忘记他的朋友总是忽略的一件事,那就是他的妹妹还有可能就是曼斯顿的太太,经验告诉他不要做出任何鲁莽的事儿来,以免导致日后的痛苦。

欧文一进屋,就看到曼斯顿坐在椅子上。三个小时前,爱德华进来时,塞西利亚就是坐在这张椅子上。欧文还没开口,曼斯顿就站起来,走到他身后关上门。他忧心忡忡——看上去比这种微不足道的事件所应给他带来的烦恼要严重得多。

曼斯顿猜不出欧文到这儿来的原因，不过他凭直觉感到这和塞西利亚的避而不见有关。"这也太不合情理了，"他说："到底是什么意思？"

　　"不要认为我到这儿来有什么敌意。"欧文真诚地说："听听这个，你想我不来还能怎么办？"

　　他从口袋里拿出奇尼——那个搬运工——的忏悔书。那是牧师匆匆写就的。他大声念出来。曼斯顿刚听了几句，脸色就变得怪异、阴暗、神秘。这种表情会让人有充分的理由产生怀疑，怀疑有这种冲动表情的人有可能制造出骇人听闻的骗局。但是随着欧文进一步读下去，他又现出另一种按捺不住表情——显然是很诚实的样子，似乎也对这个消息感到惊讶之极。欧文抬头看到了他的表情。这种表情使他更加坚信他一直以来的想法，对爱德华的猜疑也愈加反感。

　　再没有什么值得怀疑的了。就算曼斯顿的第一位太太还活着，他也是毫不知情。他一开始的面色可怖，很是害怕，现在也不怕了，胡乱猜测是没有用的。

　　"我现在再无任何怀疑了，你对整件事毫不知情，你想不到我还真有过一点疑惑。"欧文读完之后说道："塞西利亚应该跟我回去，等到这件事弄清楚再说。这样对双方都好，对吧？事实上，在这种情况下，我除了要求这样，还能怎么样呢？"

　　不管曼斯顿最初感受如何，现在他是满腔恼怒，进而怒火冲天。他在屋里踱来踱去，直到控制住自己的情绪，才用很平常的口气说——

　　"当然，我所知道的跟你和其他人一样——你说你不怀疑我，真是让人无谓地感到不快。为什么你，或其他人，要怀疑我？"

　　"好了，我妹妹在哪儿？"

　　"关在隔壁的房间里。"

　　曼斯顿的回答提醒了他自己，塞西利亚一定已经通过某种不可思议的渠道,对这件事略知端倪。

欧文已经走到塞西利亚门前,"塞西利亚,亲爱的——是欧文。"他在门外说道。一阵衣服的窸窣声、轻轻的脚步声之后,有声音在里面说:"真是你吗?欧文——真的是你?"

"真的。"

"哦,你还会照管我吗?"

"永远都会。"

她打开门,又退回去。欧文打开门时,曼斯顿手里已从另一个房间拿了支蜡烛走过来。

她惊恐的双眼大得吓人,在黑暗中像是闪亮的星星。似乎所有的光线都落在眼睛上。她一步跳到欧文身边,伸开的柔弱的小手像羽扇豆的叶子。她一双冰冷而颤抖的手紧紧搂住他的脖子,依然无法平静。

曼斯顿一看到她,胸中的热情又被点燃。"她不能跟你走,"他坚决地说。他又走近了一两步,"除非你证明她不是我太太,可你做不到!"

"这就是证明。"欧文拿着忏悔书说。

"根本不是,"他激动地说:"这不是临终忏悔,只有临终忏悔才能作为证据。"

"请位律师来,"欧文说,"让他告诉我们该怎么做?"

"别管什么法律——让我跟欧文走!"塞西利亚大声道,她依旧紧紧抓住她的哥哥。"你会让我跟他走的,是不是,先生?"她说着,用恳求的目光看着曼斯顿。

"我们力争公平,"曼斯顿语气更安静地说,"如果你哥哥愿意,我不反对他去请律师。"

已经快十二点了,可是因为二楼发生的这件怪事,房东依然未睡。在这种宁静的家庭旅店,这种事是不多见的。欧文透过栏杆看到房东站在大厅里,猛地想到最明智的办法是给予房东一定程度的信任,请求他像个绅士一样行事。这样的话,他能获得一些想知道的消息,也能防止今天晚上的事情搞得尽人皆知。于是,他把房东叫上楼来,把事情的大致情况告诉了他。

幸运的是,房东是个寡言的、有主见的人。他吸着烟想了想。

"我知道你们该找谁——就是他,"他说着,眼睛看着柔柔的烛火,"他头脑很敏锐,又不是很有钱。蒂姆斯会很快把事情摆平——相信蒂姆斯这一点。"

"这时候他肯定睡觉了。"欧文说。

"这没关系——蒂姆斯认识我,我也认识他,看在私人交情上他也会帮我的。在这儿等一会儿,也可能他还在这个或那个聚会上呢——他是个随和、快活的家伙,不过也非常敏锐,说真的,非常敏锐。"

他下了楼,穿上外套出去了。三个当事人进了屋,一动不动地站在屋中央,一言不发,都觉得很尴尬。塞西利亚想:为了等着去请一个睡意蒙眬的人,她得一直站在这儿度过这段漫长沉闷的时光,直到他们之间的拘谨的局面令她不能忍受——她根本就坚持不了这么久。欧文恼怒曼斯顿没有马上与他心平气和地达成协议,曼斯顿则对欧文平庸的主意很恼火,他居然提议去请律师,好像律师是确凿的证据的试金石。

渐渐走近的脚步声打断了他们的沉思。不一会儿,房东走进来,介绍他的朋友:"蒂姆斯先生没有睡觉,"他说:"他刚跟几个朋友吃晚饭回来,所以没什么麻烦的。为了节省时间,我在路上就把事情对他解释了。"

欧文和曼斯顿都想,蒂姆斯先生这个时候才和朋友们吃完晚饭,那么他对法律的阐述也可能是模糊不清的。

"就我看来,"律师一边说着,一边打着哈欠,使劲往屋里看,"不管当事人是谁,这完全是当事人自己的事——至少目前如此。我这样说话更像位父亲,而不是律师,没错。让这位女士跟他的父亲,或是监护人在一起,一直等到疑团调查清楚。不管是什么样的疑团,这样才不致招来羞辱。如果证明证据有误,或者有人编造谎言把她从你——她丈夫身边带走,你可以因延误而带来的损失起诉他们。"

"好的,好的,"曼斯顿说。他这时已完全恢复了他的泰然自若和正常理性,"全都让她自己决定。"他转身走向塞西利亚,轻声对她耳语。欧文听不到他的话——

"你想跟你哥哥回去吗? 最亲爱的,留下我一个人既痛苦、又孤单。或者你跟我,你自己的丈夫在一起?"

"我要跟欧文回去。"

"很好,"他不再花言巧语地哄劝,而是严厉地说:"记住这一点,塞西利亚,我跟你一样,在这件事上是清白的,没有骗人。你相信我吗?"

"我信。"她说。

"我根本都不知道我的第一位太太还活着,甚至现在我也不信,你相信我吗?"

"我相信你。"

"好吧,晚安。"他一边说着,一边礼貌地打开门,暗示站在门口的三个人,已经没有必要还待在他的房间了。"三天后我会去要她。"

律师和房东先退了出去。欧文把他妹妹乱扔在屋里的衣服尽量收了收,便挽着她的胳膊,也退了出去。这一切都多亏了爱德华。可他却一直一个人站在街上,像一条无家可归的狗,完全被人遗忘了。为了他们惹来的麻烦,欧文付给房东和律师一些钱。他照看着打好行李,便向门口走去。

有一辆出租马车莫名其妙地在门前徘徊。欧文把车叫过来,把塞西利亚的行李放到上面。

"你知道车站附近有什么夜间营业的旅店吗?"欧文问车夫。

“已经为你们订好旅店了,先生,在‘白麒麟客栈’——那位先生要我把这个交给你。”

“旅店是斯普林罗夫订的,当然马车也是他订的。”欧文自言自语地说。借着街灯的微光他看了看那几行用铅笔匆匆写下的留言——

> 我乘邮车回家了。对于所有的当事人来说,我还是回避一下更好些。告诉塞西利亚,我为给她带来一些不必要的痛苦而向她道歉。我似乎让她痛苦了——不过现在已于事无补!
>
> 爱·斯

欧文扶他妹妹上了车,告诉车夫出发。

“可怜的斯普林罗夫——我觉得我们对他太不友好了。”他对塞西利亚说。跟着又把便条上的话对她重复一遍。

听到这些话,一阵美滋滋的感觉涌上心头。这是一个情人对他心上人的真诚的指责。她答复他时的那种冷淡的语气,普通的朋友是体会不到的。不过,心中怀着甜蜜的遐思,她暂时忘记了自己,忘记了她的身份。

若她依旧是曼斯顿太太——这是令人心惊的推测,那么她的未来看起来依旧痛苦难挨。因为,就刚刚发生的这件令人震惊的事件来看,与曼斯顿在一起生活,不仅心中悲伤,同时也将承受难以言传的哀痛。

接着她又想到,如果她不是谁的太太,那么一定会产生许多谎言和谣传。但值得庆幸的是,爱德华知道事实的真相。

他们很快便到了早已为他们选择好的安静而且古色古香的客栈。这都是依然深爱着她的男人的精心安排。他们在那儿过夜,准备第二天乘最早的一班火车去布迪茅斯。

这时候,爱德华正坐在夜间的邮车上,飞快地朝家乡驶去。

第十四章 五个星期里的事件

1. 一月六日到十三日

显然，曼斯顿已决定不急于行事。

这是再明白不过了。他最热切的愿望和意图就是不能在塞西利亚心中引起丝毫对他的厌恶情感。在南安普敦的旅馆中，他心不由己，令人失望的话语脱口而出。之后，他立刻意识到失去她一个星期的相伴，要比永远失去她的敬重好得多。

"她应该属于我，我要得到这个年轻的小东西。"他执著依旧。于是他似乎在冷静地考虑怎么样才能达到这个目的。而他想出的办法，在所有对最近这桩事有所知悉的人看来，都是处理偶发事件时最不适宜的。

他第二天很晚才回到响水山庄，准备去拜访阿尔克利芙小姐。这时他却猛然想到他这样做不会有什么结果。不，他的每一个行动都应该公开——甚至是虔诚的。不管怎样，他先拜访了教区长，并说明了他的决心。

"当然，"兰汉姆先生说："最好做得坦率公正，否则就会招来不必要的怀疑。我看，你应该立刻采取积极的行动。"

"我会尽我的所能澄清谜团，平息关于我的这些闲言碎语。可我能做什么呢？人们说跟我这一系列调查关系最密切的人——就是搬运工——找不到了。"

"很抱歉，他是找不着了。昨晚我把欧文·格雷送走，从车站回来的时候,我又去了他住的那间小屋。我想再得到些消息,可他不在那儿。他在黄昏时出去的,并说很快就回来。可是他还没回来呢。"

"我真怀疑我们是否还会再见到他。"

"我要知道这样,就算再忙得昏天黑地,也会找个人盯住他。可是为什么不先试试登广告,找找你失踪的太太,同时去咨询一下你的律师呢?"

"广告,我会考虑的。"曼斯顿说。他说到"广告"这个词时,停顿了一下,"是的,这看起来不错,很是不错。"

他回到家里。第二天,第三天——简单说吧,大约一个星期,他都把自己关在家里,郁郁寡欢。之后,一天黄昏时分,他走了出来,可是看样子不知该去向何方。不过最后,他还是又到了教区长的家。

他见到兰汉姆先生。"事情办得怎么样了?"教区长问他。

"没有——还没办哪,"曼斯顿恍然若思地说,"不过我准备做了。"他迟疑了一下,好像为即将暴露自己的弱点而羞耻。"我来的目的是想问问你有没有从布迪茅斯听到一些我的——塞西利亚——的音讯。你过去谈起她的时候总是显得对她很感兴趣。"

现在曼斯顿的口气中至少含着一丝真正的忧伤。教区长在回答之前颇为斟酌了一番。

"我没有直接听到她的消息。"他轻声说:"不过她的哥哥跟教区一些人有联系——"

"斯普林罗夫父子俩,对吧?"曼斯顿阴郁地说。

"是的,他们告诉我她病得很厉害,很抱歉,她这样有好几天了。"

"肯定是,肯定是,我必须去看她!"曼斯顿嚷道。

"我劝你还是别去。"兰汉姆说:"而是应该尽快地采取行动,查明你太太还活着这件事是否属实。你看,曼斯顿先生,这个地方不像城市，比较偏僻，没有人整天忙着为公众做事，而可怜的塞西利亚兄妹社会地位又太低微，在这件事上无法起什么推动作用，这就是你应该无私地立刻采取行动的更重要的原因。"

管家咕哝着表示同意，但依然流露出犹豫不决的神情——不是因为软弱而难下决心——而是因为心中一片茫然而优柔寡断。

从教区长家回来的路上，曼斯顿路经旭日升客栈的大门，发现他没有火点燃他的雪茄。而这儿离他的住处还有四分之三英里的路程，于是他走进客栈找火。曼斯顿站在前屋靠外的地方，那儿一个人也没有。炉火的四周有屏风遮挡，橡木的高背长椅也成了屏风的一部分。他听到长椅后面有人在说话。而说话的人没有听到他的脚步声，继续交谈着。

他听出两个人当中有一个是众所周知的夜间偷猎人。在火灾的当晚，他曾碰到过他，并从他口中得知他太太的死讯。另一个人似乎是个陌生人，也是干同一行当的。两个人都有点醉，谈话语气坚决有力，而且甚为隐秘。他们谈的是其中一个人在火灾当晚的神秘经历。

管家所听到的话足以使他完全忘记抑或放弃进屋的念头。谈话对他产生了奇特而强烈的影响，他第一个想法似乎就是要人不知鬼不觉地离开这里。

出来之后，他进了园门，从林中大踏步地走向旧宅。到家后，他坐在火炉旁，陷入深深的沉思中，任时光悄然流逝。第一支蜡烛在烛座上燃尽，发出异味，他没注意到；跟着火光熄了，他依旧没注意到。他的脚变得冰凉，可他依然在苦苦地思索着。

值得注意的是，在一年零三个月前，也是在同样的情形下——也是同一种全神贯注的思想状态——一位小姐显示出跟这个男人几乎相同的癖性。那个人就是阿尔克利芙小姐。

十二点半的时候，曼斯顿才动了动，似乎是决心已定。

第二天一早，他第一件事就是到响水山庄去。到了那儿才发现阿尔克利芙小姐病得很重，不能见他。自从搬运工奇尼忏悔之后，她就因为轻微的脑出血而一病不起。显然曼斯顿并不因被拒绝而感到特别沮丧，特别难受，他随即便去车站，前往伦敦了。他给阿尔克利芙小姐留了一封信，说明他去那里的原因——追寻他失踪的太太。

后半个星期中，当地或其他地方的报纸上刊登了一些短文。这些文章吸引人们去注意这件离奇事件的真实情况。作者们几乎无一例外都很有说服力地强调了一个特点——如果奇尼的陈述是真实的，那么很有可能曼斯顿太太是有意留下她的手表和钥匙来迷惑人们以便脱身。因此，除非迫于什么巨大的压力，否则她是不会让别人找到她的。这一点一开始所有的村民，包括兰汉姆先生，都忽视了。作者们还补充说，警方正在寻找搬运工的下落，他可能因为害怕他的缄默是有罪的而潜逃；而曼斯顿先生，身为丈夫，正以值得称颂的精力，尽自己一切努力来澄清整个事实真相。

2. 一月十八日至月底

曼斯顿离开了五天，而后从伦敦回到利物浦。他看上去非常疲劳，一脸忧思。他对教区长和其他的熟人说，他查询了他及他太太过去所有的住所，但是一无所获。

既然已经开始调查，他就似乎要把事情查个水落石出。又过了一两天，他就按照他在教区长面前所做的承诺，在伦敦的三份报纸上登了启事，找寻失踪的女人。这则启事经过深思熟虑，言辞颇为真切感人。只要是心中仍有一丝爱意的女人，看了都会回心转意，至少给予理解。

但是，没有回音。三天后他又登了一次启事，依然杳无音信。

"我没法再试了，"他堂而皇之地对教区长说，他是他整个行动的惟一听众。"兰汉姆先生，我把真相坦白地告诉你，我不爱她,我真心地爱着塞西利亚。寻找另一个女人这件事完全是违背我的心意的。我祈愿上帝别让我再见到她了。"

"可是,至少你要尽到你的责任呀。"兰汉姆先生说。

"我已经尽到了。"曼斯顿先生说,"世界上的任何男人对他失踪的太太所尽的责任,我都尽到了——不管她是死是活——至少我尽到了。"他进而又更正道:"在我到响水山庄来之前,我早就对她淡漠了——我过去承认这一点,现在也承认。"

"如果我是你,我就不管内心感受如何,也要在启事无效后采取其他办法得到她的消息。"教区长强调地说:"至少再试着登一次启事吧。任何事情尝试三次才算令人满意。"

曼斯顿离开书房后,教区长有好长一段时间凝视着炉火,沉浸在深深的思考中。他走到他的日记本前,欲写又止,反复了好几次。他一次又一次地拿起笔蘸墨水,墨水干了,他在袖子上擦擦,又用笔蘸墨水,最后就这件事写下了下面的话:

一月二十五日——关于他妻子失踪的事,曼斯顿先生刚刚第三次来找过我。在与他这三次会面中,有几点让人感到诧异:

第一,我的来访者虽然嘴上说他很焦急,愿意做一切事情来找到她,可他的举止却流露出他再也不会见到她的想法。

第二,他不再佯作焦虑,佯作对他的第一位太太尽理所当然的义务,而是坦诚地询问塞西利亚的生活状况。

第三,(也是最显著的一点)看起来他是言行不一。在他表达对塞西利亚的爱意(当然很强烈)和流露出对第一位曼斯顿太太的命运漠不关心的感情的时候,他已无法掩饰让我劝他再登一次启事的极为迫切的心情。

第二次启事登后一个星期,又发了第三次。启事上附了一段话,说明这将是最后一次寻人启事。

3. 二月一日

启事发布十一小时后,邮差给曼斯顿送来一封信,信封上是女人的笔迹。

管家的一个单身汉朋友,迪克逊先生,前一天接到了邀请,从剑桥远道而来。迪克逊先生可以说是非常健谈——出口成章——他还总是吹嘘自己认识的人不计其数。他收到曼斯顿的邀请颇为惊喜,因为曼斯顿总是当着他的面公然说他令人讨厌。他在这儿过了一夜,那封重要的来函送来的时候,他正在和他的主人一起吃早餐。曼斯顿先生无意隐瞒信的内容,也无意遮掩写信人的姓名。粗略地扫了一眼,便大声读道——

"我的丈夫,——我恳求你的原谅:

在过去的十三个月里,我数百次地对自己说,你永远也不会发现一个事实,除非我自愿告诉你。这就是,我依然活着,而且非常健康。

你登的启事我都看到了,是你的执著使我回心转意。我想,他一定依然爱我,否则他为什么还要尽力重新赢得一个至死忠于他而对他的社会事业一无所助的女人呢?

你自己说出了我的心里话——只要我们都同意把过去的所有不和统统遗忘,那么我们就会重新相见,一起生活,并可以希望有一个幸福美满的生活。我真心实意地愿意忘记一切——原谅一切,从你的行动来看,你也愿意去忘记。

我有很多机会来解释我在火灾之夜逃跑的几件相关事实。信写得匆忙,我只谈一下主要部分。你没有到伦敦来接我令我伤心不已,在车站又看不到你的踪影则更令我心碎,最让我受不了的是,你居然不在家。在去客栈的路上,我想着你这样不公平地待我,便怒火难抑,心中非常痛苦。我被带到自己的房间时,希望你能来,一直等到房东上楼去睡觉了,你仍旧没来,我便终于下决心离开这里。我的衣服已脱了一半,又重新穿上,匆忙之中忘记了我的手表(我想钥匙也掉了,可我不知掉在什么地方)。之后我便悄悄溜出了客栈,草——"

"哎哟,真是个离奇的故事。"迪克逊先生插嘴道。

"什么离奇的故事?"曼斯顿急促地说,脸色通红。

"匆忙之中忘了她的手表,掉了她的钥匙。"

"我看不出有什么特别奇妙的地方,每个女人都可能这样。"

"如果是逃避火灾或海难,或类似这样紧迫的危险,每个女人都可能这样。可是任何很理智的女人,像这样平静地决定离开客栈,还会这样丢三落四,真有些难以理解。"

"把你的印象和事实中和一下,就可以断定她并不糊涂。她的所作所为显然是这样,要不然怎么会在那里发现那些东西呢?另外,她也真够坦率的。"他急切而断然地说。

"是的,是的,我知道。我只是说这看起来很怪。"

"哦,是啊。"曼斯顿继续读下去:

"——悄悄溜出了客栈,草堆的火正熊熊地燃烧。我却没有想到房子有危险。我没想到房顶是茅草顶的。

我在林后的小路上溜达,等着最后一班下行火车进站。我没有心情与任何陌生人碰面。就在我在小路上溜达的时候,大火燃起来了。这让我更加茫然。不过我倒更加坚决地认为不能待在那个地方,于是我朝车站走去。车站很安静,我向值夜班的那个人询问车次。直到我离开那个人的时候,我才认识到这场大火可能对我有历史性的影响。尽管考虑得不是很周密,但我也想到这个事件会把村民们的注意力吸引到我刚才的住所上来,他们若对我的死产生怀疑,可能要派人追踪我。我突然很害怕再次回到响水山庄,那个地方似乎自始至终就对我充满敌意。这个念头促使我跑回去贿赂了那名搬运工,让他保守秘密,接着我朝安格尔伯利走去。我在市郊一直徘徊到清晨火车进站。然后我便乘车到了伦敦。我在伦敦租了这房子。从那时起我便以做针线活维生,努力想攒够钱回美国。可是我努力的过程却充满了痛苦和忧伤。不过,一切都改变了——除了幸福,我还会有别的感受吗?当然不会,我真幸福,告诉我我该做什么。相信我,我依然是你忠贞的妻子。

尤妮斯

我的姓名是(跟从前一样)罗德利夫人

我的地址:兰姆贝斯,艾丁顿街 79 号"

姓名和地址写在另一张纸条上。

"终于一切都好了,"曼斯顿的朋友说:"可毕竟这件事还牵扯到另一个女人。你看上去并不为那可怜的小东西难过。事情这样一变,她有多难受呀。真奇怪你竟这样无情地把她放走了。"

说这番话的时候,说话的人正透过窗棂朝外眺望——一些呈菱形或方形的灯光在不停地闪烁,否则,他就能看到管家脸上掠过的那种痛苦、绝望的激动神情。曼斯顿过了一会儿才回答说,那个年轻姑娘曾经相信她是他的太太,几天前,他曾公开地宠爱她。现在,在内心深处,只要这种爱情与他的性情相吻合,他就依然宠爱她。他谈到这位姑娘时的态度表明,出于对某种策略或其他原因的考虑,他打算依照自己的处境行事,因为命运似乎注定要把他驱入这种境地。

"这无关紧要。"他说,"我这样做是荣誉问题。这就是事情的结局。"

"是啊,我只是觉得你过去对你的第一桩婚姻并不怎么在意。"

"有一段时间我当然不是这样。当妻子们像她过去一样在各方面都变得非常平庸,男人们才容易对她们感到厌倦。她从前就是这个样子。不过万事都是变化的——失去的是亚比该,找回的却是米甲①。你也许很难相信,在想象中她好像完全是另外一个新娘——事实上,她大概真是死而复生了,而不仅仅是表面上说说而已。"

"你让年轻漂亮的那一位知道她来了或是就要来了吗?"

"对谁有好处吗?"管家很谨慎地考虑着,露出他那红红的嘴唇里极为雪白而整齐的牙齿。

"我什么也不能对她说。这样对她一点好处也没有。"他接着说:"不管是见她还是跟她联系,都会令人难堪。最好的方法是随事情自然发展——她很快会知道一切的。"

过了一会儿,曼斯顿才发觉他的朋友出去了。他把脸埋在手里,咕哝道:"哦,我失去的人,我的塞西利亚!事情竟成这样,对我真是残酷!现在是一片黑暗——'那地甚是幽暗,是死荫混沌之地。那里的光多么幽暗。'"②

是的,自从他无意中听到客栈中的谈话以来,这位与众不同的人在陌生人面前便故作姿态。现在这种虚饰一扫而光,他大声发泄失去塞西利亚的痛苦。

4. 二月十二日

在响水山庄——上午十一点钟。这是个泥乎乎、静悄悄、雾蒙蒙,不过还算得上明朗的早晨。没有湛蓝的天空,也没有暗淡的阴影,看不到金灿灿的太阳,大地却感受得到太阳的活力,一切都生机勃勃,人们也喜上眉梢。

---

① 亚比该和米甲都是大卫的妻子。典出《旧约·撒母尔记上》的第 15 章和《撒母尔记下》的第 3 章。——原注

② 语出《旧约·约伯记》的第 10 章。——原注

当地的狩猎节就在管家住所——请柬上称"响水山庄旧宅"——正前方的空地上举行当天的活动。这种聚会每个季节举办一次，是为了使阿尔克利芙小姐及她的朋友们消遣玩乐。

有一个人斜倚在二楼的一扇窗子旁边，带着极大的热情眺望着下面欢呼雀跃的场面，看着穿着粉色或黑色服装的人群，看着颜色凝重的马匹，看着闪闪发光的马衔铁和马刺。这个人就是失踪很久，又突然返回的女人——曼斯顿太太。

在欢快亮丽的人群中，人们的目光不断地转向她。很显然她的冒险历程是人们谈论的话题。人们对这个话题谈论的兴趣不亚于对未知的命运的兴趣。在众目睽睽之下，她丝毫不觉得羞涩，相反，她看上去还相当快活。看着这欢腾的场面，她不由得心花怒放，眼睛发亮。考虑到做太太的身份，她才有所克制。

从远处打量，她还是个颇有魅力的女人——如同基达的帐棚①一样秀美。可是从近处打量，却觉得上帝并没有使这个美人臻于完美。她看上去好像比塞西利亚至少大七岁，也许还比这个数字多一倍。而且显而易见她用了一些化妆手段来虚饰容颜。她的身材圆滚滚的。成熟女性那种性感尤为引人注目，与记忆中塞西利亚少女般的轻盈敏捷形成鲜明的对照。

这几乎是一个普遍的规律：对于一个冒着毁名损誉的危险而博得过或最终要博得男人们欢心的女人来说，不论何时，只要她强烈地感到需要她目送秋波时，她都会禁不住给他们意味深长的一瞥，即使暂时的克制会决定她的生命和整个未来，她也顾不上了。

这个黑眼睛的女人迎合着外面一个又一个穿红衣服的风流男子传来的色迷迷的调情目光。如果是一个谨慎的、钟爱妻子的丈夫看到他太太的这种表情，就会因嫉妒和怀疑而很长时间闷闷不乐，内心不宁，可曼斯顿却不是这样一位丈夫。他正在宅院的另一

_____

① 典出《旧约·雅歌》的第 1 章。——原注

头心境平和地做自己的事情。

　　几天前,管家按照最实际的情况把他太太接回家,并且第二天一大早,他就带着他太太绕着村子走了一圈——就是这样简单的办法,立刻平息了弥漫在村子及周围地区的难解难测的传言。一些人说这个女人与塞西利亚相比要逊色得多,两人真是天壤之别。还有人认为,她更年长,更明智,曼斯顿跟她这样一位太太在一起,要比跟塞西利亚那样年轻、冲动,对家政管理毫无经验的人在一起幸运一些。所有的人都觉得心中的好奇渐渐淡漠了——卡里福德与世界上其他地方并无二致——一旦偶然的证据转变为直接证据,院子里闲荡的人们便再无兴致。他们最后看一眼以示告别,然后便转向可以引起更广泛猜测的话题。

第十五章　三个星期里的事件

1. 从二月十二日到三月二日

　　很长时间以来,欧文一直受到伤残疾病的困扰,不适宜工作,现在他已恢复。这对他来说不啻是出现在各种光辉前景中的黎明。虽说最初的时候变化是循序渐进的,他的行为和尝试也过于机械,但随着白昼日渐变长,建筑行业在随之而来的季节里开始复苏,欧文第一次看到,只要他谨慎从事,他就可能在未来的某一天得到可观的收入,过上舒适的生活。不过这个时候他还处在低谷。

　　在新的一年里,他从南安普敦返回一个月后,交付给他的第一项任务便开始了。随着他健康的恢复,格拉菲尔德先生就回来找他,给他提供了一个做监管的职位,相当于工程的办事员,监督托尔教堂村一座教堂近来要重建的工作。这座教堂距离布迪茅斯大约十五六英里,距离卡里福德大约六七英里。

　　"现在我一年能挣到一百五十镑。"感激的话不禁对他妹妹脱口而出,"塞西利亚,只要我活着,你就再也不用听从任何暴虐的贵妇呼来唤去,再不要为发生的事情焦虑多愁,亲爱的,这对你没什么不光彩的。高兴点儿,你还会成为某个人的幸福的太太。"

　　他没有提爱德华·斯普林罗夫,因为他听到一个使他大为失望的消息,这位曾给予塞西利亚巨大帮助的朋友却要收拾行装乘船到澳大利亚去。不过,这是在曼斯顿太太是否活着的疑团没有解开之前。而现在,她的回转已使一切云开雾散了,也使众人之间的关系明朗起来，其中一个显而易见的改变就是塞西利亚最近又意属从前的情人。要不是因为上面提到的情况，那结局就会皆大欢喜了。

因为近来生病，塞西利亚依然面色苍白，情绪非常低落。在知道曼斯顿太太回来以前，她白天就总是把自己关在屋里，只有夜里才冒险出来一下。无论睡觉还是走路，她都承受着无休无止的恐惧，惟恐几个星期前她曾违心地、毫无热情地默许并将其视作未来丈夫的那个人再次来要求拥有她。

一方面，曼斯顿太太的到来以及她随之而来的自由使她的这种不安消逝了；可是另一方面，却带来了另一种痛苦。有关塞西利亚和曼斯顿的一些纯属虚构的故事被人们捏造出来并广泛传播。在这期间，谣言也不可避免地传到了她的耳朵里。于是，自由并没带来幸福，而且她似乎不可能再展示出昔日神也为之倾倒的夺目光彩。

基于这个原因，同时考虑到这种不快的事件，欧文有生以来第一次认为有必要向她隐瞒他真实的情感。他蒙受着那件事带来的耻辱，内心暗暗忍受着折磨，最后这种痛苦使他心存怨恨，而这种怨恨无处发泄，有时便会让人再也无法忍耐。这种情况导致了一种郁闷的心情，而这种心情给他的身体造成极大的损害。同时，他又想着为他们营造一个永远幸福的家庭，而这种心情对应付艰辛所必需的毅力造成了严重的影响。

他的工作一开始，他们就立刻离开了布迪茅斯的住所，搬到了托尔教堂村。

他们住的地方是一所古旧农舍的一半，离布满常春藤的教堂钟塔相距不远，教堂的钟塔是原建筑中仅存的一处遗迹。这座住处别具一格，又长又陡的房顶几乎接触到了地面，上面的旧砖瓦覆盖着一层茂盛的橄榄色苔藓。新的红色的花砖又三三两两地用来掩住岁月侵蚀的痕迹，点点亮丽的猩红使整个和谐的外观增添了一抹亮色。

　　这座舒适惬意的小屋内部的主要特点是有一个宽大的壁炉，一个很大的碗橱，一把棕色的高背靠椅，木质的壁炉架上还放着几幅素描——是用拨火棒的火红棒尖勾勒出来的，主要内容是一个老人在费力地挺胸走路，后面跟着一条卷尾巴的狗。

　　他们在托尔教堂村的住所里过了一两个星期。塞西利亚常常在房子周围充满奇趣的景色中散步。渐渐地，一种平和安宁的心态渗入她的心中，格雷希望这会是她全面康复的一个前奏。她做好准备，愿意自己的整个余生都在这所小屋中悄然度过。她开始在房子周围轻轻地颤声歌唱——

　　　　我说过，如果这世上能找到平和，
　　　　与世无争的人儿便希望会在这里。[1]

2. 三月三日

　　冬季将尽的一个傍晚，欧文从附近的教堂回来，脱掉泥乎乎的靴子，换上拖鞋，坐下准备吃面包、喝茶。此时的塞西利亚已恢复得很好了。

　　一阵持久而轻轻的敲门声响起。

　　这样敲过他门的只有重建教堂的主要提议者——新来的牧师。可是那天晚上牧师在和当地的乡绅共进晚餐呢。

　　塞西利亚听到敲门声感到很不安，她说不清是为什么，只能说是因为得了这场病使她的神经变得脆弱。她没有去开门，而是跑出房间，上楼去了。

　　"真是胡闹，塞西利亚！"他哥哥说着，过去开门。

_____

[1]　出自托马斯·穆尔（1779—1852）的诗集《歌曲集》。托马斯·穆尔是爱尔兰诗人、讽刺作家和音乐家，拜伦和雪莱的朋友。——原注

门外暗淡的暮色中,站着爱德华·斯普林罗夫。

"太好了——你没去澳大利亚,当然不准备去了!"欧文大声说:"去那样一个地方有什么用? 我从来就不信你会去。"

"明天我打算回伦敦去,"斯普林罗夫说:"走之前我来说一句话,她在……?"

"她刚跑上楼了,进来——不用刮鞋上的泥了——我们都成了正规的村民了,石头地板,裂缝的壁炉角,还有这些,你看。"

"曼斯顿太太回来了。"爱德华颇为尴尬地说,他在壁炉角里坐下来。

"是啊。"一提到他的这桩丑事,欧文便笑意顿失,呆呆地出神。

"她逃跑的故事很简单。"

"很简单。"

"我爸爸把那天着火的情况告诉我的时候,你知道我就一直很不解,一个女人怎么会睡得那么死,居然意识不到自己可怕的处境,而且一直睡到来不及呼叫或发出其他声音的时候。"

"嗨,想到她那疲惫不堪的旅行,我觉得这也是可能的。人们不等醒来就会在床上窒息了。可是尸体却不可能像人们想象的那样全部燃成了灰烬。虽说当时好像没有人看见,而且那个外科医生对那些骨头残骸的看法又是多么武断! 没人能说清他为什么会那样。我真忍不住想说,如果有可能找出一个纯粹愚蠢的化身的话,那就是卡里福德的陪审团,还不是某一个人这样,而是十二个人全都傻得很。"

"她还好吗?"斯普林罗夫问。

"谁? ——哦,我妹妹,塞西利亚。谢谢,现在快好了,我去叫她。"

"等一等,我有句话要对你说。"

欧文又坐了下来。

"不用说，你也知道我还像以前一样深爱着塞西利亚……我觉得她也爱我——她真的爱我吗？"

在谈到做媒这件事上，做父母的和监护人的心中便会有种很世俗的深谋远虑。欧文在这方面更加老成，他在回答这个问题时甚为深沉。他比爱德华小五岁，所以看上去很有些怪。

"嗯，她可能还爱着你。"他说，似乎对自己的话并不敢肯定。

斯普林罗夫的表情立刻变得阴郁，因为他期待着至少也能听到一声简洁的"是"。他语气更为沮丧地继续说：

"假如她确实爱我，那么我向她求婚对你对她公平吗？因为随之而来的还有这些令人不快的状况——我们得过几年紧巴巴的日子，一直到我把那一大笔债务付清——荣誉和责任要求我这样做。因为不幸的降临，我父亲欠下阿尔克利芙小姐许多债。他渐渐老了，精力也不那么旺盛了，我要替他把这个负担卸下来。因此目前来看，我的前景挺惨淡的。"

"不过再想一想，"他继续说："由于与曼斯顿这次不幸的、现在又无效的婚姻，塞西利亚的境遇虽然是纯洁无辜，但无名无分，并不如意。我与她结合尽管在物质上有欠缺，正如我上面提到的，却会使我们幸福。这会让她有个立足之地。如果她希望远离这次不幸的困扰，我们可以迁到英格兰的其他地方去——移居国外——怎么都行。"

"我去叫塞西利亚，"欧文说："这件事她自己能够决定。"他说话的语气并不热情。他的自尊心使他难以忍受爱德华此行所带出的那种不言而喻的怜悯。然而在另一件事上，他们是同病相怜的，他自己也同样在还债。

"塞西，斯普林罗夫先生来了。"他在楼梯口说。

他妹妹步履迟疑地走下咯吱作响的古旧的楼梯，站在壁炉前的火光中。她向斯普林罗夫伸出了手，嘴唇微微翕动着表示问候，而她的眼神却悄然避开——自从她得病而且受到谣言中伤之后，她就形成了这么个习惯。欧文打开门出去了——把一对恋人单独留在屋内。在南安普敦那个难忘之夜后,他们还是头一次见面。

"我去点盏灯来?"塞西利亚有点不好意思地说。

"不,不要,塞西利亚!"爱德华柔声道,"来跟我坐在一起。"

"哦,好的。我应该请你坐。"她羞怯地回答,"在这个教区,每个人都坐在壁炉角里。你坐那边,我坐这儿。"

两个壁凹——一个在右,一个在左,都嵌在壁炉里。他们坐在壁凹里的凳子上便是面对面了。炉火在他们脚面的壁炉里炽热地燃烧,红红的火光照在他们脸庞的下部,好似已落到西方地平线的一轮落日,光芒流泻到屋内的地板上,使铺设地面时留下的每一粒沙、每一个凸起,都朝门边拖着长长的影子。

爱德华透过他们之间袅袅升起的一缕缕淡蓝色的烟雾看着他那面色苍白的心上人。透过这层薄烟,她仿佛是若隐若现的一个幻影。一个男人审慎的沉默最容易把一个女人迷惘的、不肯对视的眼神吸引过来。爱德华就这样耐心地等待她的目光,塞西利亚的目光在壁炉前踟蹰了有半分钟,想等他再次开口,结果也落了空,她抬起眼睛直视他的脸。

他早已准备好迎接她的目光,"塞西利亚,你能嫁给我吗?"

他不能就这样一动不动地等她回答。他走过壁炉前,到她所在的壁炉角的一边,俯在她的脚旁,摸索她的手。她依然沉默不语。

"爱德华,我永远不会成为任何人的太太。"她悲哀但坚定地说。

"从每个角度都考虑一下。"他乞求道:"首先是爱的角度。之后你便能明白,你这样做会是很明智的。目前我只能让你过贫穷的生活,但是我希望——我一直希望能保护你不再受到不愉快的过去的侵扰。如果你像现在这样离群索居,那么你就会经常不断地受到骚扰。这或许是选择了一种纯洁的生活,可是在外面的世界看来,你孤寂的生活是因为被忽视、被拒绝而迫不得已——人们便会不停地臆造出一些不存在的理由。"

"这我都清楚。"她急急地说:"这正是让我拒绝你的原因。你和欧文——世界上我最爱的两个人——都知道真相,这我就满足了。可是谣言会不停地重复。我不会给别人任何机会说你——说你——你的太太……"她突然泣不成声。

"不要,我的宝贝!"他恳求道:"不要,塞西利亚!"

"请你离开我——我们会是朋友,爱德华——但是别强迫我——我主意已定——我不能——在现在这种暧昧不清的情况下,我不会嫁给你或任何人的——永远都不会——我说过的:永远不!"

两个人都沉默了。爱德华无精打采地抬起头,看到窗外的一片黑暗被照亮了。炉膛飞起的烟灰带出长长的一串火星,从烟囱的两侧和横杆间冒出来,好像古通道中扯碎的旗子;透过中间敞开的窗子,一两颗明亮的星星从灰色的三月天空中往下看着他们。这个景象似乎让他高兴起来。

"至少你还会爱我吧?"他低声呢喃。

"是的——一直爱——直到永远永远!"

他吻她一下,两下,三下,然后站起身来,缓缓地离开她的身边,走向门口。塞西利亚依旧凝视着火光。爱德华伤心地走了出去,但是此时胸中的希望并未泯灭。

他闻到了雪茄的香味,而且立刻就看到在黑黑的树篱衬托下,有一点红红的火光。格雷正一边吸着烟,一边在小径上来回踱步。斯普林罗夫把会面的结果告诉了他。

"你是个好人,爱德华,"他说:"不过我认为我妹妹是对的。"

"我希望你也像我一样,相信曼斯顿是个恶棍。"斯普林罗夫说。

"让我现在说我喜欢他是太荒唐了——亲人的感情也不允许

我这样。不过老实说，我也不能有意地说他是坏人。"

爱德华再也无法保守在房子的火灾事件中，曼斯顿借阿尔克利芙小姐施加压力这个秘密了。他把整个事告诉了欧文。

"这只是一件事，"他继续说，"并不是全部。你对这个怎么看——我发现，他在报上登第一个寻找他太太的启事的前一天，他去布迪茅斯邮局取信。那儿有他一封信，我能证明是他第一个太太的笔迹。这是他跟塞西利亚结婚以后的事，不错。可是如果（看起来是这样）启事是场闹剧，那么后面的事情就很值得怀疑。"

欧文惊骇得说不出话来。他的烟掉在地上，他瞪着眼睛看着斯普林罗夫。

"串通！"

"是的。"

"跟他的第一个太太？"

"是的——和他太太，我敢肯定这一点。"

"你发现了什么？"

"在启事见报的前一天他从布迪茅斯的邮局取走的一封信。"

格雷陷入沉思冥想之中。"啊！"他说，"现在证明这种事很困难。不能凭笔迹来断定，而且假若他有罪，信件早毁了。"

"我还有其他的疑点——"

"没错——像你说的，"欧文打断他的话，直到现在他才把脑子里一些错综复杂的想法理出头绪。"没错，有件事应该记住——在信件收到之前塞西利亚已经离开他了——他知道他太太还活着的消息只能是在婚礼之后。我敢发誓他那时以为他太太死了。他的行为没什么不当之处。"

"好，我还有其他疑点。"爱德华又说了一遍："只要我有权利——如果我是她的丈夫或哥哥，我就会以重婚罪起诉他。"

"不必这么指摘我，"欧文有些辛酸地说，"我能做什么——既没钱也没朋友——而曼斯顿有阿尔克利芙小姐和她的钱来支持！

只有上帝知道女东家和她的管家之间是什么关系。不过既然这事已经泄露出来了——如果是真的——我相信他们的联系肯定是不光彩的——这种事我以前甚至都没有承认过。"

3. 三月五日

爱德华的揭秘使欧文的思想转上了全新的、不寻常的轨道。

斯普林罗夫来访之后的星期一,欧文走上了托尔教堂村附近的一个小山的山顶——这是座无名的荒山,坐落在一片永远看不出夏季的荒芜的丘陵地边。他坐在一块风雨侵蚀的界石上,凝望着远处的峡谷,苦苦思索着那个挥之不去的问题——他眼前只有曼斯顿的幻影。

他那孤弱无助的妹妹被玩弄了吗?——这是萦绕在他心头的问题。他明白,她拒绝嫁给爱德华,惟一的原因就是她有一种耻辱感,觉得有损于他的名声。而这种耻辱感在那些关于她离群索居的谣言散播开来之前还没有。难道正如爱德华所暗示的,他作为哥哥,忽略了自己对她的责任,任曼斯顿得意洋洋不被怀疑,而她没有任何错误,却要受辱蒙羞?

曼斯顿有没有可能是一个如此耽于声色的恶棍,甚至在与塞西利亚结婚之前,他就周密地盘算好,待他对新宠感到厌倦之后,他的第一位太太便及时回来呢?他是否也相信,当机会到来之际,只要巧妙地控制形势,他就能不让人怀疑他知道她还活着?对于这种怀疑,就欧文自己的直接理解,他觉得只有一种微不足道的理由。那就是,曼斯顿对一位贵妇雇来的陪伴——一个卑微又无人保护的女孩子心醉神迷,而他妹妹的美貌或许又不足以使像他这样自私的人要娶她为妻,除非他已预见他可能会再度甩掉她。

"要不是曼斯顿的计谋涉及到斯普林罗夫,"欧文想,"现在塞西利亚可能已经成为幸福的爱德华太太了。真的,爱德华还只是怀疑曼斯顿对阿尔克利芙小姐施加影响，不过理由很充足——可能性也很大。"

他回到屋里就询问塞西利亚。

"在着火的那天晚上，是谁第一个说曼斯顿太太烧死了？"他问。

"我不知道谁先说的。"

"是曼斯顿吗？"

"当然不是他。他到现场时，对这个问题已经没有疑点了——这点我敢肯定。每个人都知道房子着火之后，曼斯顿太太没能逃出来，因此都忽略了她可能在着火前离去的事实——当然好像任何人都不会这样做。"

"是的，直到搬运工说出曼斯顿太太的恼怒和猜疑，她的做法才显得很自然了。"

"给这次调查下结论的，"塞西利亚说，"是曼斯顿先生证明那块手表是他太太的。"

"他很肯定，是不是？"

"我记得他说他肯定。"

"那可能是她的——正像他们说的，是她仓皇出走时落下的——但好像第一眼不可能认出来呀。是的——总的来看，他可能相信她死了。"

"有些证据认为，后来，至少是过了一段时间之后，他是一心认为她死了。我现在觉得，在搬运工忏悔之前，他就知道她的一些情况，尽管他不知道她活着。"

"你为什么这样认为？"

"因为婚礼那天晚上，在爱德华来过之后，我把自己关在旅馆的房间里，他对我说了一句话。当时他肯定是怀疑我知道什么，因为他很恼怒，情绪激动不安，心存疑虑。他说：'你想必不会认为我的第一位太太死而复生吧，女士，真是这样吗？'他这番话一出口，他似乎就急于想收回。"

"真奇怪。"欧文说。

"我也觉得很是奇怪。"

"我们仍然不要忘了，他可能只是在怀疑你的动机时偶然有了这样的想法。哎，需要查明的关键之处依然与从前一样——他是不是在娶你之前就对他妻子的死产生了怀疑。尽管那天晚上他听到我们的消息时那么震惊，我还是情不自禁地觉得他早就知道了。爱德华发誓说他知道。"

"也可能只是提前了一点，"塞西利亚说："他那时已很难放弃娶我了。"

"塞西利亚，你像往常一样，'把慈悲调剂着公道'①，你这样说对你自己是不公平的。要是你能让他因重婚罪而名声扫地——如果他是重婚者的话——那我死也开心。这就是我们必须要查清的，不管用什么手段——他是不是蓄意重婚。"

"这是没用的，欧文——你得去请一位律师，可你怎么请呢？"

"我根本请不起——这点我很清楚。可我现在压根不想去请——我是说，律师办案要有事实依据。现在我们证据不足——像我们的钱一样少。等我们挣到更多的钱时再找律师也不迟。可能等我们掌握了证据，也就有钱了。我们这样单独行动的惟一损失是时间——而不是胜券。因为如果一个人的思想在十二个月成熟起来，那么结出果实要比十二个人在一个月成熟起来更完善、更有条理，尤其当这个人的利害关系与案情息息相关，而那十二个则只是被雇佣的时候。而且也不只是我一个人——你是个机敏的女孩儿，塞西，还有爱德华做我们忠诚的助手。如果我们有了十拿九稳的证据再去告发他的罪行，那时候，皇家法庭会接管这个案子的。"

---

① 语出莎士比亚的戏剧《威尼斯商人》中的第四幕第一场。鲍西娅语。

"我倒不怎么觉得这事非做不可。"她低声道:"这究竟对我们有什么好处呢?"

"说这话太自私了。当然有好处——你去南安普敦的前后因果便会水落石出,谣传也会平息。另外,曼斯顿便会受到惩罚——这对你和其他女人,还有爱德华·斯普林罗夫都是公正之举。"

现在,他觉得有必要告诉她斯普林罗夫受到阿尔克利芙小姐牵制的内幕了——以及他们几乎可以肯定曼斯顿是导致他们这种难堪处境的始作俑者。她听着听着,脸不觉红了。

"现在,"他说,"我们要做的第一件事是查清在他们分开的这段时间里,曼斯顿太太住在哪儿。再有,就是火灾之后他们的第一次联络是在什么时候。"

"要是我能像过去一样得到阿尔克利芙小姐的鼓励和支持,"塞西利亚说,"我们现在该有多强大啊!哎,他到底对阿尔克利芙小姐施加了什么力量,让她照他的意愿行事!阿尔克利芙小姐现在还是爱我的。莫里斯太太在信中说,阿尔克利芙小姐为我祈祷——没错,她听到她为我祈祷,而且还哭了。阿尔克利芙小姐也不在意让莫里斯太太这样的老朋友知道。可是与这些大相径庭的是,在整个事件中,她什么也没说,什么也没做。"

"是不可思议,不过现在别管它了。"欧文严峻地说:"关于曼斯顿太太一直住在哪里,我们必须首先搞清楚——找出在曼斯顿在这儿期间,他们分开的初期她住在哪儿,等等。因为在火灾之前,她就是在那儿与他联系,商量去响水山庄的事。那个地址也是她那天夜里偷偷来看她丈夫之后要回的地方——你知道——那天晚上我去看你,第二天一大早回去的。人们发现她也去看她丈夫了。噢!我们能不能问问李特太太,她在卡里福德邮局做事。看她是不是记得曼斯顿太太信上的地址是哪儿。"

"他从来不从这个教区给她寄信——人们那时候就注意到了。我正在想,关于他的住址,我们也许能在当日的《卡斯特桥记事》的验尸报告中查到。在验尸报告中会记录一些确切的事实。"

他哥哥对这个提议显得急不可待。"谁有《记事》的档案?"

"兰汉姆先生总是负责归档,"塞西利亚说:"而且他对我也相当友好。"

欧文需要料理教堂建筑事宜,在星期六晚上之前,他无论如何也不能离开。除非他们真的要浪费时间,塞西利亚自己就有必要给予帮助了。"我会照你说的做,欧文。"她说。

第十六章　一个星期里的事件

1. 三月六日

第二天早晨,他们迈出了谋划的第一步。塞西利亚蒙着厚厚的面纱,租了一辆马车,来到距卡里福德一英里左右的地方。她又一次看到她寄居在阿尔克利芙小姐家时那些熟悉的景物——起伏的小山、牧场边的小溪、古老的树木,忧郁之情便油然而生。她急匆匆地沿着一条僻静的小路来到教区长住宅,询问兰汉姆先生是否在家。

教区长虽然是个孤独的单身汉,却像古伊比利亚人①一样,对女性殷勤有礼。而且,他对塞西利亚尤其友善,比塞西利亚猜度的还要友好。除了因为教区的事务以外,他很少去拜访他的亲戚阿尔克利芙小姐,阿尔克利芙小姐看望他就更是少而又少了。所以塞西利亚在响水山庄居住期间对他所知甚少,教区长与阿尔克利芙小姐的关系来自他贫困的父亲的一方。而对这些亲戚,庄园的女主人是从未表示过任何同情的。回顾一下我们的家系,我们会本能地感觉到,我们所有的得以延续的活力都来自于不平等婚姻中的富有的一方。

自从老上尉去世之后,教区长在响水山庄的一言一行就像个陌生人。对这种情形,他是世上所有人中感到最无所谓的。这种

---

① 古伊比利亚人,指今外高加索格鲁吉亚人的祖先。

312

彬彬有礼的冷淡使得双方都相当拘谨,甚至教区长本人不再惦念着给她布道。尽管作为一个教区长,他满腹经文,而她却不愿自寻烦恼地去想他那陈词滥调的布道。这些东西,一个乖戾的女人能说出更多。

他刚满五十岁,却已是满头银发。可是他的面色却依然红润健康,与他的丝丝银发形成奇特的对照。一个又一个星期天,塞西利亚明亮的大眼睛,默默而沉静地看着他。就是这双眼睛,驱走了他在孤单的生活中,悄然涌入他空荡荡的心中的许许多多阴郁乖戾的怪念头。既是这样,在塞西利亚离开这个教区时,那些更令人刺痛的念头,伴着一颗满溢的心取代了从前的想法。简单说吧,他几乎感到了对她的一种热烈的情感,而他为了不失高贵的自尊却不肯承认,甚至他在私下独处时也予以否认。

他友好地接待了她,可她却不愿对他坦诚相待。他看出她不愿多说话。于是他诚心诚意而又温和得体地给她看去年的《记事》,却没有问她为什么要看。他把记录摊开在她面前的书桌上,然后怀着和她一样怯怯的心情,把她一个人留在房间里。

她一页页翻阅着《记事》,一直翻到与她要找的事情相关的标题——“卡里福德灾难性的大火及伤亡情况”。

这场灾难与她自己的生活息息相关,因此一看到这个标题,她就感到一阵眩晕,有一阵儿她几乎看不清纸上的字了。她尽力克制自己不去回忆往事,鼓足勇气仔细阅读那些记录。《记事》上所记载的内容与她记忆中的事情相差无几。

她又翻到第二周的验尸调查报告。她心情痛苦地仔细翻阅,却发现了下面一个有关曼斯顿太太的住址的记录——

> 经查证,死者曾在伦敦的霍克星顿区,亚伯拉罕·布朗家居住。

并没有人从伦敦来参加验尸调查。

她起身离开,首先向正在外面修整花园的兰汉姆先生表示了谢意。

　　他把铁锹插在地上,陪她走到大门口。

　　"我能帮上忙吗,塞西利亚?"他直呼她的教名。因为他凭直觉感到,他在婚礼上与她告别时称她为曼斯顿太太,现在若再叫她格雷小姐,会勾起她伤心的记忆。塞西利亚明白他的用意,颇为欣慰,不过她的回答却含糊其辞——

　　"我只是猜测,有些担忧。"

　　他目光恳切地望着她。

　　"答应我,如果你需要帮助,如果你认为我能帮上忙,就来找我。"

　　"我会的。"她说。

　　花园的门在他们中间关上了。

　　"你现在不需要我帮帮你吗,塞西利亚?"他又问。

　　如果他把他的想法径直说出来——"我非常非常想帮你,塞西利亚,为此我一直在监视曼斯顿。"那么她会很高兴地接受。可是他这样问却让她感到茫然,她抬起眼睛望着他,目光里却没有她面对烦恼时的无畏神情。她语气谦逊,明亮清澈的双眸闪着胆怯的神色。她隔着门答道:

　　"不,谢谢你。"

　　带着一天的疲倦,她回到了托尔教堂村。欧文神色焦急地迎上来。

　　"怎么样,塞西利亚?"

　　她已把验尸报告上的话用铅笔抄在一张纸条上。她把纸条上的地址告诉了他。

　　"现在去找到这条街,并找出住在几号。"欧文说。

　　"欧文,"她说,"你能原谅我要对你说的话吗?我觉得我不能——真的我觉得我不能——再为解开这个疑团做什么了。我依然认为这是没有用的。我看不出我有任何责任要采取任何方式报复曼斯顿先生。"她更为严肃地说，"费力地去做这事，有损于我作为一个女性的尊严，我整整一天都这样想。"

"好吧，"他有点儿唐突地说，"那我就自己干，这是正义的尊严。"他看到她苍白、疲惫的面孔，还有她一疲乏就显得很大的眼睛，便吻了她一下，继续温和地说："亲爱的，你不应该再干这么累人的事了——你完全累垮了，不过你得让我做我想做的事。"

2. 三月十日

星期六晚上，欧文便匆匆前往卡斯特桥市，去拜访《记事》的记者。记者正在家里，出来到走廊里迎接欧文。欧文说明他的身份和职业，然后问他是否可以帮他个忙，让他看看去年十二月在卡里福德验尸的笔记。他又补充说，是一场家庭纠葛使他急于搞清有关这件事的一些可能存在的其他细节，对这场纠葛，记者或许也略知一二。

"当然了，"另一位毫不迟疑地答道："不过恐怕我的笔记不会比印刷的文章详细多少。让我看看——我的旧笔记本在报馆办公室的抽屉里。如果你跟我来，我会在那儿给你看的。"他的妻子及家人正在屋里喝茶。他处处流露出一种虽穷却又想讲究的怯生生的样子，而且似乎很高兴一个陌生人使他摆脱家庭的固有生活方式。

他们穿过大街，走进办公室，而后又到里屋去。他找了一会儿，便找到了需要的本子。确切的地址没有在简明的报告中印刷出来，却写在记者的本子中。地址如下——

霍克星顿区，查尔斯广场四十一号。房东，亚伯拉罕·布朗。

欧文抄下来,给了记者一些小费。"我希望这次调查暂且保密。"他迟疑地说:"你可能会理解其中原因的,帮个忙吧。"

记者答应了。"采访新闻是我的业务,"他说,"在社会交往中,我最大的乐趣就是躲避事端。"

当时正值晚上,出版社的外屋被耀眼的汽灯照得特别明亮。说完这番话后,记者同格雷一起从里屋走出来。欧文的感激之情溢于言表,记者也再三客气着。他说话的时候,顺手把里外屋之间的门关上,手里依然拿着他的笔记本。

前屋里的长桌前站着一个高个子男人。他们走过来的时候,那个人正在说话。他对年轻的服务员说:"我正好在这儿,所以想把这个星期的报纸拿走,这样你就不用给我寄了。"

这时候那个陌生人稍微转了一下头,他看见而且认出是欧文。欧文从他身旁走出去,却没有认出他是曼斯顿。

曼斯顿看着记者陪着欧文走到门口,而后又回来把本子锁起来。不用问,曼斯顿就知道他手里拿的那本大理石花纹封面的破本子是一本旧的采访记录,本子向上打开着,本里还夹着一些吸墨纸。曼斯顿抬眼直视着记者。两个人本来只是略有察觉,但那记者经验不足,没掩饰好自己的神情,暴露出他刚才所作所为与管家生活中发生的事件紧密相关。曼斯顿没再说话,拿起报纸,尾随欧文出了报馆,消失在昏暗的大街上。

爱德华·斯普林罗夫又回到伦敦了。就在那个晚上,欧文在离开卡斯特桥之前,认真地给他写了封信,信中说明他查出了所有事实,并且恳求他,如果他珍视塞西利亚的话,就要谨慎地做些查询。他把信投进邮箱的时候,离邮局约六码之外的灯杆后面站着一个高个子男人。

因为与欧文·格雷的这次巧遇,曼斯顿琢磨着当天夜里就乘十点钟离开卡斯特桥的邮车直奔伦敦。但他转念又想起欧文在得到他的情况一小时后寄走的那封信——不管信里写着什么——那封信都不可能在星期一早晨之前在伦敦分发。于是他改变主意回到响水山庄。他对他太太解释一番,得到了她的信任,然后,他便计划乘星期天晚上的邮车离开。

3. 三月十一日

第二天早晨,曼斯顿去教堂的时间比往常提前了几分钟。他有意沿着通往村子的大路溜达,终于等到了老斯普林罗夫。曼斯顿彬彬有礼地问了早安,谈了天气,又问农夫晴雨表如何显示,风向大约刮到什么时候才会变化。老斯普林罗夫也和曼斯顿一样要去教堂。不管斯普林罗夫先生对最近的事件有何偏见,面对这样谦恭有礼的问话,他若只是粗莽地应付,是与他性情相违背的,于是他们的谈话便相当友善了。

"斯普林罗夫先生,在经历了去年十一月那个可怕的夜晚的纷乱事件后,你现在一定又感到安定些了。"

"嗳,我也不知道什么叫安定,曼斯顿先生。我永远忘不了旧房子的壁炉角旁的那扇旧窗子。我现在住的房子里,壁炉角旁没有窗子。可五十多年来,我都习惯那儿有个窗子了。泰德说这是我的一大损失,他很了解我的感情。"

"你儿子的情形又好些了,对吧?"曼斯顿说,他学着当地人探问别人私事的口气。这在乡下村子里被看做是有教养的表现。

"是的,先生。我希望他能一直如此,或者做些别的事保持下去。"

"真希望他现在稳重了。"

"他一直很稳重,我敢保证。"老人言语犀利。

"是啊——是啊——我是说思想上稳重。思想上放荡不羁的人就像野燕麦一样,会在最严格的道德土壤上开花结果。"

"华而不实的思想!泰德够稳重了——我再清楚不过了。"

"当然,当然。他找到像样的住处了吗? 我个人的经验告诉我,这是一个年轻人在伦敦居住的最大问题。"

"瓦立克街,烧炭十字区——他就住那儿。"

"哟,真的——真是怪事! 我一个很好的朋友曾经住在同一条街的五十二号。"

"爱德华住四十九号——真是太近了!"老农夫说着,不由高兴起来。

"真是!"曼斯顿说:"哎,我觉得我们得走快点,斯普林罗夫先生,牧师的铃响了。"

"四十九号。"他低声道。

4.三月十二日

爱德华准时收到了欧文的来信。但是因为白天事务缠身,他在下午五点钟以前不能前去探询。到了五点钟,他冲出威斯敏斯特的事务所,叫了辆双轮马车,直奔霍克星顿。几分钟之后,他便到了曼斯顿太太以前的住处——查尔斯广场四十一号,开始敲门。

就在这个时候,一个高个男子站在寂静的广场的一个角落里。他拙笨而又严实地裹着一件外衣,衣服的样式与他的年龄极不相配,显得很陈旧。不然的话,他看上去会相当英俊。这个人刚刚从一辆马车上下来,这辆马车一直尾随在爱德华的后面,沿老街行驶过来。斯普林罗夫敲门的时候,他自信地笑了。

没人来开门,斯普林罗夫又敲了起来。

这时走出两个人——一个从他正敲的门中出来,另一个是右边的邻居。

"布朗先生在家吗?"斯普林罗夫说。

"不在,先生。"

"他什么时候在家?"

"说不准。"

"能告诉我在哪儿能找到他吗？"

"不知道。噢，他来了，先生，那是布朗先生。"

爱德华顺着那女人指的方向看去，一个男人正走过来。他走了几步迎上去。

爱德华心里很着急，而且在某种意义上说，他还是个乡下人，还没学会城里人的讲话方式，所以他没有克制一下自己的冲动，没有任何问候的话便直言相问。他轻声地问这个陌生人："问你一句话——你还记得你有一个女房客叫曼斯顿太太吗？"

布朗先生眯着眼睛看着斯普林罗夫，好像是朝拿倒了的望远镜里看。

"我从未租出过房子。"他打量完了说。

"一年半之前，你参加过一次验尸调查吗，在卡里福德？"

"我从不知道世界上还有这么个地方，先生。至于寓所，三十年来我总共有过几英亩，但我从未出租过一英寸。"

"我想是搞错了。"爱德华嘟囔着转身走开。他和布朗先生现在站在隔壁大门的对面。那个女人还站在那儿，她听到了他们的问答。

"先生，我觉得你要找的是曾在这儿住过的另一位布朗先生。"她说，"那天有人来询问过那个布朗先生。"

"很可能是那个人！"爱德华说着，又有了兴趣。

"他在这儿靠租房无法维生，最后又回到他的家乡康沃尔郡。他哥哥还住在那儿，常常请他回家乡去。可是这次迁居却不太幸运，因为他们说他离开以后，不能忍受那儿的阴森森的西风和雨水，第二年十二月份就去世了。你到走廊里来好吗？"

"真不幸。"爱德华说着走了进去，"不过也许你记得有一位曼斯顿太太在隔壁住过吧？"

"哦，是的。"女主人说着，关上大门，"人们都觉得那位太太真是命运多舛。不过她一直活着，我那天还看见她啦。"

"在卡里福德大火之后？"

"是的。她的丈夫来问过布朗先生是否还住在这儿——就像你要问的一样。他看上去很焦急。后来，两个星期后的一个晚上，他又来询问了一些事情，他太太跟他一起来的。我挺感兴趣的，因为他上次打听过后，布朗先生便把一切跟我说了。"

"曼斯顿太太那天来访之前你认识她吗？"

"不认识。你看，她是布朗先生的房客，而且只住了两三个星期。她快走的时候我才知道她住在那儿——在伦敦，我们对邻居的事情不太注意。我很遗憾，听到发生了这些事的时候，我还不认识她，这使我和布朗先生后来总是谈起她。我真想不到我还能见到她。"

"你刚才说他们什么时候一起来的？"

"具体日期我记不清了。不过我记得那天夜里我做了一个好美好美的梦——啊，我永远都忘不了！成群成群的房客来到广场，他们长着天使的翅膀，手中捧着亮闪闪的金币，想在伦敦西区高价找公寓。他们不会少给钱的，不，不会的，只要你——"

"是嘛，曼斯顿太太起初离开这个寓所的时候，有没有留下什么东西，譬如说纸张什么的？"爱德华嘴上这样问着，内心却往下沉，他感到自己不如曼斯顿聪明。他和他太太早已来过，清理掉了所有遗迹。

"到目前为止，我一直是说'没有'。"那女人回答说："要是让我发誓的话，我就不能再说别的了。不过说句平常话吧，事情已经过去了，我觉得有些什么东西（我不敢肯定是纸张）落在她的一个针线盒里了，因为她对布朗先生谈起过它，而且对发生的事气愤不已——你知道，她的脾气总是很暴躁。所以那天她跟她丈夫来的时候，我就不愿意提醒她那个盒子的事。"

"那个盒子是怎么回事？"

"咳,是她粗心大意落下的。我觉得有几件家具曼斯顿太太不想要了,她走的时候就把它们送到了附近的拍卖市场。她的东西里面有两个差不多一模一样的针线盒,有一个她想卖,另一个不想。布朗先生把东西敛到一起,把不该卖的那个卖了。"

　　"盒里有什么?"

　　"哦,没什么特别的,也不值钱——一些账单,还有平常缝纫的东西——再没别的了。她没有去费事把盒子找回来——她说那些账单对她、对任何人都一文不值。她想留下那个盒子是因为那是他们刚结婚时她丈夫送给她的,他要发现她给弄丢了,会生气的。"

　　"她和她丈夫上次来的时候,曼斯顿太太,或曼斯顿先生有没有提到或问及过那个盒子的事情?"

　　"没有——我觉得很奇怪。她看起来好像是忘了——真的,她什么都没有问,只是站在他身后,听他说话,她可能从来没把这事告诉他。"

　　"她的东西拿给谁去卖了?"

　　"谁是拍卖人?哈尔威先生。他的拍卖所就在那条街尽头的第三个拐弯处,你能看见那条街,谁都会告诉你——他的名字在墙上写着呢。"

　　爱德华按照这个线索,立刻离开去找拍卖行。这样迅速的行动是受一种坚韧不拔的意志的驱使,倒不是因为他怀有多少希望。他的身影消失后,一直在盯梢的那个高个子,那个裹得严严实实的男人走到那女人的门前,装出一副气喘吁吁的焦急神情。

　　"有位先生来打听曼斯顿太太吗?"

　　"有啊,他刚走。"

　　"天啊,我想找他。"

　　"他去哈尔威先生那儿了。"

　　"我觉得我能给他提供一些有用的消息。他给钱大方吗?"

"他给了我半克朗。"

"这些钱就行。我是个穷人,我想看看我给他提供的这点儿消息会值多少。可是顺便问一句,可能你把我知道的全告诉他了——曼斯顿太太来这儿之前住在哪儿?"

"我不知道她来这儿之前住在哪儿。哦,不——我只是说了布朗先生告诉我的事儿。他看上去是个正派、懂礼的年轻人,要不我不会对他这么坦率的。"

"我就去哈尔威先生那儿找他。"来人说着,便又像来时一样匆匆忙忙地走了。

这时候爱德华已到了拍卖行。他碰到了一些困难,因为对于拍卖场的人来说,惟一的吸引力就是从别人那儿获得些好处,所以他们对爱德华打听的消息不感兴趣。不过最后他还是得到了,拍卖主的册子记着希金斯太太的名字,她在肯利走廊三号。她买下了所有物品,其中包括曼斯顿太太的针线盒。

爱德华便去找她,那个人紧紧尾随其后。门柱上有四个门铃按钮,竖着排成一排,好像是马甲上的纽扣。爱德华停下来按了第一个。

"你找谁?"不知什么地方传来一个细声细气的声音。

爱德华往上、往左、往右都看看,没看见有人。

"你找谁?"细声细气的声音又传来。

他这回听出来了,声音是从下面挡着地下室窗子的格栅里传来的。他垂下头,透过格栅看见一个孩子苍白的脸。

"你找谁?"那声音第三次问道,还是那种无精打采的语调。

"希金斯太太。"爱德华说。

"按第三个按钮。"那张脸说完就不见了。

他从下往上数,按了第三个门铃。他被另一个小孩让进去。这个小孩是他要找的女人的女儿,他给了这小家伙六便士,说要找她妈妈,孩子带他上了楼。

希金斯太太是一个木匠的太太。有一年冬天那木匠找不到活干,便决定结婚。婚后两个都开始喝酒,家境陷入穷困潦倒。他们所住的四楼的后屋里,一张桌子和几把椅子便是主要的家具了。地板上扔着一卷婴儿用的亚麻布,旁边是一个翻倒了的洋皮铁粥杯,还有一个粘满面糊的勺子。墙上歪歪斜斜挂着个荷兰式挂钟,长一声、短一声地胡乱嘀哒作响,钟的内部零件耷拉下来,垂在白色的表盘和刚硬的指针下,好像是哈比①的排泄物。(淫秽的子宫/腥臭的腹部,还有肮脏的排泄物/双手是尖爪,永远又干又瘦。②)一个婴儿靠着椅子腿哇哇大哭。一家六七口人都那么瘦小,一个澡盆就能放下。希金斯太太呆呆地坐着,她衣服上有许多挂钩及钩眼,可是哪一个也不配对,所以这件衣服连胸部也遮不住。可是哪儿也看不到那个针线盒。

这就是城市中穷苦人家婚姻生活的一幅悲惨画面。一天二十四小时中夫妻两人只有一小时能体验到真正的幸福,那是在傍晚,在卖掉一些必要的家什之后,他们在四分之一品脱的杜松子酒的刺激下感觉到的。

从开始到现在,所有这些绝妙而又残酷的讽刺像尖刀般插到女性的心里。当然,这并不是使她们身心俱裂的惟一事实。对于我们这些爱她们的男人来说,最庸腐而古老的事实是,一个潦倒不幸的男人也会非常轻松地找到一个比他更加潦倒不幸的女人做太太。

爱德华急于了结他的寻访。

希金斯太太说,她刚把那个针线盒和其他一些无用的废旧家具典当出去了。爱德华买下了她画出的盒子图形,下楼去找当铺老板。

---

① 希腊神话中女人首,女人身,带有鸟翼与鸟爪的生性贪婪的女怪。——原注
② 罗马诗人维吉尔的史诗《伊尼亚德》中对哈比的描述。——原注

充满霉味的当铺后面,在一堆各式各样的物品中间,伴着这种地方固有的那种味道,他拿出了盒子的图形,而后他拿起盒子夹在胳膊下面。他感到甚为满意,这种感觉与他最终找出的东西相比,真有点不大相称。他一边走,一边就想打开看看,可盒子锁着呢。

爱德华回到自己住所的时候,已是薄暮时分。走进一楼的前厅——他的小起居室,他点着了灯,然后便查看一下他买的这件东西的里里外外有没有与他要查询的事件有关的纸片或记号。他用一个小起子把盖子撬开,拿起衬盘,急切地向下边扫了一眼,可是——什么都没有。

接着他发现在盖子的底面有一个类似小袋或小包之类的东西。他打开来,伸进手去。里面真有些东西。首先他拽出了大约有一打缠结在一起的丝线、棉线,下面是一张简短的家用账单,一枝干枯的玫瑰花蕾,还有两张旧照片。一张像是曼斯顿太太——下面用墨水写着"尤妮斯",另一张是曼斯顿本人。

他心灰意懒地坐下来。这就是他此次寻访的全部成果——没有一封信,一个日期,或是什么地址之类对他有帮助的东西——难道就这样吗?

不过,尽管都是些零零碎碎的东西,他想着他应当给欧文寄去,好让他对自己尽的这一切努力深信不疑。他匆匆写了一封信,而后把除了丝线、棉线之外的东西都装进信封里。他看看表,时间是六点四十分。他又贴了一张邮票,好让当晚的邮车把信送走。他又急急忙忙在邮包上写上地址,然后立刻拿着它朝烧炭十字街的邮局跑去。

回来之后,他又闲来无事地拿起那个针线盒端详起来。他发现了衬盒的针垫下面的一个凹槽,上面有一小条丝带,可以把凹槽拉开。他把丝带提起来,拿掉一小片已压平的香桃木,一个揉皱的小纸团掉了下来。纸上是男人的笔迹写的一两段小诗。他认出那是曼斯顿的字体,因为他在他爸爸那儿看见过曼斯顿写的便条和签的账单。这节小诗描绘的是个女士，就是现在的曼斯顿太太，诗中不乏溢美之辞。

尤妮斯

是谁耗费漫长的时光，

去捕捉她变幻的容光；

然而转身之际，便什么也不能记起，

只留下朦胧依稀的记忆，

飘散在无限多变的光影里。

蓝蓝的眼睛闪着光芒，

像夏日天空中的夏日阳光。

她的身姿妩媚甜蜜，

像粉红色般轻盈的旋律，

从来不会凝结呆立。

埃·曼

不用说，接着他便又摇又拽，彻底搜索，简直要把那个盒子鼓捣烂了，可是里面绝没有其他东西了。

"又是失望。"他说着，把盒子、纸片，还有跟纸片放在一起的干枯的小树枝统统掷到地上。

新的发现依然是毫无价值。但他转念一想，觉得他有必要保证按照他刚才发给欧文的信中所说的去做——盒子里的东西，除了缝衣线之外，他全寄给他了。于是他把那首诗放在桌子上，准备明天寄出。

斯普林罗夫回到住所，点着灯后，就匆匆忙忙、全神贯注地做这件事，没有来得及拉下窗帘，关上百叶窗。所以他后来所做的一切在街上都能看到。可是一般来说，在晚上的这个时间，平均一分钟内不会有一个人走过这条僻静的小道，所以发现自己的疏忽后他也并未在意。

然而真实情况却是，一个高个子男人靠着对面的墙站着，把他的一举一动都看在眼里。当爱德华出去往烧炭十字街邮局走的时候，这个男人就一直尾随着他，看见他往邮箱里投了一封信。后来这个陌生人就没有再尾随斯普林罗夫回到他的住所。

尽管曼斯顿离得不是很近，看不清楚，可他知道他太太的针线盒里是一些照片，他猜得出是谁的照片。最微弱的反光告诉他那是寄给谁的。

他在邮局的门廊下停留片刻，看着两三辆公共马车在他面前停下又离开。而后他沿着斯特兰德街急促行走，穿过赫利威尔街，走到旧鲍斯韦尔巷。穿过柱廊时，他把上来纠缠的擦鞋匠踢到一边。最后他到了通往邮政指南出版社办事处的窄窄的走廊里。他请求让他看一会儿英格兰西南部几个镇的邮政指南。

那里的职员立刻从架上把那册书取下来。曼斯顿拿着邮政指南坐到窗旁的长凳上，翻到要找的郡，而后又找到托尔教堂教区。在对这个村的历史、地理进行描述后，下面写着：

> 女邮差——赫思顿太太。早晨六点三十分收取从安格尔伯雷步行送来的信件。

他致过谢，把书交回事务所，而后走到斯特兰德街附近一家昏暗的咖啡屋中，要了份简单的晚餐。可是他似乎坐立不安，一些令他揪心的念头让他动来动去，根本停不下来。他付了账之后，便拿起挎包，走出来在街上、河边闲逛起来，一直逛到夜班邮车离开滑铁卢车站的时候。他是想乘那趟火车回家。

在某种程度上，人的思想还存在着一个外部空间。当一个人全神贯注于他生命中最重要的问题时，在这个外部空间里却会有一些漫不经心、零零碎碎的想法在思想的间歇之中恍惚地游荡，直至它们全都被摒弃。因此，在曼斯顿专注的思想中，他也对斯特兰德街车水马龙的街道上来往的人群进行观察。高个子男人看上去微不足道,而小个子男人却不同凡响,思想深邃;名声狼藉的迷途女人看上去整日喜气洋洋,而被认为幸福快乐的太太们看上去愁思苦虑,神情凄楚。这样看来,所有的人在这一方面都相差无几:他们沿着一条孤单的路程走着,就好像许多条交织在一起的线,竟然构成了一面旗帜,可是他们谁都意识不到他们集体表现出的这个有意义的整体。

十点钟的时候,他拐进兰卡斯特广场,穿过泰晤士河,走进火车站。在下行的邮车上,他找了个座位。火车载着他,也载着爱德华·斯普林罗夫给格雷写的那封信,驶离了伦敦。

第十七章　一天里的事件

1.三月十三日凌晨三点到六点

　　火车在凌晨万籁俱寂的时刻驶进安格尔伯雷火车站。售票厅上面时钟显示的时间是两点三十五分。曼斯顿在站台上转悠,看着邮袋被抬出来。他装作随意打发时间的样子看着袋口在封蜡时留下的许多污浊的斑点。守卫把封好的邮包搬上运货马车,之后马车朝邮局驶去。

　　这是一个阴冷、潮湿、极不舒服的早晨,而且还一直淅淅沥沥地下着小雨。曼斯顿从他的瓶中喝了口酒,立刻走出车站。他在一片阴暗中赶着路,一直走到了邻近城镇的入口处。然后他便在离街上最近的一幢房子约二百码的地方站住了。

　　车站通往乡下的这条公路也是一条收费公路。第一段路穿过一片石南丛生的荒野。曼斯顿上下观察了一下公路,确定了它的方向,便开始有条不紊地来回散起步来。他一来一回地走着,每次也只是一箭之遥。尽管已是春意融融时节,但是在这清冷的凌晨,再加上他心中悬而未决的疑虑,所以他尽管披着外套仍感到寒意袭人。蒙蒙的细雨愈下愈大,路旁树上滴下的雨滴啪哒啪哒打在坚硬的路面上,路面如镜,反射出邻近城镇的灯光投下的微弱光环。

　　他就那样踟蹰徘徊了两个小时,没有看到一个活物,没有听到一点声响。后来他听到市场的钟敲了五点。很快,便道上响起了又快又重的脚步声,离他越来越近。这是往托尔教堂村送信的邮差的脚步声。他走到街的尽头,再最后把邮包往上拉了拉,走下便道,步履轻快地直朝托尔教堂村走去。

曼斯顿转过身,背对着城镇,慢慢往前走着。两分钟后,一束闪烁的亮光照在他身上,邮差赶上了他。

刚走过来的这个人身材矮小,弯着腰,四十五岁以上的年纪。他身体两侧都挂满了大大小小的皮邮袋,胸前用带子系着一盏灯,给前面的路面撒下一丝微弱的光。

"这样的早晨旅行可真够难受的!"邮差快乐地大声说。他既没看他,也没放慢脚步。

"是啊,没错。"曼斯顿说着,跨上一步同邮差并肩行进,"你每天都要走很长的路。"

"嗯——很长的路——尽管直线距离不过只有十六英里——就是说,最远的地方是八英里,然后再回来,可是加上到那些先生们的家去的进进出出的路程,我这条腿就得走二十二英里。一天二十二英里,一年是多少?我曾经算过,可现在再也不算了。我不愿再去想我这件苦差事。现在它的确开始使我感到疲劳了。"

谈话就这样开始了。邮差继续讲述他的经历中他印象较深的各种各样的奇闻怪事,曼斯顿变得非常友好。

"邮差,我不知道你的习惯是什么,"过了一会儿,他说道:"我可就只对你说,我在这样的早晨出门,口袋里得装上点儿酒。来喝一口?"他把那瓶白兰地递过来。

"请你不要见怪,我有五年没有喝过酒了。"

"现在喝也不晚。"

"恐怕这是违反规定的。"

"谁会知道?"

"这倒是——没人会知道。不过,诚实总是上策。"

"哦——确实是。不过感谢上帝,我现在不喝它也能坚持。

你真的不肯陪我喝点吗?"

"真是,喝这种东西有点太早了——不过,为了交个朋友,我就稍稍抿上一口。"邮差喝了一口,曼斯顿也同样抿了很小一口。五分钟后,他们走到一个栅门时,曼斯顿又把酒瓶拿出来。

"真不赖!"邮差说。酒劲已经上来了,"上帝保佑,这恐怕不行!"

"只要你不一直喝下去,是不会上瘾的,就像你从事任何其他职业一样。"曼斯顿说:"另外,你可以既爱好杯中之物,同时又做一个好人,甚至虔诚的人。"

"嘿,这对那些拿得起放得下,知进知退的家伙们或许管事。可我远远也搞不懂其中的奥妙,我不行。"

"哎哟,你用不着心烦。对于心境较高的阶层的人来说,倒也没必要多么虔诚。——他们常识太丰富,不怕玩火的危险。"

"这话对我口味。"

"真的,我认识一个人,他不信什么上帝,只信自己。他全身心地爱上了邻家太太。他现在说信仰是一种错误。"

"嘿,真的! 不过,认为信仰上帝是错误的,毕竟没几个人。"

"千真万确。"

"我们教区中,没有一个教民会在这样的雨天走上半英里,去看看《圣经》上是把他定为罪人呢,还是受到恩典的人。"

"我们教区也没有。"

"嘿,你放心吧,过不了多久他们就会彻底把万能的上帝丢弃了,尽管这么多年来他一直在我们头上。"

"说不准。"

"我想到那时候女王也会被丢弃了。这件事关系重大! 没有人的头像可以贴在信封上了,那么付了邮资的老实人和那些不付邮资的无赖,就没法区别了。噢,这国家还成什么体统!"

"不管怎么样,暖暖你的心吧。这儿是瓶子。"

"谢谢你，我的朋友。"

他又喝了酒。邮差越走兴致越高，最后兴奋地给管家唱起歌来。曼斯顿自己也跟着唱起来。

> 他把大槌扔到墙上，
> 说："上帝为了坍塌才造这些大小教堂，
> 为此所有手艺人才有活忙！"
> 琼的麦芽酒已成佳酿，
> 我的兄弟们，
> 琼的麦芽酒已成佳酿。

"你知道，朋友，"邮差接着说："我最初是个石匠，你要是个牧师，这不会冒犯你吧？"

"根本不会。"

这时候雨下得很大了。可他们依然步履轻快地赶路。蜿蜒的小路曲曲折折，只要听一听雨点落下时那轻重各异的声音，就知道两旁的农田里种的是什么。有时候，耳边是一种雨打草地的嘶嘶声，表明他们正在穿过一片牧场；接着是雨点劈啪作响的声音，那一定是落在什么根深叶阔的植物上；然后又是雨点拍打在柔软的土地上的声音，说明那是一片未开垦的耕地。风儿低沉的呜咽声随着他们的步伐在耳边作响，忽高忽低。

除了往镇上一些住户上了锁的邮箱里投递邮包外，邮差还背着送给其他沿路居民的一大袋信。每到一个村庄或小村落，邮差就在大信袋里找出送到这儿的信，塞进收信人门上切刻开的一个普通信箱里——村子里的邮局大部分都是由一些上岁数的女人负责，她们一般都还没有起床。而其他一些农舍的窗子中洒出来的灯光却表明，那些赶车人、砍柴人、小马倌们早就开始活动了。

这时候邮差已开始明显地走不稳当了。可他依然非常清楚他的职责，绝不让管家摸索他包里的信件。曼斯顿有些不知所措。

在一个僻静的路段,他恶狠狠地看着他身边在泥泞中大步走着的、弯着腰的小个子男人,好像他真要不顾一切,冒一冒险了。

送信沿途的情况经常是这样:农夫、教士和其他人的住房大部分坐落在从邮差送信的大路岔出去的小巷或小路上,离大路或上或下都有一段距离。为了节省时间,节约路程,邮差便在每个路口的门柱上挖了个小洞做邮箱。早上邮差把信放进信箱,晚上再看看信箱里有没有需要寄回的信。托尔教堂村奶牛场的农庄就坐落在主要街道的后面,就是按照上面的方式送信。通过跟邮差交谈,曼斯顿了解到这种情况。这个发现让他大大松了一口气。现在他的打算要比刚开始陪邮差走路时明确多了。

他们到了村外。曼斯顿坚持要喝光了瓶里的酒再往前走。喝完酒后,他们朝通往奶牛场的小路走去。欧文和塞西利亚就住在里面的农庄里。

邮差停下来,在邮袋里摸索,借着灯光拿出六七封信,然后准备分分类,可他却分不清了。

“我觉得我们竟然都成了跛脚的信徒了。”他说着,摇摇晃晃地叹了口气。

“不是因为喝多了,而是太激动了。”曼斯顿兴高采烈地说。

“真不赖! 我要是这么虚弱,我就看不到云雾——更看不清信了。指引我的灵魂,要是有人把我告到女王的邮政总局局长那儿! 这件事就会在国会传个遍,那我就会是大大地不忠于职守——绝对没错——还会被罚款。谁会为我这个可怜的人付款啊! 啊,这是个什么世界!”

“相信上帝——他会付的!”

“他付,我信! 他没喝酒为什么要付! 他付,我信! 你是不是觉得那个人真傻?”

“哎呀,哎呀,我不是想伤害你——可我怎么知道你这么不胜酒力?”

"真是——你不知道我酒量这么小。这些信怎么办！上帝保佑,比利该怎么办呀!"

曼斯顿提出要帮忙。

"这些信要分一下类。"邮差说。

"怎么分?"曼斯顿问。

"是往村里送的放进袋里,凡是往下面的农场和奶牛场送的就放到那儿门柱上的信箱里。今天早晨没有给牛奶场的信,可是我出发的时候看见有一封信是给新教堂的一个建筑人员的。是这封,是不是?"

他拿起那个大信封,上面是爱德华·斯普林罗夫的笔迹——

安格尔伯雷·托尔教堂村新教堂建筑人员

格雷·欧文先生收

信箱是在橡木门柱上刻的一英尺见方的小洞。因为怕淘气的农家孩子搞破坏,所以没留投信口,而是旁边开了个小铁门,一条可翻转的铁条把信箱锁住。铁条的一面涂成黑色,一面是白色;黑白两种颜色分别代表信箱内无信或有信。

邮差从口袋里把钥匙拿出来,想把它插到信箱的钥匙孔里。他上下左右地试着,就是插不进去。

"我来打开吧。"曼斯顿说着从邮差手中拿过钥匙。他打开信箱,伸出另一只手来取欧文的信。

"不,不。哦,不——不。"邮差说,"作为——一个——女王的——雇员——要对——女王的邮件——负责——要亲手——投信。"他缓慢而又庄严地把信放到小洞里。

"锁上吧。"他关上门说。

曼斯顿把铁条横过来,黑色朝外,表明"空箱",然后拔下钥匙。

"你把颜色搞错了,"邮差说:"这不是空箱。"

"我把钥匙掉到泥里,翻不过来了。"管家说着,故意让什么东西掉下来。

"怎么这么笨手笨脚!"

"真是笨手笨脚。"

他们两个人开始在泥中寻找钥匙,双脚踩在黏糊糊的泥浆里。邮差把胸前的灯笼解下来,贴近地面,四处照照。雨淅淅沥沥一直下着,天空阴云密布,日光不知何时才会出现,黎明迟迟不肯到来。雾气很重,灯光只能照亮一个人的视野,而且在浓雾中,灯光似乎可以触摸得到。灯光中,两个弯着腰的人都已湿透,脸上,膝盖上淌着雨水。邮差的斗篷和邮包,还有曼斯顿的旅行包,都好像涂了一层清漆,闪闪发光。

"掉在草地上了。"邮差说。

"不是,掉在泥里了。"曼斯顿说,他们又开始寻找。

"靠这点灯光,恐怕我们找不到。"管家终于说,他开始在路边湿湿的草叶上擦着泥乎乎的手指。

"恐怕我们找不着。"另一个也站起来说。

"我告诉你最好怎么办,"曼斯顿说:"过一小时左右我再回到这里来。因为错全在我,我要再回来找找,天亮后肯定能找到。我把钥匙给你藏在这儿。"他指了指门柱后面的一个地方。"那时候再翻标志牌就晚了,因为这儿会有人的,所以信箱最好就别动了。信只不过会拖延一天,不会有人注意的。如果有人注意到了,你可以说你不知道把铁条放反了。这样准不会有事。"

在这种情况下,这是最好的办法,邮差便同意了,两个人继续往前走。他们穿过村庄到了一个十字路口。这时候管家对他的同伴说他们必须分道而行,然后他走上左边通往卡里福德的路。

等邮差的脚步渐渐远去,身影刚刚走出视线,曼斯顿立刻沿篱笆内侧,避开村子,又悄悄地返回到农庄的信箱那儿。他一到那儿就拿出一直藏在口袋里的钥匙,抽出欧文的信。然后他便朝家走去。快到他住的地方时，他拿出旅行包的东西，使自己恢复了本来面目。

一个半小时的疾步行走，他便到了响水山庄自己的家门口。

2. 早晨八点钟

他坐在自己的办公室里，把信的封口弄湿，耐心地等着粘信的胶松开。他取出爱德华的信笺、账单、玫瑰花蕾，还有照片，带着极大的兴趣和焦虑端详着这些东西。

他把信笺、账单、玫瑰花蕾，还有他自己的照片又放回原处，而把另一张照片夹在拇指和食指间，拿到了壁炉的炉栅边。他在那儿拿着它默默想了半分钟。

"就算这样了结吧，冒的危险太大了。"他喃喃低语。

突然，他想到一个好主意。他跳起来，跑出办公室，来到前厅。他拿起桌子上的相册，找出三四张最近取代了塞西利亚位置的那个女人的照片。这些照片夹杂在其他照片中间，他仔细端详着它们。那些照片里的人姿态不同，风格也不一样。他逐个地和手中那张进行了比较。其中一张和他从信封里抽出的照片在色调、大小、姿势上都最相似。于是他挑出这一张，拿着它回到办公室。

他往一个盘子里倒了些水，把两张照片放进去，然后坐下来看书。

过了一刻钟，他徒劳地试了几次之后，便发现每张照片都能从所裱糊的卡片上撕下来。撕好后，他把最初的那张照片和刚拿到的裱糊卡片扔进火里，再把最初的那张裱糊卡片和刚找到这张照片粘起来，在火前烤干。之后他把它连同其他零碎都装进信封。

他得到的结果是这样的：信封里有两张照片，照片后面的摄影师的名字和序号都与原来一模一样。他自己的那张照片下面，写着他自己的名字，另一张写着他太太的名字。而整件事的主要特点是：后来那张裱糊卡片和上面所写的情况，以及裱在上面的照片都已经变了。

曼斯顿太太进屋来请他吃早饭，他跟她出去坐在桌前。吃饭的时候他把他所做的告诉她。他把每个细节不折不扣地讲了，并给她看得到的结果。

"的确冒着不小的危险。"她呷了口茶说。

"可是如果不这样，危险会更大。"

"没错。"

信又像从前一样被封好，曼斯顿把它装在口袋里出去了。不一会儿，他就已经在马背上，朝托尔教堂村的方向飞奔而去。大部分路程他都尽量在旷野上跑。到了农庄的信箱那儿，他跳下马来，仔细看了看四周，确信附近没有人，便把信放回了信箱，把钥匙藏在他和邮差说好的地方，然后绕道回家去了。

3. 下　午

当天下午，牧师的仆人像往常一样拿着一把复制的钥匙，去往信箱里放需要晚上寄出的信，便把欧文的信捎了回来。这个人从不记得有早晨把标志牌搞错的先例，不过想了想，他也没太在意这个错误。欧文把信里的东西仔细看了个遍，觉得没用便扔在一边。

第二天他又收到了斯普林罗夫的第二封信，对这封信曼斯顿可是毫不知情。兄妹二人再次看到爱德华的笔迹，又燃起了期望。可欧文打开信，却发现只有小树枝和一首诗。

"真是一点用处也没有。"他对她说："在道德上，我确信他娶你是有罪的，因为就算他不知道，他也怀疑她一直都活着。可是我们至今仍然和以前一样没有一点法律上的证据来判定他在这方面有罪。"

"爱德华寄来什么？"塞西利亚问。

"曼斯顿以前写的一首情诗，有意思。"他讥讽地说："是他们恋爱时，他向她献殷勤时写给她的诗——我想，就像他写给你一样。"

他把诗递给她，她读道——

尤妮斯

是谁耗费漫长的时光，
去捕捉她变幻的容光；
然而转身之际，便什么也不能记起，
只留下朦胧依稀的记忆，
飘散在无限多变的光影里。

蓝蓝的眼睛闪着光芒，
像夏日天空中的夏日阳光。
她的身姿妩媚甜蜜，
像粉红色般轻盈的旋律，
从来不会凝结呆立。

埃·曼

塞西利亚的脸上露出一种奇怪的表情，这种表情渐渐增强为一种剧烈的死一般的痛苦。她把纸扔在地上，颤抖地抓住欧文的手，捂住脸。

"塞西利亚，怎么了？天哪！"

"欧文——想想——哦，你不知道我想什么。"

"什么?"

"**蓝蓝的眼睛闪着光芒**。"她重复着，嘴唇成了灰白色。

"对啊，蓝蓝的眼睛闪着光芒，怎么啦?"他对她的行为感到极为诧异。

"莫里斯太太写信对我说，她的眼睛是**黑**的！"

"嗨,莫里斯太太准是搞错了——很有可能。"

"她没有。"

"照片上的颜色可能也是蓝的。"欧文说着,看了看写着曼斯顿太太名字的照片。

"蓝色的眼睛照出相来不可能颜色深成这样。"塞西利亚说:"不对,这是黑色的。肯定是。"

"嗯,那么,曼斯顿写诗的时候准是太粗心了。"

"可能吗? 人们说一个恋爱中的男人可能会忘了他自己的名字,却不会忘了他爱人眼睛的颜色。另外,她读诗的时候,也应该发现这个错误,而且改正过来。"

"这倒是,她应当改正过来。"欧文沉吟道:"那么,塞西利亚,事情就是这样——莫里斯太太肯定是对你说错了,因为没有其他解释。"

"我想准是错了。"

她显得心口不一。

"你怎么看起来怪怪的——病了?"欧文又说道。

"我无法相信莫里斯太太错了。"

"可你看看这个,塞西利亚。如果我们知道两年前这个女人的眼睛是蓝色的,不管莫里斯太太或其他人怎么凭空想象,她的眼睛现在肯定还是蓝色的。听你这么说,别人会想曼斯顿能够改变一个女人的眼睛。"

"是的。"她说完又缄口不语。

"你说是的,好像他确实能够。"

"通过换一个女人,"她大声说,"欧文,你没看出我感到恐怖的事情吗? 跟他住在一起的女人不是曼斯顿太太——她已经烧死了——我才是他的太太!"

她试图让自己坚持住,抵住这新的灾难带来的压力。可是不行! 这个突如其来的思想剧变对她的冲击是巨大的,她一声不响地向他走来,靠在他的胸前。

欧文来不及多想,便把她扶到楼上,让她躺下。然后他走到窗前,凝视着窗外延伸的小路,徒劳地想给面前这个异想天开的疑团找个答案。塞西利亚刚刚萌生的念头似乎难以令人相信,可是她却被这个念头紧紧攫住,有必要找到一些确凿的证据,来使她放弃这个想法,免得她愈想愈恐惧,以致无法自拔。

"塞西利亚,"他说,"这样不行。这一下午你就一个人待在这儿,我去趟卡里福德。我回来的时候一切就搞清楚了。"

"不,不要走!"她哀求道。

"那好,现在不去,改日再去。"他看出她的推理过于敏锐——聪明有时是件蠢事。

他思量了一下,依然觉得按照他的意图行事,打消他妹妹心中无谓的恐惧是件好事。她不管想什么念头,也比想这种荒谬的猜疑强。不过他决心等到星期天。他考虑那一天去见曼斯顿太太不会引起任何怀疑。同时,他给爱德华·斯普林罗夫写了封信,请求他再去一趟曼斯顿太太从前的住所。

第十八章　三天里的事件

1. 三月十八日

　　星期天早晨,欧文艰难地跋涉在托尔教堂村至卡里福德间六英里的群山与峡谷之中。

　　爱德华已经给他回了信,信中除了表达他对情诗与莫里斯太太的信之间奇怪的矛盾感到惊讶以外,主要大意便是说他又一次拜访了已去世的布朗先生的邻居,通过一切可能的间接渠道和直接消息得到了一些对曼斯顿夫人的描述,她个子挺高,肩膀宽宽的,胸部丰满,而且她的鼻子又直又大。可是,提供消息的人却不知道她眼睛的颜色,因为只在街上看见过她进进出出。信的最后又补充了一件令人困惑的事:最近曼斯顿太太和她丈夫来的时候,那女人几乎认出了她,可是她一直用面纱遮掩着。她来霍克星顿之前的住处邻居是一点也不知道。爱德华说他无法再从其他渠道得到任何线索了。

　　在敲钟前几分钟,欧文到了教堂的门口。教堂里还没有人,于是他绕过侧廊。塞西利亚常常给他描述她自己和其他人一般都坐在什么地方,因此他知道在哪儿去找曼斯顿和他太太的座位。前两三次他察看错了,而后他便拿起一本写着"尤妮斯·曼斯顿"的祈祷书,书差不多是新的,上面书写的日期大约是在一个月以前。无论如何,有一点是可以确定的:那就是出现在世上的跟曼斯顿住

340

在一起那个女人不是别人，就是他的合法妻子。

卡里福德的村民们用不着引座员，都静静地走到他们崇拜神灵的地方。当地人和住在教区里的人都有自己的座位，而外来人则自己找座位。格雷坐在教堂中部北侧的一个座位上，紧靠着把教堂中部和北部侧廊分开的柱子后面。这部分全是阿尔克利芙小姐以及她的雇农和仆人们坐的地方，曼斯顿的座位就在他们中间。欧文的座位与曼斯顿的座位隔一条过道，而且比他的座位略微靠前。欧文只要身体稍稍前倾，就可以看清坐在那儿的任何人的脸孔。而他若坐直的话，由于中间有柱子挡着，坐在那儿的人却一点儿也看不到他。

为了尽量不让曼斯顿知道他在那儿，教徒们走进教堂的时候，欧文没有转过一次头。旋即，从北边通道传来一阵丝绸衣物的沙沙声，声音传入了曼斯顿的座位。欧文知道有个女人已经进来了，好似还伴随着重重的脚步声，这说明曼斯顿跟她在一起。

他立刻站起来，急切地朝那个方向看去，看到一位女士，站在离他最近座位的一端，她身子的另一边则露出曼斯顿的身影。格雷扫了两眼，便看出了她的许多特征。状态如下：

她个子挺高。

她肩膀宽宽的。

她胸部丰满。

根据照片，她很容易被辨认出来，可是她眼睛的颜色却无法确定。

他神思凝重地缩身于自己隐匿的座位上，听着礼拜继续进行——一种怪异的现象曾使他妹妹对这个女人起了疑心，而与她的疑心相反的是，所有明显和普通的证据和可能性推测都引导出相反的结论。那儿坐着的正是照片中的女人，丝毫无误——他还希望知道什么呢？塞西利亚希望知道更多的情况。尤妮斯·曼斯顿的眼睛是蓝的，这个女人的眼睛理所当然也应是蓝色的。

对着乐谱的节奏打拍子,新手比老手在效果方面要多耗费十倍的精力。欧文觉得,他和爱德华试图追踪这条已知的线索,情况便是如此。他冥思苦想,可还是想不出怎样给这件牵神缠心的事找到一种至关重要的检测手段——这种手段必须做到不为他人察觉。这样的话,假若它证明这个女人的确与那个姓名相符,他可以不至于身处劣境,招来谴责,而能安然退出。

但是,从他坐的位置上要看到曼斯顿太太的眼睛是不可能的,所以目前他无法直接看清她眼睛的颜色。阿尔克利芙小姐可能已认出他了,不过曼斯顿还没有。他觉得绝不能让管家知道他此行的目的。而且无论如何不能让他知道他到村里来过,直到这一天平安地过去。

门一打开,格雷就离开了教堂,溜溜达达地走到田野里,极力思考着其他的办法。他本想去看看农夫斯普林罗夫,可是这件事还未平息下来,他是绝对不能去的。上午和下午的礼拜之间相隔两个小时。

时间快到了。欧文还没想出来下一步该怎么办,也没能决定下来是否要冒险去趟旧宅,面对面地去看看曼斯顿夫人。但是他快走到那儿的时候,下午礼拜的钟声就响了。他便静静地站在公路上,从那儿能看到旧宅前面的一部分。欧文还在踟蹰的时候,有两个人从半遮半掩的住宅前门出来了。他马上便认出他们是曼斯顿和他太太。曼斯顿戴着他那顶旧式园丁帽,胳膊下夹着一本杂志。他们一出大门,他便拐入一条小路,翻过小山,朝远离教堂的方向走去。他显然想散散步,看看那些让他发笑的幽默故事,而他太太则转向另一个方向,步入通往教堂的小路。

欧文决定利用这个机会。他急急忙忙朝教堂走去,而后一个急转弯,又折回到那条曼斯顿太太必然经过的小路上去。

大约过了三分钟,曼斯顿太太出现了,她没戴面纱。当她愈走愈近时,他才突然发现一个难题——在室外仅凭一次随意的碰面就看清一个陌生人眼睛的颜色，并非易事。要达到目的，他非得让曼斯顿太太离他很近，不仅如此，还得让她紧紧地盯着他。

他想好了一个办法，也许会碰巧如愿以偿，就算不行，他也不会暴露自己的意图。当曼斯顿太太走到可以搭话的距离时，他便走上前去说——

"麻烦你告诉我，从哪儿转弯能到卡斯特桥去？"

"右边第二个路口。"曼斯顿太太说。

欧文装出一脸的迷茫。他把手放到耳朵上——向这位太太表示他是个聋子。

她凑近了点，一字一顿地说——

"右边第二个路口。"

欧文激动得脸有点儿发红。他觉得他苦苦寻觅的事儿就要真相大白，可是他的眼睛若是看得不准怎么办？

他又略施小计，凑得离她更近了。他眼睛里隐隐约约流露出因为给她带来麻烦而难为情的样子。

"真够聋的！"她嘟囔了一句，便大声喊道——

"右边第二个路口！"

她把脸伸到离他的脸只有一英尺远的地方。说话的时候，她的嘴很用力，眼睛目不转睛地瞪着他。他最初的疑虑无可置疑地得到证实，她的眼睛像午夜一样漆黑。

这样装聋作哑的表演使格雷感到很不是滋味。这个谜底揭开以后，她的脸还没有来得及缩回去，他就不自觉地想显现出自然的表情。但她发现他在窥视着她，似乎要看透她的灵魂——他的眼睛清楚地表明人的眼睛不仅充满情感，而且更具备了一种洞察和探究的能力。

她的表情陡然一变——跟着脸色也变了。她脸上浅淡的肤色变成了灰白；粉红的面颊变得铁青。一个肤色深重的人，人为地在脸上涂些珍珠粉和胭脂在脸上失去血色之后，就会出现这种颜色。

她转过头去走开了。欧文跟她道别,她只匆匆忙忙地嘟囔了一句话作为回答。一阵不安掠过心头,她不由地抬起手捋了一下头发,结果露出了浅棕色的头发。

"她戴着假发,"他想,"或者是染了发。"她真正的发色和眼睛是一致的。

布朗先生的邻居曾说过最近曼斯顿夫人造访的时候,她差一点认出她来——这可能说明不了什么问题,还有那幅照片和他以前产生的怀疑,尽管如此,他始终不相信曼斯顿太太是个化身。可是现在因为那首诗,因为她和曼斯顿去霍克星顿时的沉默与窘态,还因为她刚刚流露出的不安神情,格雷却相信这个女人准是冒名顶替的了。

曼斯顿为什么要玩弄这样一种骇人听闻的诡计?他左思右想,一点儿也揣度不出其中的原因。

那个女人一走出视线,他便换了个方向,拖着沉重的步子慢慢地沿着小径朝托尔教堂村的家中走去。

他一心想消除塞西利亚担心再次成为曼斯顿太太的恐惧;同时,尽管有验尸报告和法庭裁决,他还是难以相信人们的推测,即第一个曼斯顿太太已命丧火海。他这样思索着,脑海中又闪出一个新念头。是否有可能像搬运工所讲的,那个据说是出生在美国费城的真正的曼斯顿太太曾登上火车回到伦敦,而后化名离开了这个国家,以此来逃避她曾嫁给一个感情多变、不忠不义、不负责任的丈夫而带来的那种痛苦呢?

听到她哥哥带来的消息,塞西利亚忧怀难释,心情纷乱。她终于又想起了她的朋友——卡里福德的教区长。她把兰汉姆先生对自己善意的言行,以及他非常希望帮助她的事告诉了欧文。

"他不仅心地善良,而且相当理智。我们是需要一个有经验的人帮助我们。"

"他还是执法者呢。"欧文以一种赞同的口吻说。他也觉得对教区长吐露秘密并没有什么害处，但是要完全信赖他还有一定困难。他希望他们兄妹二人能和兰汉姆先生面谈。可是在卡里福德教区居民和所有仆人们的众目睽睽之下，他们一起去拜访他又不太明智。

他们都不反对先写封信给他。

主意拿定以后，他们就马上着手实施。他们立刻写信给他，请求他仁慈地给他们一些急需的建议，还请求他相信他们的保证，他们所提出的附带要求的确是有充分理由的——他们不能去拜访他，而他们欢迎他在这星期无论哪天的晚上来托尔教堂村找他们。

2. 三月二十日下午六点至九点

两天后的晚上，兰汉姆先生没有按时吃晚饭，而在晚饭的时间来到了欧文住处的门口。他的到来受到热情的欢迎，兄妹二人真心实意地表示感谢。他们把马拴在围篱的柱子上，领教区长进屋，让他坐在安乐椅上。

格雷把整个事件的前前后后讲给他听，并且提醒他，最初他们丝毫没有怀疑过曼斯顿太太的真伪，他们是在努力寻找证据证明曼斯顿有罪的过程中无意发现了令他们惊讶的迹象，于是才产生了新的疑惑。这些疑惑比最初的疑惑更加不可思议，却更加触目惊心。

塞西利亚万分焦急，于是出现了一种信任的气氛，大大地冲淡了一切繁文缛节，兰汉姆先生充满同情地握住了她的手。

"这是一个很严重的指控。"他说。这是所有想法凝聚在上面的一种开场白。

"暂且假设这种李代桃僵只是偶然事件促成的，"他继续说，"可伴随着这种假设，我们还得考虑考虑——到底曼斯顿的动机是什么？是什么动机能有这么大威力，让他冒这么大的危险呢？在这种特殊的关键时刻，就是最恣意狂放的浪子也不会只为讨个新欢而迈出这么卤莽的一步吧？"

欧文早就明白很难猜出他的动机，塞西利亚则没想到这点。

"不幸的是，"教区长接着说："我们不能再从搬运工奇尼那里得到更多的证据了。我想你们知道他后来的事儿吧？他去了利物浦，登上轮船，打算漂洋过海去美国，不料在途中他失足落水，淹死了。不过他的口供却是事实，毋庸置疑——事实上，他的行为就能证明那是真的——也没有什么确凿的证据去怀疑真正的曼斯顿太太离开这里，乘早晨的火车回去了。事情若是这样，要是这个女人不是她，那她为什么没有注意到那则启事呢？——我的意思是说，一则善意的寻人启事，从它提供给她的信息上来看，没有必要也不可能使她佯作不知而化身出逃呀。"

"我觉得这个论证站不住脚，"格雷说，"我最初猜想她挺恨他，对他们之间的夫妻关系感到厌倦，于是决心过新的生活。我们可以设想她又和另一个男人结了婚——也许住在国外某个地方。她为了自己也会保持沉默的。"

"你说中了惟一切实的可能性。"兰汉姆先生的手指敲着膝盖说，"这样第二个难点的确是消除了，可是他的动机依然是毫无线索。"

塞西利亚愈想愈害怕，她无法再随着他们的谈话想下去了。"她烧死了，"她说，"哦，是的；我害怕——我害怕她烧死了！"

"发生了这么多事，我们无法再相信她死了。"教区长说。

她依然往最坏处想。"那么，也许，第一位曼斯顿太太不是他妻子，"她又说，"那我也还是他太太呀，对不对？"

"他们结婚的事很确凿，"欧文说，"有大量相关的证据能够证明这一点。"

"总的来看，"兰汉姆先生说，"我建议你直截了当地问问管家,让他提供出合法的证据,证明现在的女人是他的原配——在我看来,你一开始就应当这么做。"他又转过脸和蔼地看着塞西利亚,问她为什么随随便便就不要她的丈夫了。

她不能告诉教区长她厌恶曼斯顿,而且依然深深地爱着爱德华。

"肯定是受惊了。"他替她回答说,那样子就像是他平日在讲坛上布道一样。"但是婚姻是神圣的结合,所有重要的事情,不管是法律上的还是道德上的,都应该考虑进去。把一切事情都搞清楚是你的责任。无疑,曼斯顿先生持有证据,可是那女人的身份应该公开明确,这件事只与你自己紧密相关(而你躲得远远的,好像对这种情况挺满意),为此他没有必要把那些证据展示出来,更不会再有人愿意不怕麻烦来证明一件与他们毫不相干的事——社会就是这个样子。你本应获得一切证据,让事情水落石出,可你却跑开了。"

"这有一部分是我的做法。"欧文说。

她要回答的还是同样的话——她不爱曼斯顿。可她没有吐露真情。

"不过没关系。"教区长补充道,"或许,它更增加了你作为一个女性的声誉。那么我要说,让你哥哥给曼斯顿写封信,就说你希望确信一切在法律上都是清清楚楚的(比如说,万一你想再结婚),我想你肯定会的。要不,你若愿意,我亲自来写?"

"哦,不,先生,不,"塞西利亚恳求道。她的脸变得煞白,呼吸急促,"求求你,什么也别说,就让我跟欧文在这儿生活。我真害怕到头来我还得回到响水山庄去做他的太太。我不想去。千万别把我们告诉你的事说出去,就让他继续骗下去吧——这对我再好不过了。"

兰汉姆先生终于悟出来,就算塞西利亚曾经爱过曼斯顿,现在这种爱也早已变质,成了一种完全不同的感情。

"不管怎么样,"他骑上马背,准备离开时说,"我会关注这件事情。放下心来,格雷小姐,相信我,我不会让你陷入困境的。"

　　"不要说出去。"她仍在恳求。

　　"我们会考虑——不过我必须尽我的职责。"

　　"不——不要尽你的职责!"透过朦胧的黄昏,她抬起头来看他,手中的蜡烛把她自己的脸庞和眼睛照亮。

　　"那么我要好好想想。"兰汉姆先生说,很显然受了感动。他调转马头,和他们亲切地道别,然后策马而去。

　　三月的天空寒冷而清澈,空中数不尽的群星像晶亮的小鸟鼓翼般地轻轻颤动。卡里福德的教区长往家的方向策马疾行,对这美丽的景色视而不见。他从塞西利亚乞求的声音与目光中醒悟过来,把此次会晤的主题又清楚地摆在自己的面前。

　　塞西利亚和欧文的怀疑是可信的,而且有理有据——这点他必须承认。就因为塞西利亚害怕再次回到曼斯顿身边,他就听从了她三番五次的请求,那么他——一个牧师,一个执政官,一个按良心办事的人——这样做应不应该呢?她的要求明智吗?她若坚持她现在的想法,而且也不能提供确凿的证据,仅此一点她就永远无法安心地再跟别人结婚。假设塞西利亚是曼斯顿太太——也就是说,他的第一位太太已经烧死了怎么办?那么曼斯顿通奸的事便会得以证实,而且,兰汉姆先生想,把这件事立案依法处理是够残酷的。假如新来的这个女人,像人们所说的,是曼斯顿失而复得的太太呢?那也对塞西利亚毫无害处,因为她是个法律上结婚无效的单身女人。如果证明这个女人并不是曼斯顿的太太,而他的太太还活着,正像欧文所猜测的,是在美国或其他地方,那塞西利亚也是安全的。

　　第一个假设会引起最坏的事故发生。如果她确确实实是曼斯顿的太太,她会真的安全吗?这一点很值得怀疑。但是,不管事情可能怎样,还应该让这位温顺无援的姑娘继续追踪和控告这个男人,因为只有她自己才能帮助自己,保护自己。她只有一次生命,而全世界的人都轻蔑地注视着她。在某种程度上,这种遭到蔑视的痛苦应该由那个男人来补偿。因为是他的恣意妄为——说好听的是如此——造成的这种后果。

兰汉姆先生愈来愈觉得他一定要尽职尽责,深入调查这件事。他一到家,便坐下来给曼斯顿写了一封简单而友善的信,并且立即亲自发送出去。然后他又猛然坐在椅子上,继续冥思苦想。还有什么值得怀疑的吗?当然不会有的。一个聪明人不会没有动机就去行事的。那么,曼斯顿的这种反常行为到底说明他有什么设想的动机呢?即使他可能是一个科林斯人①,像圣·乔治的龙一样专门猎取处女的贞操,他也绝不会荒唐到仅仅为了获得那个女人而冒如此大的风险。这没有任何道理——她在各方面,不论肉体美感上还是精神境界上,都不及塞西利亚。

另一方面,他分析这件事时想,一个故意躲避丈夫达一年之久的女人,竟然只凭一则启事便被召回来了,这似乎太不可思议了。事实上,如果这一系列事情没有预先谋划的话,那么一切进行得也太顺利了,太见效了,简直就像古戏中的结局一样,总是不分青红皂白来个皆大欢喜。而且关于钥匙和手表,也是疑点重重。她解释说是因为疏忽而落下的。这个说法有些过于牵强。惟一一个顺理成章的解释是报社记者提出来的——她是故意留下那些东西,用来掩人耳目,隐匿她逃离的事实。然而,这个动机又与现在这个女人看到启事后便悄然溜回的做法极不相符。可是,还有两块烧焦的骨头。他把书和报告推到一边,在屋里来回踱步,焦躁不安地苦苦思索着这件事。这时客厅的侍女走了进来。

"小斯普林罗夫先生从伦敦回来了,他今天晚上可以见你吗,先生?"

---

① 科林斯人,指荒淫无耻的人。——原注

"小斯普林罗夫?"教区长说,感到有点儿吃惊。

"是,先生。"

"当然,他可以见我,让他进来。"

爱德华很不耐烦地走了进来,表现出对刚才通报占用的那段时间感到烦躁。他站在门口,手里依然提着那个黑包,肩上依然披着十五个月前那个火灾之夜他回来时披的那件旧的灰色披风。他的样子给人一个实实在在的印象——他已成了一个毫无生气的人,可是现在他却很激动。

"我这时候从伦敦回来了。"门一关上,他便说道。

他话里有话,而且表情奇怪,像有什么重大的发现。兰汉姆先生不由得问——

"是关于格雷兄妹和曼斯顿的事吗?"

"是的。那女人不是曼斯顿太太。"

"证据呢?"

"我能证明她是另一个女人——她的名字叫安妮·西威。"

"他们的怀疑真是千真万确的了!"

"现在为了这件事我能再多做些事。"

"对曼斯顿的动机提提你的看法,好吗?"

"只是提议,记住。但是我的揣测与我秘密破获和得到的事实极为吻合,这使我很难相信再有其他的解释。"

在爱德华的举止中,有一种类似野生动物一样浑然忘我的精神,而这种精神只有一个敏感的人在意识相当专注的时刻才能表现出来。教区长明白,不管他会讲什么,都将会是非常重要的。

"坐下,"兰汉姆先生说,"我整个晚上绞尽了脑汁,想就这件事琢磨出点门道,却毫无所得——真是毫无所得。你对欧文说过什么了吗?"

"没有——对谁也没说。我也觉得给你写信说不清楚,这件事错综复杂,所以得来和你面谈。"

斯普林罗夫一直滔滔不绝地讲话，于是他们俩便一起坐下来。他们的说话声本来可以清清楚楚地传到屋子的各个角落，但他们把声音压得很低，对方几乎都要听不到了。其中还有些话支支吾吾的不完整。四十五分钟过去了，爱德华站起身来，走出教区长的书房，又披上披风。他没有回家，而是拿着封电报先去卡里福德火车站。发完电报后，他才在进村这么长时间后第一次朝他父亲的住所走去。

3. 晚上九点至十点

下面所要叙述的还是这天晚上旧宅里的情况。曼斯顿坐在客厅的壁炉旁，一直读着教区长送来的那封信。他对面坐着个女人，邻居都把那女人当作是曼斯顿太太。

"事情对我们很不妙，"他愁眉不展地说。他的忧郁不是因为病痛，而是因为他经过推断，担心自己会受到法律惩罚。他说这番话时，把信递给了她。

"我几乎预料到会有这样的消息。"她回答说，语气显得满不在乎，"在去教堂的路上，我就看出来盯着我看的那个小伙子眼睛里藏着怀疑。这一点我敢肯定。"

好一会儿，曼斯顿没有回答。他面色疲惫憔悴。近来他的头总是抬不起来，好像老了一样。"要是他们查清了你是——你是谁——是的，他们是要查清的。"他低声咕哝着。

"他们肯定查不出来。"她看着他，用一种颇为肯定的语气说，"即使他们果然查出来了，在我看来这个恶作剧也没多么严重，你也用不着表现出这样痛苦不堪，又惊又惧的样子来。你让我的汗毛都竖起来了，真跟要了命似的。"

他没回答。她继续说："假如他们说并证实尤妮斯还活着——亲爱的，你知道她还活着——她肯定是要回来的。"

这番话好像把他唤醒,激他开口。他又重复了他们一起居住期间他讲了上百次的话,他分门别类地把所有的事件都跟三贩客栈的大火联系起来。他着重强调那天晚上发生的每一件事,而且带着一种在目前情况下反常的焦虑,极力想证明客观条件必然使他的太太葬身火海了。她从座位上站起来,走过壁炉前的地毯,过来安慰他。接着,她又对他耳语,说她仍像以前一样心存疑虑。"喂,假设她逃走了——只是假设她逃走了——她会在哪儿?"她诱哄他。

"你怎么这么没完没了地打听?"曼斯顿说。

"因为我是个女人,我想知道她现在在哪里?"

"在圣勃兰丹飞岛上。[①]"

"言辞的刻毒比什么都残酷。啊,好哇——她要是在英格兰,她就会回来的。"

"她不在英格兰。"

"可她会回来吗?"

"不,她不会的——喂,夫人,"他说着站起来,"我不会再回答任何问题了。"

"哈——哈——哈——她没死。"那女人撅起嘴巴又低声地抱怨说。

"我告诉你,她死了。"

"我可不这么想,宝贝。"

"她烧死了,我告诉你!"他大声叫道。

"让我高兴高兴,至少承认她有可能还活着——仅仅是可能。"

"好吧——为了让你高兴我承认,"他急速地说,"是的,我承

---

① 圣勃兰丹飞岛,以十六世纪爱尔兰的航海家勃兰丹命名。勃兰丹曾去寻找"天堂之岛"。这里明显是暗示读者,尤妮斯·曼斯顿在"幸运之岛"上,同时想阻止安妮·西威的进一步询问。——原注

认她有可能还活着,让你高兴。"

她看着他,陷入深深的困惑之中,这话可能只是开开玩笑而已,可听他的口气好像远远不是开玩笑。他的脸就明明白白在她眼前,可她却什么也看不出来。

"我好奇也是很自然的事,"她面带愠色地抱怨说,"你总是说我像她嘛。"

"你比她漂亮多了,"他说,"不过你的身高和体形跟她差不多。别自寻烦恼,虽说你只是我的管家,可是你一定要明白我们的灵与肉已经结合在一起了。"

听完这番话,她稍微抑制了一点她的情绪。"是太太,"她说,"真真正正的太太。因为你不能解雇我,否则你就会名声扫地,身败名裂。而且还会招致严厉的处罚。"

"我承认——这都说好了。尽管一开始就搞错了——完全搞错了。"

"别说什么搞错了这种隐晦的话让我猜。哎,亲爱的,你冒险把我弄到这儿来,动机是什么?"

"你的美貌。"

"多谢你的赞美,可我不信。说吧,你的动机是什么?"

"你的智慧。"

"不,不,不是我的智慧。我要是有智慧,早就做了太太了,而不是现在这个样子。"

"你的美德。"

"也不是美德。"

"我说了是你的美貌——真的。"

"可是我会看也会听。要是人们说的是真的,那么我远不如塞西利亚漂亮,还比她大好几岁呢。"

听到她的话,曼斯顿的神情表明她的话千真万确,所以他勉强回答说:"噢,不是。"这惹得她更加懊恼。

"仅仅是喜欢我或爱我，"她接着说，"一切就不会是突如其来，就像你伪装的热情一样。在大火之后和你跟塞西利亚结婚之前这段时间，你到伦敦去了好几次——你从没去看我，或者根本就没想到我的存在，也不关心我没有工作、穷困交加的处境。可是你和她结婚并和她分开的那个星期，你突然跑来跟我求爱——你还不是先来找我，你还去过了其他几个地方——"

"没有，没有几个地方。"

"是的，你亲自跟我说的——你先去了曼斯顿太太住过的惟一住所，发现房东已经离开并且去世，而且那条街上再不会有人知道你太太的确切容貌后，你才来找我做出了这个安排——就是让我冒名顶替她。你这样费尽心机，表明这不仅仅是爱不爱的事，还有更严重的事牵扯在里面。"

"胡说八道——我费尽什么心机了？婚礼之后我发现塞西利亚不愿跟我在一起，我孤零零的一个人，感到特别心烦。这有什么不近人情的呢？"

"没有。"

"还有你提到的那些有利因素——没有人认得我的第一位太太——似乎是上天特意为我们的共同利益安排的，使我原先充满激情的设想圆满地实现了——我可以称你是我的第一位太太，从而避开谣言。否则的话，你到这儿来准有人说三道四。"

"我的宝贝，事情不是这样。要是曼斯顿太太烧死了，那么，你更深深爱着的塞西利亚就会作为你的合法妻子必须跟你住在一起。要是曼斯顿太太没烧死，那你为什么要冒这个险呢？要知道她随时都可能再回来，揭穿你让我冒充她的骗局，毁掉你的名声和前途呢。"

"为什么——或许是因为我太爱你了才冒这个险（假设她没有烧死，不过我不承认）。"

"不——你是因为别的原因才冒这个险。你宁愿让她发现塞西利亚是你的第二任太太,也不愿让她发现我是她——你的第一个太太的替身。"

"你碰巧合适——记住这一点。"

"也不算合适。想想你给我讲你第一个太太的经历所花的气力吧。你给我讲她怎么出生在费城,接着又让我读完费城手册,又讲美国生活和风俗的细节,惟恐这儿的居民知道你太太尤妮斯的出生地和经历——虽然这不大可能。噢!然后你为什么又让我模仿她的笔迹,染了头发,涂上胭脂,完全变成了另一个人?你觉得安排这一切,比让塞西利亚相信自己是你的太太,并且跟你住在一起更省事吗?"

"你是个贫困的冒险家,为了过上快乐而自在的生活什么都不怕——我屈从了你可真够傻的——"

"苍天在上!——我让你登启事找你原来的太太了吗?我求你让我装作她给你回信了吗?你给我写过一封信来,求我抄好,在登第三次启事的时候再给你寄回去——声称是你失踪已久的太太写来的,而且还把她的逃跑和后来的生活详详细细做了叙述——都是你自己编的。这一切都是我让你做的吗?你哄得我爱你,然后又把我骗到这儿来。噢,这是另一回事。你怎么知道你真正的太太不会回信,从而打乱你的计划呢?"

"因为我知道她烧死了。"

"那么你为什么不迫使塞西利亚回来呢?哼,我的宝贝,我抓住你的狐狸尾巴了。你还不如早点说好,你把我当作你的第一位太太弄到这儿来的动机是什么?"

"闭嘴!"他大声嚷道。

她安静了两分钟,然后又不断嘀咕:"为什么阿尔克利芙小姐让她最喜欢的姑娘塞西被人抛弃,被人取代,而她既不来劝劝也不表示同情呢?你知道吗?我总在想你给阿尔克利芙小姐施加了一种无形的压力。她总是躲着我,好像我也参与了。像我这样穷困潦倒,受人虐待的人也跟着施加什么压力,真是!"

"她以为你是曼斯顿太太。"

"那也用不着躲着我呀。"

"用得着,"他不耐烦地大声说,"我真希望我死了——死了!"他说这话的时候从椅子上跳起来,疲惫不堪地走到屋子尽头,而后又更加果断地走回来,盯着她的脸。

"要是真的跟我想的一样,兰汉姆先生起了疑心,那么我们必须离开这儿。"他说,"塞西利亚和她哥哥可能只要求得到一个令人满意的证据,好让她从法律上得到自由——不过也可能远非如此。"

"那是什么呢?"

"我怎么知道?"

"好了,好了,别担心,小伙子。"她说着,走过来跟他和解。"别这么惊慌——人们都不会怀疑我们的身份。假如他们真的查出我是谁——我们可以远走高飞,像平时一样过日子。人们会说,'他第一个太太烧死了(或者也可能说'跑到殖民地去了'),他又结了婚,然后又为了安妮·西威抛弃了他的新太太。'这事再平常不过了——一点也不值得这么惊慌。"

他焦躁地动了动,"不管我们怎么做,**不能让任何人知道你不是我太太尤妮斯。**现在我得想想怎么安排。"

而后,曼斯顿回到他的办公室,整整一夜把自己关在里面。

第十九章 一天一夜里的事件

1. 三月二十一日早晨

第二天清晨,曼斯顿像往常一样走出来。他立刻对他的伙伴安妮·西威说,他们的计划就要考虑得成熟了,等他晚上回来时,他们就可以着手讨论一下细节。幸运的是,教区长的来信没有要求他立即答复,所以给了他考虑的时间。

安妮·西威便开始做家务。除了监管厨工和女仆干活外,她还得抽空亲自去掸扫曼斯顿办公室里的灰尘,惟恐仆人们不留心会把书籍和报纸搞乱。她拿着掸子,轻轻地从书桌走向书架,然后站在屋子中间,环视了一下,看是否有什么显眼的灰尘忘了掸净。

她的目光落到一个陈列柜柜边沿一层薄薄的灰尘上。那个老式陈列柜是按照法国文艺复兴时期的工艺用栗木做成的,镶嵌在壁炉旁的壁凹里。在离地面大约四英尺的地方,陈列柜前脸的上部向后缩进去,形成上面所说的柜沿。柜沿上面每一边开了两扇小门,中间填充着一块同样大小的嵌板,构成三个正方形中的第三个。柜沿上的灰尘差不多与她的视线在同一水平面上,尽管上面的灰尘不多,可是她看的角度有些倾斜,所以灰尘看上去却很明显。她站在中间嵌板的对面,发现在那层薄薄的灰尘上面有几个同心的弧形,这使她明白,这块嵌板跟其他嵌板一样,也是一扇门,而且最近有人打开过这扇门,因为底沿的灰尘已经蹭掉了。

终于,她的好奇心得到一点儿补偿。事实的真相是,安妮来探查曼斯顿办公室的情况,是因为她想知道在收到教区长的信,两人又进行了一番长谈之后,曼斯顿为什么一个人在这里待了那么长时间。她并不是真正想来这儿打扫灰尘。然而,在安妮看来,办公室的景象,除了使她回忆起一件事情以外,没有什么值得注意的地方。有一次,曼斯顿曾漫不经心地告诉她,两边的锁柜各占了中间一半的空间,嵌板打不开,放在那儿只是为了对称。他昨晚可能是借着烛光打开过这个嵌板,不然他就会看到灰尘上的痕迹,而且把它擦掉,这样他就不会暴露向她说谎的罪过。她一只脚支撑着身体,站在那里默默沉思。她觉得在他们之间有着这么特别的关系,可他仍然不让她知道他其余的秘密,这实在令人恼火,对她也不公平。她走近陈列柜。因为没有锁眼,那扇门肯定能用手打开。灰尘上的圆形痕迹告诉她该向哪边用劲。她用指尖拉了拉,嵌板没有往前移动。她搬了把椅子,站在上面看了看陈列柜的顶部,可是也没看到门闩、门柄或弹簧。

"没什么,"她无所谓地说,"我会问问他,他也会告诉我的。"她下了椅子便转身离开。紧接着她又回头看了一眼,心里想,真是滑稽,这么点小事竟把她给难住了。她又走回来,打开了陈列柜柜沿下面的一个抽屉,伸手去摸了摸木板的下面。就在这里她摸索到了一个又小又圆的凹槽。她用手指按了一下,没有一点儿动静。她缩回手来看看自己的手指尖:上面压了一个小圆圈的印迹,而且中间有一条直径线穿过。

"我可真傻,这是个螺丝钉的钉头。"不管打开这个陈列柜小暗柜的装置原来有多么神秘复杂,却不知什么时候被破坏了,于是安装了这样一个粗糙的替代品。这更激起了她的好奇心,使她无法就这样离开。她拿了一个螺丝刀把螺丝拧下来,又用小折刀把门拉开,发现里面是一个大约有十英寸见方的空洞,小洞里面装着不同女人的来信，签名都很神秘，只写了教名（大概姓氏在帕福斯①都被人瞧不起）；有他太太尤妮斯的来信，还有安妮自己的来信，包括那封回复启事的信。另外，还有一个小小的袖珍书，夹着各种各样的小纸条。

对那些陌生的女人用昵称写的信她只是粗略地看了一下，便放到一边。那些信跟她自己写的大同小异，都是受骗后感到悔恨时写的。她的好奇心使她对那种信不感兴趣。

接着她又检查起他太太的来信，日期标明是她和曼斯顿第一次相会，还有他们结婚之前的信。信中充满了处于这个阶段的女人写的那些令人心醉神迷的甜言蜜语。婚后不久，曼斯顿来到了响水山庄。他们的鸿雁传书便又开始了。这期间的信件内容更强烈地引起了她的注意。她关上暗柜，把这些信拿到前厅，斜靠在沙发上，开始按照时间的顺序仔细地研读起来。

最亲爱的丈夫——昨天我收到你匆匆的来信，当然很满意。可你为什么不把你确切的地址告诉我，而只是写"布迪茅斯邮局"呢？对这件事我一点儿也想不通，你应该一五一十地告诉我。我想象不出你所做的工作是否跟从前的一样。你要求我在这儿待一段时间，直到你把"情况摸清楚"再派人来接我。我自然必须遵从你安排。可是正如你所说，如果雇用你的人拒绝接收一个已婚男人，你在职位稳定之前我的存在必须保密，那么你为什么还想把我接去呢？

实际上，掩盖我们的婚姻让我很烦恼，很痛苦，很厌倦。我看到大街上连贫穷的女人都可以光明正大地用她丈夫的姓——理所当然地跟他住在一起。为什么我不能？我真希望

---

① 帕福斯，塞浦路斯西南部古城，因其城中的阿佛洛狄忒神庙而闻名。阿佛洛狄忒是罗马神话中爱与美的女神，此处指这些女人追求的并不是真正的爱情，故无颜将其姓氏写上。

能再回到利物浦去。

　　今天我买了一件灰色的防水披风。我觉得我穿着有点长，可是就它的质料来说，价格很便宜。天总刮风，阴沉沉的。从你走后，直到今天上午我几乎就没有迈出过门槛。请你一定告诉我什么时候我才能去。——非常爱你的

尤妮斯

约翰大街

一八六四年十月十七日

　　亲爱的丈夫——你为什么不给我写信？你讨厌我吗？这星期我没心思去做任何事情。我是你的太太，你生活得风光体面，而我却处于贫困潦倒之中。我因为欠债不得不离开了第一处住所——除了其他东西外，他们还向我索要了许多白兰地，可我千真万确没有尝过。后来我去了坎伯威尔，还是被他们发现了。而后，我从那儿悄悄地跑了，并且第二次换了姓名。现在我自称是罗德利太太。可是新的住处是我住过的最破旧，但索价最高的地方。我只在那儿住了一夜。我现在住在你当初离开时的那条大街的二十号。昨天夜里，我窗户的窗框啪哒啪哒地响了一夜，很是吓人，我一直睡不着。可我连起床去关上窗户的气力都没有。今天上午我就不停地走——我不知道走了多远——只知道我的脚都疼了。我一直在观察两三家戏院，可是当我以一个想找工作的女演员的眼光来看时，那些戏院就变得那么令人生厌。尽管你说我再也不要去想舞台了，可是我相信，如果你重新发现我在舞台上，你也不会介意的。我天生不是个当演员的材料，艺术也永远不会使我成为一个好演员。我太胆怯和羞涩，天生适合做一个农夫的太太。在这样一个陌生的地方，我当然不该试图再重新登上舞台。想一想，你把我带到遥远的伦敦，却又把我孤零零抛

在这儿！你为什么不在利物浦就离开我？可能你想我会对别人说我真正的身份是曼斯顿太太，好像我在世界上还有朋友可以吐露心事似的——我没这么幸运！事实上，我最亲密的朋友也不会比大多数人眼中的陌生人关系更密切。也许我应该告诉你，我给你写前一封信的上一个星期，我祈愿住在费城的叔叔和婶母都还很好地活着（他们是我惟一的亲人），而后我突然决定给我的表兄詹姆斯写封信。我相信他还住在那个地区的附近。我们小时候一起长大，后来就再没见过面，我没有告诉他我已结婚了，因为怕你会不高兴。我写的是我少女的名字，地址是这儿的邮局。天知道他们会不会收到我的信。

一定要给我回信，并寄些东西来。——爱你的太太

尤妮斯

一八六四年十月二十五日

亲爱的丈夫——寄来十英镑的汇票刚刚才到，我真高兴万分。可你为什么写得那么尖刻？嗳——真是，我要是早有这些钱，现在我就应该在回美国的路上了，因此不要认为我是在随心所欲地给你添麻烦。你在那个新地点又遇到谁了？记住，我说这话并没有恶意，而是肯定有事实证明你抛弃我了！你感情善变——这我知道。噢，为什么你要这样？我现在失去你了。尽管你怠慢我，我依然爱你。我是痴心难改，无法自拔——我天生就是这样。我真怕这会把我的一生毁掉。我知道我在你心中的位置已被另一个女人所取代——是的，我知道。回到我身边来——一定回来。

尤妮斯

十月二十八日 星期五

亲爱的埃涅阿斯——看过你之后我又回来了。为什么因

为我找到了你确切的住址,你就那样大动肝火呢?任何女人都会想这样做——你知道她会的。而且,没有哪个女人会像我这样,用一个假名过了这么久。我再说一遍,在这个月初我搬到这个住所之后我才称自己是曼斯顿太太的。你还要怎么样?

若不是意外地碰上好运气,那我真成了一个无依无靠的可怜虫了。大清早你就把我从你的房子里赶出来,我没想到这次蒙羞受辱会让我得到重要的消息。穿过园子的时候,我无意中听到一个年轻人和一个女人的谈话。他们也起得很早。我敢确定,那个女人就是把你从我身边夺走的姑娘。对了,他们的谈话与你和阿尔克利芙小姐有关,真是奇怪。这件事非同小可,你不经意间曾跟我提起过,再加上他们谈话的内容,彻底向我揭示了一个你们俩都不明白的秘密。从来没有两个反证揭示了这么一桩有力而确凿的事实。如果再给你一个提示,你就会明白了。我没有泄露这个秘密是基于一种考虑——我怀疑你是真的一无所知,还是佯作不知来欺骗我。现在请客气一点。

尤妮斯

霍克斯顿查尔斯广场四十一号

十一月十九日

亲爱的丈夫——星期一去真是再合适不过了。我不折不扣地按照你的要求做了。我已把我那些破破烂烂的东西卖给了邻街的旧货商。忍受了几个星期单调乏味的生活之后,这样忙忙乱乱地搬来搬去让我很开心。对这个地方说再见让我心情舒畅——对我来说,伦敦好像比利物浦陌生得多。星期一中午的火车对我很合适。星期天晚上我会望眼欲穿地等着你。

我真希望我给阿尔克利芙小姐写信没有惹你生气。你没有,亲爱的,对吗?原谅我。——你的深情的太太

尤妮斯

查尔斯广场四十一号

星期二 十一月二十二日

这是妻子给丈夫写的最后一封信。这个包里还有一封信,是曼斯顿太太的笔迹,可是地址不同。

亲爱的詹姆斯表兄——谢谢你果真及时给我写了回信。昨天我去邮局的时候,一点也没想到真的会有我的信。不过我必须先放下这个话题。我是在一种难以想象的孤独寂寞、忧伤痛苦的情况下立即给你写回信的。

上封信我没有告诉你我是个已婚的女人。不要责怪我——我是在我丈夫的逼迫下对你隐瞒这件事的。我几乎不知道从哪儿说起。我曾跟他分居了一段时间——后来他派人来找我(上星期),我很高兴回到他身边。后来他却做出这些事来。他答应来接我,可他没有——让我一个人孤孤单单地坐火车。他答应到车站去接我——可他没有。我下了火车乘着夜色走到他的房前,却发现门上着锁,他不在家。我只好来到这儿,在一家陌生的乡村客栈里的一个陌生的房间里给你写信!我选择这个时间给你写出信是为了驱走痛苦。若能把伤痛诉诸笔端,那么伤痛也成了一种快乐——尽管是一种苦涩的快乐。

但是,我想知道一些情况——又羞于启齿。我很高兴按照你所说的去做,到你那儿去做个管家。可我的钱连坐统舱都不够。詹姆斯,你是不是很需要我——你是不是很同情我,给我寄些钱来?靠我卖东西的钱,我还能在伦敦再坚持一个月或六个星期。你能把钱寄到同一家邮局吗?可我怎么知

道你……

信就这样结束了。从纸上的褶痕可以很明显地看出,写信人写到这儿时,自己对这封信都不满意了,于是把它揉成了一团。她是否又写了一封信,还是根本没再动笔呢?

根据她从曼斯顿嘴里套出的断断续续的故事,还有这包里的两封信,再加上铁路搬运工提供的可靠证据,安妮·西威意识到他太太离开英格兰去了美国很可能是真的。可是,他一开始就情绪激动地发誓说他太太肯定葬身火海了。

如果她被烧死了。那么这封在卧室写的信,很可能就在她停笔之后被塞到兜里,那么也应该跟她一起化为灰烬了,这是再合理不过的了。那么为什么他说她烧死了,而又从来没给她看过这封信呢?

这个问题突然又引出一个新的,而且更加奇怪的问题——令她猛然感到万分惊奇。曼斯顿怎样得到这封信的?

他居然拥有这封信的事实,这显然是这堆信件暴露出的最引人注目的问题,可能这与他从未给她看过这封信的原因有关。

根据一些验证,她知道从火灾到他与塞西利亚结婚,再到搬运工忏悔的时候,曼斯顿相信——的确相信——既然他的太太尤妮斯已死,塞西利亚就会成为他合法的太太了。那么从火灾那天晚上他相信他太太死了的那一刻起,直到他举行婚礼的时候,他和他太太就不可能再有什么联系了。可是他又有这封信,他们是在火灾之后多长时间又联系上的?

这封信的存在——跟它的内容一样,或者更甚于信的内容——表明曼斯顿太太没有烧死。就算曼斯顿以前不知道,那么他得到这封信后也肯定不会再相信真有那场灾难。那么,就安妮的理解,她对这个谜团得出的惟一答案对不对呢?这就是说,大约在安妮开始和他住在一起时候,他和他太太在某个地方又联系上了。否则,又会从什么时候开始的呢?

一个被丈夫抛弃的女人竟然赞成他的阴谋,找别人假冒她,这是绝对不可能的事情——不论她是否在美国,在伦敦,或是在响水山庄附近。

接着又回到原来那个令人烦恼的问题上来。曼斯顿不惜冒着名声扫地的危险,搞了个涉及到安妮的骗局,他的真正动机是什么?他总是装作充满情爱的样子,可是情况不可能是这样。她的思绪又回到兰汉姆先生的那封信上,信中要求她提供与原来曼斯顿夫人相符的身份证明。她找不到能为这个供养她的男人开脱的丝毫办法。的确,按着她的判断,他最糟糕的选择也糟糕不到哪儿去——落个浪子的名声,可能还要到离婚法庭或其他法庭出庭受审,没准还得付赔偿金。他这样暴露在众目睽睽之下,便会有段时间影响他的各种前程。然而对他来说,这种选择却似乎跟死一样可怕。

她把信放回原处,又重新把其他信件和备忘录粗略地看了一遍,没有发现什么新的东西。她把暗柜又拧紧,一切都像以前一样。

她的思绪无法平静。此时此刻,她多么希望她从来没认识过曼斯顿呀!一个人被怀疑有着某些难以言明的违背道德的行径,而这个人却具有极富魅力的外貌和超群的智力。在这种情况下,表里不一的感觉使她感到一阵战栗,更加恐惧不堪。这个人的奇怪举止曾让塞西利亚惊恐,现在又吓坏了安妮。因为尽管安妮有许多错处,她毕竟没有堕落到愿意参与犯罪的程度。在到响水山庄来之前,她甚至不知道她是要来代替一位还活着的太太。到了之后她觉得也没必要退出去,她把这次冒充仅仅看做是摆脱贫困中的操劳与孤独,维持更好的生活方式的一条途径。尤其是,她在一家穷奢极侈的宅院里做过管家,过了一段繁忙喧闹甚至有点奢

365

糜的生活之后,更是如此。

　　　不会纺线,又不懂编织。
　　　她便选择了高贵的战神帕拉斯。①

2. 下　午

　　到此时,兰汉姆先生和爱德华·斯普林罗夫都一直在开动脑筋,希望找出问题的重要答案。

　　翌日整个上午,教区长都坐立不安,思绪万千。很明显,仆人们也都看得出来,在过去的几个月或几年中,从没有任何消息像斯普林罗夫带来的消息一样让老执政官的表情如此深沉严肃。实际上,他已掌握了足够的事实,但是不敢妄加判断。经过绞尽脑汁,反复思索之后,他认为现在时机已经成熟,可以着手执行他的计划了。这种谨慎小心的做法也使他身心疲惫。

　　一直到下午,他才决定去拜访他的亲戚——阿尔克利芙小姐,并且十分谨慎地从她口中探查她对他专注的事件所知道的情况。他知道,塞西利亚依然受到这位孤独女人的钟爱。阿尔克利芙小姐私下里询问过好几次塞西利亚的情况,而且只要一提到年轻姑娘的名字,她话语中便充满忧伤,这表明这位年长的塞西利亚不论后来出自什么原因抛弃了她最宠爱的,跟她同名的姑娘,都不是出自对她命运的漠不关心。

　　"你有过什么理由怀疑你的管家不是个正派人吗?"他对年长的小姐说。

　　"一点都没有。你有吗?"她谨慎克制地说。

　　"嗯——我有。"

---

① 选自维吉尔(公元前 70—公元前 19)的《埃涅阿斯纪》第二卷第八〇五至八〇六行。——原注

“是什么？”

“我也说不清楚，因为什么也没有证实。但是非常可疑。”

“你是说在他第一次结婚后他对太太很冷淡，而且后来离开她也很不应当吗？这我都知道。可我觉得他近来对她的态度足以弥补他怠慢她的过错了。”

他直视着阿尔克利芙小姐的面孔。很明显她说的是实话。她丝毫没有察觉到跟管家住在一起的那个女人可能不是曼斯顿太太——她更不会想到后面还有更大的秘密。

“不是因为这个——我希望不会再有别的原因了。我的怀疑首先是，住在旧宅院里的那个女人不是曼斯顿先生的太太。”

“不是——曼斯顿先生的太太？”

“没错。”

阿尔克利芙小姐茫然地看着教区长。“不是曼斯顿先生的太太——那她还能是谁呀？”她直截了当地问道。

“是一个叫安妮·西威的不规矩的女人。”

兰汉姆先生也跟其他人一样，注意到阿尔克利芙小姐对管家的生活表现出不同寻常的关注。他一直尽力用各种理由来解释这个问题。现在就她对这则消息的震惊程度来看，一方面证明她和曼斯顿之间的理解程度还不足以使曼斯顿把所有的秘密全部告诉她，另一方面也证明联结她和他的纽带依然存在。兰汉姆最近怀疑过他们之间的关系会破裂，现在看来他错了，他后悔在这件事上没能保守秘密。可是现在已来不及了，他索性把他的证据说出来，把他的理由一五一十地告诉了她。

他还没有说完，她就又恢复了谈话开始时她那种故作拘谨克制的态度。

“你论证得这么详细，我几乎就要相信你说的是真的了。”她回答说。“但是只有一个事实和你刚才的论证截然相反，而且这个事实只有确凿的证据才能证明。这就是，没有令人信服的动机来说明任何一个头脑健全的人——更别说曼斯顿这样头脑清晰，正直诚恳的人——会被诱使去冒险做这样一件令人瞠目的事——根本没有动机。"

"我也一直这么认为，直到昨晚一个朋友来拜访我——我的朋友，也是可怜的小塞西利亚的朋友。"

"噢——还有塞西利亚，"阿尔克利芙小姐说，急切地抓住这个名字引发的想法。"他爱过塞西利亚——没错，现在还爱着她，而且是狂热地，真诚地爱着她，这点我敢用生命担保。塞西利亚比曼斯顿太太——要是我可以这么叫她的话——年龄上小好几岁，性格上温柔得多，容貌上更加美丽。他怎么会为了一个其貌不扬的……就不声不响地突然把她放弃了呢？兰汉姆先生，你的故事太荒谬了，我不相信！"她言辞热切，面色发红。

教区长本来应该提出他的第二种看法——说出可能的动机——可他因为自身的原因没有说。

"很好，太太，我只希望事实真如你所想的那样。当面问问他这个问题，那女人是不是他太太，看看他反应如何。"

"我明天问，肯定会问的，"她说，"我总是让这些事情像各种霉菌一样在健康通风的条件中死去。"

但是教区长从她面前刚一离开，他"播下的小芥菜种就长成了大树①"。她想使自己纷乱的头脑安静下来，但焦急的心态不能使她再忍受一夜的拖延。她如坐针毡般地等待夜幕的降临，以便掩护自己的行动。太阳刚刚下山，天还没全黑，她就裹上披风，悄悄地溜出宅院，在苍茫暮色中径直朝旧宅走去。

通常教区长在家总是孤零零的一个人进餐。可在这个时候，有两个人坐在教区长的家里与教区长一起吃晚餐，其中一个人看上去像个官员，除了双眼以外，其他部分都很平凡。另一个就是爱

---

① 语出《新约·马太福音》的第 13 章。——原注

德华·斯普林罗夫。

发现这些精心隐藏的信件令安妮·西威感到痛心。作为女人,她坚持认为曼斯顿没有权利对她隐瞒他和他前任太太的这些联系。困惑与迷茫孕育出焦虑与烦恼,焦虑与烦恼又发展成愤怒与怨恨——驱不散的忿恨,赶不走的好奇。整个上午,她的忿恨和好奇越来越强烈。

吃午饭的时候,管家也没对他的伴侣说什么。他看去一副无所谓的样子——对等待他的是什么样的命运似乎毫不在意。他的一切行为都暴露出某种不幸的事件即将发生,可是他却缄口不谈。她竭尽一个女人的能力仔细观察他的一举一动,最后,她终于领悟到他打算秘密地潜逃。她为自己感到担忧。她对法律和审判所知甚少。她想,在某些方面她可能也难逃其咎。

下午他又走出宅院。她看到他骑着马朝城镇的方向去了。她很想亲自也到那儿去看看。过了半个小时,她不顾路程有多么远,步行去跟踪他——她谎称去买些东西。

在她要办的零七碎八的琐事里,有一项是去药店买点儿药。药店旁边是城镇银行。她从花花绿绿的药瓶中间透过窗子往外望去,看到曼斯顿走下银行的台阶,他把手从口袋里抽出来,押了押大衣,把口袋口盖住。

几乎人们都有这样的习惯,取完钱离开银行时,总是很小心地摆弄一下口袋;而如果他们是存了钱,他们的手便会放下来轻松地摆动。管家很可能是在这里取了钱——或许是阿尔克利芙小姐的账户——因为这个账户一直在他手中。他可能已把自己的账户转移了,一个打算逃出国去的人准会这么做的。

3. 下午五点至八点

安妮又及时赶到家里准备晚餐。半小时后曼斯顿也回来了。点上灯,拉上百叶窗,两人便坐下来。曼斯顿脸色苍白,精神疲惫——近乎形容憔悴。

两个人几乎都没有说话,在沉默中吃完晚饭。如果一个人心事重重,愁肠百结,而又要应付与一位愉快的伴侣共享一顿交谊晚餐的场面,那么,他脑海里的情景一定相当生动与奇妙。她刚要起身,便传来了一阵敲门声。

女仆还没来得及去开门,曼斯顿便穿过房间跑到门边。来访者是阿尔克利芙小姐。

曼斯顿立刻回来低声对安妮说:"你若能回你的房间待一会儿,我会很高兴的。"

"今天晚上真凉快,满天的星星。"她回答说,"如果你有些事要和阿尔克利芙小姐私下谈的话,我想出去走走。"

"很好,去吧。你待在这儿也没什么意思。"他说。安妮和阿尔克利芙小姐寒暄了几句,便上楼去戴上帽子,披上披风,而后下楼来,打开前门出去了。

她环视了一下周围,发觉夜色已浓,四周黝黑、凄凉而且寂静。她一动不动地站着。从曼斯顿要求她回避的那一刻起,她就有一种强烈的、燃烧的欲望,想知道他和阿尔克利芙小姐谈话的主题。单纯的好奇心还不能完全激起她这种强烈的愿望,而主要是今天上午的发现使她产生了疑心。她坚信,她的未来如何就取决于她和这个男人拼搏的力量。在危急的情况下,这个男人绝不可能是她的朋友。这促使她采取一个重大的行动,去搞清楚他们正在谈论的重大秘密。这女人左思右想,凝视着阴森森的树林,焦急地盘算着应该如何行动。

她悄悄地又把前门打开，走进大厅，然后走走停停，来到了阿尔克利芙小姐和曼斯顿谈话的房间门旁。可是透过钥匙孔和门板她什么也听不到。她冒着很大的危险轻轻转动门柄，把门打开了约有半英寸宽的缝隙。她悄悄地、轻轻地完成这个动作，至少用了三分钟的时间。就在这个时候，阿尔克利芙小姐说——

"哪儿吹来一股风，是门没关严吧。"

安妮慢慢地溜回楼梯下面。曼斯顿走过来把门关上。这个办法是行不通了，她又开始琢磨其他的办法。他们正在客厅或起居室里谈话，通常在乡下旧宅院后面的客厅或起居室，窗户外面都安装百叶窗。百叶窗在打开时，每边用铰链固定住，两扇在中间开合，中间有一窗闩穿过，把窗子关牢，木制的直根竖在里面，屋里有一个插销，把窗闩固定住。不过这个插销很少使用，只有在她和曼斯顿晚上要睡觉的时候才销上，有时甚至根本不用。

如果她再回到屋子门口去，那她随时可能被发现。客厅的窗户俯瞰着部分花园，夜幕降临后，很少有人到那里去。她若趴在窗户外听，她会绝对安全，不会受到任何打扰。这个主意值得一试。

她迂回地溜到窗子那儿，用食指和拇指捏住窗闩的顶部，开始轻轻地转动，直到把窗闩彻底拔下来。百叶窗丝毫未动，只是在窗闩拔下的地方出现了一个直径约四分之三英寸的小孔。屋里的灯光从小孔中透出，她把眼放到小孔上，透过小孔可以看到屋子的中央。

阿尔克利芙小姐和曼斯顿都站着。曼斯顿背对窗子，而阿尔克利芙小姐正对着窗子。她的神情透着严厉和谴责，而且傲慢不逊。别的再也看不到了，于是她把脸向侧面转动了一下，肩膀倚着百叶窗，把耳朵放在小孔上。

"你倒说说看，"阿尔克利芙小姐说，"你一个大男人，怎么能这样两边都骗？"

"人们有时会做些奇怪的事。"

"说说你的理由——说呀？"

"只是异想天开。"

"要是这个女人比塞西利亚漂亮，或者你已跟塞西利亚婚后过了一段时间对她厌倦了，或许我还会相信。"

"我跟塞西利亚结婚，又抛弃她，是因为我听说我太太还活着，但又发现我太太不愿跟我住在一起。后来我怕她万一想到要回来，而我又不想让我深深爱着的塞西利亚冒着被取代和身败名裂的危险，于是便劝说这个女人跟我住在一起，这样总比没有伴侣要好些。在这种条件下，你还不能相信吗？"

"我不信。你对塞西利亚的爱与你的借口不符。你是非塞西利亚不要的。她才是你热爱的人。按照你情感的追求，你根本不想要这个安妮·西威的陪伴，当然更不用说像你这样疯了一样不顾自己的名声把她带到这儿来。我肯定你不会，埃涅阿斯。"

"我也肯定。"他直言不讳地说。

阿尔克利芙小姐不由得惊叫一声。曼斯顿的供认像一个巴掌突然扇在她的脸上。她开始严厉地责备他，说着说着禁不住流下眼泪。

"你怎么能这样毁掉我的计划。做这种莫名其妙的事，让我惟一看重的女孩蒙受耻辱！——那个女人必须离开这儿——或者离开这个国家。天啊！真相一两天就会泄露出去的！"

"她决不能离开，必须想办法掩盖真相——没人知道怎么回事。只要我待在这儿或者待在这个文明世界上任何地方，那么埃涅阿斯·曼斯顿就必须让这个女人做我的太太，跟我住在一起。否则我就会天理不容，赎不回我的罪过！"

"我不能赞成你留下她，不管你是什么动机。"

"你必须做点什么，"他喃喃地说，"你必须。是的，你必须。"

"我决不会，"她说，"这是犯罪行为。"

他恳切地望着她，"若是这关系到我的生命，你也不会帮我把骗局维持下去吗？你不会吗？"

"胡说！生命！她必须离开这里，否则这会是你的奇耻大辱啊。事情迟早会真相大白的，还不如现在就趁早露出来。"

曼斯顿阴郁地重复了同样的话："我的生命就取决于你是否帮我——我仅有的生命啊。"

接着他走到她身边，对她耳语起来。他说话时，双手扶着她的头，贴近自己的嘴唇。一种奇怪的表情掠过她的脸庞，她的嘴唇上下翕动，使人见了感到痛苦。他依然扶着她的头耳语着。

夜风一直在耳边呜咽，远处也阵阵传来瀑布的流水声，安妮只模糊地听到阿尔克利芙小姐颤巍巍地说出两句话："他们没有钱。他们能证明什么呢？"

安妮竭尽全力想听清他的回答，却只是徒劳。从后面的谈话中，安妮只明白一件事，而且是推断——那就是听完他对她袒露的实情，她是要全心全意地为他出谋划策了。

阿尔克利芙小姐似乎再没有待下去的理由了。她又耽搁了一会儿，流露出不愿离去的样子。终于，这位沮丧而又焦虑的贵妇人准备离开。安妮急忙插上窗闩，绕道跑到大门口，下了台阶跑进园子，紧紧靠在一株粗大的欧椴树后，把自己完全隐蔽起来。

几分钟后，她看见阿尔克利芙小姐靠着曼斯顿的胳膊走了出来。他们穿过她前面树丛中的一块空地朝宅院走去。她看着他们登上小丘，又走过两处黑漆漆的地方，一直走向阿尔克利芙小姐的住处。黑暗的墙壁上现出一道长方形的光影，表明门已打开。阿尔克利芙小姐的身影清晰可见。门被关上了，一切又笼罩在原来的黑暗中。阴沉的夜色中出现了曼斯顿返回的身影，他走过安妮藏身的地点。

她在外面又待了一刻钟，确信不会引起任何怀疑后，便回到了旧宅。

4.下午八点至十一点

那天晚上曼斯顿非常和善。安妮现在身在庐山之外，所以一眼就看出他是在竭力掩饰内心真正的状况。

她对他的恐惧没有减少。他们坐下来吃晚饭。曼斯顿依旧兴致勃勃地谈话，可是有什么能比疑心重重的女人的眼睛更敏锐呢？正如西西拉的盔甲挡不住帐篷的橛钉一样①，一个男人的狡诈也挡不住女人的眼睛。尽管他善于随机应变，她还是发现他不仅想掩饰内心的感情，而且试图分散她的注意力，以便神不知鬼不觉地采取特殊的行动。

她度过了一段多么紧张的时间啊！她身上的每一个细胞都戒备起来，不给他任何机会。我们都熟悉在这种时候那种心口不一的情形——一个人分成了两个。一方面，站在明处的她是一个不动声色、侃侃而谈的人；另一方面，她又像另一个人，背后掩藏着令人瑟瑟的窥探。

曼斯顿更加显而易见地耍着同样的把戏。晚饭快吃完的时候，他似乎又想到一个如何达到目的的方法。他若有所思地斜靠在椅子上，目不转睛地盯着对面靠墙的那架落地钟，以一种警示的口吻说："没有多少面孔能像钟表一样哑剧般地善于表达。你可以从它那里看到各种各样挑动人心的表情——有时它极轻柔地诱惑人失去警觉，有时它又极强烈地暗示人采取行动。"

"哦，从哪儿看出来的？"她问。直到现在，她对他的意图依然全然不解。

"噢，比如说，你看，两根表针成直角的时候，它便显得冷酷沉

---

① 典出《旧约·士师记》的第 4 章。雅仪用一枚橛钉杀死了熟睡的西西拉。——原注

稳,凛然摆出一副认真办事的样子。它让人不由自主地开始工作。再看看,两根表针重叠起来时它又露出逗人喜爱而且害羞的样子。有几种姿势提示你'准备好'。可是,差十分一点时的'准备好'又和差十分十二点时的'准备好'截然不同,好像年轻人不同于老年人一样。差二十五分十一点的时候,它仿佛在说,'向上,继续向前。'中午和午夜时分它又清晰地表明'一切都结束了'。你肯定注意到了吧?"

"嗯,是的。"

他佯做奇怪地继续说下去——

"每个人肯定还会发现七点过十分时令人充满活力,过一刻时令人忙乱又粗心大意,过二十五分时却让人消沉疲惫。"

"不管你说的这些是真是假,你的想象力可真是不同凡响。"她说。

他依然凝视着那架落地钟。

"还有,钟面的涂饰对视觉有很大的作用。我们这座老式的黄铜表盘的钟,弓形的顶部,显示日期的半月形豁口,上面还像船一样左右摇摆,给我的印象好像一个乖戾的老人,高扬着眉毛,思想在善与恶之间摇摆不定。"

她恍然大悟:钟在她背后,他是想让她转过身去,她害怕转身。可是,为了不让他怀疑自己已有防备,他说话间她急速地转过身去,看了一眼时钟后,马上又恢复原来的姿势,速度之快不允许他做任何动作。

"哦,"他一边漫不经心地说着,一边给她倒了一杯酒,"说起这钟又让我想起来它该上弦了。记住是今天晚上上的弦。你现在就去上一下好吗,亲爱的。"

她没有理由不去。她决心转过身去上弦,最好不要引起他的怀疑。那是一座旧式的每次走八天的落地钟。钟的工艺和曼斯顿挑选的其他古式家具很和谐。上弦时,钟发出嘎啦嘎啦的响声。

安妮决定上弦时不回头看他,而嘎啦嘎啦的响声又让她什么也听不到。可是,她在她右侧的墙上看到了他的影子。

他在干什么?他那样子准是在往她的酒杯里倒什么东西。

在她上完弦之前他便做完了要做的事。她有条不紊地关上钟柜,又转过身来。她走到他面前的时候,他又像原来一样坐在椅子上。

一切都很正常,气氛一直是欢快的,很难让人相信其中还隐藏着另外的情况。尽管表面依旧,却让人内心恐惧起来。这女人自忖,他不会有别的动机,他一定是想毒死她。可是她不能立刻表现出对自己的处境感到害怕的样子来。

她还没来得及弄清楚其中的前因后果,另一种揣测就又引起了她的警觉。开始时,这种揣测即使算不上荒唐,也是不大可能的。假若曼斯顿没有什么重大犯罪行为,他也不会像疯子一样采取这种很容易被发现的办法来取她的性命。

那么他往她酒里掺东西,是不是只想让她夜里熟睡醒不过来?这和她最初怀疑他要秘密潜逃的想法相吻合。无论怎么样,他是想在她一无所知的情况下偷偷采取行动。现在的难题是怎么样不喝这杯酒。大约有五分钟,她找这样那样的借口不去举杯,可他的眼睛盯得很紧,她找不着机会把药酒倒进炉栅下。看来必须得啜一口了。她抿了一口,然后找机会把它吐在了手帕上。

显然他没有意识到她在和他对抗。他觉得他的计划进行得一帆风顺,于是转过身去拨火。她立刻拿起酒杯,把酒全倒进胸前。他再转头看她时,她正拿着酒杯举在唇边,可是酒杯已空。

像往常一样,他去把门都插好,察看百叶窗锁住没有。她也像家庭主妇一样,看了看临睡前的一些家务细节。不一会儿,两人便睡去了。

5.夜里十一点至午夜

她佯做酣睡。曼斯顿相信她睡着了,便轻轻起身,在黑暗中穿好衣服。她侧耳细听着他穿好衣服后,从兜里掏出什么东西放到梳妆台的抽屉里。接着打开门,下楼去了。她一骨碌滑下床去看抽屉,发现他不过是把她从前就见过的一个小药瓶放了回来,上面标签上写着:"巴特利鸦片液"①。知道他并不想要她的命,她大大地松了一口气,那点剂量不过是让她蒙头大睡。她若真想与他抗衡就不能再浪费时间了,她穿着睡衣跟了下去。到了楼下时,他已经在办公室里,并且关了门。门下透出一缕微光,表明他已点上了灯。她溜到门边,但无论如何不敢打开门。她把耳朵贴在门板上,能听到他撕某种纸的声音。接着从门口闪出一束更加明亮的、跳动的火焰,表明他已经把纸烧了。没铺地毯的地板上传来轻轻的脚步声,她终于想到他正在朝门口走来。她又飞快地上楼去,爬到床上。

曼斯顿紧随其后回到卧室——依然没点灯。他一动不动地站了片刻,确信她还睡着,然后走向放现金的抽屉,从中拿出一个盛钱的小箱子。安妮清清楚楚地听到他数钱的沙沙声和摆弄金子的叮当声。他把其中一些放进口袋,其余的放回原处。他站在那儿思考,好似在斟酌权衡某件事的可能性。正当他这样踟蹰不决的时候,他注意到了镜中自己的脸庞——影影绰绰像鬼一样苍白。这种景象好似根羽毛落到了他犹豫不决的天平上,使它发生了倾斜。他深深地吸了一口气,走出房间,下楼去了。她听到他打开了后门,走出去,进到院子里。

---

① 理查德·巴特利(1770—1856),海军外科医生,后来在伦敦城做药剂师,大大改善了药剂管理。——原注

一直等到她认为他决不会再回卧室了,她才起身,匆匆穿好衣服。走到门口,她发现门被他锁上了。"一种预防措施,不会是别的原因。"她嘀咕道。但这使她更加迷惑和激动了。假若他想立刻离家出走,那么他就不可能在相信她昏昏欲睡的情况下还不怕麻烦地把门锁上。锁插进了榫眼中,她不可能把门闩退出来。怎么才能跟踪他呢?很简单,卧室里面还有一个套间,套间挺大,从前有段时间曾用来梳妆和洗浴。后来发现它没有通往走廊的其他出口,很不方便,因此很少使用。套间的窗户正对着门廊的屋顶,屋顶很平,上面铺着铅板。安妮从床上拿了个枕头,轻轻地打开套间推拉式的窗门,一步迈出去,落在平平的门廊顶上。然后她靠在用来装饰门廊的栏杆边上,把枕头扔到铺着碎石的小路上,她用双手扒着栏杆慢慢溜下来。当双脚离地面还有两英尺的时候,她灵巧地往枕头上一跳,站在小路上。

　　那天晚上,从她散步归来的时候,月亮就已经升起来了。但是厚厚的云层布满天际,朦胧的月光淡淡弥漫,铅色浓重,夜空中水气交融。安妮悄悄地走到房子后面,侧耳倾听。曼斯顿至少比她早动身十分钟,但她在那等了好像足有五十分钟。就在这时,她突然听到从外房里传来一阵声响。那间外房是主建筑的附属部分,分为里屋和外屋,在连接建筑的通道没拆毁之前用作厨房和洗涤室,现在却分别用来做酿酒坊和工作间。要想去工作间必须通过酿酒坊。这座外房的大门通常是在外面用挂锁锁住,现在门关着,却没有上锁。曼斯顿肯定在里面。

　　她轻轻地推开门。酿酒坊内部一片阴暗,里面工作间的门没关紧,一缕烛光从门缝射出,照在她身上。这束光让她感到意外。可通过锁孔及其他缝隙,她却什么也看不见。她往里扫了一眼,发现为了防止光线透出,他在各个孔隙上都盖上了衣物或垫子,还把一个麻袋挂在窗户上。从她站的地方,她还看到那束光落在里屋门外的酿酒锅上,锅上放着她卧室的钥匙。从她的位置,透过两扇半开的门,她还能看到烛光摇曳的工作间的一部分。曼斯顿正忙着腾空一个放着工具、海松树脂及旧铁器的大碗橱。清理干净后,他又拿出一个凿子,把固定碗橱的钩子和大钉子拧松。之后,他伸开胳膊,把托架连同碗橱都举起来,放在身边的地板上。

从前有碗橱遮挡的那块墙裸露了出来,与外房其他墙面相比,那儿的灰泥看上去是最近抹的。曼斯顿拿着一种工具把灰泥刮下来,把刮下的碎片扔到一个篮子里。就这样,刮出了两英尺见方的墙面以后,他把一根撬棍插到下面的砖缝之间,轻轻撬动,有几块砖开始松动了。现在那儿露出了一个烤炉灶口。显然烤炉是有意设计在墙的深处,后来不用了,就像这样又用砖封住了。这是按照简便的旧式方法建造的烤炉——仅是一个扁球形的凹洞,而没有烟道。

曼斯顿把胳膊伸到烤炉里,拖出来一个沉重的硕大包裹。他把东西拖到地面上。安妮可以清清楚楚地看清那东西。那是一个很普通的粮袋,里面装得满满的,袋口按平常的方法紧扎着。

管家有一两次站起来,好像听到了什么声音。他的动作更加轻柔小心。突然他把灯吹灭。安妮悄然不敢出声。可是从房子里的某个地方传来了另一种声音,她听得很清楚。"是老鼠吧。"她想。

他看上去很快从惊吓中回过神来,但却完全改变了他的策略。他不再点灯——在黑暗中继续窸窸窣窣地忙着。她只有靠听声音来判断他的行动。他把用来堵烤炉口的砖又像原来的样子摆好。她在窥视他的时候,有一个问题总在脑海中盘旋——她究竟怎么办才能再回到卧室中去呢?——现在有办法了。在他重新把碗橱放回原处时,她可以溜过酿酒坊,从酿酒锅上拿起钥匙,跑上楼去把门打开,再把钥匙放回来。假如他再回到卧室——不过不大可能——他会觉得是锁子没有咬合住。这个想法和意图出现的时间很短,只是瞬间掠过她的脑海,并没有影响她想留下来看看他究竟在工作间干什么的强烈的好奇心。

她侧着身悄悄穿过第一道门。她关上门,在黑暗中朝第二道门摸索,每一次落足都非常小心,惟恐踩到地面的垃圾碎片,弄出响声。很快她便走到酿酒锅旁,离里屋的房门不足一英尺。曼斯顿一个人在里面忙活着。伸手不见五指,她一点也看不清他在做什么,可是她却能清晰地听到从那里传来的他的呼吸声。

她着急的是弄到卧室的钥匙。她谨慎小心地把手伸向放钥匙的地方。没有摸到钥匙,她的手指却碰到了一个人的靴子。她一阵眩晕,出了一身冷汗。这不是一个男人的脚就是一个女人的脚。那双脚是温热的,就站在酿酒锅上,靴子锃亮。

这个令人震惊的发现令她的心怦怦直跳,她差一点叫出声来。她急忙把手抽回来。她碰靴子碰得很轻,皮靴很厚,穿靴子的人根本没有觉察到。曼斯顿刮墙的声音把她裙子的沙沙声完全淹没了。

显然穿靴子的人不是管家,因为管家还忙着呢。蜡烛熄灭了,这个人肯定是借着黑暗从酿酒坊的某个阴暗角落里出来,站到了酿酒锅的砖架上。令她呆若木鸡的恐惧渐渐消散了,因为她意识到,现在恐惧就等于完全失败:她眼下处境危急,必须顺势而行。站在锅台上的人一动不动,显然跟曼斯顿一样,全然不知她近在咫尺。她又冒着危险伸出手去,在那双脚后面摸索,终于找到了钥匙。当她把手抽回来的时候,她的指尖掠过了那个人的裤边。

那么站在那儿的是个男人了。现在回到门口显然是失策之举,为此,她蜷缩到里面的一个角落里等待时机。这个位置相对安全,不易被发现,同时又使她恢复了一点理智,做出合乎逻辑的推理——

1. 站在锅台上的男人跟她一样,是借着黑暗溜进来的。

2. 她到门口之前,这个人已在外屋潜伏下来了。

3. 他一定有自己的目的,一边观察曼斯顿的行动,一边仔细地考虑和判断。

这时候,她听着曼斯顿忙活的声音,知道他已经把碗橱又重新装上了。而后,她又听到他重新把里面的东西摆好——一个个瓶瓶罐罐,一件件工具——摆完后他走到酿酒坊,到窗前把掩盖窗户的遮布扯下来。可是,窗户很小,没有了遮布屋里还是一片黑暗。他回到工作间,猛地把什么东西扛到背上,又在屋里摸索着什么物件。找到后,他从里屋的门口走出来,穿过酿酒坊,到了院子里。他一出去,她便立即借着朦胧的月色看清了他的身影。他背上背着一个布袋,手里拿着一把铁锹。

安妮屏住呼吸躲在她藏身的角落,等待着那个男人的行动。大约半分钟后,她听到他从锅台上下来。他也同样走到门口,敞开的大门映出另一个监视者的身影。他肩膀宽阔,裹着一件长风衣。他尾随管家而去,消失在茫茫的夜色里。

安妮松了一口气,动了动身,打算跟踪过去。就在这时,她发现她曾碰过他脚的那个监视者,同样也被另外一个人监视和跟踪。

这个人跟她一样,是个女人。安妮·西威又缩了回去。那个神秘的女人从院子的另一端现出身来,又站住犹犹豫豫地沉思片刻。她高大的、黑乎乎的身影裹得很严实,站在那里就像地上的一株柏树。她向前移动,脚步极轻,几乎不产生任何声音。她很快穿过院子,循着那两个人的方向走去。

安妮又等了一会儿——然后最后一个悄悄地跟在后面。

她深恐还有别人躲在暗处,一出院子她就回头看看有没有人同样也在跟踪她。一个人也看不见。不过,她站在马厩的拐角后面,能察觉到曼斯顿的马车已经套好了。

她想,看来他的确打算潜逃。他一定是在离开屋子之后、她从窗户出来之前的这段时间内把马准备好的。不过,没有时间再对今夜的这段插曲左右掂量了,她又转过身,继续跟踪那三个人。

6.午夜到凌晨一点半

对这件事的关注渗透于世间万物之中,夜色本身似乎也成了一个监视者。

四个人依次穿过林中空地,来到园子的种植园中,他们相隔的距离大约都是七十码。种植园内树木郁郁葱葱,枝叶低垂,地面上覆盖着一层厚厚的苔藓,踩在上面好似踩在天鹅绒地毯上一样柔软。走在最前面的监视者,也就是紧跟在曼斯顿后面的那个男人被落在了后面。安妮对宅院的地形相当熟悉,在树间迂回绕行,直接走到了管家的身后。管家身背重物,走得很慢。现在另一个女人似乎走到安妮的对面,或者略微靠前,不过,她是在曼斯顿的另一侧。

曼斯顿走到介于瀑布和抽水机之间的一个坑前,停下来,擦擦脸,侧身倾听。

多年的枯枝败叶飘落在坑内,几乎填满了一半。棕树、桃木和栗木的腐朽叶和棕色的叶子交织混杂在一起。曼斯顿把布袋放到地上,跳下坑去,把树叶耙到一边,堆得高高的,然后开始挖掘。安妮轻轻地靠近他,躲在一个灌木丛中,转过头来看另两个人。我们称作第一个监视者的那个男人被落在后面,看不到了。她想他一定也隐藏起来了,于是她便再窥视第二个监视者,那个女人。这时候,她也慢慢地走近安妮的藏身之处,坐在一棵树后面。她依然比安妮·西威离管家更近些。

安妮就这样在那里一动不动地隐藏着,可以清晰地听到管家用铁锹挖掘松软土壤的嘎扎嘎扎的声响。轻柔的夜风中传来抽水机有节奏的咯吱咯吱的声音,还有河岸远处,那看不见的瀑布发出沉闷的吼声。大约二十分钟,曼斯顿就挖好了一个大洞——大约有四五英尺深。他立刻把口袋扔进去,然后填上土,踩平,最后又小心翼翼地把一大堆干枯的树叶扒拉到坑的中间,把地面按原来的样子掩盖住。

用这个地方来掩蔽东西真是个绝妙的选择。聚积得厚厚的树叶已经有几个世纪没有人动过,或许在未来的几个世纪也不会有人去动它。那么底层的树叶就会腐化,使下面的土质更加肥沃。

他干完这件事情以后,东方已渐渐发亮。安妮可以很清楚地看到那个女人的脸庞。那张脸庞从树后探出来,似乎忘记了自己的处境,而深深地沉浸在对曼斯顿所作所为的苦思冥想之中。她的脸色煞白,毫无表情。

曼斯顿不可能不很快就发现她。果然,他干完活一转身,看见了她。

"喔——你在这儿!"他惊叫起来。

"别以为我是来监视你的。"她低声哀怨地说。安妮听出来了,这是阿尔克利芙小姐的声音。

阿尔克利芙小姐浑身颤抖,又匆匆加了一句话,可这句话却被不远处抽水机的嘎吱声淹没了。河岸阻挡不住瀑布的流水哗啦哗啦地流到第一个监视者的身旁,他若不从藏身之处再走近些的话,就会因为距离太远而听不到他们的谈话。

阿尔克利芙小姐说的话显然跟第一个监视者有关,因为曼斯顿立刻拿起铁锹,朝那个人的藏身之处走去。那个人还没来得及从树枝中挣脱出来,管家便举起铁锹头朝他劈去,那人应声而倒。

"快跑!"阿尔克利芙小姐对曼斯顿说。曼斯顿消失在树丛中。阿尔克利芙小姐朝相反的方向快速离去。

安妮·西威也想这样跑开,可她回头看了看倒下的那个人。他趴在地上,一动不动。

平素并不恪守道德规范的许多女人,在看到别人身处险境的时候,往往表现出极为高尚的品格。如果说正义的行为仅仅是出于一个人本能的责任感的话,那么不假思索的善行义举则闪现出无与伦比的光辉。她走过去,轻轻地把他翻过来。他开始表现出来一些回生的迹象。在她的帮助下,他很快就能站起来了。

他困惑地向四周看了看,极力想使思想安静下来。"你是谁?"他机械地问她。

现在还试图掩盖真相实是下策。"我是人们所谓的曼斯顿太太。"她说,"你是谁?"

"我是兰汉姆先生雇来调查这个谜案的警官——这可能是一桩犯罪案。"他伸了伸胳膊,拍了拍头,似乎渐渐意识到他出言不慎。"别管我是谁,"他继续说道,"咳,现在也没关系了——不再是秘密了。"

他弯腰捡起帽子,朝管家离开的方向追去——过了一分钟又回来了。

"假如我们不能准确地确定坑里埋的是什么东西,这充其量只能算是一次暴力袭击。"他语气急促地说,"坑里埋的也许只是一袋子建筑废料,但也可能是一些更有价值的东西。来,帮我挖吧。"他带着城里人的笨拙抓过铁锹,跳到坑里,嘴里还嘟嘟囔囔地絮叨,"我孤身一人追他也没用。"他说,"他这会儿已经跑远了。最好的办法就是看看这儿是什么。"

这个侦探再把坑挖开要比曼斯顿当初挖开时省劲多了。他把叶子拨拉到一边,把土挖出来,然后把口袋拽了上来。

"拿着。"他对安妮说。安妮因为好奇还一直站在旁边。他把带来的一只暗色灯笼点着,递给她。

扎着口袋的绳子被剪断了。警官把口袋放在坑边,抓着袋底,把里面的东西一古脑地倒了出来。里面是用结实的帆布包着的一个大包裹,同样扎得很紧。他正要从一头把包裹打开,这时,耷拉在外面的一缕淡色的、丝线一样的东西吸引了他的视线。他一把抓住,感觉像丝一样粘在手上。"把灯笼拿近些。"他说。

她拿着灯笼走近了一点儿。他把手伸向灯笼的玻璃罩前,两

384

个人同时眯起眼睛看他食指和拇指间捏住的这缕若隐若现的细丝。这是一缕长发，女人的长发。

"天啊！我真不能相信——不，我不能相信！"侦探自言自语地说，充满恐怖。"由于我不相信，现在让那个人跑掉了。我们去个安全的地方……等一下，我来证实一下。"

他把手伸到马甲的口袋里，掏出一个用棕色纸包着的小包。他打开纸包，把它展开，里面卷曲着一缕长发。这是卡里福德火灾九天前，执事太太在曼斯顿的枕头上发现的。他把两缕头发举到灯前，都是淡棕色的。他又把两根头发并排放好，伸展开来，长度也恰恰相等。侦探转过脸来，面对着安妮。

"这是他第一个太太的尸体。"他平静地说，"正如斯普林罗夫和教区长所怀疑的那样——他谋杀了她——是怎么干的，是什么时候干的，只有天知道。"

"那我！"安妮惊叫道。这是一系列事件和动机发展的一种必然结果，它清楚地表明了整个的犯罪过程——那封信暗示出的事件发展和动机，曼斯顿把它控制在手中，而后与塞西利亚决然分手，最后安排她自己充当替身——这一切都闪电般地掠过她的脑海。

"噢，我知道了。"侦探异乎寻常地靠近她站着，一下子把一只手铐戴在她的手腕上，说，"你必须跟我走，太太。天知道你对这桩秘密谋杀案了解多少，这很值得怀疑。你不能摆脱干系——远远不能。"他把牛眼灯直射在她的脸上。

"呸——带路吧，"她轻蔑地说，"别为了拷问我这样的替罪羊让主犯逃了。"

他松开她的手腕，让她挽住他的胳膊，把她拖出了树丛——她在他旁边几乎是一路小跑来到教区长的住宅。那里灯火通明，侦探的一个助手在等他，门口外面已经套好了一辆装有弹簧垫的马车。

"你来了——我若早知道你来了多好呀。"侦探立刻对他的助手愤怒地说,"咳,我们犯了个错误——他跑了——我说过,你应该早些到这儿来!我被那个女人,阿尔克利芙小姐出卖了——她监视我。"他又低声对那个人匆匆作了指示。最后,他说:"进去看看教区长——他起来了。拘审阿尔克利芙小姐。同时,我驾着马车把这个人带到卡斯特桥去,必要时还要她协助。天亮的时候我们准能把他抓住。"

他把安妮扶上马车,同她一起驾车而去。在行进中,一条清爽、干燥的道路在他们前面,好似一条飘舞的丝带,在草地中间向远方伸去,使他们的行进非常顺利。不久,他们来到一处路段,路面被密密的冷杉树笼罩着,前方路面一片黑暗。

马车喔唧一声,接着是一阵剧烈的震动。在这段路的中部,路面开始顺山坡下倾,就在这个地方侦探的马车猛地撞上了什么东西,差一点把两人甩到地上。

侦探爬起来,又把安妮扶到座位上。他伸出手去摸了摸,发现马车的右辀辕卡在了另一辆马车里。

"咳!"警官喊道。

没人回应。

"咳,你睡着了!"他又说。

没有回答。

"嗯,真是怪事——以为天快亮了就不带马车灯,真够蠢的。"他跳到地上,点燃了灯笼。

道路中间有辆马车挡着去路,马车上套着一匹驽马,可是车上和附近却没有人影。

"你知道这是谁的马车吗?"他问那女人。

"不知道。"她愠怒地说,可是她的确认出来了,那是管家的马车。

"我敢肯定这是曼斯顿的。喂,从你的语调中我听得出来。

不过,你没必要说出任何对你不利的话来。这家伙一定预谋得非常周密——对于可能的偶发事件他也考虑得这么仔细! 哼,他转移尸体之前肯定把马和马车都准备好了。"

他侧耳倾听树林里的声音,除了偶尔有兔子在枯叶上跑过去的声音外,便什么也听不到了。他拿着灯笼透过树篱的缝隙向里面照去,可是除了一片不能穿过的灌木丛外,什么也看不见。显然曼斯顿不会走远,就在几码之内,问题是怎么找到他。可是这时候有马和安妮的拖累,侦探无能为力。如果他孤身一人走进灌木丛中寻找,曼斯顿就可能从树丛后面悄悄出来,轻易地置他于死地。确实,现在有充分的理由说明曼斯顿犯下了滔天大罪,追捕者觉得在这里再待下去危机四伏,这并不是因为他胆小怯懦。

他匆匆地把曼斯顿的马拴在自己的车后,这样曼斯顿就不能用任何方法,只有靠两条腿逃命了。他就这样驾着马车,押着他的女犯人朝镇里驶去。到达后,他把她关在警察局,便立刻开始追捕曼斯顿。

第二十章　三小时里的事件

1. 三月二十三日正午

曼斯顿已在逃三十六小时。

这一天是乡镇的集日。在谷物交易市场的里面和外面,农夫们查看着他们小麦的样品,和往常一样他们很挑剔地把麦子从一个手掌倒到另一个手掌里,但是他们所思所谈的全是曼斯顿。柜台后面的杂货商不是像往常一样问:"您还要什么?"而是问:"你听说他被抓住了没有?"牛奶工人和牛贩子站在他们的羊圈和牛栏旁边,两条腿直直地叉开,正正帽子,把手插进最下面口袋的最深处,眼神极为精明地注视着他们的牲畜,嘴里说着:"嘿,嘿,没错,今天天黑前就能逮住他。"

过了一会儿,爱德华·斯普林罗夫步伐匆忙,神色焦急地行走在大街上。

"喂,你又听到什么了吗?"他询问一个跟他搭讪的熟人。

"他们沿着这条路追捕他。"另一个小伙子说,"有个流浪汉告诉他们,曼斯顿在天刚亮的时候经过了一个干草垛。那时候流浪汉正在下面躺着。他们沿着他指的路线追踪,最后来到篱笆的梯蹬旁。梯蹬的另一侧是一堆从路面清理出的泥土,泥土已经半干了,土堆的表面本来用铁锹拍得很平,上面很清晰地显示出一个男人的手形、马甲纽扣和表链的印迹。这表明他匆匆忙忙、跌跌撞撞过梯蹬的时候摔了一跤,而且表链的样式证明那正是曼斯顿。他们又继续追踪到了一处浅滩,踩着滩中的垫脚石走过,发现对岸的脚印和梯蹬边的一模一样。这整条路线是朝布迪茅斯去的。他们继续前进。有个牧羊人又提供了一条线索。他说在牧场憩卧的一群绵羊的中间,清晰地出现了一块三四码宽的空地,这表明不到半小时前有人从这儿经过。他是在那天十二点的时候注意到了羊群中的这种特殊情况。其他的细节牧羊人就不知道了。他们便直抵布迪茅斯。开往海峡群岛的邮轮在昨夜十一点就起程,他们立刻推断出他是想经由泽西岛和圣马洛岛去法国——这是他惟一的机会,因为所有的火车站都被监控起来。

"后来,他们直奔邮轮,到了邮轮上发现他还没上船。他们十点半又登上邮轮,他还是没来。有两个人就在跳板旁边的灯下潜伏下来,另一个人站在售票厅的门口,还有一两个人去直通码头的玛丽大街巡视。差一刻十一点时候,邮包被送上甲板。当闲逛的人们都注意邮包时,有一个人大模大样地顺着玛丽大街走过来,步态好像是曼斯顿,可是衣着却不像。他走过大街的阴影处,几个人都把头转向他。我想这已引起了他的警觉,因为他一直没有从阴影中走出来。他们监视着,等待着,可是管家再没有出现。他们发出了警报——在全城到处搜索——还是没见到曼斯顿的踪影。整个上午他们一直在搜索,哪里也没有他的迹象。但是他已失去越过海峡的机会。据说自那以后,他就换上了一身苦力的服装。"

爱德华听着这段叙述,不觉陷入沉思,但他的目光却追随着一个身上披着破旧宽松罩衫而脚上却穿着轻便靴子的人——那人昂首阔步地走在街上,肩上扛着一捆稻草,稻草低垂着,挡住了他的头。在大街上,一个人扛着稻草遮住脸的情况很常见。爱德华看着他跨过连接乡村和城镇的那座桥,然后把乱蓬蓬的草放在路边,径自离去。

爱德华跟熟人道别后,也朝桥的方向走去。过了桥,又走了一段路,直到看到蜿蜒伸展的收税路。他抬眼望去,注意到一个男人在前方二百或二百五十码的地方跳过树篱,穿过公路,走过了另一侧的一个小门,这个身影看上去好像刚才扛着稻草的那个男人。他又看了看那捆稻草,依然放在原处。

一连串相关的事好像并列地闪现在他的脑海中——

有人看到曼斯顿穿着一身苦力的服装——一件棕色的罩衫。那个人就穿着这样的衣服,可是又一想他看起来不像个苦力,便那样轻易而自然地用草把脸遮住了。

那个人走的这条路,正是通向托尔教堂村的。塞西利亚就住在那儿。

假若正如有人所说,曼斯顿太太在火灾之夜就被谋杀了,那么塞西利亚就是管家的合法妻子。曼斯顿现在身处绝境,不顾后果,很可能跑到他太太那儿伤害她。

对于一个深深爱着塞西利亚的人来说,这种推测实在令人惊恐不安,但是斯普林罗夫难以摆脱这个想法。他立即前往托尔教堂村。

2. 下午一点到二点

在当天中午,当爱德华穿过田间的小道,匆匆往托尔教堂村赶来的时候,欧文·格雷却离开了村子,骑着马沿着收税路到镇里去。他想证实一下他听到的有关曼斯顿的传言是真是假。为了不让他妹妹心烦,他对她只字未提这件事。

塞西利亚坐在窗旁看书。从她坐的地方,她能顺着外面的小路看到至少一百码远的地方。出于好奇,住在路边的人对每一个过路人,不管大人小孩,都会抬眼看看,一个也不会错过。

一个穿着棕色罩衫的男人转过街角,朝塞西利亚的房子走来。因为今天是卡斯特桥市的集日,村子几乎都空了。更糟的是,正如前文所说,欧文和他妹妹住的这座农宅远离其他住户。那个人看上去不是正经人，塞西利亚起身把门闩上。

很不走运，那个人走得已经很近了。他看见她穿过屋子，便大步迈到门前，敲了敲，没人应声。他又走到窗前，把脸紧贴在玻璃上往里窥视。

塞西利亚此刻的经历非常痛苦，这或许是一个善良女人所经历的最大痛苦。她认出来了，这个窥视她的人正是曾与她结婚的男人。

可是她一动不动，一声不吭。她非常害怕，但是她若知道真实情况——知道屋子外的男人感到他已到了山穷水尽，惟想孤注一掷的地步，那么她准会惊恐万状而屈服。

"塞西利亚，让我进去，我是你丈夫。"

"不，"她回答，她还没有意识到巨大的危险，"如果你想跟我们说话，得等我哥哥回来。"

"哦，他不在家？塞西利亚，没有你我就没法活！我所有的罪孽都是由于我太爱你了！愿意跟我一起跑吗？我的钱足够我们两个人用的——只要跟我来就行！"

"现在不行——现在不行。"

"我是你的丈夫，我告诉你——我必须进去。"

"你不能。"她无力地说。他的话开始使她感到恐惧。

"我要，我告诉你！"他嚷道，"让我进去行吗，我再问一遍？"

"不，不行。"塞西利亚说。

"那我就自己进去！"他斩钉截铁地回答，"我要进去，死也得进去！"

门式窗户上的一块块的窗玻璃嵌在铅框里。他用石头打碎了一块玻璃，从破裂处伸进手来，把固定窗子的闩子拧开，打开窗户。就在百叶窗子的遮板砰的一声敞开的一刹那，塞西利亚极为迅速地从里面给闩上了。

"该死的！"他嚷道。

他跑到房子后面。现在他愈发焦躁。塞西利亚吓坏了,她还没有反应过来,他便已经绕到了房子后面。他一拳打碎了餐具间的玻璃,就像刚才把窗户打开一样,瞬间就站在了餐具间,把百叶窗板扔到一边,大步走进她所在的前厅,伸出双臂来拥抱她。

　　塞西利亚的身心都感到极度痛苦。可当时的精神状态却使她既没有面红耳赤,也没有苍白晕眩。她像一团火,从头到脚燃烧着。也正是如此,使她保持着清醒的头脑。

　　可怜的姑娘从未像现在这样机智敏捷。房子中央有一张很沉的长方形桌子。塞西利亚绕着这张桌子跑,不让曼斯顿抓到她。由于恐惧,她的眼睛睁得很大,大大的瞳孔紧盯着曼斯顿,从他的表情上来判断他是往左跳还是往右跳。

　　在那种紧张激烈的时刻,就连曼斯顿也无法忍受从她非同寻常的凝视的目光中流露出来的那种无法言喻的痛苦。这是上帝赐与她的防身之术。曼斯顿低垂着眼帘继续追逐她。

　　疯狂的亡命之徒喘息着——他对一切都视而不见,一心只想抓住他的太太——他从桌子冲过去,她像一只小鸟一样从桌上越过。他笨拙地翻越桌子时,她又从桌下穿过,从另一边出来。

　　　　一个凭借青春的活力,轻盈的四肢,
　　　　一个倚仗矫健的肌腱,硕大的身躯。[①]

　　曼斯顿体力强劲,长时间的追逐却使塞西利亚渐渐体力不支。她呼吸急促,觉得自己越来越无力,接着她狂怒地大吼一声,这悲愤的声音似乎传到几里之外。

　　就在这时,她的头发散开了,飘落在肩上。在这种关键时刻,这个小小的意外就足以搅乱她已过于疲惫的判断力。有一刹那她没能看清他要往哪边扑来,他立刻把她战胜了。

------

　　① 选自维吉尔的长诗《埃涅阿斯纪》的第五卷第五七〇至五七一行。——原注

"终于抓住了,我的塞西利亚!"他喊着,掀翻桌子跳过去,抓住她一缕棕色的头发,把她拽过来,伸手去抱她。而她从他的胳臂和胸膛间痛苦地跌在地板上,昏厥过去。他的行为第一次变得轻松。他把她扶到沙发上,大声说着:"吓坏了的小鸟,休息一下吧。"

　　而后,他的胜利便到了尽头。他觉得有人拽住了自己的衣领,一股强大的力量使他带着嗖嗖的风声往后倒去,跌在火炉上。斯普林罗夫狂怒不已,面色赤红,气喘吁吁。他已穿过打开的窗户跳进来,又一次站在了曼斯顿和他太太之间。

　　曼斯顿很快又站了起来,两种眼神交汇在一起。一边是如火的狂怒,另一边是凛然的正义。这又是一次在耶斯列人拿伯的葡萄园里的会面:"我的仇敌啊,你找到我吗?"他回答说:"我找到你了;因为你卖了自己,行耶和华眼中看为恶的事。①"

　　两个男人展开了一场搏斗。曼斯顿个子高些,而斯普林罗夫肌肉强健,还拥有管家所不具备的灵巧。他们俩好像绞盘机的机齿一样,咬合在一起。不一会儿,两人又都跌到地板上,来回地滚来滚去,彼此都把对方抓得很紧,倒像是一个有机的整体在跟自身对抗——爱德华从兜里掏出一根短绳想把曼斯顿的胳膊捆住,而曼斯顿则想拿出刀子。

　　在这生死攸关的时刻,两种独具特点的声音回荡在屋内。一种是两个斗士呼哧呼哧的剧烈喘息声,却分辨不出是谁所发出的;另一种则是每次身体和四肢扭动时,脚跟和脚尖重重撞击地板的声音。

　　塞西利亚立刻便恢复了知觉,一跃而起,却没有认出救她的人是爱德华。她打开门,冲到屋外,狂乱地大声喊:"来人! 救命啊! 救命!"

---

　　① 　语出《旧约·列王纪上》的第21章。——原注

在还不到二十码开外的地方站着三个男人,看上去一脸茫然。听到她的喊声他们直冲过来。"你刚刚看到一个穿着破旧罩衫的人吗?"他们问道。她指了指门,便又朝前跑去。

这时候,曼斯顿刚从与斯普林罗夫的厮打中挣脱出来,似乎想要放弃把争斗推向绝境的打算。"我要逃命,不打了——宝贵的生命!"他喊道,跟着发出一阵粗哑的狂笑。"胆大的人有十二条命——等着吧,我也不会让你们有好日子过!"

他冲出房子。可没走多远,他夸下的海口便成了最终的遗言。大约只过了半分钟,他便绝望地落入追捕者的手中。爱德华摇摇摆摆站起来,稍停了一下,缓了缓气。他的心里一直惦记着塞西利亚,所以,现在他要做的第一件事就是顺着小路去追赶她。她并没跑远。他发现她靠在路边的斜坡上,精疲力竭地倚在那儿。他跑上前去,用双臂扶她起来,这样她才能直立起来紧紧地靠在他的怀里。这时候斯普林罗夫多么想轻轻地亲吻她的唇啊!

他们慢慢地走回住所。她在认出来他时流露出来的感激之情,还有她信赖地抓住他的胳膊作为依靠,使他内心的快乐重新燃起。就连她是谁人之妻的这种恼人念头也不能使这种快乐完全泯灭。他小心翼翼地把她搀进屋子里去。

一刻钟之后,塞西利亚坐在一把扶椅上,但精神仍处于部分恢复和半瞌睡的状态。爱德华坐在她身边焦急地等欧文回来。这时候,他们看到一辆装有弹簧垫的马车从门口经过。车上还沾着很久以前下雨留下的干泥巴,车轮和车侧都不成样子;清漆和油漆也已剥落和黯淡;人们只顾长期不停地使用而忘记修饰它。车上坐着三个人,中间一个是曼斯顿。他的双手被绑在前面,眼睛直视前方,面色惨白、严酷而僵硬。

斯普林罗夫已经把曼斯顿的罪行简单地告诉了塞西利亚。这时他严肃地说:"他会死的。"

"我不会为他悲伤。"她声音颤抖,身子往后一靠,双手捂住脸。

　　两人简短的谈话之后便是一阵沉默。斯普林罗夫注视着马车转过拐角,听着轱辘辘的车轮声朝着市镇的方向渐渐远去。

第二十一章　十八小时里的事件

1. 三月二十九日中午

就在爱德华·斯普林罗夫看见扛着稻草的人朝卡斯特桥市走的七天之后，老斯普林罗夫站在同一条道的边上，跟他的朋友农夫贝克谈话。

他们的谈话停下来。斯普林罗夫顺着街道看去，有一个东西吸引了他的视线。

"哎，我们都得过去看看。"他咕哝道。

另一个也朝那个方向看去，"没错，斯普林罗夫老兄，没错。"

在路中央一前一后走来两个人，农夫指的就是他们。他们是两个木匠，肩上扛着一个空棺材，上面盖着一块薄薄的黑布。

"碰到像这样的景象，我总是感到一种满足。"斯普林罗夫盯着木匠肩上令人哀伤的负担说道："我把它叫做一剂良药。"

"一剂良药……我没有听说最近谁病得这样厉害呀？好像有人突然死了。"

"可能是吧。嘿，贝克，我们说突然死亡，是不是？可是在本质上，突然死亡与其他种类的死亡并没有什么不同。世上根本就不存在这样的事情：一件东西本来弄得很结实，持久耐用，而突然嘎巴一声就折断了。我们只是突然地发现一种死亡——其实万物都是这样，好像经过周密地安排一样——死亡从一开始就同样地存在，只是我们没能很快看出来。"

“这只不过是你自己的发现，并不是上帝的做法有了改变。”

“是这么回事。事件本身并不意外，只是我们见到它心里感到意外罢了。”

“你现在很难相信我在想什么，老兄。刚才，我还惦记着下星期我们动员起来赶快打场扬谷，可现在看到了面前这个景象，我感到不急于干这件事了。我跟自己说，在我们去见上帝、被埋到地下化成灰土之前，我们为什么不能站着不动，静静地观察着各种各样事件的缘由和起因呢？”

“有这种感觉很自然，可我还是忍不住要看个究竟。世界上有一股逆向潮流，我们必须尽力往前，也只为了继续留在属于自己的地方。喂，贝克，他们抬着棺材朝这边来了，看。”

两个木匠抬着棺材走进附近一条窄狭的路上。农夫们也跟其他人一样，转过脸，注视着他们沿路走去。

“是个男人的棺材，还是个高个子男人。”农夫斯普林罗夫继续说，“不管是谁，身材倒不赖。”

“对这个可怜的人来说，这口棺材可真够寒酸的——只是劣质榆木做的，你看。”黑布一角随风向一边飘起来。

“是呀，可对一个很穷的人来说，这就够不错的了。咳，死亡对他是较轻的刺激。我常常想，在这样的最后关头，富人比穷人看起来要渺小得多。一个很有头脑而安于贫困的人最伟大的地方，可能——凭我的经验来说——就是当他看到生命比平常更加变幻莫测的时候，那种充满内心的崇高的平静心态。”

在斯普林罗夫说完这番话的时候，两个抬棺材的人穿过了他们面前一个铺满砂石的广场，朝一个阴森、沉重的拱门走去。他们在门下面停下来，摇摇门铃，等人开门。

拱门上方用埃及体写着几个大字：

郡城监狱

监狱有两扇嵌着铁钉的门,一扇门上的长方形小便门从里面打开了。有几个人迈过门槛走了出来,把阴森森的棺材从小便门拖了进去。人和棺材都进了院子,视线就被挡住了。

"监狱里有人死了,是吗?"

"是,一个犯人。"一个吹着口哨跑过的男孩回答。

"你知道是谁死了吗?"贝克问身边另外一个观看的人。

"当然,全镇的人都知道了——肯定你也知道了,斯普林罗夫先生? 喔,是曼斯顿,阿尔克利芙小姐的管家。今天一大早就发现他死了。他是在他的牢房门后想办法上吊死的。用的是手绢和衣服的碎条。监狱的看守说早晨的阳光透过窗栅照在他脸上,好像他在看着他们,相貌几乎没有什么变化。他留下了一张完整的供词,供认了整个谋杀过程,以及所有导致这一结局的事情。这就是他的下场。"

千真万确,曼斯顿死了。

昨天,警方允许他使用纸和笔,他花了近七个小时写了下面的供状——

最后的话

我发现人的一生是一场痛苦的骗局,因此我决心放弃生命。为了不招致更多的麻烦,我把与过去的行为相关的事实一一记下。

感谢上帝,在卡里福德的火灾之夜,我一回到家,便得知我从我所厌恶的女人的束缚中解脱出来了。我第二次去了火灾现场,发现待在那儿也无济于事,便很快在兰汉姆先生的陪同下再次回家。

在门廊的台阶上,他跟我分手,朝自己的教区寓所走去。当我站在门前,默默地想着我这次奇怪的解脱的时候,我看到从院子里的树荫下走出来一个人影。那是个女人的身影。

她走近时,借着微弱的光线我足以看清她的装束:一件披风长达裙裾,脸上蒙着厚厚的面纱。这些特征,再加上她的身材和步态,还有我猛然意识到使她免于落难的一系列事件,都告诉我她是我太太尤妮斯。

我绝望而愤怒地咬牙切齿:我已失去了塞西利亚,我得到了一个明日黄花,一个怨声连天、思想肤浅、并且整天喝白兰地的女人。感情的突变令人心畏。我刚刚感谢过的上帝现在却像是一个狞笑的恶魔在嘲弄我。我觉得自己简直气疯了。

她走近了——看到我在外面颇为惊讶——接着跟我说话。她张嘴就指责我并非故意做出来的事情,听起来好像预示着只要我们都活着,我就要受这聒噪之苦。我怒不可遏地回敬了她两句。我说话的语气使她的抱怨转为恼怒。她便说出她所发现的我和阿尔克利芙小姐之间的一个秘密来奚落我。我听到这些感到很吃惊——使我更吃惊的是她竟然知道这个秘密。不过我没有流露出吃惊的样子来。

"你怎么能这样对我?"她说。就在那时候,她的呼吸闻起来还有一股酒气。"你爱上别的女人了——没错,是这样。看你把我逼成什么样!我去了车站,想永远地离开你,可是后来我又回来了,想再追问你一次。"

她说话的时候,我心中不禁燃起一股无名之火——愤怒和遗憾交织在一起。我几乎不知道自己在做什么。只知道猛烈地举起手臂,抡圆了胳膊,用尽全身力气朝她扇去。她飞快地一转头——可怜的东西就这样完了。由于她头的摆动,我这一掌便恰恰落在她颈背的侧面——就像人们杀兔子一样。眼前的事令我目瞪口呆。这一下准是打坏了椎骨。她扑倒在我脚下,抽搐了几下,发出一声低沉的惨叫。

我跑进屋里拿了些水和酒,出来后用小折刀刺她的胳膊,可是她一动不动。我发现她死了。过了很长时间我才意识到我的恐怖处境。有几分钟我不知道怎样逃避我的行为引起的后果。后来有一种想法突然在我脑海里闪现出来。她离开三贩客栈后有人看见过她吗?如果没有人看见过她,那么教区的人都会认为她烧成灰烬了。这样,我便永远不会被发现。

于是我依计而行。

首要的问题是如何处理尸体。那一时刻的冲动想法就是把她立刻埋到抽水机房和瀑布之间的坑里。但是转念一想,我没有足够的时间。那时已是清晨四点,很快就有干活的人在周围活动了,所以我必须等到第二天晚上再埋掉她。于是我把她弄到屋里。

初春的时候,在把外屋改换成工作间的过程中,为固定橱柜往墙上钉钉子时,我发现墙是空的。我仔细观察了一番,发现在灰泥后面是一个久已不用的炉灶。在为我修缮房子的时候,炉灶用砖封起来了。

我仅用了几分钟的时间便把壁橱卸下来,把砖扒开。因为我想明晚就把尸体移走,所以我就把它装进口袋,塞进炉灶里,然后垒上砖,把壁橱放回原处。

然后我去睡觉了。躺在床上,我思索着是否有什么轻微的破绽会使人们怀疑我太太没有被大火烧死呢。我脑海中闪过的最强烈的念头是,搜寻者可能会因没发现任何遗物而感到纳闷。

安全而易行的办法是把尸体放到被烧毁房子的废墟上。但是,不能这样做,因为火旁有人监督,以防火势蔓延。于是,我又想到还有一个补救措施。

我又起来,穿好衣服,走到外屋。我必须再把壁橱卸下来。我把壁橱卸下来以后，把砖扒开，拉出袋子，拽出尸体，从她兜里拿出钥匙，从她身侧拿出手表。

而后我又把一切按原样摆好。

我兜里装上这些东西，走出院子，穿过一片低矮的柳树丛，从后门进了教堂墓地。我一路小心摸索，来到了月桂树林后面的一个角落里，那儿有时堆放着一块块新近从坟里挖出来的白骨。我急切地希望从那些旧骨头中找到一块头盖骨。尽管我经常看到那儿的垃圾堆里扔着一两块头盖骨，可那时候我却没能找到一块。而后我又悄悄地在另一个角落里摸索，结果也是徒劳——在哪儿也找不到颅骨，我只好捡了三四块腿骨和椎骨的碎片，就只能将就于这些了。

手里拿着那些骨头碎片，我穿过大路，绕到客栈后面，那里的干草堆依然冒着浓烟。我躲在树篱后面，看到有三四个人在监视着火场。

我就站在那儿，把骨头一块一块地扔过去，越过树篱和那些人的头顶，落进烟灰余烬中。扔完骨头，我又把钥匙扔过去，最后扔的是手表。

而后，我沿着来路返回家里，又上了床。这时候东方已经破晓。我欢欣不已："塞西利亚又是我的了！"

早饭的时候我想："要是今天没机会移动壁橱怎么办！"

我去了附近的泥瓦场，工匠们正在吃早饭，我偷偷地铲了一铲灰泥。我把灰泥带到外屋，又把壁橱挪开，把后面的炉灶用灰泥封住。然后把壁橱推回原处。总的来看，这还算得上是个安全的藏尸之处，但是我还是要等到第二天夜里才能把尸体埋掉。

到了夜里，不知为什么我的勇气比前天夜里削弱了许多。我不愿意再去碰那尸体。我到了外屋。没有打开炉灶，反倒钉上大钉子，把壁橱固定在墙上。"无论如何，明天夜里我要把她埋掉。"我想。

可是第二天夜里我更加不愿意碰她。我这种抵触情绪逐渐加深，尸体便一直未动。只要我在这里，毕竟不可能有人来打开炉灶。

我娶了塞西利亚·格雷。那天上午离开教堂时，从没有哪个新郎像我那样内心洋溢着爱意和幸福，一心一意向往着美好的未来。

塞西利亚的哥哥在南安普敦的旅馆出现，并且带来搬运工吐露的奇怪证据时，我的惊愕之情简直难以言表。我以为他们已经找到了尸体。"我现在就要被拘捕，从而就要失去她吗?"我不胜悲伤。我意识到了我的错误，而且也立刻意识到我必须表面装出光明磊落的样子。于是我便答应了他的要求，让他把塞西利亚带走。我苦苦思索，想出几种方案，试图在不泄露我自己心知肚明的原因的情况下，在法律上有权利要求她是我的合法太太。

翌日，我回到响水山庄的家里，有一个星期时间我茫然不知所措。我想不出一个既不暴露我自己又能证明我太太已死的安全之策。

兰汉姆先生暗示我可以采取登寻人启事的方式追寻她的下落，可我没有心情搞这样的闹剧。一天晚上我碰巧走进旭日升客栈，那儿有两个臭名昭著的偷猎者，坐在高背椅上。高背椅挡住了他们的视线，没有看见我进去。他们已喝得半醉了——人醉到那种程度时说话自然是严肃而有力。他们谈话的主题正是我。

下面就是他们断断续续谈话的主要内容:卡里福德大火的当晚，他们其中一个被派来找我，把我太太死去的消息告诉我。他这样做了，可是因为我没有为此付钱给他，他离去的时候颇为忿恨。在火熄灭之后，他与他的同党纠集在一起。他们认为白昼到来之前，黑夜是他们搞点非法所得的最佳时刻。我的家禽窝棚便成了他们垂涎的目标。其中一个仍然对他晚上空手而返心怀怨恨，他提议先对我的家禽下手，因为他们认为我跟着兰汉姆先生去教区长家了。另外一个偷猎者不愿去，那个人便独自前往。

那时大约是凌晨三点钟。他一直走到我的宅院北墙外不远处的一片灌木丛中。当时，除了瀑布哗啦哗啦的流水声外，他竟听到从房子另一侧传来了另一种声音。他这样描述那种声音："一位太太的鬼魂在唠唠叨叨地指责她的男人——接着是倒地的声音——跟着一声呻吟——而后又和以前一样，只是哗啦哗啦的流水声和嘎吱嘎吱的抽水机声。"他对这种奇怪现象只有一种解释：这房子闹鬼。而且不管这声音是活人的还是死人的，任何声音都会令他这样来偷猎的人感到恐慌和不安。他偷偷地潜回家了。

他躲在屋后的目的是违法的，因此他对这次历险缄口不提。在铁路搬运工奇怪的声明使每个人感到震惊之前，他心中对事实一直没产生过疑虑。而后他便问自己：那天晚上那些恐怖的声音难道是我和我太太打架吗？

另一个偷猎者说道："要是她活着，他为什么不想法找到她呢？"

"这倒是，"第一个偷猎者道，"我忘不了我听到的声音。要是她不会活着出现的话，那么我心里就会毫不怀疑地相信她被谋杀了。尽管我会因为到房后偷猎被罚在面粉厂干六个月的苦工，我还是要告诉教区长。"

"要是她万一活着出现了呢？"

"那我就知道我搞错了，会觉得自己傻得像个无赖，也就没话好说了。"

我吓得悄悄地溜出来，出了一身冷汗。天上地下惟一可以迫使我放弃塞西利亚的压力浮上心头——那是死在绞刑架下的恐惧。

我坐了整整一夜，谋划着各种各样的对策。在我看来，对我这种危险处境的惟一的补救方式非常简单，就是在那个易受蒙蔽的人疑心加重之前，找个女人来代替我太太。

惟一的困难是找个切实可用的替身。

为了达到这个目的，惟一可以找到的是一个孤亲寡友、幼稚无知的女人，名叫安妮·西威。我年轻时就认识她。她曾在伦敦给一位贵妇做过一段时间的管家。因为那位贵妇突然辞世，未来的日子变得朝不保夕。她并不是最适合这个计划的人选，但是我别无选择。她有一个品质很重要——她不是个长舌妇。第二天我就赶往伦敦，拜访了我太太在霍克星顿的寓所(那是她以曼斯顿太太的身份居住过的惟一地方)，并且发现找替身这件事不会有太大障碍。这种有利的情况使我决定依计而行。我去找安妮·西威，向她求爱，然后向她说明了我的计划。

直到我被拘捕之前的那个星期天，我们都生活得相当平静。那天早晨，安妮从教堂回来，便告诉我有个小伙子在那儿狐疑地看着她。除了等待事件的后果以外，我们无计可施。而后我便接到了兰汉姆的信。有生以来，我第一次对将来的命运漠不关心。在次日的整整一天内，我有一两次想逃跑，可是下不了决心。我想，无论如何，最好先把我太太的尸体埋掉，因为炉灶随时可能被打开。我到卡斯特桥镇去做了些安排。那天晚上阿尔克利芙小姐(我们已被一个共同的秘密连接在一起了。这个秘密我无权泄露，也不想泄露)来找我，让我更加吃惊。她说，从兰汉姆先生那天晚上的举止来揣测，他对她隐瞒了一个比他想说出来的更加重要的猜疑，而且那时候他家里还有一些陌生人。

我推测到了那个猜疑是什么,便决心在一定程度上提醒她一下,以便获得她的帮助。我告诉她在火灾之夜,我意外地杀死了我太太,并强调,杀死惟一知晓她秘密的女人,对她是有好处的。

她的恐惧以及她对我命运的忧虑,促使她在那天晚上监视着教区长的住宅。她看到侦探离开那儿,便一直跟踪到我的住处。这些都是在我挖完我太太的坟,发现她之后她匆匆告诉我的。她对袋子里装的东西没产生任何怀疑。

我现在就要进入正常状态了,因为人们几乎总是要长久地待在他们的墓穴里。纵观一下人类历史的长河,这种现象很奇怪。更奇怪的是,人们大部分是死者,他们几乎从来没有过其他归宿。

埃涅阿斯·曼斯顿

管家的供词,再加上各种各样的相关证据,证明安妮·西威和阿尔克利芙小姐与这宗复杂的谋杀案无关。

2. 下午六点钟

曼斯顿死于当天的黄昏时分。

塞西利亚、她的哥哥、爱德华·斯普林罗夫及其父亲一群人聚集在托尔教堂村的农舍里。他们坐在窗户旁边,谈论着刚刚发生的这些离奇事件。尽管塞西利亚的脸色白得像一朵百合花一样,可她的眼睛里却闪烁着一缕希望的光芒。

他们谈着话,眼睛望着窗外。落日的余辉给树篱、大树以及教堂塔楼都镀上了一层金黄色。这时候,一辆四轮马车转过小巷的墙角,驶进了他们的视线。马车防护板擦得锃亮,转弯时反射出太阳的光泽,车轮的辐条也是煜煜闪亮,好似一支支刺刀。马车愈来愈近,最后来到欧文家门口的旁边。车夫拉住缰绳,高声一叫,气喘吁吁,浑身是汗的几匹马便停了下来。

"阿尔克利芙小姐的马车!"他们都失声叫道。

欧文走了出去。"格雷小姐在家吗?"来人问道,"给她一封信,我要等候她的回音。"

塞西利亚读着卡里福德的教区长写的这封便函——

> 亲爱的格雷小姐——阿尔克利芙小姐病了,不过并无危险。她总在不断地叫着你的名字,现在非常想见你。如果可能,乘这辆马车来这里——你的忠诚的
>
> 约翰·兰汉姆

"她怎么病了?"欧文问车夫。

"管家逃跑的那天夜里,她一直在潮湿阴冷的屋外站着,因此得了重感冒。从那时一直到今天上午,她一直诉说胸口胀满灼痛。今天上午女仆跑进去突然告诉她曼斯顿自己上吊死了——她大叫一声——有根血管迸裂了——她跌倒在地板上。严重的脑出血持续了一段时间才停下来。人们说她肯定会好过来的;可是她自己说不行了。她从前闹过一次这样的毛病。"

塞西利亚很快打点停当,登上了马车。

3. 晚上七点钟

塞西利亚走在响水山庄走廊里的足音尽管很轻柔,病痛中的女人还是以她超凡的聪敏听到了她所熟悉的女伴的脚步。她屏息走进了病人的房间。

房间里一片寂静,孤独使情感变得升华,似乎思想就是行动。阿尔克利芙小姐尽力活下来的虚弱活动,好似在与宇宙间的一切势力进行一场无声的角斗。屋里只有兰汉姆先生。塞西利亚一进

屋护理员就出去了。内科医生和外科医生在隔壁房间正忙着低声探讨着病人的病情,他们宣布病人已脱离危险。

塞西利亚走到床边,阿尔克利芙小姐立刻认出了她。哦,多大的变化——阿尔克利芙小姐竟然卧床不起! 这还不是最严重的变化。由于虚弱,她的面色变得温柔;在脆弱消瘦的脸庞上,高傲已荡然无存,取而代之的是更加悦人的宁静与平和。

阿尔克利芙小姐向兰汉姆先生打了个手势,表示她想跟塞西利亚单独在一起。

"塞西利亚?"门一关上,她便有气无力地低语道。

塞西利亚紧紧握住她虚弱的手,依偎在她身旁。

阿尔克利芙小姐又低声絮语:"他们说我肯定能活下来;可是我知道我准会死的。"

"他们说得对,我希望你会活下来的。"

"我知道得最清楚,不过别谈它了。塞西利亚——哦,塞西利亚,你能原谅我吗?"

她的同伴紧紧按住她的手。

"可是你还不知道——你还不知道,"病人轻声地说,"我请求你原谅我曾对爱德华·斯普林罗夫的妄言中伤,而且给他施加那么大的压力——从而导致你一连串难言的痛苦。"

"我一切都知道——一切。我真的原谅你。我并不是一时冲动,等冷静下来又后悔。我是经过认真考虑,发自内心的。正像我自己也希望被别人原谅一样,我现在真心地原谅你。"

泪水从阿尔克利芙小姐的眼里潸然而下,与她年轻女伴的眼泪交融在一起——塞西利亚也忍不住落下了同情的泪水。精神彻底崩溃的女人不断迸发出强烈的爱意,但这种爱意经常被激动的情感所打断。

"可是你不知道我的动机。哦,要是你知道,你不知会怎样怜悯我呢!"

接下来一阵沉默，塞西利亚没有插话。年长的女人看起来想凭借一种超常的努力使自己振作起来。她继续说着，声音如夏日微风一样微弱，而且断断续续，然而她的话语中充满一种稳固的意向，似乎要求她使用坚定的语气，把它完全表达出来。

　　"塞西利亚，"她说："在我死去前请听我说。"

　　"很久以前——三十多年前——一个十七岁的年轻姑娘被她的表哥无情地背叛了。她表哥是个放荡的军官，二十六岁……他去了印度，死在那里了。

　　"后来，她在德国生下了一个小孩。这个可怜的姑娘同她的父母从德国回到家乡后的一个夜里，她拿出她身上所有的钱，连同一封信一起用别针别在婴儿的胸前。信中除了说明其他情况外，还写着她希望这个孩子的教名是什么。她把婴儿包好，抱着他走到克拉彭。在那里的一条僻静的街道上，她选择了一所住房。她把孩子放在门阶上，敲了敲门，然后跑到远处注视着。他们把他抱进屋去了。

　　"把可怜的婴儿送走之后，这个姑娘为自己对孩子的残忍，狠狠地自责，她真希望当时听从了父母的意见，秘密雇个护士抚养他。她渴望见到他，但不知怎么办才好。她用假名给把婴儿抱进去的女人写了封信，请求她带上婴儿在她指定的某些地点跟她会面。那些地点在切尔西、皮姆利科或汉默斯密斯的旅馆或咖啡馆中。那个女人得到很丰厚的报酬，经常来会面，而且不提任何问题。有一次会面——在汉默斯密斯的一个客栈中——她没有把孩子抱来。她告诉那姑娘孩子病得很厉害，活不过当天晚上了。这个消息，再加上极度的疲惫，使姑娘感到一阵晕厥……"

　　阿尔克利芙小姐哽咽难言，她变得痛苦而激动。塞西利亚听到她这番话，面色苍白，惊异不已。她为她擦了擦眼泪，弯下身去，求她不要再继续说下去了。

　　"不——我必须说。"她哽咽着大声说，"我要说——我必须说下去！我必须更清楚地告诉你……我死之前你必须听到我的故事，塞西利亚。"满怀同情而又瞠目难言的姑娘又坐下来。

"收养孩子的那个女人姓曼斯顿，是一个校长的遗孀。她说她收养的是一个亲戚的孩子。

"只有一个男人知道谁是孩子的母亲，那就是她曾昏倒在那家客栈的店主。从那时以后，她用钱买通他，让他对这件事保持缄默。

"十二个月过去了——十五个月——这个忧伤的姑娘在她父亲那儿遇到了一个叫格雷的人——你的父亲，塞西利亚。那时他还没有结婚。哦，多棒的小伙子呀！无知幼稚的姑娘那时才明白什么是心心相印的爱情！可是太晚了。要是他知道了她的秘密，他会抛弃她的。她艰难地从他身边消失，为此她心灰意冷，日渐憔悴。

"时光一年一年地流逝。她父亲去世后，她便继承了财产，做了庄园的女主人。父亲在世时，她不敢与儿子相认。现在她想出了一个万般无奈的计划，想与儿子时常相见。塞西利亚，你知道这个懦弱的女人是谁。

"费尽千辛万苦，我把他弄到这儿来做管家，并且我想看到他成为你的丈夫，塞西利亚——我真正爱人的女儿的丈夫。这是我一个美好的愿望……可怜我——哦，可怜我！我无法忍受无人关爱的凄凉！我爱你的父亲，现在依然爱他。"

这就是塞西利亚·阿尔克利芙沉重的心事。

"我想你一定会再次离开我——你总是离我而去。"她默默地握着塞西利亚的手，握了很长时间才开口说道：

"不——我真的会和你一直待下去，你喜欢我待下去吗？"

尽管在这生命之火微微闪烁、行将熄灭的垂危时刻，阿尔克利芙小姐仍是阿尔克利芙小姐。"可是你还要给你哥哥料理家务呀。"

"是的。"

"嗯,你当然不能就这样突然跟我住在一起……回家吧,不然他会乱作一团的。明天早晨再来,行吗?最亲爱的,再来吧——我们会去接你。但是现在你不该待在这儿,不然欧文会不放心的。哦,不——这不合情理。"我们常常看到,病入膏肓的人对日常琐事格外关切。这种情况就出现在这里。

塞西利亚答应回家去,明天早晨再来,一直住下去。

"一直住到我死,行不行?真的,直到我死——明天我还不会死呢。"

"我们希望你能恢复健康——大家都是这样。"

"我最清楚。明天六点来,亲爱的。"

"我会尽量早来的。"塞西利亚柔声回答。

"六点钟太早了——你还要打点你哥哥的早餐呢。八点钟离开托尔教堂村,好吗?"

塞西利亚答应下来。其实她如果整夜住在这里,阿尔克利芙小姐是不会知道的。可是塞西利亚天性诚实,即使在这种情形下,她也坚决反对这种善意欺骗的做法。

于是人们安排她乘小马车回家,而不是坐接她来的大马车。为了保证让她尽早赶回,马车得在托尔教堂村停留一夜。

4. 三月三十日拂晓

这天夜里,塞西利亚第三次,也是最后一次感受到夜间那种周期发作的恐惧,这恐惧使她强烈意识到她和阿尔克利芙这个姓氏、这个家族的联系。

凌晨大约四点钟,塞西利亚正处在半梦半醒的蒙眬状态之中——突然被某种魔咒惊得呆若木鸡。这种魔咒包含着的与其说是恐惧,还不如说是敬畏。在她床脚站着的、带着难以言喻的恳求神情直视她面孔的正是阿尔克利芙小姐的身影——苍白而清晰。她一动不动,可是她身体的每一部分都表达着一种渴望——一种诚恳的渴望。

塞西利亚相信她能够像平时清醒时一样思考和判断。她认为阿尔克利芙小姐活生生地站在她面前。塞西利亚机警的理智尚不足以使她问问自己:这种事怎么会发生呢。

“我真该跟你待在一起——可你为什么不让我留下来呢!”塞西利亚叫道。魔咒破除了——她完全清醒过来了,随之那人影也消失得无影无踪。

天刚蒙蒙亮,她惊恐不安,出了一身冷汗,全身都微微颤抖。她顾不上考虑她哥哥还在熟睡,便起来去敲他的门。

“欧文!”

他不是睡得很死的人,而且现在也快到他起床的时间了。

“怎么啦,塞西利亚?”

“我昨天晚上不该离开响水山庄。我要没离开那儿多好呀!我真想现在就动身。她需要我,我知道。”

“几点了?”

“四点多一点。”

“你最好别去。还是等到约好的时间再去。想想吧,我们不应该找这种麻烦,把马车夫叫醒,而且还要安排一些别的事情。”

总的来看,不凭一时的胡思乱想行事似乎是更加明智的。她又回去睡觉了。

一小时后,欧文正打算起床,前门传来一阵敲门声,接着有件东西在碰欧文的玻璃窗。他等了一会儿——声音又响起来了。有人往窗户上扔小石头来唤醒他。

他穿过房间,拉开窗帘,往外望去,发现大路上有一张苍白的脸在扬头注视,热切地希望能看到窗后有人出现。那是一张响水山庄人的脸,他坐在马背上。

欧文看出他此行的目的。很明显,他脸上带有一种报丧人的表情。格雷把窗子打开。

"阿尔克利芙小姐……"送信人说着,欲言又止。

"哦——死了?"

"是,她死了。"

"什么时候死的?"

"四点十分,又一次脑出血之后。你看,先生,她自己知道得最清楚。接到教区长的命令,我立刻就来了。"

尾　声

十五个月过去了,转眼便到了一八六七年的仲夏之夜。

场景是晚上十点钟,卡里福德教堂旧钟楼的内部。

里面聚集着六个卡里福德人和一个陌生人。墙上的一个木楔上插着一个蜡烛,他们站在耀眼的烛光下。这六个卡里福德人都是音质优美的 F 调古钟的著名敲钟人。过去四百年来,卡里福德教区和周围地带的教民一直沐浴在这美妙音乐的旋律之中。那个陌生人是个帮手,无人知道他来自何方。

这六个本地人——只穿着衬衫,没戴帽子——猛烈地又拽又抓晃动着的钟绳,由于动作迅猛,他们的发卷在微风中上下颤动。那个陌生人敲打着钟的最高音部,同样激情奋发。他机智灵敏,一身敲钟行业的装饰。他们映在墙上的影子交织在一起,不停地晃动,宛如万花筒一般,变化无穷。他们七双眼睛都严密地盯着用粉笔画在地板上的类似一道庞大加法算术题般的图表。

金黄色的烛光照耀在塔中未抹灰泥的四壁上,也照在人们的脸上、衣服上。通过钟楼拱门下的纱帘所见到的却是另一幅朦胧景色,与屋内的烛光形成鲜明的对比。教堂中部和圣坛之间有一条长长的神秘通道,通道的尽头可以见到有几束月光从教堂东窗口倾泻进来——凄厉、阴冷、苍白。

在准备一场盛大的活动中,鸣钟的机械设备及其附件已做过一次全面的更新,新的绳索已安装好,每口钟都小心翼翼地从支架上换下;枢轴也已经过润滑,羊毛质地的鲜红的抓手——手感柔和,极易抓牢——代替了原来破旧的绳结,在钟绳的下端熠熠生辉。一切微小的细节都装饰得焕然一新，更加凸显了周围事物在整体上那种掩饰不住的古老遗风。

三节大调乐曲鸣响完毕，敲钟人擦擦脸上的汗，脱下衬衫，然后收拢绳索，离开这儿去睡觉。

"呼——呼——！整整干了四十分钟，"一个汗流满面、喘着粗气的人说——他是两个负责次中音部的人中的一个。

"我们的朋友敲得真棒——漂亮极了——尽管他是惟一的一个外乡人。"克里凯特执事刚刚松开第二根绳，就对穿着黑外套的那个人说。

"活干得漂亮。"其他人说。

"你们这么说，我高兴极了。"那个人谦逊地说。

"要是没有你，我们把钟乐敲成什么样子还真难说。原来负责敲那口钟的人喝了两加仑陈苹果酒，病倒了。"

"现在这样吧，"第五个敲钟人顺着最后一句话中的暗示说："我们把苹果酒和蜂蜜酒喝完，然后每个人立刻回家。"

"我完全赞成。"克里凯特执事回答说，"要是我没完成泰德·斯普林罗夫交给的活儿，上帝会降祸的——可是我完成了。"

"我们其他人也都完成了。"发酒杯的时候，他们说。

"嘿，嘿——敲钟时——还有当我走上圣坛的围栏讲话的时候，心里对今天早上我要干的事儿有种精神上的感觉，就是把她拽到这里，在这儿结婚多方便。这儿比在那个微不足道的小城布迪茅斯强多了，很方便。"

"没错。克里凯特先生还能得点小费。"

"噢——没错，钱就是钱——千真万确——真的——我总这么说。不过在我们这儿，这也是一次高兴的场面。他像女孩子一样，脸都红了。他就是这样。"

"女孩脸红挺好的！男人玩火可不是件小事。"

"那么女人玩火会怎么样呢？"执事心不在焉地说。

"你想起你老婆来了，执事，"盖德·威迪说，"当你发了霉的时候，她还会再玩的。"

"好吧——让她玩吧，上帝保佑她，因为我不过只是可怜的第三个男人，我。上帝赐福给第四个吧！……嘿，泰德终于得到他的女人。那丫头的耳朵又小又白，真的！选老婆的时候跟选猪一样——要小耳朵小尾巴的——我还是个无忧无虑的小伙子的时候常常这么开玩笑地说——啊！多少年已经过去了！不过泰德得到她了。可怜的家伙，他因为伤心瘦得像个隐士一样——她也一样。"

"可能她现在胖多了。"

"真的——这是自然规律，谁也不能否认。噢，我还清清楚楚地记得我对兰汉姆牧师谈到你妈妈的七口之家时说过的话。那时候他刚来这儿一个星期，我还是正当年。他问我，'那么可怜的威迪有几个女儿，执事？'我说，'六个，先生。每个女儿还都有个哥哥！'他说，'可怜的女人，十二个孩子！——把我的这半枚金币给她，执事。'后来我整整大笑了有五分钟，于是他便了解了我这种乐天派的性格——真是，不过现在，我可不是这样了。进了教堂就把一个人的智慧葬送了，因为一点儿罪恶的迹象都没有了，智慧也就没用了。"

"要是泰德和这姑娘一辈子劳燕分飞，他们早就都死了。"盖德强调了一下。

"不过现在不会死了，而且还要增寿。"执事说。

"一切都挺顺利，"第五个敲钟人说，"他们没有逃到巴比伦①那样的地方——他们没有。"他开始装模作样地大抒己见——"这儿站着斯普林罗夫少爷，这儿也站着那个新婚少妇；他们从这儿走过响水山庄，在那个火炉旁边安居下来，终生不渝。"

---

① 巴比伦，指流放地或监禁地。——原注

"没错,是个美好的婚礼,很多人都来了,"执事补充道,"这儿是我们的新娘——面如桃花;这儿是斯普林罗夫少爷,看上去他有点希望自己没到这里来——咳,可怜的家伙——男人总这样。女人们表现得最好——这是这位姑娘最开心的时刻。尽管她很害羞,可是她羞涩的肌肤使她的神情更加光彩照人。"

　　"嗨,"盖德说,"蒂姆·斯朱登和他临时雇来的五个木匠,他们都踮着脚尖,偷偷地向里窥视圣坛上的吹奏人。还有,牛奶工多德曼正坐在他的新马车上,手里拿着鞭子,等着观望他们出来——就这样。接着又来了两位裁缝师傅。而后,克里斯托弗·兰特扛着他的鹤嘴锄也来了。还有乡村里来的男女老少们,他们在教堂墓地上来来往往,竟把墓地踏出了一条小道。大吵大闹的孩子们从他们怀抱中溜下来,几乎把他们的皮都蹭掉了。这些还不包括教堂里面的绅士和穿着体面衣服的乡亲父老们。对了,最后我看到穿着又帅又棒的欧文·格雷先生。'喂,格雷先生,'我从教堂墓地的墙头上问他,'你自己怎么样了?'格雷先生没答腔——他光顾得意了,什么也听不到。我理解他,没指望他回答。泰德听到了,回过头来说:'挺好的,盖德!'他说着,像个孩子一样地笑了,甚至比孩子笑得还要天真。"

　　"喂,"克里凯特执事转向那个穿着黑衣服的人问,"你跟我们待了这么久,跟我们都熟悉了,你能不能告诉我们你到这儿干什么来啦,你是干哪一行的?"

　　"我哪行也不干,"瘦子笑着说:"我来看看在这块土地上的罪恶。"

　　"我说你,穿着黑衣服,是魔鬼窝中的一个崽子。"一个从未开过口的健壮的敲钟人说。

　　"不,事实是,"那瘦子要收回这种可怖的解释,"今晚天色清朗,我出来散散步。"

　　"现在我们散了吧,老兄们。"执事插话道。

烛台中的蜡烛被倒插回去,一群人都走出房间,来到教堂墓地上。一两天来,银盘似的满月洒着清澈的光辉,正好俯瞰着教堂东南面的三四棵高大的紫杉树,在静谧而暗淡的黑暗中冉冉升起。

"晚安,"门锁上的时候,执事对他的同伴们说,"我回家最近的路是穿过园子。"

"我觉得我也是吧?"陌生人说,"我要去火车站。"

"当然一样——一起走吧。"

他们俩跨过往西的台阶,另外几个人踏上大路,朝相反的方向走去。

"这么说这段浪漫爱情终于有了个圆满的结局。"他们二人穿过草地时,执事的伙伴说道,"可是事件中有关财产是怎么处理的?"

"我说,老兄,"克里凯特执事说,"如果你告诉我你是做什么的,你今天来这儿的目的是什么,我就把婚礼的细节原原本本地告诉你。"

"很好——你说完了我会告诉你的。"另一个人说。

"一言为定。故事的真相是这样:人们打开阿尔克利芙小姐的遗嘱时,发现遗嘱正是在曼斯顿(她的爱子)和塞西利亚·格雷小姐结婚那天起草的。这正是那个高深莫测的女人的做法。高深莫测?她就像北极星那样深远而神秘。她把她的所有财产——不动产和动产——都留给'埃涅阿斯·曼斯顿的太太'(只有一个条件例外)。遗嘱上说:若曼斯顿太太先辞世,则遗留给她的丈夫;若她丈夫辞世,则遗留给他的主要继承人——我应该说是他的直系亲属;若无继承人,则遗留给曼斯顿太太和她的绝对继承人;若亦无继承人,则遗留给兰汉姆牧师,如此而行,直至人类的终结。现在你看清了她的深远谋虑了吧?哼,从表面上看,全部财产都留给塞西利亚小姐,可是实际上一用'太太'这个词,而不用塞西利亚的名字,那么谁是曼斯顿的太太谁就可以继承了。这不是真正的高深莫测吗？当然，这样做，不论在什么情况下，她的儿子埃涅阿斯都会成为财产的主人，同时大伙也不会知道那是她儿子，不会怀疑什么。但是她若直接把财产遗留给曼斯顿，人们就会产生怀疑。"

"绝妙的安排！那个例外是什么？"

"把部分遗产补偿给她的亲戚，兰汉姆牧师。"

"塞西利亚小姐现在是曼斯顿的遗孀，也是惟一的亲属，绝对有权利继承全部财产。"

"没错，她有权利继承。'嗯，'她说，'我不要。'（她不想通过曼斯顿得到任何东西，这相当自然，也很可贵。）她放弃了继承权，把它让给了兰汉姆先生。嘿，若是世上有人对土地毫不在意的话——我说没有，不过如果有的话——那就是我们的牧师。他像个蜗牛一样蜷缩在教区住所里。他刚刚把教区长住宅修整得像个样子，从来没有想过离开那儿，就是名义上离开也不愿意。'这是你的，格雷小姐，'他说。'不，是你的。'她说。'这不是我的。'他说。皇家法官也觊觎这个案件，打算因谋杀罪把财产充公——可事实上又不是这么回事，皇家法官也就退出了。你听说过这样的事吗——三个人，一个男人，一个女人，还有皇家法官——谁也不是疯人院里的疯子——却把一处庄园像苹果或坚果一样抛来抛去。后来是这样了结的：兰汉姆先生接受了，请小斯普林罗夫做代理人和总管，并请他住进响水山庄，离这很近——庄园就像是他自己的一样。他可以随心所欲，兰汉姆先生从不干涉。他今天就在这儿娶回了他的新娘，塞西利亚。并且就在今天，他们拟定了一个契约。按照契约，在兰汉姆先生死后，将由他们的孩子、继承人来继承。好运终于到来。她的哥哥也干得不错。他在一项建筑竞争中夺得头标，就要搬到伦敦去了。看，这就是那庄园。走出这片灌木丛，你会看得清清楚楚。"

他们走出灌木丛，不再朝湖的方向走，而是下了南面的山坡。

当他们走到正对宅院中心的时候,停了下来。

这是一幅英国乡下庄园的壮美画面。宅院的前部庄重整齐,饰有壁柱和檐板,都是由光滑洁白的软性石建成。在银色的月光下,它像潘特利克的大理石①一样晶莹剔透。如画的美景中,宅院的外观显得洁白而鲜丽,惟一和它媲美的是浮游在湖面上的十几只天鹅。

正在这时,门阶顶端的中门打开了,两个人影走进月光里,那是两个对比鲜明的人影。一位是体态轻柔的女人,身穿飘逸若仙的长裙——塞西利亚·斯普林罗夫;另一位是一位年轻的男子,身穿黑色的老式服装——爱德华,她的丈夫。

他们并肩在门阶的最高处,举目望月,放眼看水,欣赏着眼前的宜人景色。

"那就是小夫妻俩——瞧,真实的、活生生的人物就在眼前,我的故事显得更加具体生动了。"执事低声道。

"没错,他们俩挨得多近呀! 连一个便士也插不进去——真插不进去! 多么美丽的景色呀! 不是吗——真美呀……不过这是一条僻远的小路,现在别让他们看见我们,因为明天晚上所有的敲钟人就会到那儿吃晚饭,跳舞庆贺。"

说话者和他的同伴轻轻往前走,穿过便门,走上大路。执事住宅就在园子远处的边缘上。走到那里,二人停下来告别。

"现在该你履行诺言了,"克里凯特执事说,"你是干什么的,来这儿做什么?"

"我是《卡斯特桥年鉴》的记者,我来这儿采集新闻。晚安。"

这个时候,爱德华和塞西利亚在门阶上徘徊了一会儿,慢慢走

---

① 潘特利克大理石,著名白色大理石,采于雅典附近的彭特利库斯山。——原注

下路坡,来到湖畔。一只小帆船傍岸停泊在那里。

"哦,爱德华,"塞西利亚说,"你必须做点什么让我铭记终生。"

"好,最亲爱的——我知道。"

"嗯——现在你就和我在湖中划一会儿船,就像三年前你在布迪茅斯湾带我划船一样。"

他拉着她的手上了小船,几乎是悄无声息地把船推离岸边。他们划到湖心时,他停下来望着她。

"嘿,亲爱的,我清清楚楚记得我第一次吻你时的情景,"斯普林罗夫说,"你就像现在这样坐在那儿。我就这样把桨收起。然后我转过身,坐到你身边——就这样。然后我把手放在你可爱的脖颈的另一侧——"

"我觉得是放在我的面颊上,这样。"

"哦,是这样。然后你把你柔软红润的唇转向我——"

"可是,亲爱的——你应该记得你是用劲扳过去的;我禁不住把嘴唇凑过去,是因为不想让你难过,我不会让你难过的。"

"跟着我的脸颊贴住你的脸颊,然后转过脸,两片嘴唇碰到两片嘴唇,亲吻——就这样。"